平家物語の歴史と芸能

兵藤裕己著

吉川弘文館

目次

第二部　中世神話と芸能民……九三

第三部　物語芸能のパフォーマンス

序章

『平家物語』を語る琵琶法師の同業者組織を、当道という。室町時代をつうじて行なわれた語り物「平家」の芸能座だが、徳川家康が征夷大将軍に任じられた慶長八年（一六〇三）、惣検校（当道の最高責任者）の伊豆円一は、家康から当道の保護を約束されている。

人皇百八代後陽成院の御宇、慶長八年癸卯　源家康公、天下御一統に治めさせ給ふ節、時の職役、伊豆惣検校円一、恐悦に罷り出で、先例の通り御礼申し上げ終りぬ。時に東照宮、当道古代の儀御尋ね有らせらるゝに依て、伊豆惣検校円一、古例の趣、一々申し上げしかば、東照宮、聞こし召し為され、当道の格式、古例の通り相守るべき旨、…（中略）…仰せ付け為さる。（『当道大記録』「東照宮御改正配当之事」）

近世の当道では、将軍宣下にさいして惣検校は江戸城に出仕し、新将軍の前で「平家」を演奏する慣例があった。また、将軍新喪の法会にも惣検校が出仕して「平家」を演奏する。(1)江戸時代の「平家」は、大衆あいての芸能としてより、徳川将軍家の式楽として存在したのだが、このような当道と将軍家との関わりは、じつは前代の足利将軍の時代までさかのぼるのである。

たとえば、江戸時代に行なわれた毎年正月十四日の惣検校の将軍家参賀は、すでに室町時代に行なわれている。また四月下旬、足利将軍の北野社参籠に惣検校が出仕する慣例があったことも記録から確認できる。徳川家康が将軍となった慶長八年、惣検校伊豆円一が「先例の通り」新将軍に拝謁したとあるのも、当道と将軍家との関わりが前代からの慣例であったことをうかがわせる。

ところで、「平家」を語る琵琶法師が畿内を中心とした広範な座組織（当道）を形成したのは、南北朝時代である。当道の記録類は、南北朝時代の覚一検校を、当道の「中興開山」と伝えているが、覚一の事績としてたしかなものに、「平家」語りの最初の正本、いわゆる覚一本『平家物語』の作成があげられる。

覚一本の奥書によれば、応安四年（一三七一）三月、七十歳を過ぎた覚一が、自分の死後に伝承上の「諍論」が起こることを予測し、「後証に備へ」るべく「口筆を以て書写」したのが本書であるという。伝承を確定しておくことが、座組織の維持と不可分の関係にあったのだが、しかし覚一本の伝来に関して注目されるのは、奥書で、「付属《ふしょく》の弟子」（正統な後継者、つまり歴代の惣検校）以外は所持することを禁じられた本書が、覚一の没後しばらくして足利将軍に進上されたことだ。すなわち、摂津国川辺郡（兵庫県尼崎市）大覚寺の所蔵文書に記載された覚一本奥書によれば、定一（覚一の後継者）によって清書された覚一本は、定一の死後、「室町殿」（足利義満）に進上されたという。

当道の正本（覚一本）はなぜ足利義満に進上されたのか。進上された正本は、すくなくとも八代将軍義政のころまで将軍家に保管されていたことが確認されるが、正本の閉鎖的な伝授が当道の内部支配を権威的に補完していた以上、それが足利義満に進上されたことは、当道の支配権（その権威的な源泉）が足利将軍家にゆだねられたことを意味している。

げんに応永年間（一三九四〜一四二八）以降、足利義持（四代将軍）、義教（六代将軍）が当道にたいして格別の発言権を行使していたことは、史料から確認できる。「平家」語りの芸能、およびその座組織が足利将軍の管理下に置かれていたわけで、その一つのきっかけが、足利義満への正本の進上にあったことはたしかである。

ところで、足利政権が成立した南北朝時代は、語り物「平家」が流行のピークをむかえた時代である。それに関連して注意されるのは、この時代の政治史が『平家物語』に規制されて推移していたことである。たとえば、元弘年間（一三三一〜一三三四）に起こった反北条（北条は桓武平氏を称している）の内乱が、あれほど急速に足利・新田（ともに清和源氏の嫡流家）の傘下に糾合されたこと、また北条（平家）が滅亡したのち、内乱が公家一統政治として落着することなく、ただちに足利・新田の覇権抗争へ展開した事実をみても、武士たちの動向がいかに源平合戦の物語に左右されていたかがうかがえる。

足利将軍が全国に号令を発することができた根拠は、なによりも当時の武士たちに共有された源平合戦の物語にあったろう。「平家」の物語が、政治史の推移にたいして神話的に作用していたわけで、そのため足利政権は、語り物「平家」の流通・管理のあり方に重大な関心を示したものらしい(2)。

平家一門の鎮魂の物語は、源氏将軍家の草創・起源を語る神話でもある。それは足利政権にとって、現在に永続する秩序・体制の起源神話でもあったろう。また「平家」が南北朝期に完成した新芸能だったことも、南北朝内乱の覇者、足利義満には格別の意味をもったにちがいない。あたかも古代の天皇神話が語り部によって伝承されたように、源氏政権の神話的起源が当道の語り部集団によって伝承されたのだが、しかしそのような当道と足利将軍の関係は、十五世紀後半の応仁の乱をさかいとして急速に後退したらしい。

足利将軍の権威を失墜させた応仁の乱は、将軍家の権威を背景に確立した当道の内部支配を急速に弱体化させたきっかけでもある。また十五世紀末以降、「平家」は時代の芸能としてのアクチュアルな地位を失ってゆくのだが、そのような中世末の状況をうけて、「平家」語りを将軍家の芸能として再度位置づけたのが、足利にかわって源氏将軍家を継承した徳川家康であった。

芸能としての「平家」は、現実の政治史と交錯・連動するかたちで推移したのである。たとえば、北条（平家）から足利（源氏）、織田（平家）、徳川（源氏）へいたる武家政権の推移史が、『平家物語』の源平交替史をなぞっていたことはいうまでもない。そのような物語と歴史、あるいは芸能と権力との微妙な交錯状況に注意しながら、本書は『平家物語』の芸能史について考察した。

第一部では、『平家物語』の覚一本（正本）の伝来について述べ、それと不可分に推移した当道の歴史について考察した。当道と足利将軍の関わりは、源氏将軍家の草創神話としての『平家物語』の一面を浮き彫りにする（それは同時に、『源氏物語』という王朝古典がもちえた神話的な意味をも浮上させる）。また、正本の伝来に関連して、その周辺本文である非正本系の語り本の位置、および、非正本系の本文と「平家」演唱との関係を検討することで、非正本系の本文から、いわゆる八坂流（八坂系）の本文が創出される過程について考察した。

第二部では、当道盲人（琵琶法師）の中世的な実態と、中世末から近世にいたる当道の変容過程について考察した。近世の幕藩体制のもとで、当道は幕府の支配機構の一翼に組み込まれる。だが、中世における盲人芸能者と、かれらをとりまく各種職人、道々の者たちとの（信仰を介した）横断的な相互交渉は、中世の物語・語り物が生起する現場をかいま見せるのである。

第三部では、中世的な「平家」演唱の実態について、可能なかぎり復元的な考察を試みた。その手がかりとして、九州地方に伝わる座頭（盲僧）琵琶の語り物伝承について考察したが、「平家」語りの中世的な実態、および語りと文字テクスト（語り本）との関係の諸相は、盲人芸能者の口頭的《オーラル》な語りの考察をとおして具体的（復元的）にあきらかにされるのである。

当道の近世的なあり方から、中世の当道盲人（琵琶法師）を安易に類推することはできないように、近世平曲からただちに中世の「平家」をイメージすることもできないだろう。『平家物語』の研究プロパーでは、従来、近世平曲をもとに中世の「平家」を類推するという方法がとられてきた。そして近世平曲の流儀・芸風を中世にまでさかのぼらせることで、たとえば一方系と八坂系といった諸本の分類・系統化案さえ行なわれている。だがそのような憶測にもとづく研究がすすめられるまえに、芸能としての「平家」語りの実態が歴史的にあきらかにされる必要がある。中世の「平家」と近世平曲との距離が測定される必要があり、また中世の当道盲人と近世のそれとのあり方の相違があきらかにされる必要がある。

『平家物語』が語り物として広汎に流布・浸透したことは、わが国の歴史・社会を考えるうえできわめて重要な問題である。『平家物語』における歴史と芸能の問題について考えることは、日本社会という枠組みをなりたたせた歴史の物語性を問いかえすことでもある。それは『平家物語』という個別の一作品をこえて、物語と歴史との交錯の相を考えるうえでも、ある普遍的な観点を提供するだろう。

注

（1） 館山漸之進『平家音楽史』第十六章、第二十章（日本皇学館、一九一〇年）。
（2） 兵藤『太平記〈よみ〉の可能性——歴史という物語』（講談社選書メチエ、一九九五年）。

第一部　「平家」語りと歴史

第一章　覚一本の伝来
――源氏将軍家の芸能――

はじめに――源氏の氏長者――

『平家物語』は源氏の氏長者《うじのちょうじゃ》によって管理された。従来見過ごされている事実だが、芸能としての「平家」を考えるうえで、この事実はきわめて重要な示唆をはらんでいる。

源氏の氏長者は、鎌倉時代には村上源氏中院流の諸家によって伝えられた。とくに正応元年（一二八八）九月、源氏長者の代がわりに際して宣旨が下されて以来、それは名実ともに五摂家の藤氏長者とならぶ権威をもつようになる。おりしも「平家」語りがしだいに隆盛にむかう時期であり、おそらくこの頃から、中院流を本所とあおぐ平家座頭（琵琶法師）の座組織が形成されたものだろう。『平家物語』を管理するのは、源氏の氏長者だという発想である。すでに鎌倉の源氏将軍家が廃絶してから七十年近くがたっている。「平家」を語る琵琶法師たちにとって、源氏の氏長者（中院流）は単なる権門勢家という以上の意味をもったろう。

中院通冬の日記、『中院一品記』暦応三年（一三四〇）九月八日条には、仁和寺真光院で行なわれた芸能の催しに、

「座中十人」のほか「座外の盲目」が参加したことが記される。中院家配下の「座」が、平家座頭の全体をおおうものでなかったことが知られるが、それが畿内を中心とした広範な座組織へ拡大してゆくのは、南北朝時代、すなわち明石検校覚一の活躍期である。

覚一の時代に、芸能としての「平家」が完成期をむかえたことは、当道の伝書・式目類に記される。覚一の事績として、当道（座）の確立と、それと不可分の関係にある『平家物語』正本（いわゆる覚一本）の作成があげられるが、正本の伝来ともからんで注目したいことは、この覚一の活躍時期を境として、中院流と当道の関わりをしめす史料が姿を消し、かわって当道にたいする足利将軍の関与をしめす史料が増大することだ。それは源氏の氏長者が、村上源氏中院流から清和源氏足利流に移行した時期にも相当する。そして当道を確立した覚一は、近世の伝書類で、「足利家の庶流」（『当道拾要録』）、「尊氏将軍の従母弟」（『当道要抄』）、「尊氏将軍の甥」（『当道略記』）と伝えられるのである。

この章では、覚一本の成立と伝来について考えることで、当道の確立過程について考察する。とくに座組織の拡大にかかわる本所（領主）権の推移、および当道と室町殿（足利義満）の関係、それを媒介した時衆の役割に焦点をあてるが、それは歴史語りとしての『平家物語』について考えるうえで、また芸能と権力との関わりをさぐるうえでも、ひとつの視点を提供するはずである。

一　覚一本の作成と伝授

『太平記』巻二十一は、暦応四年（一三四一）春のできごととして、高師直邸で「覚都検校と真性」がつれ平家を演じたことを記している（玄玖本）。「覚都」（覚一）と「真性」のふたりが、暦応年間を代表する「平家」の名手として

知られていたらしいが、覚一の記録上の初見は、『師守記』暦応三年（一三四〇）二月四日条の、

今日、予参二六条御堂一。為二日中聴聞一也。其後、聞二覚一平家一。異形。

である。「覚一の平家」という熟したいい方に、覚一の語る「平家」が、当時著名であったことがうかがえる。(1)

覚一の時代に公家や上流武家に注目され始めた「平家」語りは、つづく室町初期には空前のブームを迎えることになる。応永年間に「〇一」を名のった琵琶法師として、通一・霊一・慶一・光一・勢一・千一（専一）・相一（宗一）・祖一（素一）・椿一（珍一）・秀一・調一・妙一・安一・曲一・米一などが知られる。いずれも、覚一の門流、いわゆる一方派《いちかた》の琵琶法師と思われるが、この一方派が主導するかたちで、南北朝から室町初期にかけて、中世芸能としての「平家」、およびその座組織である当道も確立したものだろう。(2)

歴代惣検校の没年と在職年数を記した『職代記』（『平家勘文録』『古式目』等所収）によれば、覚一は当道の「中興開山」といわれ、惣検校の初代に位置づけられている。覚一が惣検校を名のったかどうか、同時代の記録からは確認できないが、(3)かれの事績として確かなものに、「平家」語りの最初の正本、いわゆる覚一本『平家物語』の作成があげられる。現在十数本が知られる覚一本には、成立や伝来経路に関するいくつかの奥書が記されるが、まず覚一本人の関与した奥書をあげる。

a（巻十二奥書）

応安三年十一月廿九日　仏子有阿書

b（灌頂巻奥書）

干時応安四年辛亥三月十五日、平家物語一部十二巻付灌頂、当流之師説、伝受之秘決、一字不レ闕以二口筆一令二書写一之、譲二与定一検校一訖。抑愚質余算既過二七旬一、浮命難レ期二後年一、而一期之後、弟子等中雖レ為二一句一、若有二廃亡

輩二者、定及二諍論一歟。仍為レ備二後証一、所レ令二書留一之也。此本努々不レ可レ出二他所一、又不レ可レ及二他人之披見一。付属弟子之外者、雖レ為二同朋并弟子一、更莫レ令二書取一之。凡此等条々、背二炳誡一之者、仏神三宝冥罰可レ蒙二厥躬一而已。

沙門覚一

奥書aの「応安三年（一三七〇）十一月廿九日」は、巻十二までが筆写された日付け。「仏子有阿」は、覚一の口述する「平家」を筆写した人物だろう。つづく奥書bには、覚一本人によって本書の制作動機が述べられている。応安四年（一三七一）春、すでに齢「七旬」（七十歳）を過ぎた覚一は、自分の死後に伝承上の「諍論」が生じることを予測し、「後証に備」えるべく「当流の師説、伝受の秘決を、一字を闕かさず口筆をもって書写」させたという。本書を「譲与」された「定一検校」は、覚一のかず多い弟子のなかでも、「付属《ふしょく》の弟子」と認められた人物。当時の記録類に定一の名は見えないが、当道の最長老職（惣検校・職検校とも）が必ずしも名声や技量によらないことは、たとえば、一方派戸島方の開祖、戸島嶺一（長禄三年〈一四五九〉死去）が惣検校職につかずに終った例、また『看聞御記』で「当世堪能名人」といわれ、『碧山日録』にもその名声が伝えられる山田椿一が、ついに惣検校にならなかった例などがある。近世の惣検校職は、検校の最古参（一老）の者から順次つとめるのが原則である（順座という）。定一の名が当時の記録類に見えなくても、かれは覚一の高弟であり、その正統な後継者「付属の弟子」として、「当流の師説、伝受の秘決」を相伝したものだろう。[4]

ともかく覚一から定一に伝授された覚一本は、定一の没後（あるいは最晩年）に、定一の弟子の惣検校塩小路慶一に相伝されたようだ。その間の経緯は、摂津国川辺郡（現在の兵庫県尼崎市）の「大覚寺文書」に記された覚一本奥書（c）、および竜門文庫蔵の覚一本の奥書（d）などによって知られる。灌頂巻末尾の奥書bのあとに、それぞれ次のようにある。[5]

c （大覚寺文書記載、覚一本奥書）

①右以二此本一、定一検校一部清書畢。奚定一逝去之後、清書之本ヲハ室町殿進上之。就レ中此正本者、故検校清聚庵ニ被レ納□。然應永六年己卯七月日、弟子惣検校慶一取二出之一、為二末代一秘事ヲ書嗣者也。此本共ニ二部ナラテハ我朝ニ不レ可レ有レ之。

宝徳四年六月十四日書之。

末代弟子共諍論之時者、此本ヲ可披見。可レ秘々レ々。

②此一部、定一検校以二御本一、卜一検校為二末代一写置之者也。雖レ為二料帋不足一、草案之間不レ撰レ之。於二後々一可二清書一者歟。干時享徳二年五月二日

③此一部、明応九年庚申八月日、倫一買得畢。右此正本者、慶一検校房門徒ニ被レ傳レ之所也。

d （竜門文庫蔵覚一本灌頂巻奥書）

此本為二覚一検校伝授之正本一之間、自二公方様一申出、令二書写一訖。於二子孫一、雖レ為二暫時一、不レ可レ許二他借一。若於下背二此旨一輩上者、可レ為二不孝一者也。

文安三年孟夏日　　道賢

まず注目したいのは、奥書c①の記述である。c①によれば、覚一伝授の「正本」は、定一によって「清書の本」が作られ、その清書本は、定一の没後に「室町殿」に進上されたという。また、原本のほうは応永六年（一三九九）七月、定一の弟子の惣検校慶一によって「秘事」が書き継がれたというが、奥書c①の記年は、「宝徳四年（一四五二）六月」である。『職代記』によれば、宝徳四年当時の惣検校は第三代（一四三六〜五三）の井口相一。相一は、この半年後の享徳二年正月に没しているが、覚一本が覚一死去の三ヶ月前に作成されて定一に伝授されたように、相一が

死去する六ヶ月前、やはり惣検校の代がわりにそなえた正本の伝授が行なわれたものだろう。(6)

覚一本は、覚一本人の奥書にみえるように(奥書b)、また宝徳四年の奥書に「末代弟子共諍論の時は、此本を披見す可し」とあるように(奥書c①)、座を維持するための権威的な拠り所として作成・伝授された。それは誰もがいつでも参照できるような(語りの習得や記憶の便宜のための)台本ではなかった。正本の伝来は、語りの伝承とはあきらかに別次元の問題として考察されねばならないが、しかし「諍論」の際に「此本を披見す可し」とあるように、それは伝承の拡散化を規制する権威的な規範でもあった。語りの正統を文字テクスト(正本)として独占的に管理することで、惣検校を頂点とする当道のピラミッド型の内部支配が権威的に補完される。覚一が惣検校の初代であったかどうかはともかくとして、すくなくとも、当道の「中興開山」(『職代記』他)といわれた覚一の時代に、中世芸能座としての当道が確立したことはたしかなのだ。

二　村上源氏から清和源氏へ

ところで、当道(座)が形成された当時、村上源氏中院流の三条坊門家(中院家)と関わりをもつ盲人の「座」が存在したことは、当時の複数の史料から確認することができる。たとえば、よく知られる史料だが、文保二年(一三一八)以後、元徳二年(一三三〇)以前と推定される中院通顕(一二九一〜一三四三)の書状(『東寺百合文書』所収)は、東寺散所入道の絵解きが盲人の権益を犯すところがあり、ために「盲目等」の申し立てた抗議を、中院通顕が東寺へとりついだというもの。絵解法師が琵琶を伴奏楽器に使用したことへの抗議だろうが(『三十二番職人歌合』には、琵琶をもつ絵解の姿が描かれる)、十四世紀はじめの京都に、すでに琵琶語り興行の独占権を主張する盲人グループが存在しており、かれらの主張を代弁した中院通顕が、グループにたいして本所（領主）のような位置にあったことがうかがえる。

おなじく中院通顕に関連する史料として、『中院一品記』暦応三年（一三四〇）九月四日条には、

今日、於二家君（注、中院通顕）御方一、有二盲目相論事一。被レ召二決両方一了。

とある。「盲目相論」の裁決が、通顕の自邸で行なわれたのだが、その四日後の九月八日条には、仁和寺真光院での芸能の催しに、「座中十人許《ばかり》」と「座外盲目」が参加したことが記される。中院家配下の盲人グループが、ここでは明確に「座」と呼ばれていることに注目したい。

応永二十七年（一四二〇）の奥書をもつ『海人藻芥』は、近年の「盲目」が過分の待遇を受けていることを批判し、かつては大床で音曲を奏したとして、「久我家門当時モ如レ斯」と述べている（巻之中「盲目参事」）。「久我家門」は、久我家を筆頭とする中院流の諸家を総称した呼称である。久我家門すなわち中院流のみが旧慣に則った待遇を盲人に与えたことは、やはり中院流と平家座頭との歴史的な関わりをうかがわせる。

ところで、十六世紀はじめの天文年間に起こった当道の分裂抗争事件（座中天文事件）[7]で、新座に味方した久我家は、本座にたいして惣検校の改易をせまっている。久我家の主張は、後白河院の御宇以来、久我家は当道座中の管領を認められてきたというもの。しかし当道（本座）側は、「先規より久我殿之座中を無二進退一証拠」を列挙し、なかでも小正月と歳末の「礼法」について、

一、年中礼法之事、正月十四日、十二月廿六日に、公方・管領迄者、惣検校役として出仕いたせ共、久我殿へは不レ参事。

と述べている（『座中天文物語』）。将軍家と管領家には毎年正月十四日、十二月二十六日に惣検校が出仕するならわしがあるが、久我家に出仕する慣例はないという（惣検校の将軍家参賀が、室町初期以降恒例化していたことは後述する）。久我

家への出仕がじっさいに行なわれていたら、ここまで強弁するはずもない。おそらく天文年間以前の相当長い期間、当道と久我家（中院流）の関係は絶たれていたのであり、そのことは、中院流と平家座頭との関係をしめす史料が、さきにあげた『中院一品記』暦応三年（一三四〇）九月八日条を最後として、しばらく記録類から姿を消すことにも対応する。

奥書c①によれば、定一に伝授された覚一の「正本」は、その後、定一によって清書本が作られ、定一逝去ののち、清書本は「室町殿」に進上されたという。それを進上した人物は、定一の弟子の惣検校、塩小路慶一をおいて考えがたいが、慶一はまた、応永六年（一三九九）七月、覚一の原本を清聚庵（惣検校の居宅である職屋敷内にあった覚一の位牌所）から取り出し、末代のために秘事を書き継いだという。清書本の進上も、応永六年かそれ以前のことと思われ、したがって慶一が清書本を進上した「室町殿」は、足利義満、ないしはその子義持ということになる。義満は応永元年（一三九四）に将軍職を長子義持に譲り、応永四年（一三九七）には、新造された北山第に移っている。だが後述するように、当道が中院流の支配から脱したのは一三七〇〜八〇年代頃と考えられ、したがって奥書c①の「室町殿」は、足利義満と考えてまずまちがいない。

ところで、竜門文庫蔵覚一本の奥書dは、「道賢」が「公方様」から「覚一検校伝授の正本」を借りだし、文安四年（一四四七）に子孫のために書写したというもの。「道賢」は、右馬頭細川持賢の法名。細川持賢は足利義教・義勝・義政の三代に仕え、応仁二年（一四六八）に没しているが、文安四年当時の「公方」は八代将軍義政である。道賢が将軍から借覧した覚一伝授の正本とは、かつて慶一が義満に「進上」した定一清書本だったろう。

「ゆめゆめ他所に出だす可からず」と誡められた覚一の正本は、なぜ足利将軍に進上されたのか。進上された正本（清書本）は、すくなくとも八代将軍義政の頃まで、「覚一検校伝授の正本」として将軍家に保管されていたことが確認されるが、この点に関連して注意されるのは、応永年間以後の当道にたいして、足利将軍が格別の発言権を有したらしいことだ。

たとえば、『看聞御記』応永二十六年（一四一九）二月二十二日の条には、仙洞御所で「平家」の催しがあり、相一・千一が参るべきところ、両人は勧進平家を興行中のため来られず、よって「室町殿」（足利義持）が、秀一・調一の両人を「召し進らせられ、御訪ひに下さ」れたとある。四代将軍義持が当道盲人を手配するような立場にあったのだが、おなじく『看聞御記』永享六年（一四三四）二月三十日の条には、勧進のために遠州に下っていた城竹検校が、積塔会（「当道」の年中儀式）の頭人をつとめるべく「公方」（足利義教）から召し上せられたことが記される。

さらに同記永享八年（一四三六）九月四日の条には、珍一（椿一）検校が「公方」（足利義教）の「御意不快」ゆえに伏見宮邸に参上できなかったことが記され、永享十年（一四三八）三月二十六日の条にも、公方の「御意不快」ゆえに、「平家」の「名人ども」が宮邸へ出仕できず、ために公方の「御留守」を見はからって、汲一なる盲人が「夜陰密々」に参ったことが記される。六代将軍義教の「御意」しだいで、当道盲人の活動が制約されたわけだ。おなじく『看聞御記』永享九年三月から四月の条には、足利義教から屋敷を賜った「宗一」（『職代記』等で慶一の跡を継いだとされる第三代惣検校、井口相一だろう）が、「北野御参籠」のさいに面目を失い、わずか一ヶ月で屋敷を召し返されたことが記される。この「宗一」の事件を記した『看聞御記』は、つづけて、

凡惣検校以下御意不快、当年参賀ニモ不レ被レ喚。

と述べている。惣検校の将軍家参賀が慣例化していたことが知られるが、そのさい「平家」の御前演奏が行なわれていたことは、『公方様正月御事始之記』『慈照院殿年中行事』等の将軍家の故実書からも確認されるのである。[8]『座中天文物語』も伝えるように、惣検校の将軍家参賀は、室町時代をつうじて行なわれた。しかし久我家への参

賀は、天文年間以前、相当長い期間行なわれていない。南北朝期を境として、平家座頭と中院流との結びつきが希薄になり、それにかわって、「当道」と足利将軍家の関係が生じたらしいのだが、この点に関連して注意したいのは、永徳三年（一三八三）正月の除目で、源氏の氏長者が村上源氏中院流から清和源氏足利流へ移行したことである。

源氏の氏長者は、鳥羽院の時代、中院右大臣雅定が源氏第一位の公卿として奨学・淳和両院別当の宣旨を受けて以来、村上源氏中院流の最高位の公卿によって伝えられたという。(9) とくに正応元年（一二八八）九月、久我通基が藤氏長者の例にならい、源氏長者の代がわりにさいして宣旨を申請して許されて以来、源氏長者は名実ともに藤氏長者にならぶ権威をもつようになる。おりしも「平家」語りがしだいに隆盛にむかう時期である。中院流を本所と仰ぐ琵琶法師の「座」が形成されたのもこの頃かと思われるが、しかし南北朝時代の末期、永徳三年（一三八三）正月の除目で、久我具通が氏長者・両院別当職を足利義満によって奪われて以来、源氏長者の家筋は、村上源氏中院流から清和源氏足利流に移行してしまう（以後、室町から江戸時代をつうじて、源氏長者は将軍家に固定し、その名誉職である両院別当職も歴代将軍によって兼帯される）。そしてこの足利義満の時代を境として、平家座頭と中院流との関係をしめす史料が姿を消し、かわって当道にたいする将軍家の関与をしめす史料が現われるのである。

平家一門の鎮魂の物語は、源氏の氏長者によって管理されるという発想だろう。「平家」語りが源氏将軍家の草創・起源を語る歴史語りでもある以上、それは足利将軍にとって、現在に永続する秩序・体制の起源神話でもあるはずだ。語り物「平家」の管理権は、ややそのニュアンスを変えながら、村上源氏中院流から清和源氏足利流へ移行したのだが、いっぽうの当道の側にとっても、それは室町殿という新たな権威を背景にした座組織再編の企てだったろう。正本の閉鎖的な伝授が、当道の内部支配を権威的に補完していた以上、室町殿への正本（しかも清書本）の進上とは、当道の支配・統括権（その権威的な源泉）が足利将軍家に委ねられたことを意味する。それは、公家や寺社に隷属した従来の個別的・分散的な座のあり方から、より広範かつ自治的な座組織＝当道へ脱皮するための企てでもあったろう。たとえば、室町殿に正本を進上した塩小路慶一は、惣検校を名のった記録上の初見でもある。おそらく慶一の時代に、中世芸能座としての当道は完成したのであり、そのメルクマールとなるできごとが、慶一による足利義満への「平家」正本の進上であった。

三　一方派と時衆

ところで、南北朝期以前の琵琶法師には、その名のりからみて、少なくとも三つ以上のグループが存在したらしい。「〇イチ」を名のる一方《いちかた》派、「ジョウ〇」を名のる八《や》坂方《さかがた》（城方）派、さらに「シン〇」を名のるもうひとつの一派である。[10] この三者のうち、中院流を本所と仰いだのは八坂方のグループだったろうか。

当道の伝書類によれば、八坂方の開祖城玄は、「久我殿の御弟」（『当道拾要録』）、「久我大納言の舎弟」（『当道要抄』）といわれ、また八坂方という呼称は、城玄が八坂の塔の近くに住んだことに由来するという（『当道要抄』他）。城玄が八坂に住んだことは、すでに『臥雲日件録』文安五年（一四四八）八月十五日条の最一談話にみえるが、芸能史研究の植木行宣は、八坂郷が祇園社領であり、遊女や座頭・坂の者の集住地であったことから、城玄の在名「八坂殿」は、「城玄個人の生活の場を示すだけでなく、その足下にひろく琵琶法師の京都における一拠点がふまえられている」と述べている。[11] 八坂方の琵琶法師の記録上の初見、「正珍勾当」（城珍だろう）は八坂に住み、祇園社の執行顕詮と交渉をもっている（『祇園執行日記』康永二年〈一三四三〉九月十二日条）。祇園社領八坂郷には、「非人」（坂の者）や遊女の集住地として著名な清水坂も含まれ、清水坂は、蟬丸とならぶ盲人芸能者の祖神、悪七兵衛景清ゆかりの地でもあった。[12]

京都の八坂から清水坂一帯に集住した琵琶法師が、のちの八坂方の母胎となったものだろう。とすれば、八坂方にたいする一方とは何なのか。当道（座）の形成を主導した覚一や慶一などの一方派の琵琶法師は、どこに拠点が置き、また覚一以前にはどのような座組織をもっていたのか。この点に関して一つの示唆を与えてくれるのが、覚一の口述を筆写した「仏子有阿」なる人物だろう（覚一本奥書a）。覚一による正本作成の企てに参画した有阿の素姓ともからめて、ここでは一方派の出自、および一方派が足利将軍家と結びついた経路について述べておく。

「一方」の呼称は、いうまでもなく「〇一」という名のり（いわゆるイチ名）に由来している。しかしその表記は、しばしば「〇都」があてられ、また「〇市」「〇城」と表記した例も散見する。これらの表記から、館山漸之進はイチ名の由来を市との関わりで考えているが[13]、「八坂方」の呼称が地域名に由来する以上、イチ方の呼称から連想されるのも、京都でイチと呼ばれた地域、すなわち平安京に設置された東西の市だろう。なかでも京都の東市《ひがしのいち》は、西市がはやくすたれたのち、平安から鎌倉期にかけて京都有数の盛り場であり、商業はもちろん、娯楽・芸能興行の一大中心地であった。

たとえば、「市の上人」空也を「わが先達」とした一遍は、弘安七年（一二八四）に東市を訪れ、空也の遺跡、市屋道場跡（七条北堀川西）で四十八日間の踊り念仏を興行している。『一遍聖絵』巻七、市屋道場跡の踊り念仏の場面は、中央に仮設の踊り屋が建てられ、その周囲をとり囲んで見物の桟敷席が描かれている。『聖絵』の踊り念仏で桟敷が描かれたのは、この市屋道場の場面のみ。おそらく東市の桟敷は、他のさまざまな芸能興行にも使用されたものだろう。

平安京造営当初の東市は、佐女牛の南、塩小路の北、櫛笥の西、油小路の東に位置した十二町の地域をさす。うち一町を市司、一町を市屋として、市町の一角には、市の守り神として市姫社が祀られたが、この東市との関連で想起されるのは、『梁塵秘抄』口伝集巻十四（異本口伝集）の「さめうしの盲目ども」のエピソードである。仁安の頃（一一六六〜六八）、「さめうしの盲目ども」が今様講をまねて唱歌したというのだが、「さめうし」は、市の北側に接した佐女牛小路のこと。「さめうしの盲目ども」という熟した言い方には、佐女牛が当時、「盲目ども」の集住地として知られていたことをうかがわせる。

「さめうしの盲目ども」に関連して注意されるのは、時衆の一条大炊道場、聞名寺にあったという光孝天皇の石塔の由来譚だろう。近世の地誌類によれば、一条大炊道場には、堂前に光孝天皇の石塔があり、近世初頭まで（『山州名跡志』に「今元禄年中より五十年前には……」とある）、当道の最重要の年中儀式、積塔（石塔）・涼の二季の行事が行なわれていた。『山州名跡志』は、石塔の由来譚として、光孝天皇の「盲目」の皇子「暗夜御子」が、身よりのない盲人をあわれみ、「佐目牛に居所を構て養ひ玉へり」と記している。当道盲人の伝承を記したものだろうが、当道の祖神である光孝天皇（の皇子）の伝承を介して、「さめうしの盲目ども」と時衆とのつながりが見えるわけだ。おそらくイチ方派の母胎は、佐女牛から東市一帯を活動の場とした盲人集団にあったと思われ、かれらの行なった石塔会が、そのまま当道の最重要の年中儀式として引き継がれたものだろう[14]。もちろんそれには、当道がイチ方派の主導によって確立・完成したという歴史的な前提がある。

東市の所在地に関連してもう一つ注意したいのは、室町殿に正本を進上した慶一惣検校の在名、塩小路である（『職代記』）。東市の正門（市門）は塩小路に面している。塩小路慶一の時代に、当道の座組織が確立・完成しただろうことはすでに述べた。塩小路を在名とした慶一の出自は、塩小路周辺すなわち東市の市門周辺かと思われ、あるいは当道の座務機関も、慶一の時代（応永年間）には塩小路にあったものだろうか。

ところで、十五世紀初め、当道の本拠地は、東市や七条町にかわる京都の新しい繁華街、四条の町地区に移転したようだ。たとえば永享四年（一四三二）十一月、惣検校城存が京極の錦小路富小路の東頬（中条伊豆入道の屋敷跡地）を賜ったことが記録に見え（『室町家御内書案』巻下）[15]、また永享九年（一四三七）二月、塩小路慶一のあとを継いだ一方派の惣検校、井口相一は、将軍義教から山法師戒浄の屋敷を賜っている（『看聞御記』永享九年三月九日条）。相一が賜った屋敷は、義教の「御意不快」からわずか一ヶ月で召し返されたが、一時的な変転はあったにしても、惣検校が座務を執行する居宅（職屋敷）[16]は、十五世紀はじめには、四条・五条の町地区に移転したらしい。

『職代記』の冒頭には、当道の文書類が応仁の乱で失われたことを述べて、

自二往昔一職之次第、其外座中之由来、記置物雖レ有レ之、去応仁錯乱中於二浄教寺一紛失畢。

とある。応仁の乱により、「職の次第」（惣検校の歴代）や「座中の由来」などの文書類が「浄教寺」で紛失したというのである。それは応仁の乱当時、当道の座務機関が浄教寺に置かれていたことを示している。『浄教寺縁起』（元禄七年奥書、同寺所蔵）によれば、四条寺町の浄教寺は、もとは洛東の小松谷にあり、のちに五条東洞院に移り、近世以降、現在地に移転したという。応仁の乱で焼亡する以前、浄教寺は五条東洞院にあったのだが、近世の職屋敷が五条坊門東洞院に定着したことも、そこが浄教寺の故地に近く、中世以来の職屋敷ゆかりの地だったからだろう[17]。

浄教寺と当道の関わりで注目すべきことは、近世に浄土宗寺院となった浄教寺が、かつては時衆寺院だったと推定されることだ。たとえば、現在の浄教寺（下京区貞安前ノ町）には、鎮守として熊野社がまつられるが、『浄教寺縁起』によれば、それは燈籠堂浄教寺の創建当初、平重盛によって勧請されたものという。境内の鎮守に熊野社をまつるのは、いうまでもなく時衆寺院の特徴である[18]。また『浄教寺縁起』等で、浄教寺が小松内府重盛の建立した燈籠堂と伝承されること（浄教寺の故地、松原東洞院には、現在も燈籠町の町名が残っている）、その燈籠堂の縁起説話、覚一本巻三「燈籠之沙汰」に、時衆的色彩が顕著であることも、浄教寺がかつて時衆寺院だったことをうかがわせる。

覚一本巻三の「燈籠之沙汰」は、『平家物語』の古態本である延慶本や屋代本に見えず、覚一本とその系統本（正本系）だけに見えるエピソードである。（読み本系では、成立の遅れる『源平盛衰記』にある）。覚一本の成立時にあらたに加えられた説話だが、内容は、重盛が六八弘誓の願（阿弥陀の四十八願）になぞらえて東山に四十八間の燈籠堂を建て、時衆に大念仏を修せしめたというもの。巻三「医師問答」の重盛死去につづく一連の重盛追悼説話の一つだが、この「燈籠之沙汰」説話に、「時衆」「大念仏」等の時衆的なことばづかいを認め、説話の成立背景に時衆の関与を指摘したのは御橋悳言であった(19)。

すなわち御橋は、一遍が阿弥陀の四十八願になぞらえて四十八人の時衆に六時念仏を修せしめたという『奉納縁起記』（真教著）の記事をもとに、「燈籠之沙汰」の四十八間の燈籠堂大念仏が、時衆の六時礼讃の行儀に付会して作られた説話だとしたのである。「燈籠之沙汰」の成立が、覚一本の成立期（南北朝期）をさかのぼらない以上、そこに時衆の関与をみるのは正しい指摘だろう(20)。「燈籠之沙汰」は、当道ゆかりの時衆寺院、浄教寺の縁起譚として、覚一本の成立時に新たに補入された説話だろうが、そのことは、覚一本の書写者「有阿」の役割とも関連して、覚一本の成立問題に重要な示唆を与えるのである。

東市を活動拠点として、はやくから時衆と結びついた「さめうしの盲目ども」が、のちの一方派の母胎となったものだろう。応仁の乱以前、当道の文書類が浄教寺に置かれたことも、当道と時衆のなみなみならぬ関係をうかがわせる。覚一本を筆写した「有阿」――阿弥号をもつ時衆だろう――の役割にしても、おそらく従属的な位置にはとどまらない。覚一の孫弟子にあたる惣検校慶一は、師匠の定一が逝去したのち、覚一本（定一清書本）を足利義満に進上している。室町殿の勢威を背景とした座組織の再編が完成するのだが、そのような慶一の企てを媒介したのも、足利義満のもとで武家の文化的オルガナイザーとなっていた時衆だったろう。おそらく覚一による正本作成の企てにしても、はやくから一方派と結びついた時衆の発案だったかと思われ、そのような時衆と当道の関わりは、覚一本であらたに補入された巻三「燈籠之沙汰」（すなわち浄教寺縁起譚）から傍証されるのである。[21]

四　芸能と権力

ところで、応仁の乱当時、当道は戦火をさけて南都と東坂本にあって座務を執行していた（『座中天文物語』）。乱後、京都にもどった当道は、四条辺に本拠（職屋敷）を置いたらしいが、[22]あるいは浄教寺（五条東洞院）が焼亡した応仁の乱を境として、当道と浄教寺さらに時衆との関係も薄れたものだろうか。室町幕府の権威を失墜させた応仁の乱は、京都に繁栄した時衆寺院を急速に退転させたきっかけでもある。そして村上源氏中院流の久我家が平家座頭にたいする本所権の回復を主張するようになるのも、応仁の乱以降である。

十五世紀はじめの座中天文事件（一五一九〜三七）において、久我家は、後奈良天皇から「当道盲目法師座中事、後白河院御宇以来御管領」を認める旨の綸旨を得て、当道（本座）にたいして惣検校の改易をせまっている。応仁の乱以後、当道の内部支配が弱体化したのに乗じた企てだったろうが、もちろんその背景には、かつての源氏長者、村上源氏中院流と八坂方盲人との歴史的関係が存在したのである。

『平家音楽史』（一九一〇年）の著者、館山漸之進は、久我侯爵家から聞いた話として、久我家と当道の歴史をつぎのように伝えている。

当家出身八坂検校は、当家六代の祖、太政大臣と為りて、宝治二年辞職、同年同月十八日没したる通光の弟の子なり。幼にして瞽と為り、平家を学て検校と為り、八坂に家を成し、因て氏とせり。花園天皇、平家を聴召されて寵遇を蒙り、大礼服を賜り、爾後検校の、皇室及び幕府に参朝参賀する者、必ず此の大礼服を着すと云ふ。八坂検校出身の故を以て、当家に検校勾当の総理を命ぜられ、生殺与奪の全権を付与せられたるに、足利幕府の盛時に致りて之れを譲る。（一一二頁）

また右と同趣旨の文章を記したあとに、つぎのようにある。

……而して四世明石覚一、足利尊氏の一族を以て惣検校と為るに及び、一旦其の全権を足利幕府に譲るも、徳川幕府に至り、復た故の如く、五代将軍の時、杉山和一惣録と為る。因つて関東瞽盲の事務は、惣録屋敷に一任するも、総理の任務は、継続して徳川政府の末世に至りしなり。（一一三頁）

中院流配下の「座」が、かつて八坂郷一帯に集住した琵琶法師だったろうことは、すでに述べた。八坂方の開祖、城玄が久我家の出といわれる理由だが、八坂殿城玄にたいして、明石殿覚一は「足利家の庶流」（『当道拾要録』）、「尊氏将軍の従母弟」（『当道要抄』）、「尊氏将軍の甥」（『当道略記』）といわれる。久我家の伝承によれば、当道の支配権は、覚一が「足利尊氏の一族を以て惣検校と為るに及」んで、久我家から足利家に奪われたという。この伝承の背後には、一方派の主導による当道の形成という歴史的経緯が語られているのである。

公家や寺社に隷属した従来の個別的・分散的な座のあり方から、足利将軍の勢威を背景とした、より広範かつ自治的な座組織＝当道が成立したのだが、室町初期の惣検校が一方派から輩出したことも、一方派を軸とした当道の確立・完成という事情をうかがわせる。[23] そして一方派が足利将軍家に結びついた背景には、東市を活動拠点としてはやくから「さめうしの盲目ども」と交渉をもった時衆の徒の活動があり、また源氏長者の家筋が、「室町殿」足利義満の時代に、村上源氏中院流から清和源氏足利流へ移行したという事実があった。[24]

「平家」は時衆の媒介によって足利将軍家の芸能として位置づけられる。年頭の参賀および四月下旬の北野御参籠に、惣検校が将軍家に出仕していたことはすでに述べた。あるいは近世の将軍宣下（新将軍の就任儀式）にともなう「平家」の御前演奏にしても、室町幕府以来の慣例を引きついだものだろうか。『平家物語』巻八には、周知のように将軍宣下の起源神話ともいうべき「征夷将軍院宣」が語られるのである。

足利将軍家という新たな権威を背景として、中世芸能としての「平家」、および惣検校を頂点とした当道の内部支配が確立する。畿内を中心とした広範な座組織が完成するのだが、そのメルクマールとなるできごとが、慶一惣検校による足利義満への正本の進上だったろう。将軍家との結びつきは、平家座頭にとって、従来の本所の羈絆から離れるための不可避の選択だったろうが、しかし注意したいことは、この一連の動きが、じつは「室町殿」足利義満の思惑とも合致したことだ。

平家一門の鎮魂の物語は、源氏将軍家の草創・起源を語る神話でもある。[25] またそれが南北朝期に完成した新芸能だったことも、内乱の覇者足利義満には格別の意味をもったにちがいない。天皇家とも摂関家とも異なる新たな権力の世襲形態を志向した足利義満にとって、南北朝期に完成した「平家」は、みずからの権力を荘厳する恰好の新芸能だったろう。足利義満の治世と芸能との関わりについては、従来おもに能楽史のレベルで論じられている。だが、語り物「平家」を管理する源氏の氏長者、および源氏将軍家の神話的起源を語る歴史語りという視点は、『平家物語』理解のために、また芸能と権力との関わりをさぐるうえでも、ひとつの視角を提供するはずである。

注

（1）『師守記』には、このあと貞和三年（一三四七）二〜三月、貞治二年（一三六三）閏正月、同年二月に覚一の演奏記事があり、貞和三年（一三四七）以後の記事にはいずれも「覚一検校」とある。貞和三年以前に、覚一が「検校」に昇進していたことが知られるが、それは琵琶法師が「検校」を称した記録上の初見でもある。なお、盲人が官職を称することは、永仁五年（一二九七）の『普通唱導集』に、「琵琶法師伏惟々々々勾当」とあり、鎌倉時代から行なわれていた。

(2) 後述するように、南北朝期以前の琵琶法師には、〇一、城〇、真〇を名のりとする、すくなくとも三つ（以上）のグループが存在したらしい。それが室町初期に〇一と〇城で統一されるのは、その間におけるグループの統合を示している。なお、一名の記録上の初見は、興福寺大乗院の記録『嘉暦三年毎日抄』に「京都名誉ノ真慶・成一」とみえる「成一」（一三二八年）。城名の初見は、『祇園執行日記』康永二年（一三四三）九月十二日条の「正珍勾当」（城珍だろう）である。

(3) 当道の伝書類は覚一を初代の惣検校とするが、記録上の惣検校の初見は、『教言卿記』応永十四年（一四〇七）正月二十一日条の「惣検校慶一」である。山科教言が、出入りの座頭光一の消息を「惣検校慶一」のもとに尋ねたというものだが、惣検校が「当道盲人」を統括する位置にあったことが知られる。また覚一本奥書では、つぎにみるように慶一のみ「惣検校」と呼ばれる。惣検校の最初は慶一と思われるが、この点については本章二節以下に述べる。

(4) 『職代記』は、惣検校の初代として「中興開山覚一惣検校」をあげ、つぎに、「其以後之職。慶一惣（検校）。在名塩小路。戒名聞天道声大徳。此外之惣検校不分明。永享八丙辰六月十五日遷化。」として、覚一以後の総検校は慶一以外は「不分明」と断わっている。また永享八年（一四三六）死去の慶一につづけて、享徳二年（一四五三）死去の井口相一を第三代としてあげるが、それによれば、第二代の慶一の死後、ただちに相一が第三代の惣検校職を継いだことになる。しかし『室町家御内書案』巻下に、永享四年（一四三二）に「惣検校城存」が屋敷地を賜ったことがみえ、『満済准后日記』永享六年（一四三四）五月二十一日条に「惣検校城存」の記述がある。『職代記』が記す第二代の慶一、第三代の相一のあいだに、城存が惣検校だったことが知られるが、しかしなぜか『職代記』（以下の当道の記録・文書類）に惣検校城存の名は記されない。覚一と慶一のあいだに、定一の記述が抜けている可能性も否定できないのである。

(5) 「大覚寺文書」の引用は、本稿の初出時には、後藤丹治『戦記物語の研究』（改訂増補版、大学堂書店、一九四四年）の翻刻によった。後藤の翻刻は、史料編纂所蔵の影写本によるものだが、その後、後藤の翻刻に誤読箇所があることを、砂川博「尼崎大覚寺文書・琵琶法師・中世律院」（『北九州大学文学部紀要』第四八号、一九九三年十二月）によって知った。今回、旧稿を補正するにあたって、砂川論文の翻刻と、同論文に掲載された写真版を参照した。それにともない、覚一本奥書（とくに宝徳四年奥書）の解釈も一部修正したことをお断りしておく。

(6) なお、近世の所伝だが、康豊本『平家物語』の巻五奥書(慶長十六年、木村検校良一)に、「右之一部者、被納置禁裏清書之御本、明石覚都申請、塩小路桂都令相伝、従桂都井口蒼都(法名妙観)相伝。世人謂雲井本是也」とある。

(7) 大永二年(一五二二)~天文五年(一五三六)。当道が本座・新座に分裂して抗争した事件。事件の経緯については、中山太郎『日本盲人史』(昭和書房、一九三四年)、加藤康昭『日本盲人社会史研究』(未来社、一九七四年)の考察がある。なお、この事件の関連文書を当道で編集した記録が、つぎに引用する『座中天文物語』である(『日本庶民文化史料集成』第二巻、三一書房、一九七四年、所収)。

(8) 梶原正昭「『平家物語』と芸能——室町・戦国時代の琵琶法師とその芸能活動」(梶原編『平家物語　伝統と形態』有精堂、一九九四年)。

(9) 北畠親房の『職原抄』は、「源氏の長者」について、「奨学院の別当たるの人、即ち長者となる」(原漢文)とし、中院雅定(一〇八六~一一五四)が鳥羽院の勅定により奨学・淳和両院別当に任じられて以来、両院別当は源氏長者の名誉職として村上源氏中院流に世襲されたこと、また、中院流の最上位の公卿が納言のときは両院別当を兼ねるが、「一の人」が大臣に昇任したときは、奨学院別当のみを帯して、淳和院別当は「次の人」に譲る慣例であったことを述べている(本書第一部第四章、参照)。参考までにいえば、前述の中院通顕は、文保元年から元応元年(一三一七~一九)、元弘二年から建武元年(一三三二~三四)まで奨学院別当、通顕の子通冬は、暦応三年から四年(一三四〇~四一)、康永元年から文和三年(一三四二~五四)まで、それぞれ奨学院別当に任じられている。

(10) 『中院一品記』暦応三年(一三四〇)九月八日条に、仁和寺で行われた「平家」の催しに、「座中十人」とともに「座外の盲目真性」が参加したとある。中院家の「座外」といわれる真性は、『太平記』巻二十一「塩冶判官讒死事」で、覚一とつれ平家を演じた「真性」(玄玖本、神宮徴古館本)と同一人物だろうが、「盲目真性」の記事は、はやく『大乗院具注暦日記』正和四年(一三一五)三月二十五日の条にみえる(落合博志「鎌倉末期における『平家物語』享受資料の二、三について——比叡山・書写山・興福寺その他」『軍記と語り物』第二七号、一九九一年)。また『嘉暦三年毎日抄』(興福寺大乗院の記録)には、嘉暦三年(一三二八)五月に勧進のため奈良に下向した盲目法師「真成」のことが記され、同書によれば、「真成」は「京都名誉ノ真慶・成一ヵ弟子」

という。真性・真成・真慶の名のりは、興福寺の記録『寺院細々引付』で、応永十一年（一四〇四）の小正月に参賀に訪れた「盲目心行」との関連が思われる。シン○を名のる盲人グループが存在したらしいのだが、『中院一品記』に「座外盲目真性」とある以上、真成（真性と同一人か）・真慶・心行も中院家の「座外」だったろう。

(11) 植木「当道座の形成と平曲」（『歴史における芸術と社会』みすず書房、一九六〇年。『日本文学研究資料新集・平家物語――語りと原態』有精堂、一九八七年、再録）。

(12) 本書第二部第一章。なお、『源威集』巻下の文和四年（一三五五）東寺合戦の条に、「……當日終夜、清水坂ニ、立君袖ヲ烈テ、座頭琵琶を調参シニ、少々平家語ランスル鳥呼ノ者モ有シ也」とあるのは、清水坂が、座頭と遊女の活動場所として知られていたことをうかがわせる。

(13) 館山『平家音楽史』一一二頁（日本皇学館、一九一〇年）に、「……城方は上に付く。都方は下に付く。城字を一とよみしこと、都の字を用るが如くなりしことあり。醒酔笑曰く、泉の堺市の町に、金城といふ平家の下手ありといふに、金城にキンイチとかなを付たるは、前説に合へり。市の繁昌は都城にあれば、義を仮りたるか」とある。なお、「○城」の表記例として、覚一を「覚城」と表記した例（『太平記』毛利家本）、定一を「定城」と表記した例（那須家蔵『平家物語』奥書）などがある。

(14) 「当道」の積塔（石塔）会は、十八世紀以降は山科の四宮河原で、それ以前は四条河原で行なわれたが（『座中天文物語』『遠碧軒記』）、近世初頭には時衆の一条大炊道場聞名寺で行われていたという（『山州名跡志』）。積塔会が、時衆（さらに足利将軍家）と結びついた一方派の儀礼であったことは、『座中天文物語』のつぎのような記事からもうかがえる。すなわち、座中天文事件において、「当道」座中の管領を主張した久我家に対して、「当道」側（本座方）は、「当座中者、従光孝天皇ノ御宇以降相始て、官途以下法途令₂取行₁候。就ᴸ其、彼御忌₂月十六日、懃積塔、禁裏様江奉ᴸ捧₂巻数₁候。然を中比より、久我殿被ᴸ成₂御取次之儀₁迄候。以₂此一事₁、或者号₂本所₁、或号₂管領₂」と主張した。積塔会の由緒とされる当道の光孝天皇伝承が、久我家の本所権を否定する根拠として主張されたのである。

(15) 中山太郎『続日本盲人史』四四頁（昭和書房、一九三六年）。

(16) 惣検校の居宅を職屋敷といい、職屋敷には当道の座務機関が置かれた。なお、職屋敷内には、覚一の位牌所清聚庵があり、覚一と城玄の木像のほか、歴代惣検校の位牌が安置されていた。明治四年に職屋敷が廃止されると、位牌は五条坊門寺町の大雲院に、木像は京都当道会に保管されたが（現在は所在不明。『平家音楽史』に写真あり）、歴代惣検校位牌が大雲院に祭られた理由として、冨倉徳次郎は、浄教寺九世の貞安大和尚が大雲院の開山であり、その貞安大和尚によって位牌が浄教寺から大雲院に移されたと推定している（『平家物語研究』第三章三、角川書店、一九六四年）。しかし『平家音楽史』が述べるように、大雲院の歴代惣検校位牌は、明治四年の職屋敷廃止後に清聚庵から移されたもの。

(17) 近世の職屋敷は、江戸初期から元禄ごろまで、五条坊門（現在の仏光寺通）の東洞院西、烏丸東にあり、のちに五条坊門の東洞院東、高倉西に移っている（塚本虚堂「当道職屋敷についての補訂」『楽道』二三九号、一九六一年七月）。どちらも五条東洞院の浄教寺跡地とは指呼の距離にある。

(18) 金井清光『時衆文芸研究』（風間書房、一九六七年）が述べるように、かりに「浄教寺が時衆寺院でなかったとしても、境内に熊野社ないし八幡社がまつられている以上、熊野神人や融通念仏の勧進聖が出入していたことは確かで、したがって時衆と密接な関係があったのである」（二〇三頁）。

(19) 御橋「平重盛の燈籠堂と浄教寺」（『東方仏教』一九二七年一二月）。

(20) 渡辺貞麿『平家物語の思想』第二部第二章（法蔵館、一九八九年）は、「時衆」「大念仏」が天台系の常行念仏や良忍の融通念仏にも共通するものであるとして、「燈籠之沙汰」に時衆的要素をみる御橋説を批判している。だが渡辺の説は、覚一本の成立を鎌倉期に遡らせて考える旧来の説を前提にして立論されたものである。なお、御橋説は、五来重、冨倉徳次郎、金井清光らによって補足・傍証されている。――五来「一遍上人と融通念仏」（『大谷学報』一九六一年六月）、冨倉注(16)の書、金井注(18)の書。

(21) 当道と時衆の関わりについては、あらためて後述する。――本書第二部第三章。

(22) 『当道大記録』「永禄元亀天正年中制札之事」から、永禄年中に惣検校の居宅が四条にあったことが確認される。中山太郎『日本盲人史』二八八頁（昭和書房、一九三四年）。

(23) 注(4)で述べたように、『職代記』などの当道の記録・伝書類には、第二代の惣検校慶一と第三代の相一のあいだに、八坂方の惣検校城存の記録が抜けている。当道の成立期における複雑な内部事情（一方と八坂方の対立など）をうかがわせる。

(24) なお、一方派の前身の「さめうしの盲目ども」については、源氏将軍家ゆかりの佐女牛八幡との関わりも考えるべきだろう。――本書第二部第三章。

(25) たとえば近世の初頭、「平家」が幕府の式楽に列せられたことも、徳川家康が清和源氏(新田流)の由緒のもとに征夷大将軍となったことと無縁には考えがたい。近世初頭に『平家物語』がさかんに版行されたことも、それが近世初頭にあっても源氏将軍家の草創・起源神話としての一面を有していたことを示唆している。

第二章　屋代本の位置
――非正本系の語り本について――

一　覚一本と屋代本

応安四年（一三七一）三月、覚一検校によって作られた当道の正本（覚一本）は、覚一から後継者の定一検校に伝授され、定一のあとは弟子の塩小路慶一、さらにその弟子井口相一に相伝された。(1)当道の記録類によれば、覚一は初代の惣検校、慶一は第二代、相一は第三代の惣検校である。覚一伝授の正本は、当道の最上層部において独占的に管理・相伝されたわけだが、それは「末代の弟子共諍論の時、此本を披見す可し」（「大覚寺文書」記載、覚一本奥書、原漢文）といわれるように、伝承の拡散化を規制する権威的な規範でもあった。語りの正統を文字テクストとして管理することで、惣検校を頂点とする当道の内部支配が補完される。たとえば、覚一から正本を伝授された定一検校は、清書本一部を作成して、原本のほうは、覚一の位牌所である清聚庵に納めている（同前）。正本は習得や記憶の便宜のために参照されるよりも、むしろ秘蔵・秘匿されることで正本としての機能を発揮したのである。

覚一本の作成と伝授は、当道組織の確立と不可分の問題であった。正本の閉鎖的な伝授が当道の内部支配を権威的に補完していた以上、その清書本が「室町殿」に進上されたことも（「大覚寺文書」）、当道の支配権（その権威的な源泉）が足利将軍家に委ねられたことを意味している。「室町殿」の勢威を背景とした座組織の再編が完成するのだが、そのような正本の伝来は、語りの伝承とはあきらかに別次元の問題として考えられる必要がある。覚一本が「平家」語りの台本ではないこと、それが近世の平曲譜本はもちろん、いわゆる字本（節付けを注記しない台本）のたぐいとも異なることは、問題を考える前提としてまず確認しておく必要がある。(2)

当道の正本として作成された覚一本の最大の特徴は、建礼門院の後日談を本編から抜きだして別巻とし、巻十二のあとに灌頂巻を立てたことである。灌頂は、雅楽琵琶の世界では、最重要の秘曲「啄木」を伝授する儀式をいう。『平家物語』の灌頂巻も、当道の最高位者（検校）に特権的に伝授すべく立てられた秘曲だが、覚一本が灌頂巻を特立した背景には、座組織の整備にともなう当道（その上層部）の権威化という事情があったろう。

だが当道の周辺で作成された『平家物語』本文には、末尾に灌頂巻を立てない別系統の本文も存在する。屋代本、百二十句本などの非正本系の語り本である（覚一本以下の正本とは別系統という意味で、非正本系と呼称する）。

非正本系の本文は、建礼門院記事を灌頂巻として特立せず、巻十一、十二のしかるべき位置に編年的に組み入れている。あきらかに正本（覚一本）とは異質の目的で作られた本文である。この章では、覚一本と屋代本の関係を考えることで、非正本系の語り本が作成された事情について考察する。非正本系の存在理由は、なによりもそれが灌頂巻を特立していないという点にもとめられるが、そのような独自の構成は、中世における「平家」演唱のもう一つの実態をさし示すのである。

二　非正本系の語り本

『平家物語』の「現存諸本中もっとも古き部分に属す」[3]といわれる屋代本は、本文や構成面での古態性がはやくから指摘されてきた。冨倉徳次郎は、屋代本の「編年体的記述」をもって「古い平家物語の叙述形態を濃く伝へてゐる」とし、[4]渥美かをるは、語り物としての表現効果の面から、屋代本を現存語り本の最古態と位置づけた。[5]また佐々木八郎も、叙述・構成面での屋代本の古態性を指摘したが、ただし「異本それ自体の出来た年代の先後」は「その全内容それ自体の先後を示すもの」ではないとし、佐々木が諸本の系統化に踏み込まなかったのは、一つの見識だったろう。[6]

じっさい屋代本と覚一本の先後関係については、覚一本を先出とみる高橋貞一の有力な異説も行なわれるのである。[7]たしかに冨倉や渥美が指摘したように、覚一本には、屋代本的な本文を増補・再構成したとしか思われない箇所がある。だが高橋が指摘するように、屋代本には、覚一本的な本文をふまえた抄出・略述とみられる箇所、また、覚一本的な本文の目移りによる誤脱とみられる箇所もすくなくない。[8]

屋代本と覚一本がきわめて近い関係にあることは、読み本系の本文と比較すれば一目してあきらかである。しかし読み本系古本の延慶本などを比較の対象に置いてみると、屋代本が延慶本に近い箇所と、覚一本が延慶本に近い箇所とが混在するような章段もある。[9]屋代本と覚一本の関係は、山下宏明がいうように、「ある時期（室町期であろう）本文として並行して存在していた」[10]とするのが妥当だが、とすれば、当道の正本として作成・伝授された覚一本にたいして、屋代本はどのような目的で作られ、またどのような関係において覚一本と「並行して存在していた」のか。

覚一本と屋代本の関係については、従来おもに当道の流派上の問題として説明されている。すなわち、一方《いちかた》と八坂《やさか》方《がた》という当道盲人の二大流派を、語りの流儀・芸風のちがいととらえ、流派の相違が、一方系と八坂系という語り本の二系統を生み出したとするのである。一方系古本の覚一本にたいして、屋代本を、八坂系の古本とみる説(11)、一方・八坂方という両派が分岐する以前の語り系の古本とみる説(12)、また覚一本が成立する以前の初期一方系本とみる説(13)、などが行なわれている。

だが一般には自明と思われている覚一本＝一方系古本説にしても、それを裏づける十分な根拠はじつは存在しないのである。たとえば、覚一本の灌頂巻末尾の奥書には、「当流の師説、伝授の秘訣、一字を欠かさず口筆を以て書写せしむ」という一文がある。ここにいう「当流」の語を一方流と解釈する向きもあるが、しかし『三代関』（江戸時代の検校の師弟関係を記した当道の記録）序文に、「当流之筋雖レ委……是分明ならずと云々」とあるのは、平家座頭の全体をさして「当流」と呼んだ例である。また、『平家物語』の作者伝承を記した当道の伝書、『平家勘文録』にみえる「当流の平家」も、公家や寺家に伝わった「平家」にたいして当道の「平家」という意味である。覚一本奥書の「当流」の語も、当道とほぼ同義でつかわれた語とみてよい。

覚一本は、当道の正本として作られたのであって、一方流といった特定流派の正本として作られたのではなかった。本書第一部第三章であらためて述べるように、当道（座）の構成単位である一方と八坂方の区別が、語りの流儀・芸風の違いと認識されるようになるのは、「平家」語りの近世的な変質を前提にしている。一方流の「平家」なるものがかつて存在しなかったように、中世においては八坂流の「平家」なるものも存在しなかった。すなわち、一方系と八坂系という諸本の分類・系統化案は根底から疑ってみる必要があるのだが、とすれば、覚一本と屋代本が「本文として並行して存在し」た理由も、当道の流派とは別の観点から問いかえされる必要がある。

三　屋代本と句（段）の構成法

すでに述べたように、屋代本の構成的な特徴として、従来その叙事的・編年的な姿勢が指摘されている。そのような屋代本の特徴を端的にしめすのは、巻十一、十二に編年的に組み込まれた建礼門院記事の扱いとともに、別冊として添付された「平家抽書七ヶ条」の存在である。

屋代本は、本編十二巻（ただし巻四、巻九は欠巻）とはべつに、「抽書」一冊と「剣巻」一冊をもつが、「抽書」は、物語本編から七章段を抽出し、「平家抽書七ヶ条」として一冊にまとめたもの。「抽書」七章段には、

一　義王義女仏閇事同出家事　（覚一本等の章段名でいえば「祇王」）
一　入道相国為慈恵大僧正化身事　（「慈心房」）
一　流沙葱嶺事同宗論事幷高野御幸事　（「宗論」）
一　皇后宮亮経正竹生島参詣事　（「竹生島詣」）
一　本三位中将重衡狩野介預事付千手前事　（「千手前」）
一　新院厳島御幸事同御願文事　（「厳島御幸」）
一　将門序　（「延喜聖代」の一部）

があり、それぞれ本文のはじめに、「平家抜書一巻之内」「六巻之内」「同六巻之内」「平家巻第七之内」「平家巻第十一之内」と注記される（「新院厳島御幸事同御願文事」「将門序」は注記なし）。どの巻から抽出したかが明示されるのだが、また本編の目録にも、「抽書」に入れた章段名をあげ（「将門序」をのぞく）、章段名の下に小書きで「但有別紙」として、

本文を「別紙」（抽書）にいれたことを明示している。屋代本が編集される前提に、「抽書」七章段を本編に組み入れた『平家物語』が存在したことはたしかである。そのことはまた、「抽書」という名称が何よりも雄弁に物語っているが、「抽書」七章段が本編から抽出された理由は、それらがいずれも物語の本筋からみて傍系的な章段であり、「抽書」として除外することで、物語本編がより叙事的・編年的に再構成されたからである。(14)

傍系章段を抜き出して物語を再構成した屋代本の編集姿勢は、建礼門院記事を巻十一、十二に編年的に組み入れたこととも軌を一にしている。それらは屋代本の性格を知るうえで重要な指標となるが、それに関連して注意したいのは、屋代本と覚一本の異同のあり方が、巻によって一定の偏差がみられることである。たとえば、巻一、二などは比較的異同のすくない巻である。また、巻三、五、六、八なども（一部の例外をのぞいて）校合可能な範囲にある。しかし巻七、十、十一、十二など、物語の後半になるほど異同がはげしくなる。全体に、物語の前半は異同の幅が小さく、後半になるほど大きくなる傾向が認められる。

『平家物語』の前半は、乱の発端をその歴史的展開にそって叙事的に語る巻からなっている。巻四あたりからしだいに人物中心、エピソード中心に物語が展開するのだが、そのような後半部分において、屋代本はより叙事的・編年的に物語を語ろうとする（そのもっとも顕著な例が物語末尾の建礼門院記事の扱いである）。そのような屋代本の姿勢は、各巻の章立て（目録）にまでおよんでいる。

二、三の例をあげれば、たとえば巻十一の屋島合戦。屋代本の目録は「讃岐国屋島合戦事」の一章を立てている。覚一本はそれを、「嗣信最期」「那須与一」「弓流」という三章で語っている。場面や人物に焦点をあてる覚一本にたいして、屋代本は、屋島合戦全体を一つの事件として語ろうとする。

おなじく巻十一の壇の浦合戦は、屋代本は「長門国壇浦合戦事」「平家一門悉皆滅亡事」の二章を立てている。覚一本は「鶏合」「壇浦合戦」「遠矢」「先帝身投」「能登殿最期」の五章で語っている。やはり場面中心・エピソード中心の覚一本にたいして、屋代本の叙事的な姿勢がうかがえる。

巻七の平家都落ちは、屋代本の目録は「法皇鞍馬寺忍御幸事」「平家一門落都趣西国事」の二章、覚一本は「主上都落」「維盛都落」「聖主臨幸」「忠度都落」「経正都落」「青山之沙汰」「一門都落」「福原落」の八章を立てている。とくに「経正都落」とそれに付随する「青山之沙汰」は屋代本では語られない。「経正都落」は、「忠度都落」の同工異曲ともいえるエピソードだが、挿話的関心に比重をおく（そのため内容の類似・重複をいとわない）覚一本にたいして、やはり事件の叙事的展開に主眼をおく屋代本の姿勢がうかがえる。

屋代本の平家都落後半は、覚一本の章段名でいえば、ほぼ「聖主臨幸」「一門都落」「福原落」の順で語られる。冨倉徳次郎は、屋代本の記事構成に、時間的経過に即して語ろうとする姿勢を指摘しているが、[15]なかでも注目されるのは、「一門都落」にみえる平経盛の著名な詠歌、

故郷を焼け野の原にかへりみて末もけぶりの波路をぞゆく

が、屋代本では「福原落」のなかに位置づけられたことである。その結果として、屋代本の都落ち後半は、事件の経過を叙事的に語る記事がつづき（記事内容でいえば、頼盛の変心→畠山重能らの帰郷→平家一門の人名列挙→貞能の帰洛）、抒情的・詠嘆的な詞章は、都落ち全体の末尾に集中することになる。

覚一本の平家都落ちについては、冨倉徳次郎が、「語りものの句立て」に配慮した構成であることを述べている。[16]「編年体的に事件をたど」る屋代本や百二十句本にたいして、「各句がそれぞれ一つのまとまりをもったものとして構成」され、「独立した一句一句の集積であろうとする形」が覚一本であるという。たしかに、語りの段落構成として、平野健次のいう〈朗誦→詠唱〉[17]という単位を考えるなら、屋代本の都落ち後半は、「聖主臨幸」「一門都落」「福原落」

を一つにした長大な段落が構成されてしまう。そのような屋代本の段落構成にたいして、人物中心・場面中心に章段（句）を立てる覚一本は、冨倉がいうように「独立した一句一句の集積であろうとする形」とみてよいだろう。

覚一本の章立てに関する同様の見解は、渥美かをるも、覚一本の「章段切り」の問題として述べている。たとえば、覚一本の巻二「康頼祝詞」「卒都婆流」は、屋代本の目録でいえば、巻二「康頼入道鬼海島祝文事同二首歌札事」に相当するが、屋代本は、熊野勧請→竜女出現→なぎの葉の奇瑞→康頼祝詞→卒都婆流しの順に話が展開し、物語の山場を康頼祝詞と卒都婆流しに置いて、物語全体を後半へむけて漸次もりあげる構成をとっている。

覚一本は、熊野勧請→康頼祝詞で一句を構成し（「康頼祝詞」）、つぎに竜女出現→なぎの葉の奇瑞→卒都婆流しで一句を構成する（「卒都婆流し」）。屋代本との記事異同について、渥美は、覚一本は「章段切り」の必要から「屋代本が持っていた文芸的な一つの山（康頼祝詞と卒都婆流し）を二つに切りくずした」と述べている。(18) 覚一本の「章段切り」の必要とは、冨倉のいう「独立した一句一句の集積であろうとする形」にほかならない。

冨倉や渥美が指摘したように、覚一本には、一句を適度な長さでまとめようとする姿勢が顕著である。それは何よりも、覚一本の目録と句立てのあり方にうかがえるが、しかし注意したいことは、そのような覚一本の句立てのあり方だけが「平家」の句立ての方法ではないということである。

たとえば、「平家」の句立てについて、蒲生美津子は、一句というのは一齣と同義で、全体のなかでの一局面・一場面を意味すると述べている。(19) 一句は、自己完結的な一曲とはことなり、通しで語るなかでの一場面、ヒトコマを意味するというのだが、蒲生の説に補足すれば、「平家」のばあい、「語り句」「引き句」（曲節の分類名称）のいい方にみられるように、一つのフシで語られる文句の一定単位も「句」と呼んでいる。そのような語り句、引き句などの「句」が、〈クドキ→中心曲節〉のパターンで接続することで、さらに上位の「句」（いわゆる小段）が構成される。そしてこの上位の「句」(小段)を単位として、それがいくつか連鎖することで、「平家」の一句(一章段)が構成される。ふつうこの内容的なひとまとまりで句を切るが、もし時間に余裕があれば、そのままつぎの句(小段)をつなげることも可能である。七五調の句(語りことばの最小単位)から出発して、句(語り句・引き句)↓句(小段)↓句(章段)という、さまざまなレベルの句が継起的に連鎖する過程として語りが生起する。(20)

中世の「平家」の享受記録をみても、座頭が「平家四五句」を語ったとか、「一両句」「両三句」「三四句」など、句数のあいまいな記事がある。また語り系の「平家」諸本にしても、目録に章段名を上げるだけで、本文はまったくつづけ書きというのが少なくない。句を立てていても、諸本によって句切りは流動的である。そうした問題も、句の継起的な連鎖として構成される一句のあり方と無関係ではないだろう。継起的(いもづる式)に構成される一句の輪郭のあいまいさが、「句」というものの本来的なあり方だったわけで、それはいいかえれば、冨倉のいう「独立した一句一句の集積であろうとする形」(渥美のいう「章段切り」)だけが、「平家」の句立ての方法ではなかったということである。

四　百二十句本と一部平家

当道の正本である覚一本は、伝承の拡散化を規制する権威的な規範として作成・伝授された。それが覚一の口述筆記そのままではないにしても、(21)覚一が提示した規範的・正統的な語り口を伝えていることはたしかである。だが注意したいことは、覚一の「平家」は、つねにそのような単一の(人物中心・場面中心の)語り口で語られていたのではないということである。

複数の語り口を適宜つかいわけることで、さまざまな聴衆、語りの場に柔軟に対応していたのが中世の「平家」である。たとえば、九州の座頭琵琶や東北のデロレン祭文など、台本によらずに演唱される語り物の多くに、大別して二種類の演唱ヴァージョンの存在が指摘できることは別に述べた。(22)中世の「平家」にもおそらく複数の演唱ヴァージョンがあり、そのうち覚一によって標準的・規範的と認定されたのが、覚一本にうかがえるような人物中心・場面中心の語り口だったろう。

すでに述べたように、各句を「それぞれ一つのまとまりをもったものとして構成」(冨倉)することだけが、「語りものの句立て」の方法ではないのである。句が相対的な独立性を維持しながら、同時に前後の句へむけて叙事的に開かれてあるのが、「平家」の句の本来的なあり方であった。場面構成的な覚一本と、叙事的な屋代本は、「句」のあり方の二側面を典型化したものともいえるのだが、そのばあい、屋代本の叙事的・編年的な構成を考えるうえで注目されるのは、中世にさかんに行なわれた「一部平家」(平家全巻の通し語り)ないしは「巻平家」(任意の一巻の通し語り)(23)とよばれる語り方である。

たとえば、『大乗院具注暦日記』延慶二年(一三〇九)五月六日条、同正和四年(一三一五)十月二十三日条に、それぞれ「盲目大進房」「盲僧真性」が平家「一部」を語ったことが記される。この記事を紹介した落合博志は、『普通唱導集』(永仁五年〈一二九七〉)の、琵琶法師が「平治・保元・平家の物語、何れも皆暗んじて滞る無し」(原漢文)という一文も、「一部平家」を背景とした文言かと推定している。(24)「一部」全巻の通し語りが、かなり早い時代から行なわれていたことはたしかだろう。

『看聞御記』応永二十六年(一四一九)二月二十二日の条には、「仙洞に平家有り。秀一・調一検校等参る。一部を申すべしと云々」(原漢文、以下同)とある。「一部を申す」とは一部(全巻)の通し語りだが、おなじく『看聞御記』

応永三十年（一四二三）六月五日の条には、城竹検校が「祇園精舎より仏御前に至る六句」を語ったとあり、同二十九日の条には、「先度」の演奏をうけて「今日一巻語り了ぬ」、翌七月一日の条には、「明雲座主流罪より小松内府教訓状に至る六七句」を語ったとある。また永享十年（一四三八）三月二十六日の条には、汲一なる琵琶法師が「平家五句を語」り、「一巻今日結願す」とある。『看聞御記』の筆者貞成親王は、琵琶法師にしばしば「巻平家」ないしは「一部平家」を語らせていたらしい。

近世にはほとんど行なわれなくなった「平家」一部の通し語りは、中世には歴史語りの需要にささえられてごくふつうに行なわれていたようだ。[25] 芸能史研究の植木行宣によれば、「室町期をつうじての（平家の）演奏活動の主流を形づくった」のは、勧進平家だったという。[26] 寺社で長期にわたって（ふつう一箇月前後）行なわれる勧進平家は「一部平家」の興行が一般的だったろう。勧進平家の興行が琵琶法師の地位や名誉に結びついていたことも、それが「一部」の修得者（検校だろう）によって行なわれたからだが、[27] 注意したいことは、そのような「一部」の修得者によって行なわれた「平家」の通し語りは、けっして一句単位の演唱の単なる集積ではなかったということである。

近世中期の成立とみられる平曲伝書、『琵琶記』（東京大学附属図書館青洲文庫）は、一部平家におけるフシの語り変え、句立ての変更を説明して、つぎのように述べている。

一部平家の習ひありて、巻続き一句の始めのいひ出しの節をかゆる事侍り。たとへば二の巻ならは、山門滅亡の口説を高声にいひ、或は外の一句の始めを白声にも語れり。間の物は其時により、前後の一句に付て語りやうあり。句の外なれば白声にいひてよきなり。

巻の途中では、一句の冒頭部分を語りかえ（とくに白声が多用されたらしい）、間《あい》の物は「前後いずれかの一句に付て語」ったという。また近世初頭に成立した『西海余滴集』は、一部平家の句立てについて、つぎのように説明している。

祇園精舎を初て、殿上の闇討まて、一句に諷ひ、鱸より桜町迄一切、二代の后より清水炎上まて一つにつゝけ、妓王初の一句を、なを御返事をも不申と諷納る事、初日の作法也。……二日には妓王の後の一句よりはしめて、右のことく四句語りて、第三第四もしかのことく、三十日に百二十句語り勤む。句切は口伝を可ㇾ被ㇾ受。

「三十日に百二十句語り勤む」という方式が、一部平家の作法として（近世初頭以前に）確立していたようだ。百二十句という句立ては、覚一本や流布本が二百句近くに分割されるのにくらべて、かなり少ない句数である。つまり一部（全巻）の通し語りでは、一句をかなり長くする叙事的な句立てが行なわれたわけで、それに合わせて、フシも（白声を多用する）叙事的な語り口が用いられたものらしい。(28)

一部平家の句立ての詳細について、『西海余滴集』は「口伝を可ㇾ被ㇾ受」と述べている。一部の通し語りが、一定の資格と結びついて行なわれていたことをうかがわせるが、そのような「口伝」を文字テクストとして明示したのが、一部十二巻を百二十句に分割した百二十句本の『平家物語』だったろう。(29) たとえば、『西海余滴集』のいう「祇園精舎を初て、殿上の闇討まて、一句」、「鱸より桜町迄一切」、「二代の后より清水炎上まて一つ」、「妓王初の一句を、なを御返事をも不申と諷納る」という句の切り方は、百二十句本巻一の第一句から第五句までの句立てに相当するのである（ただし、「二代の后より清水炎上まて一つにつゝけ」は、百二十句本の第三句と第四句をあわせたもの）。

さきに引いた『看聞御記』応永三十年六〜七月条の城竹検校による「平家」の通し語りでは、一回目に「祇園精舎より仏御前に至る六句」を語り、二回目は「先度」の演奏をうけて「今日一巻語り了ぬ」、三回目は「明雲座主流罪より小松内府教訓状に至る六七句」を語ったとある。各回ごとの句数は一定しておらず、『西海余滴集』のいう一日四句という通し語りの作法は、当時まだ成立していなかったことが知られる。また、『大乗院寺社雑事記』文明二年

（一四七〇）七月二十日の条には、

卜一検校去十八日罷下。六十日在京。二十一ヶ度ニ平家一部於ニ公方一相語之。

とある。卜一検校が「公方」（足利義政）のもとで「二十一ヶ度」にわけて「平家一部」を語ったというのである。卜一（牧一とも）は、文明二年当時の惣検校である（『職代記』によれば、卜一は第七代の惣検校。在職期間は文正元年〈一四六六〉から文明十一年〈一四七九〉）。卜一が惣検校であった十五世紀後半においても、「三十日に百二十句」という一部平家の作法はまだ成立していなかった。

各巻十句で構成される百二十句本の整然とした句立ては、いかにも作為的な様式化のあとをうかがわせる。その成立年代のおよその見当もつこうというものだが、とすれば、百二十句本の系統上の祖本の位置にあり、句立ての方法がいまだ定式化していない屋代本の位置もみえてくる。当道の正本として規範的な語り口を伝えた覚一本にたいして、通し語りの叙事的な演唱ヴァージョンを伝えたのが、屋代本テクストだったろう。

五　非正本系から「八坂系」へ

貞和三年（一三四七）二月から三月にかけて、覚一は矢田地蔵堂で「平家」を語っている（『師守記』同年二月二十一日、二十二日、三月十八日）。当時名誉の琵琶法師であった覚一は、しばしば寺社の勧進興行をうけおい、さかんに一部平家を興行していたと思われる。そのような一部の通し語りに習熟した覚一によって覚一本は生みだされる。

人物中心・場面中心に物語を構成する覚一本にあっても、各句はけっして独立した一曲ではなく、あくまで「平家」のなかでの一句だということである。源氏のなにがしについて語っても、それは「平家」の一句である。そこに、読み本系のように源氏（頼朝）の物語へ拡散していかない、また傍系説話にのめり込むのでもない覚一本の構成と文体が生み出される。それはいいかえれば、覚一本の「平家」は、いっぽうに屋代本的な通し語りの語り口を前提にして成立したということである。

覚一が演じた一部の通し語りにおいて、たとえば建礼門院の物語は秘曲（灌頂巻）として除外することはできなかったはずである。座を維持する拠りどころとしての覚一本（正本）は、座組織の階層化に対応して、灌頂巻を伝授上の秘曲として特立した。勧進平家等で演じられるより一般的な「平家」は、建礼門院記事を物語本編に組み入れ、その六道語りをおおはばに縮小した、たとえば屋代本にみられるような「平家」だったろう。

屋代本（その祖本というべきか）は「一部」の通し語りに対応するテクストとして成立する。あえて屋代本が文字テクスト化された理由は、一部平家の修得が当道盲人の地位や資格に結びついていたことが考えられる。一部平家の権威が本文作成の動因となったことは、のちの百二十句本の例からも類推されるが、もう一つ考えられることは、「平家」語りの流行にともなう読み物としての需要である。当道の正本としての覚一本は、座の上層部できわめて閉鎖的に伝授された。より一般的な通し語りの「平家」が、読書家の関心を集めたことは十分考えられるが[30]、ともあれ、そのようにしていったん成立した屋代本（およびその系統本）は、正本ではなかったから当道の外部に流布し、読み物として比較的自由な改訂・改作をうけることになる。

改作された非正本系の語り本のなかには、室町後期（あるいは末期）の百二十句本のように、一部の通し語りに再度接近を試みた本文もある。また、八坂本、城方本などの「八坂流」正本の創出に利用されたテクストもある。だが次章で述べるように、「八坂本」や「城方本」からさかのぼって、同系統本のすべてを八坂流（ないしは八坂系）諸本と認定することはできないのである。百二十句本や八坂本、城方本もふくめて、非正本系テクストの語りへの接近という現象は、室町時代の後期以降、覚一本が当道の正本としての機能をうしない、しだいに台本として機能してゆくことども連動する現象であった。

注

（1）本書第一部第一章。

（2）覚一本は語りの台本ではないが、かといってそれを文筆家の著作（編集）物のようにみるのも正しくない。従来の研究では、覚一本に口語りの特徴である常套表現（決まり文句）が少ないことが指摘されている。だが口頭言語と書記言語に大きな位相的落差のあった時代、語りを筆録する作業は、不可避的に書きことばの文法による翻訳作業をともなわざるをえなかったろう。覚一本から口語りの痕跡が消去されていることをもって、ただちにそれを著述・編集されたものとすることはできないのだが、なお、私はべつに、九州の座頭琵琶で用いられる語りことばが一種独特の文章語調であり（本書第三部第一章）、また演者の習熟度や伝承量によって、口語りをもっぱらとする演者から、暗誦一辺倒の者、また口語りと暗誦を適宜使いわける者など、さまざまな語り手が存在することを指摘し、それは中世の「平家」語りでも同様であったろうことを述べた（第三部第二章）。「平家」に習熟した名人覚一の演唱は、時と場によって口頭的な技法をつかいわけつつ、全体としては暗誦の要素の強い語り口だったと思われる。すなわち、覚一本は、書きことばによる翻訳作業をともないながらも、奥書に「口筆を以て書写せしむ」といわれるように（基本的に）覚一の口述の「書写」作業の産物であったろう。

（3）山田孝雄「平家物語異本の研究（一）」（『典籍』一九一五年七月、『日本文学研究資料叢書・平家物語』有精堂、一九六九年、再録）。

（4）冨倉「平家物語成立考――平家物語の編年体的記述性格について」（『国語国文』一九四一年九月）。

（5）渥美『平家物語の基礎的研究』（三省堂、一九六二年）。

（6）佐々木『平家物語の研究』第三篇（早稲田大学出版部、増補版、一九六七年）。

（7）高橋「再び屋代本平家物語について」（『續平家物語諸本の研究』思文閣出版、一九七八年）。

（8）屋代本の目移りによる誤脱の顕著な例が、巻七「維盛都落」の末尾にみられる。
（9）たとえば、巻二「西光被斬」、同「少将乞請」の前後などが典型的な例である。
（10）山下宏明『平家物語の生成』八九頁（明治書院、一九八四年）。
（11）高橋貞一『平家物語諸本の研究』（冨山房、一九四三年）。高橋は、百二十句本を八坂流の最古本とし、屋代本は、八坂流古本（高橋のいう八坂流甲類本）のなかでも「乙類丁類諸本の根源になつた特色を顕著に現してゐる」本とする（同書、九一頁）。
（12）渥美かをる、注（5）の書。
（13）山下宏明『平家物語研究序説』（明治書院、一九七二年）。
（14）なお、屋代本の「抽書」七章段について、冨倉徳次郎と渥美かをるは、それらが屋代本の成立に近いころに増補され、覚一本にいたって本編に組み込まれたとし（冨倉『平家物語研究』二九九頁、渥美注（5）の書、一六四頁）、山下宏明は、屋代本の「抽書」を、本文とは別に後から補われたものとし、屋代本そのものとは別扱いにしなければならないとする（山下注（13）の書、第二部第一章）。しかし、高橋貞一は、「重要な章を抽出したらしく思われる」（高橋注（11）の書、九〇頁）として、秘曲的な意味合いから抽出されたとみる。「抽書」七章段に秘曲・秘事のたぐいが含まれることはたしかだが（「宗論」「延喜聖代」など）、しかしそれらも含めて七章段は、物語の本筋からそれた傍系説話である。傍系的な章段ゆえの「抽出」とみるべきだろう。なお、春日井京子「語り本『平家物語』の「抽書」をめぐる問題」（『日本女子大学大学院文学研究科紀要』三号、一九九七年三月）は、「将門序」をのぞく「抽書」六章段の叙述に、本巻との連続性をしめす微証が残存していることを指摘し、「抽書」を「本巻から抽出されたと見るべきもの」とする。
（15）冨倉徳次郎『平家物語全注釈』中巻（角川書店、一九六七年）。
（16）冨倉徳次郎『平家物語研究』第三章（角川書店、一九六四年）。
（17）平曲の段構成について、平野健次は〈朗誦的曲節→詠唱的曲節〉の単位を考えている（「語り物における音楽と言葉」『日本文学』一九九〇年六月）。ただし「平家」のばあい、小段の中心を構成するのは詠唱的な曲節ばかりではない。私は「平家」におけるクドキの地語り的な役割に注目して、〈クドキ→中心曲節〉という単位を考えたが（本書第三部第一章）、また薦田治子は、平野説を修正して〈導入曲節→性格曲節〉という単位を考えている（「平曲の曲節と音楽構造」、上参郷祐康編『平家琵琶―語りと音楽』ひつじ書房、一九九三年）。
(18) 渥美、注(5)の書、下篇第一章第二節。
(19) 蒲生「中世語り物の音楽構造」（『岩波講座　日本の音楽・アジアの音楽』一九八八年）。
(20) 一句の輪郭のこのような（いわば本質的な）曖昧さにたいして、近世平曲では、各句の独立化をはかろうとする。たとえば、『平家正節』は、平家物語の各巻から一句ずつとり出して一冊（十二句）を編成する。物語の継起的な展開を寸断するかたちで、一句の独立化をはかるのだが、しかし、そのような自己完結的な一句のあり方が、中世の「平家」演唱の実態へ遡れないことは、「一句」という伝統的な呼称が何よりも雄弁に物語っている。——本書第三部第一章。
(21) 注(2)に同じ。
(22) 本書第三部第一章。
(23) 『追増平語偶談』（藤井雪堂、一八三四年）に、「巻平家と申は、いつれの巻にもせよ、其一巻を次々に句を順に語る事也」とある。
(24) 落合「鎌倉末期における『平家物語』享受史料の二、三について——比叡山・書写山・興福寺その他」（『軍記と語り物』第二七号、一九九一年）。
(25) 「一部平家」が近世にほとんど行なわれなくなった原因としては、読み物（版本）としての享受が一般化したことがあげられる。語りによる物語の享受が、しだいに版本による享受にとってかわられ、それにともなって、語り自体も音曲的な方面（つまり平曲）へ関心の比重を移していったものだろう。
(26) 植木「勧進平家考——平家物語をめぐる芸能的環境」（『立命館文学』一九六一年五月）。
(27) 『看聞御記』応永三十年六月条に、「一部」の通し語りを申しでた城竹検校について「已に勧進を語ると云々」とある。勧進平家の経験が「一部を申すべき」裏付けと考えられたわけだが、植木行宣は、室町中期に「勧進を語る平曲家は全く検校に限られ」たことを指摘している（注(26)の論文）。おそらくそれも、勧進平家それ自体の問題というより、勧進平家が一部の通し語りとして興行されたことにかかわる問題だろう。たとえば、「琵琶法師ノ平家ヲ伝ル者、一部十二巻ニ通ズルヲ一部平家ト云」（『平家物語考証』）などの説も注意されてよい。

(28) 白声（素声）の使用頻度が高くなれば、その延長上にある語り口は、たとえば、『蔗軒日録』文明十七年三月・閏三月の条で、盲人宗住が語った「平話」つまり「常之談論の如き」語り口であり、さらに天草版『平家物語』で、喜一検校が語った「世話にやはらげたる平家の物語」だったろう。

(29) 百二十句本の句立てが一部平家のそれに対応することについては、すでに渥美かをるの指摘がある（注(5)の書、六一頁）。百二十句本の系統上の祖本である屋代本の本文に、中音、三重などの場面構成的な曲節のつく箇所がとぼしいことも、渥美の指摘するところであった（同書、一六三頁）。

(30) たとえば、奥浄瑠璃や九州の座頭（盲僧）琵琶の段物伝承のばあい、しばしば研究者によって「台本」と認定されている現存本の多くは、土地の好事家たちによって読み物として筆記・校訂されたテクストである。

第三章　八坂流の発生

――「平家」語りとテクストにおける中世と近世――

一　芸能伝承における中世と近世

能・狂言や平家などの中世芸能が、中世から近世にかけて大きく変化したことは知られている。変化の要因には、さまざまな事情が考えられるが、最大の要因としてあげられるのは、武家に親しまれたそれらの芸能が、近世になって武家の式楽として整備されたこと、それに関連して、芸能伝承に占めるテクスト的なものの比重が増大したことである。

芸能伝承に占める文字テクストの比重が増大した顕著な例としては、狂言台本の成長過程があげられる。中世末期の天正六年（一五七八）に作られた狂言台本（天正狂言本）が、演技の筋書き程度しか記さないのにたいして、近世初頭の寛永年間につくられた大蔵虎清本、同虎明本などでは、セリフや演出の細部までが詳細に台本化されている。かつて即興的な口立てで演じられていた喜劇芸能が、式楽として整備されるのにともない、即興やアドリブ的な要素を抑制するかたちで固定化したのである。（1）

文字テクストが介在することで芸能伝承が様式化・固定化してゆく事情は、能においてもおなじである。能のばあい、世阿弥の自筆能本が現存するように、その演技・演唱は早くから文字テクストに依拠して行なわれた。しかし能役者たちの手控えとして伝えられた能本は、室町時代の後期、武士や町衆のあいだに素謡が流行するにつれて、謡本として一般にもひろく流通するようになる。その傾向は、近世の出版メディアの出現とともにより大規模に展開するが、慶長五年（一六〇〇）以後に刊行された車屋本（鳥養道晰刊）を最初として、以後続々と刊行された謡本は、もっぱら素人の愛好者の需要にこたえるものであった。そしてこのような謡本の大量流通は、謡の演唱や能舞台そのものにも少なからぬ影響をあたえてゆくのである。

素人の謡愛好者の増加にともない、近世には家元制とよばれる教授システムが整備されてゆく。すなわち、十七世紀末までには、シテ方五流の家元を頂点とし、中間教授機関として多くの名取を擁した巨大な家元制度社会が形成されるのだが、(2)そこでは、謡本の出版権をにぎる家元の統制のもとに、謡本の一字一句、ゴマ点一つにも落ち度のない教授・習得システムが徹底されるのである。

謡本に依拠した教授・習得システムの徹底は、いきおい各流派ごとの流儀・芸風のちがいを差別化しただろう。流儀のちがいが細部にいたるまで台本（謡本）として視覚化されたのだが、またゴマ点一つにも落ち度のない演唱は、しだいに演唱をスローテンポなものにしたことが想像される。たとえば、演能に要する時間は、室町中期までは、およそ今日の半分以下であったといわれる。それが「室町末期には六〇％に達し、江戸初期には七〇％に近づき、中期には八〇％にまで接近し、末期には九〇％を超えるに至っていた」という。(3)その原因として、能が武家の式楽にふさわしく、重々しく演じられたことがいわれているが、しかしそこには、謡本の大量流通と、それに依拠した教授・習得システムの確立という事情が、より大きな要因として作用したと思われるのである。

ところで、芸能伝承における文字テクストの介在と、それにともなう芸能そのものの変質という事態は、語り物芸能である「平家」において、もっとも顕著なかたちで現れることになる。すでに中世末には時代の芸能としてのアクチュアルな地位を失っていた「平家」は、近世になって一部の上級武士や文人、茶人のあいだに愛好者を獲得するのだが、(4) そのような晴眼者の需要に対応するかたちで、江戸や京都、名古屋の平曲家のあいだで「平家」の節付け台本が作成されるのである。たとえば、元文二年（一七三七）、江戸の茶人（医者）岡村玄川によって編纂された『平家吟譜』は、跋文でつぎのように述べている。

自二利休居士一以来、於二茶室一吟レ之。予因二利休四世宗偏老人勧一レ之、自レ壮好レ之。得二余力一習レ之、自二山田検校・豊田検校雅一等一、得二其伝一。然各章不レ斉、文亦有二少異一。故再範二豊田検校一、於二宮城某宅一、毎月為二吟味会一。累年而、平家一部改正終。

千利休から四世の宗匠、山田宗偏の勧めで「平家」を嗜んだ岡村玄川は、山田検校（ろ一）・豊田検校（雅一・賀一とも）の両人から伝授を受けた。だが、両人の伝承は「各章斉《ひと》しからず、文また少異有」り、よって豊田検校を招いて毎月「吟味会」を開き、数年がかりで「平家一部」（全巻）を「改正」したのが本書であるという。盲人の語る「平家」の「章」（「章」はゴマ譜を意味するが、節回しの意味だろう）が斉《ひと》しくなく、「文」にも「少異」があることが、晴眼者が「平家」を習得するさいの障害となったのである。習得・保存すべき伝承の確定が、譜本作成の主要な動機となったわけだが、また安永五年（一七七六）に完成した『平家正節《まぶし》』（荻野知一編）は、譜本の制作動機に関してさらに明確な意義づけを行なっている。

有二盲僧生仏者一。弾二琵琶一説レ之。挙レ世称レ義。我国為二太師一者、呼レ世為二検校一。各伝二其業一。然其源遠而、其流区分、曲節乖異、魚魯頗多。有二荻野検校者一。京師人也。近来府下、教二誨後生一。其為レ人也、精二通音律一、好レ古

耽レ学、詳二其声調一、改二正訛謬一、遂著二一書一。名曰二平家正節一。（松平君山序文）

平家琵琶の「源」である生仏の時代を遠く隔たり、曲節は流儀ごとに「乖異」し、語りあやまりも「頗る多」い。よって荻野検校が「訛謬」を「改正」して一書としたのが本書であるという。伝承の確定作業が、ここでは「源」への回帰と認識されていることに注意したい。

『平家正節』は、館山漸之進によって「改正の平家」「更正の平家」とよばれ（『平家音楽史』一九一〇年）、げんに名古屋・仙台の現行平曲は、いずれも『平家正節』系統の平曲を伝えている[5]。『正節』の制定によって、「訛謬」は文字どおり「正」に帰一したのだが、それはしかし、平曲伝承としての『正節』の正統性よりも、むしろ『正節』の作成と流布によって引き起こされた、ある転倒した事態の本質をうかがわせる。

近世初頭（以前）に成立した当道の伝書、『当道要抄』は、「音曲はたゝ其身の堪否によるへし」として、「或は大音にしてあらりと語も有、或は小音にして優美にかたるもあり、是皆人の思ひ〳〵心々に侍へし」と述べている。盲人が説いた「平家」演唱の心得である点に注目したいが、同書はさらに、「平家のかたりやう・琵琶の引やうに墨譜なし、師をうつさす、只自ら妙をうるを以て名人とす」とも述べている。物語を語り聞かせる「平家」芸能の本旨からすれば、伝承の一義的な固定化はむしろ避けるべき事態だったろう。「平家のかたりやう・琵琶の引やう」は、「其身の堪否」（語り手個々の資質）によって演唱機会や場との相関で形成されるわけだが、そのような近世初頭（以前）の盲人の語り口が、近世の譜本編者らによって「差謬」と認識されるのである[6]。たとえば、『類聚名物考』楽律部三（巻三百十三）の「平家琵琶流」の条につぎのようにある。

平家琵琶を盲人の語るは、みな相伝の説を口づから伝ふれば、是れといへる文書はなし。ふし博士も家々の心覚にして同じからず。多くは真名と片仮名との本なり。平仮名にては博士の延て付難ければなり。外に字本とて博士は付ず、たゞ失忘にそなふる本有るのみ。この流儀、昔は家々多かりしとぞ。八坂、橋本、高岡、小寺、政部、高山など云ふ流、猶外にも有りしとかや。後にはみなうせて、今の世には前田と波多野の二流のみ残れり。

盲人の語りが、「相伝の説を口づから伝」えるものである以上、その「流儀」は名人大家とよばれる「家々」のかずだけ存在する。江戸中期に「前田と波多野の二流のみ」となった平家琵琶は、しかし近世初頭には、「八坂、橋本、高岡、小寺、政部、高山」などが存在したという。とすれば近世より以前、「譜本」（節付け本）はもちろん「字本」（節付けの注記されない平曲台本）さえ一般の目にはふれない中世にあって、「曲節は乖異し、魚魯頗る多し」（『正節』序文）、「章斉しからず、文また少異有り」（『吟譜』跋文）こそが「平家」伝承の常態だったろう。

平家琵琶の「源」、すなわち回帰すべき正しい伝承なる観念は、むしろ台本（譜本）の作成過程で生み出されたようなのだ。この章では、「平家」語りにおける台本の問題について考察する。台本の成立にともなう語り物「平家」の変質について、私なりの見通しを述べることが目的だが、台本の流布によって引き起こされた事態を見さだめることは、近世平曲と中世の「平家」との距離を測定するうえで最初の出発点となるだろう。(7) それは『平家物語』研究において、なかば自明とされている諸前提を問いかえす起点にもなるはずである。

二　正本から台本へ

応安四年（一三七一）三月、覚一検校によって作られた当道の正本(8)（いわゆる覚一本）は、覚一の最晩年に後継者の定一検校に伝授され、定一のあとは弟子の塩小路慶一、さらにその弟子井口相一に相伝された。当道の記録類によれば、覚一は初代の惣検校、慶一は第二代、相一は第三代の惣検校である（『職代記』他）。「平家」の正本は、当道の最上層部において独占的に管理・相伝されたわけだが、それは「末代の弟子共諍論の時、此本を披見すべし」(「大覚寺文書」記載、覚一本奥書、原漢文)といわれるように、伝承の拡散化を規制する権威的な規範でもあった。語りの正統を文字テクストとして独占的に管理することで、惣検校を頂点とした当道の内部支配が補完される。たとえば、覚一から正本を伝授された定一検校は、清書本一部を作成して、原本のほうは、覚一の位牌所である清聚庵に納めたという(同前)。正本は習得や記憶の便宜のために参照されるよりも、むしろ秘蔵・秘匿されることで正本としての機能を発揮したのである。(9)

正本の作成と伝授は、当道組織の確立と不可分の問題であった。正本の閉鎖的な伝授が、当道の内部支配を補完していた以上、定一清書本が「室町殿」(足利義満)に進上されたことも(「大覚寺文書」)、当道の支配権(その権威的な源泉)が足利将軍家へゆだねられたことを意味している。「室町殿」の勢威を背景とした座組織の再編が完成するのだが、そのような正本の伝来は、語りの伝承とはあきらかに別次元の問題として考察される必要がある。それは座組織を維持するための権威的な拠り所であって、座頭の誰もがいつでも参照できるような台本なのではない。近世の平曲譜本はもちろん、いわゆる「字本」(『類聚名物考』前引)の類とも異なるのだが、しかし室町時代の後期(とくに応仁の乱以降、正本はその閉鎖的・特権的な伝授のあり方をしだいに変えていったようなのだ。たとえば、「大覚寺文書」記載の覚一本奥書の一節には次のように記されている。

此一部、明応九年庚申八月日、倫一買得畢。右此正本者、慶一検校房門徒被レ伝レ之所也。

覚一によって「他所に出だすべからず」と誡められた当道の正本が、明応年間(一四九二〜一五〇一)には売買の対象になっていたのである。それは正本を管理する主体としての当道が、室町時代の後期、その組織的な求心性を失いつつあったことを示唆している。すでに応仁の乱当時、当道は戦火をさけて、南都と東坂本にあって座務を執行していた。足利将軍の権威を失墜させた応仁の乱は、将軍家の権威に依存しつつ確立・完成した当道の内部支配を、急速に弱体化させたきっかけでもある。(10) かつて平家座頭にたいして本所として臨んだ久我家（村上源氏中院流）が、当道にたいして権益の回復を主張しはじめるのも応仁の乱以降である。とくに永正十六年（一五一九）、久我家の干渉に起因した当道の内紛事件は、天文三年（一五三四）には座組織の分裂・抗争にまで発展している（座中天文事件）。当道の分裂状態は、天文六年に一応の収拾が図られたが、しかしこうした一連の事態が、正本の管理・相伝のあり方にも影響を与えただろうことは想像にかたくない。

明応年間に覚一本（正本）が売買の対象となっていたことも、正本を管理する主体としての当道が、かつての組織的な求心性を失いつつあったことを示唆している。いったん座の外部に流出した正本は、晴眼者のあいだで転写・複製がくり返されたろう。かつて、覚一伝授の原本と定一清書本という二本が存在し、「此本共ニ二部ナラテハ我朝ニ不レ可レ有レ之」（「大覚寺文書」）といわれた正本が、しだいにその数を増大させたのである。(11) そして晴眼者のあいだに流布し、一部の盲人（たとえば、「大覚寺文書」にみえる倫一等）によって所持された正本は、彼らの「平家」演唱にも少なからぬ影響を与えていくことになる。秘蔵されること自体に意義のあった当道の正本が、「平家」を習得する便宜として、または記憶のための拠りどころとして機能するのである。おりしも「平家」語りが時代の芸能としてのアクチュアルな地位を失いつつあった時期である。いったん文字テクストを意識し、正本（正しい本文）という規範意識に媒介された語り口は、その様式的な固定化の度合を加速させたにちがいない。

高橋貞一の諸本分類でいう、「流布本成立に至る過程にある本」の多くが作られたのもこの時期だろう。覚一本の改訂によって成立した諸本だが、それらの諸本に共通する傾向として、「語りものとして、表現効果を考え」、「聴手に内容を理解し易い」改訂が指摘されている。(12) さらに七五調八拍の韻律的整合性が整えられるなかで、口調のいい決まり文句、型にはまった（七五調がかった）慣用的言いまわしが、全体に増加する傾向が認められる。そうした改訂が行なわれたこと自体、正本がじっさいの演唱に対応しはじめたこと、すなわちそれが台本（『類聚名物考』にいう「字本」）として機能しはじめたことを示している。

個々のパフォーマンスに対応しはじめた正本は、「平家」を語る行為そのものの質を急速に変えてゆくだろう。それはたんに語り口の固定化といった現象レベルの問題にとどまらない。文字テクストとして対象化された語りの言語的側面（文句）が、その音楽的側面（フシ）をそれ自体として捉えることを可能にするのである。そして分析の対象となり、類別・パターン化されたフシ（旋律型）は、こんどは規範として個々の演唱を拘束するようになる。ある一つのフシは、どの章段に現われても、すべて一律のメロディック・パターン（旋律型）として現われる。[13] そこに、詞章テクストを口演する声楽曲としての「平家」演唱が成立する。文句にフシ付けして口演する近世平曲の演唱スタイルが成立するのだが、そのような語る行為の変質をさらに決定づけたのが、近世初頭における「平家」正本の開版という事態であった。

三　一方流の発生

元和七年（一六二一）に、「一方検校衆」「吟味」の刊記を付した『平家物語』正本が開版される。江戸時代をつうじてくりかえし版行された流布本の成立である。末尾刊記にはつぎのようにある。

此平家物語、一方検校衆以二数人一吟味、改レ字証二加点一多二句読一。元和七孟夏下旬令二開板一畢。或人曰、庶幾記二其姓名一云々。今準レ之而已。

流布本の本文が「一方検校衆」によって校訂されたこと、つまりそれが一方派の正本である旨が明記されるのだが、しかし一方派の正本という認識は、すくなくとも流布本以前の正本にはみられない。流布本が一方流の（当道の、ではなく）正統的伝承を主張するところに、「平家」正本の歴史に占める流布本の問題があるだろう。

川瀬一馬『古活字版の研究』（増補版、一九六七年）は、近世初頭に開版された古活字版の『平家物語』として、十八種類を紹介している。古活字版の書籍のなかでも、もっとも版（異植版）を重ねたものの一つだが、高橋貞一によれば、古活字版の『平家物語』のうち、いわゆる「一方流諸本」は、「覚一本及び其の系統本」が一種、「流布本成立に至る過程にある本」が四種、「流布本」が四種あるという。異植版の認定しだいで、数に多少の出入りはあるが、ともかく近世の初頭、『平家物語』が版本として大量に流通したことは、前代から引きつづいた語る行為の変質を、さらに決定的なものとしたにちがいない。

物語の内容享受は、版本として読む行為が一般化する。そんな時代にあって、物語内容を語り聞かせていた従来の語りも、しだいに音曲的な方向（つまり平曲）へ関心の比重を移すことになる。詞章にフシを付けて口演する近世平曲の演唱スタイルが確立するのだが、たとえば、近世初期に成立した平曲の芸道論書、『西海余滴集』[14]は、山中休一（久一とも）の私意による本文改訂を批判して、「休一平家の本をなをす事其数多し。是休一心移やすきかいたす所也」と述べている。

山中休一は、文禄・慶長頃の検校。門下に、江戸初期の惣検校小田切りょ一、波多野流平曲の開祖波多野孝一らがいるが、休一が「平家」本文を「再三穿鑿」したことは、『古本平家物語跋書』『語平家伝書』記載の休一本奥書からも知られる。休一の校訂本を批判する『西海余滴集』は、改悪の一例として、巻一「額打論」にみえる「香隆寺」の表記を、休一が「広隆寺」と改めた不見識をあげている。「本」にたいする盲人の意識が、その文字表記にまで及んでいたことに注目したい。「本をなをす事」が議論の対象となったことは、『西海余滴集』が書かれた当時、「平家」語りが「本」の口演といったものに変質していたことを意味している。

山中休一が改訂した「平家の本」が、じつは元和年中に刊行された流布本であることは、すでに冨倉徳次郎によって指摘されている。休一本の改悪として『西海余滴集』が批判する四点は、いずれも流布本に該当箇所がみられ、また休一の弟子、波多野孝一がおこした波多野流平曲の譜本が、流布本に近いこともすでに指摘されている。(15)『西海余滴集』の著者（自偶）の師匠は、休一と相弟子の関係にあった高山誕一（丹一とも）である。誕一の弟子には、小寺温一・前田九一・並河安一・小池凡一など江戸初期の著名な検校がおり、誕一の門流と休一の門流は、近世初期の平曲界を二分する関係にあったらしい。そのような対立関係を背景として、休一の門流によって流布本の刊行が企てられる。流布本の刊記がことさら「一方検校衆」云々と明記するのも、一方流の正統的伝承を標榜したものであった。

ところで、さきに引用した流布本の刊記の後半部分は、「或人」から「一方検校衆」の姓名を明記するよう要望が出されたことを記している。この点について、冨倉徳次郎は、「一方流検校達の一部にその姓名の明示を求める声のあったことを示し、これ（流布本）をもって、一方流の台本とすることへの反対の声が一部にあったことを示す」と述べている。(16)その反対者とは、おそらく『西海余滴集』の著者自偶もふくめた誕一門流の平曲家だったろう。正本の刊行・流布をめぐって、語りの流派としての「一方流」が問題化し、その正統性をめぐって諍論がひき起こされたことに注目したい。近世初頭に発生した前田流（高山誕一の門流）と波多野流（山中休一の門流）の対立というのも、要するに、「一方流」の正統的伝承をめぐる対立であった。

平曲流派としての一方流は、「平家」語りの近世的変質を前提にして成立する。それはなによりも、文字テクストの流通によってひき起こされたすぐれてメディア論的な事態である。たとえば、一方流の正統的伝承をめぐる対立は、流布本の刊行によって一つの頂点に達している。そして平曲流派としての一方流（その正統的伝承）が意識されるなかで、一方にたいする八坂方の区別も、しだいに語りの流儀・芸風の違いとして認識されるようになる。一方流正本にたいして八坂流正本なるものが作成・刊行され、平曲流派としての八坂流が成立するのである。

四　八坂流の発生

八坂流の「平家」が、中世もかなりさかのぼる時代から存在しなかったことは、近世の平曲家のあいだでひろく知られていた。たとえば、延享三年（一七四六）に成立した平曲伝書、『流鶯舎雑書』は、

八坂流に一部の平家なし、永享の頃断絶し、月見の一句を伝ふ、八坂の得手物と云ふ。

と述べている。八坂流の伝承が、「月見の一句」を残して永享年間（一四二九〜四一）に断絶したというのだが、さきに引いた『類聚名物考』にも、

八坂検校の胤は絶たれども、今たゞ月見の一句のみ残れり。都方《いちかた》の月見にくらぶれば甚古雅にして博士もおもしろく文句も異なり。普通には今様をうたはれしと有るにこの八坂の文句にはまづ初に草□□□といふ朗詠ありて後に今様うたはれしなどいふ事あり。をしきかな、余はみな絶たり。

とある。やはり「月見の一句」を残して、「八坂検校の胤は絶」えたというのである。八坂流が「断絶」した時期を、『流鶯舎雑書』は「永享の頃」としている。この説がなにもとづくかは不明だが、ともかく江戸時代はもちろん、中世もかなりさかのぼる時代から、八坂流の「平家」が存在しなかったことはたしかなのだ。

ゆいいつ伝わったとされる「月見の一句」は、近世の平曲家のあいだで秘曲として伝授される。館山漸之進によれ

ば、館山家が所蔵する『平家正節』首巻には、「平家」の句数（曲目数）を記して、
荻野業知云ふ、平家は総計百九十四句、外に大小秘事五句、八坂流月見を合せ二百句。
とあるという。(17) 館山漸之進の生家、楠美家に伝わった江戸の前田流平曲では、八坂流の「月見」は、大秘事三句（剣巻・鏡巻・宗論）、小秘事二句（祇園精舎・延喜聖代）に準じる扱いを受けていたらしい。また館山は、平曲の「秘曲に属する分」として、「炎上物・揃物・五句物・読物・八坂流訪月・灌頂巻・小秘事・大秘事」をあげている。「八坂流訪月」が、大秘事・小秘事・灌頂巻につぐ「秘曲」として扱われたのだが、げんに館山は、八坂流の「月見」を秘曲として知人に伝授し、その譜本「八坂流訪月」の転写には特別な関心を寄せている。(18) 江戸の前田流平曲が、その教授方法に、地歌や箏曲教授にならった許し物の階梯を設けたことは知られている。(19) 近世の家元制度的な教授体系のなかで、一種の許し物として伝授されたのが八坂流「月見」であったろう。

八坂流平曲を伝承したのは、近世の一方流平曲家であった。八坂流「月見」を許し物として珍重したのも、おもに江戸の前田流平曲家（晴眼者が中心）だが、かれらの作成した「月見の」譜本が、「八坂流訪月巻」と題して現存する。いずれも江戸時代の後期以降に作成・転写されたものだが、(20) この「八坂流訪月巻」にもっとも近い『平家物語』本文が、八坂本や城方本など、いわゆる八坂流丁類（第二類）の諸本である。(21)

城方本（内閣文庫所蔵）は、巻一題簽に「城方本」と明記する慶長頃の写本。八坂本（彰考館文庫所蔵）は、表紙に「八坂本」と朱書し、『参考源平盛衰記』の凡例で「八坂本者所謂城方本。蓋城元所レ伝也」と紹介される（朱で「八坂本」と記したのも彰考館の史学者だろう）。八坂方（城方）との関係を明記したかず少ない伝本だが、これら丁類（第二類）諸本が、乙類（第一類）本の改訂によって成立したことは、すでに高橋貞一、山下宏明によって明らかにされている。いわゆる八坂流・八坂系の諸本のなかでも、後出・末流本として位置づけられる本文であった。

八坂本・城方本の類は、八坂方の開祖「城玄の所伝」という由緒のもとに、近世の平曲家のあいだで珍重されてゆく。その全巻が語られたかどうかは不明だが、近世中期には、巻五「月見」のみが「八坂の得手物」（『流鶯舎雑書』）として伝授され、その「月見」本文に、特異なフシ（曲節）・墨譜を付けた「八坂流訪月巻」が作られている。とくに江戸の前田流平曲家のあいだで、譜本じたいが伝授の物的証拠（許し状）として扱われたらしいが、そのような八坂本・城方本の一類にたいして、さらに正統的な「八坂方の平家」として刊行されたのが、寛永五年（一六二八）刊行の城一本であった。城一本の末尾刊記を引用すれば、

寛永三年の春の比、藤田検校城慶、加賀国にて、筑紫方城一用ゆ雲井の本と奥書侍る平家物語を求侍き。此本則其雲井の本を写畢。筑紫方検校城一本と奥書侍る故に、藤田検校城慶、此本を用て八坂方の平家と号す

干時寛永五戊辰暦　九月上旬　　洛陽三条寺町　中村甚兵衛尉開之

寛永三年に、藤田検校城慶なる八坂方（城方）の検校が、加賀国で「筑紫方城一用ゆ雲井の本」という奥書のある『平家物語』を入手した。その奥書をもって、城慶はこの本を「八坂方の平家」と号したという。「筑紫方城一」は、当道の伝書類（『当道要抄』他）、および『臥雲日件録』文安五年（一四四八）八月十九日の条（最一検校の談話）で、城玄（八坂方の開祖）の師匠と伝承される人物。城一本の開版は、「城玄の所伝」とされた先行の八坂本・城方本等にたいして、より正統的な「八坂方の平家」を意図したものだろう。

城一本の本文が、八坂本・城方本の類と、一方系（私のいう正本系）との混合本文であることは、すでに高橋や山下によって指摘されている。池田敬子は、城一本の本文構成について、きわめて手の込んだ（繁雑な）混合の実態を明らかにしている。(22) 城一本の制作目的は、その作為的な本文構成にこそうかがえるが、それはしかし、城一本の祖本である八坂本・城方本等にも共通する問題だったろう。

城一本の本文構成でむしろ注目したいのは、そこに使用された（素材となった）伝本である。城一本は、八坂本や城方本の類とは異なる八坂流本を意図して作られた。にもかかわらず、それが八坂本等の改訂に終始したことは何を意味するのか。いわゆる八坂流の諸本として、今日すくなくとも二十本以上が知られている。たとえば、『平家物語』諸本を「一方流諸本」「八坂流系統諸本」「増補せられたる平家物語諸本」の三系統に大別した高橋貞一は、「八坂流系統諸本」として四類（甲～丁類）二十数本を紹介している。高橋説を修正・再分類した山下宏明も、「八坂流諸本」として五類（第一～五類）二十数本をあげている。そのように多くの八坂流の本文が存在したとすれば、八坂本・城方本（丁類、第二類）とは異なる八坂流本を意図した城一本（丙類、第五類）の編者は、なぜ丁類（第二類）以外の本文を参照しなかったのか。あるいは城一本の編者は、丁類（第二類）以外の八坂流本を知らなかったのだろうか。

だが問題の順序からいえば、「八坂流諸本」の存在を自明のものとするわれわれの研究常識じたいが、いちど疑われてしかるべきなのだ。すくなくとも城一本編者にとって、先行する「八坂方の平家」とは、八坂本・城方本の類のみであったようなのだ。八坂本や城方本等のいわゆる八坂流丁類（第二類）本は、乙類（第一類）本の改訂によって成立した。しかし八坂本・城方本が系統的にさかのぼれることは、そのベースとなった本文（乙類、第一類）が八坂流テクストとして存在したことの証明にはならない。げんに乙類（第一類）本の奥書類には、八坂流の正本であることを明示するような記述は見られない。[23]

『平家物語』の諸本研究に最初に着手した山田孝雄は、「八坂本及びその一類」として、二種七本を紹介している。[24]しかし山田のばあい、「八坂本」の認定には、かなりの苦労を感じたらしい。山田はまず、「世に八坂本と称するものその実態一ならず」として、下村時房刊本など、一方系テクストの特徴をもつ伝本が八坂本と称された例をあげ、「八坂本及びその一類」としては、外題や内題で「八坂本」「城方本」等と明記される本、およびその同類と認められ

た中院本など、計七本をあげるにとどまっている。(25)

山田孝雄の基礎研究をふまえて、各類の前後関係を考え、諸本の系統化を試みたのが、高橋貞一以後の諸本研究である。八坂本・城方本と明記される本文は、高橋の分類案によれば八坂流丁類本（山下の第二類本）であり、同系統の諸本のなかでは後出・末流の本である。そのような末流本が「八坂本」「城方本」と明記された事実からさかのぼって、同系統本のすべてを「八坂流諸本」と認定したのが、高橋貞一以後の諸本分類だったろう。

そこにはおそらく、近世平曲でいわれる一方流と八坂流の区別について、その存在を中世にまでさかのぼらせて考える研究者の予断が存在する。しかし諸本の分類名称として「一方流諸本」「八坂流諸本」（一方系、八坂系といいかえても同じことだ）がなりたつためには、まず平曲流派としての一方流／八坂流の存在が、室町期さらに南北朝期にまでさかのぼって論証される必要がある。中世における一方と八坂方の区別は、はたして語りの流儀、芸風の相違にもとづく区別だったかどうか。ほんらい個人芸である語り物において、しかも家元制度的な教授システムが成立する以前の中世にあって、語りの流儀は、師弟間の個別的関係を超えて（流派として）存在する必然性があったかどうか。一方と八坂方の区別が、語りの流儀・芸風に結びつくには、その前提として、「平家」語りの近世的変質（平曲化）があり、またそれに対応した伝授（教授）システムの近世的変質があったのである。

五　二流六派について

一方と八坂方の区別は、たとえば能楽における観世方・金春方などとは根本的に異なっている。座の構成単位である点は共通しても、能・狂言のように座衆の共演によらない語り芸において、流儀・芸風は、個別の師弟関係を超えて（流派として）存在する必然性はあったろうか。江戸中期の平曲にあっても、複数の一方派盲人は、それぞれ章（節回し）や文句の異なる平曲を語っていた（『平家吟譜』跋文）。とすれば、譜本が存在せず、正本さえ一般の目にはふれない中世にあって、むしろ「曲節は乖異し、魚魯頗る多し」（『平家正節』序文）こそが、「平家」伝承の常態だったろう。

室町時代の中期以降、一方は妙観・師道・源照・戸島の四派にわかれ、八坂方は妙聞・大山の二派に分派している。当道のいわゆる二流六派が成立するのだが、それはしかし、いわれるような芸風の違いにもとづく分派だったのではない。寛永十一年（一六三四）の『古式目』は、「当道一宗六派之分」として、六派を一覧して、

一　妙観派　師道派　思付
一　妙聞派　大山方　是は其筋の師兄付（……以下略）
一　源照派　戸嶋方　右同

と規定している。「思付」とは、師匠が死去したあと、弟子の思い寄るしだいで別の者が師匠になれること。「其筋の師兄付」は、師匠の兄弟子に当たる人物が自動的に師匠になること。六派を紹介して、まず師弟関係の流儀が規定されることは、六派分立の契機が、ほかならぬ師弟問題にあったことをうかがわせる。

たとえば、『古式目』（寛永十一年、一六三四）に規定される師弟関係の条項、全二十九条のうち、芸能教授に関するものはわずか五条にすぎず、残りの大部分は弟子の所有・帰属問題にかかわるものという[26]。元禄五年（一六九二）の『新式目』は、「他の弟子と知なから紛かし取たる輩有におゐては、可レ為二大科一事」と規定している（『古式目』もほぼ同文）。当道の内部組織にとって、弟子の帰属がきわめて重大問題であったことがうかがえる。もちろん、「他の弟子と知なから紛かし取」る行為とは、自派の芸風の拡大・伸張などを目的としたものではなかった[27]。

天文年間に起こった当道の分裂・抗争事件、いわゆる座中天文事件（一五三四〜三七）は、上衆（検校）間の弟子の奪い合い、まさに「人的なわばり」をめぐる抗争をきっかけに引き起こされている。[28] 近世の当道盲人のばあい、弟子からの礼物（年頭や節句および官位昇進時の礼金など）が、上衆の生活をささえる重要な収入源であったことは知られている。[29] 中世の当道盲人にあっても、弟子の確保が、上衆の生活を直接左右したものだろうが、『新式目』に規定される師弟関係は、たとえば、

一　師弟の中公事有へからす。若弟子より師匠へ敵対せは、如何様にも其師の心次第に科可₂申付₁事

一　不忠不孝の輩有におゐては重科に処すへき事

というもの。師匠にたいする弟子の絶対的な服従がもとめられたのだが、盲人子弟の養育と、その見返りとしての収奪システム、それを安定的に保証する必要から、なかば自然発生的に、師弟間の擬制血縁的な紐帯が発生する。親方（師匠）に対する「忠孝」が、苛烈な制裁さえともなって要求されるのだが、そのような親方と子方の関係を基盤として構成された座組織は、構成員の増大とともに、[30] 繁雑になる師弟関係を、系列化する必要があったろう。たとえば、一方の四派（妙観・師道・源照・戸島）、八坂方の二派（妙聞・大山）は、いずれも実在した過去の名人を派祖としている。[31] 派の呼称に、多く法名が用いられる点に注意したいが、派祖を共有する親方たちは、その擬制親族的な結びつきを確認する機会として、おそらく年一回の派祖の供養会を行なったものだろう。法会を介した同族的寄合の場は、弟子の割当や処遇、檀那場の配分など、親方間の利害調整がはかられる場でもあったろう。

当道盲人における分派の問題は、むしろ近世の地方盲人の組織から類推される面があるだろう。近世の地方盲人の実態については、加藤康昭の全国的視野からする先駆的な研究があり、近年では、地域史研究のレベルからする詳細な調査が報告されつつある。[32] たとえば、肥後（熊本県）地方の琵琶弾き座頭のばあい、藩単位に置かれた支配役（仕置

役とも。検校・勾当クラスの盲人が任じられる）をつうじて中央の当道に帰属するいっぽう、支配役が統括する座の内部は、派家頭（組頭、頭取とも）が率いる複数の派（組）によって系列的に統合されていた。座組織としての実効性は、むしろ派を単位とした擬制親族的な組織構成にあり、そのような派のあり方は、当道の支配が解消した明治以降も基本的にひきつがれた[33]。比較的最近まで、星沢派、玉川派、宮川派、京山派などが存在したが、それらの各派について、当の琵琶弾きたちは○○家《け》と呼んでいる（○○流の呼称は、地元の郷土史家や音楽研究者によって広められたもの）。師匠は親であり、相弟子を兄弟と呼んでいる。「家《け》」の秩序は、親方と子方の上下関係を基本とし、また子方どうしの年功による兄弟・長幼の序列がある。「家」内の申し合わせは、「家」を構成する親方たちの談合によって決められる。「親」の言いつけや「家」内の申し合わせに背いた者（たとえば、年期があけないうちに師匠から離れた者、「家」の了承を得ずに「名開き」した者、等）には、それ相応の制裁が科せられる。昭和の初年ごろまで、当道の「不座」追放に相当するような、かなりきびしい制裁があったと聞いている。

当道の六派のばあい、各派の門派頭（派の最長老の検校）によって、派ごとの内部統制が行なわれた。派の寄合の実態は明確でないが、派祖の供養会として注目されるのは、聞天忌、心月忌、八坂忌など、複数の派にまたがる法会である。たとえば、毎年六月十五日に行なわれた聞天忌（塩小路慶一の年忌）には、師道・妙観両派の検校が出席した。妙観派の祖井口相一（法名妙観）、師道派の祖疋田千一（法名師道）の両人が、塩小路慶一（法名聞天道声）の弟子であったことに由来するが、さらに正月二十五日の心月忌（覚一の年忌）は、一方の検校が出仕し、七月二日の八坂忌（城玄の年忌）は、八坂方（城方）の検校が出仕するならわしであった。一方・八坂方という二流も、じつは六派の擬制親族的結合の延長上に位置する座の構成単位であった。当道の六派が、師弟関係を系列化・明確化するための分派であり、語りの流儀、芸風の違いにもとづく分派ではなかったように、一方・八坂方の区別も、それ自体けっして芸道伝授を第一義的な目的とするものではなかった。[34]

ところで、近世初期に編まれた当道の伝書類には、当道の祖神（光孝天皇の盲目の皇子）をイコール城都《いち》検校とするものがある。『座頭縁起』『諸国座頭官職之事』『座頭式目』『妙音講縁起』などが知られるが、[35]城都（城一）はふるくから八坂殿城玄の師として伝承された人物である（『臥雲日件録』文安五年〈一四四八〉八月一九日条、同文明二年〈一四七〇〉正月四日条、他）。城玄以前の八坂方の元祖として、寛永五年（一六二八）には、城一に仮託した「八坂方の平家」城一本が開版されているが、城一本を「発見」したのが、藤田城慶なる八坂方盲人であったように、城都（城一）検校を当道の祖神に格上げしたのも、近世初頭（あるいは中世末）の八坂方盲人だったろう。たとえば、十七世紀なかばの成立とみられる『妙音講縁起』は、二流六派の記述において城方（八坂方）を「惣領」としている。一方にたいする八坂方の優位がことさら主張されたことは、八坂本や城方本の作成、および城一本の開版などに連動する現象だったろう。[36]

六　語りの流派とテクスト

中世の八坂方盲人はいったいどのような「平家」を語っていたのか。通説では、八坂流平曲が絶えてのち、八坂方の盲人も一方流平曲を語っていたと考えられている。しかし八坂流の「平家」がかつて存在しなかったように、中世においては、一方流の「平家」なるものも存在しなかった。むしろ近世平曲の演唱スタイルが確立する過程で、流儀・流派の起源が中世にまでさかのぼって幻想されたところに、語りの流派としての一方流・八坂流は発生する。それはくりかえしいえば、文字テクストの流通と、近世的な教授システム（家元制）の成立によって引き起こされた、すぐれてメディア論的な事態である。たとえば、近世初頭に成立した『当道要抄』は、世間に流布する「平家」として、盲人が語る「草案本」、月卿雲客が翫ぶ「中書本」、内裏に秘蔵される「清書本」の三本をあげ、そのうちの「清書本」、またの名を「雲井の本」について、

覚一検校累代の祖師を越え、天下無双の上手成る故、……件んの雲井の本を下し給はる。それより草案本をたち捨て、雲井の本を以て諷ふ。然る間両流の先達に越て一派の頭角と成る。

と述べている。「雲井の本」を下賜されたことで、覚一を「頭角」とする「一派」が成立したというのである。それはしかし、正本の流布によって引き起こされた平曲流派の成立の問題を、そのまま正本（覚一本）そのものの成立期にまでさかのぼらせたものだろう。[37] たとえば『当道要抄』は、城一検校の二人の弟子、如一と城玄から一方・八坂方が分岐したことを記して、

此時、八坂かた一方と両流に相別る。正に一派を汲て両翼をなら（並）ふといへども、文章の義理、音曲の躰ハ別条なし。

と述べている。文字テクストを手に入れる以前、一方と八坂方の区別が、かならずしも語りの流儀や芸風の相違に対応しなかったとされる点に注意したい。

「平曲」流派としての一方流・八坂流の区別を、そのまま中世の「平家」語りに遡らせることができないとすれば、一方系（一方流）諸本と八坂系（八坂流）諸本という、平曲の二大流派にもとづく諸本の分類・系統化案も、いちど根底から疑ってみる必要がある。応安四年（一三七一）の覚一本は、当道の正本として成立したのであって、いわゆる一方流の正本として成立したのではなかった。覚一本（正本）の「平家」にたいして、屋代本・百二十句本等にうかがえる叙事的な「平家」の存在は、流派の相違よりも、むしろ複数の演唱ヴァージョンの同時的な並存を示唆して

いる。[38]いったん制作された文字テクストが、転写・改作される過程で本文の系統を派生させたことはたしかだとしても、それを八坂系（八坂流）本として系列化することは、中世の「平家」語り、および座組織の実態とどれほど対応するだろうか。覚一本以下の正本系とは別系統のテクストという意味で、私が「非正本系」という呼称を採用する理由である。[39]

正本が流通する過程で、近世平曲の演唱スタイルは成立する。さらに「平曲」という演唱スタイルの起源が、正本（覚一本）そのものの成立時点にまでさかのぼって幻想されたことで、覚一門流の語り口、すなわち平曲流派としての一方流は発生する。元和七年（一六二一）開版の「一方検校衆吟味」の正本（いわゆる流布本）に対抗して、八坂方の原本を称する「筑紫方城一用ゆ雲井の本」（城一本）が作られたことも、流派意識の高まりが、文字テクストの流通とパラレルな関係にあったことを示している。もちろん語りの流儀・流派が様式として安定するには、それをささえる広範な伝授（教授）システムの確立が不可欠だったろう。近世の家元制度的な教授システムが整備される過程で行なわれた（教授・習得すべき）伝承の確定作業が、はじめにも述べたような譜本の作成作業であった。

今日、名古屋や仙台に伝承される平曲は、いずれも平曲譜本の決定版ともいえる『平家正節』系統の平曲を伝えている。[40]『平家正節』の制定によって、伝承は文字どおり「正」に帰一したのだが、それはしかし、平曲伝承としての『平家正節』の正統性よりも、節付け本（譜本）の作成と流布によって引き起こされた、ある転倒した事態の本質をうかがわせる。譜本編者らの研鑽にもかかわらず、「平家」の真正なる語り方、すなわち「正節」などはじめから存在しなかったのである。平曲伝承の『平家正節』への一元化は、おそらく近世平曲の確立・完成するその最終段階として意義がある。それは要するに、出版と家元制度という、近世的メディアによって作りだされた、中世伝統芸能としての「平曲」であった。[41]

注

（1） 小山弘志「固定前の狂言」（『国語と国文学』一九五〇年一〇～一一月）。

（2） 西山松之助『家元の研究』（『西山松之助著作集』第一巻、吉川弘文館）。

（3） 岩波講座『能・狂言』第Ⅰ巻「能楽の歴史」（表章、天野文雄著、岩波書店、一九八七年）。

（4） 序章でも述べたように、近世の初頭、武家を中心に「平家」への関心が高まったことは、室町時代の初頭、語り物「平家」が隆盛期を迎えたことと相似形をなしている。『平家物語』は、近世初頭においても、源氏将軍家の草創・起源神話としての一面をもちえたのである。

（5） 『平家正節』が上方・江戸に伝播する過程は、薦田治子が、京大本『平曲正節』（岡正武編）の出典注記をもとに論じている。薦田「京都大学蔵『平曲正節』――その成立事情と出典注記について」（『東洋音楽研究』第五五号、一九九〇年八月）。

（6） なお、『平家正節』の丹羽敬仲序文に、「平家之伝、瞽師相受授、無レ書。故至二千章句一錯脱、節奏差謬。又或為二狡猾氏一所レ濫。荻野氏憂レ之、遂述二此書一、授二門生一。名二平家正節一」という一節がある。

（7） この問題については、兵藤「座頭（盲僧）琵琶の語り物伝承についての研究（三）――文字テクストの成立と語りの変質――」（『成城国文学論集』第二六輯、一九九九年三月）に述べた。同論文では、近代の筑前盲僧琵琶の台本化の過程から、「平家」語りの台本化・譜本化にともなう変化の過程について考察した。筑前盲僧琵琶が近代に体験した急激な変化（琵琶歌化）は、「平家」語りが中世末から近世にかけて体験した変化（平曲化）を集約的に見せているのである。

（8） 覚一本奥書にいう「当流の師説、伝授の秘訣、一字を欠かさず口筆を以て書写せしむ」云々について、この「当流」の語が「当道」と同義であり、一方流を意味するのではないことは、本書第一部第二章に述べた。

（9） 本書第一部第一章。

（10） 本書第一部第一章。

（11） 覚一本が当道の外部で転写された早い例としては、文明六年（一四七四）の識語をもつ熱田真字本がある。尾張熱田神社の別当宗弁によって書写された真名書き本だが、また梵舜本巻一には、「本云」として「永戌」（天文十八年、一五四九）の奥書が記される。琵琶法師が所持した「平家」テクストとしては、明応九年（一五〇〇）の倫一購入本のほかに、永禄年間の杉原検校所持本

(『那須家蔵平家物語目録』杉原本奥書)、永禄八年(一五六五)に摂津国神呪寺称名院道恵が長一勾当に与えた『古本平家物語』十二冊(『書籍捜索記』前田家蔵)などがある。

(12) 冨倉徳次郎『平家物語研究』第四章二(角川書店、一九六四年)、参照。なお、佐々木八郎『平家物語の研究』第三篇第二章(早稲田大学出版部、一九四九年)は、流布本の特徴として、七五調に整えられた表現が多いことを指摘し、その「散文の韻文化」をもって「音曲的事情による(平家物語の)成長変化」の一例としている。たしかに流布本は、覚一本にくらべて七五調八拍の韻律的な整合性が図られている。ただしそれらは、高橋貞一が指摘するように、「流布本成立に至る過程にある本」において行なわれた漸層的な変化だったろう(『平家物語諸本の研究』第二章第二節、冨山房、一九四三年)。

(13) 中世の「平家」語りにおいて、フシ概念はあいまいで文句と未分化であったろうこと、フシが様式的に完成(固定化)しておらず、あいまいな幅をかかえる(いわばプレ旋律型的な)旋律型であったろうことは、本書第三部第一章、および注(7)の論文、参照。

(14) 冨倉徳次郎校訂・解説『西海余滴集』(『古典文庫』第一〇九冊、一九五六年)。――なお、『西海余滴集』の本文によれば、著者「自偶」は、高山誕一を師とし、将軍秀忠をはじめ尾州公・紀州公の御前で語った経歴をもつ。高山誕一の弟子には、小寺温一、前田九一、並河安一、小池凡一など、江戸初期の著名な検校がいるが(前田以外はいずれも惣検校になっている)、冨倉徳次郎は、本書の著者を前田九一(前田流平曲の祖)とし、寛永九年正月の将軍秀忠の死から遠からぬ時期の成立と推定している。

(15) 信太周「流布本平家物語をめぐって(三)」(『新版絵入平家物語(延宝五年本)』第十一巻、和泉書院、一九八三年)、奥村三雄『平曲譜本の研究』(桜楓社、一九八一年)、同『波多野流平曲譜本の研究』(勉誠社、一九八六年)、等。

(16) 冨倉『平家物語研究』四三五頁(角川書店、一九六四年)。

(17) 館山『平家音楽史』一一九頁、八〇八頁(日本皇学館、一九一〇年)。

(18) 館山、注(17)の書、四七九頁、五〇〇頁、七四三頁。

(19) 江戸の前田流平曲では、もっぱら晴眼の平曲愛好家を対象にした教授形態のなかで、地歌や箏曲に準じた家元制度ふうの階梯を設けていた。階梯ごとに五句物、揃物、読物、間の物、灌頂の巻、小秘事、大秘事などの許し物を設け(このうち大秘事は宗匠を継ぐ者だけに許された)、階梯の免許に際しては、そのつど五十句開き、百句開き等のさらい会を行なっていた(西山松之助、注

（2）の書）。

(20) 八坂流「月見」の譜本については、奥村三雄、注(15)の書、参照。

(21) 高橋貞一の諸本分類にいう八坂流丁類本、山下宏明の八坂流第二類本。伝本として、京都府立総合資料館本、八坂本（彰考館文庫蔵）、秘閣粘葉本（内閣文庫蔵）、城方本（内閣文庫蔵）、那須本（天理図書館蔵）等が知られる。なお、山下宏明『平家物語研究序説』第二章第四節（明治書院、一九七二年）は、岡正武の「八坂訪月巻」にもっとも近い「月見」の本文をもつのは、秘閣粘葉本であるとしている。

(22) 池田敬子「城一本平家物語の本文形成について」（徳江元正編『室町芸文論攷』、三弥井書店、一九九一年）。なお、池田は、城一本にうかがえる「独自の新たな平家物語を作ろうという意欲」をおこさせる原因が、「平家物語そのものの中にあったとしか言いようがな」く、「覚一本出現からでも三百年近い歳月を、平家物語は誰かが新しい平家物語を作りうる柔らかな存在として生き続けたといえよう」と結論している。文学的な解釈だが、私としては、池田が具体的にあきらかにしたように、城一本の本文構成の（きわめて手の込んだ）作為的な実態にこそ注目したい。

(23) わずかに、乙類（第一類）本の中院本の刊記に、「右平家物語者中院前中納言以二諸家正本一校二合之一給者也」とあるのは、八坂方との関係をうかがわせるだろうか。中院本を校訂した「中院前中納言」とは中院通勝のこと。八坂方の開祖城玄は、村上源氏中院流の久我家の出といわれ、南北朝期以前に中院家が本所として臨んだ琵琶法師の座も、八坂方の盲人を主体としていたようだ。中院家の校訂本が、平曲家たちに、特別の関心をもって迎えられたことはたしかだろうが、しかしその中院本も、八坂方の正本として伝来したものではない。当道の正本は、覚一本とその系統本であり、八坂方の正本なるものは、そもそも存在しなかった。

(24) 山田『平家物語考』第二章（一九一一年）。

(25) その後の調査によって、「八坂本及びその一類」として二本が追加され、あらたに発見された城一本をもって、「八坂本の如き形になせる本」という一類を立てている。――山田「平家物語考続説」（『国学院雑誌』一九一八年四月）。

(26) 加藤康昭『日本盲人社会史研究』（未来社、一九七四年）。

(27) なお、近世の当道盲人で、「平家」（平曲）を演奏したのは、江戸、京都、名古屋を中心に、ごくひとにぎりの（検校・勾当クラスの）盲人だったろう。譜本に媒介された近世の平曲伝承（とくに江戸の前田流）にあって、伝承の主体はむしろ晴眼者に移っていたのである。

(28) 加藤康昭、注(26)の書。

(29) 中山太郎『日本盲人史』(昭和書房、一九三四年)。加藤康昭、注(26)の書。

(30) 『教言卿記』応永十二年(一四〇六)六月十九日条には、「座頭検校等スミト号会合八十一人」とあり、それから約五十年後の『碧山日録』寛正三年(一四六二)三月三十日条には、「盲在城中唱平氏曲者五六百員」とある。

(31) 「妙観」は井口相一(『職代記』等によれば第三代惣検校)の法名、「師道」は疋田千一(第四代惣検校)の法名、「源照」は竹永総一(第五代惣検校)の法名、「妙聞」は森沢城聞(第九代惣検校)の法名、「戸島」は名人戸島嶺一の在名、「大山」は大山城与の在名といった具合に、派の呼称には派祖の法名や在名が用いられた。

(32) 加藤康昭、注(26)の書。また、中野幡能編『盲僧 歴史民俗論集2』(名著出版、一九九三年)、『福岡県史 文化史料編 盲僧・座頭』(一九九三年)、他。

(33) たとえば、幕府の天領だった天草地方のばあい、当道の組織は、上組(御所浦から大矢野にいたる上天草地方)・中組(本渡周辺の中天草地方)・下組(牛深周辺の下天草地方)の三派で構成され、妙音講を紐帯とした各派の組織は、明治以降も、上組は星沢派に、中組は玉川派に引きつがれた。星沢派や玉川派など、熊本県の座頭琵琶の流派は、近世の「地方盲人」の組(派)組織を、かなり忠実に引きついだものであった。なお、琵琶弾き座頭の流派＝「家」が、同業者仲間の擬制血縁的な相互扶助(あるいは収奪)組織であり、伝承の授受を第一義的な目的とするものでなかったことは、本書第三部第二章、参照。

(34) なお、熊本県地方の座頭(盲僧)琵琶において、弟子入り後の修行期間は「奉公」と呼ばれた。弟子入りすると、琵琶の稽古より以前に、まず親方宅のあらゆる雑事に使われる。すこし語れるようになっても、門付けの上がりはすべて親方に差し出すというのが原則である。だから年期が明けないうちは、弟子が勝手に独立しないように、師匠のほうも門付けに必要な最低限の出し物しか教えない。出し物をふやすためには、弟子は聞き覚えによって親方の芸を盗みとるしかなく(師匠は出し惜しみ・教え惜しみをしたというのが、伝承者たちの異口同音の回想である)、そんな「家」の実態からして、「家」＝所属流派による語りの流儀・芸風の違いというのも副次的にしか存在しない。伝承系統はもちろん、客観的に聞くかぎり(自派を称揚したがる語り手本人の説明はともかくとして)、フシや琵琶の手においても流派による相違は認めがたい。流派による相違よりも、個人差の方がはるかに顕著なのだが、そのような師弟関係は、弟子の帰属を最大の関心事とした中世の当道盲人の間にも存在したと思われる。――本書第三部第二章。

(35)　本書第二部第一章。

(36)　なお、近世の初頭、一方に対する八坂方の区別がことさら強調されたことには、もう一つ別な要因も考えられる。幕藩体制下における各種制外身分の取締り・統制強化の施策である。たとえば、本末制度によって宗教界の統制を企てた幕府は、複数の本山・本寺を立てることで、教団内部に牽制・競合の関係をつくりだしている。最大の宗教勢力である一向宗は本願寺派と大谷派に分割され、修験山伏は本山派と当山派に、全国の神社は、吉田・白川二家の配下に組み入れられている。勢力を分断したうえで、その内部自治を認めるという方策だが、そのような一貫した方針のもとに、諸国盲人のあいだに当道を軸とした一種の本末制がしかれ、一方・八坂方の内部的な拮抗、競合の関係も作られたものだろうか。それは虚無僧（普化宗）の本山が一月寺と鈴法寺に分かれ、諸国木地屋が蛭谷（筒井八幡宮）・君が畑（大皇大明神）の二系列に分割されたこと（あるいは、願人坊主が大蔵院末と円光院末の二派とされたこと）にも共通する。当道の式目類が、幕府の意向に添うかたちで編まれた以上（じっさい式目類は寺社奉行に提出された）、近世における当道盲人のあり方、とくに一方・八坂方の拮抗関係にしても、幕藩体制下の一貫した身分政策との関連を思わせる。――本書第二部第一～二章。

(37)　『当道拾要録』（一般に『当道要集』の書名で流布する）はさらに、覚一が内裏より「清書本と申す雲井の書」を賜わり、よって一方の平家は「八坂方の平家とは文義格別也」とする。「当道」の伝書類にいう「清書本」は、定一が作成した清書本（「大覚寺文書」）の訛伝だろうが、この「清書本」（雲井本）を根拠にした「八坂方の平家とは文義格別」という所伝が、近代の（山田孝雄以後の）諸本研究において、語り本が一方系と八坂系に類別されるきっかけを作ったものと思われる（たとえば、中山太郎、注(29)の書、一七〇～一七二参照）。なお、『当道拾要録』が、近世の、しかもかなり時代の下る当道伝書であることは、本書第二部第一章、参照。

(38)　本書第一部第二章、第三部第一章。

(39)　いわゆる八坂流・八坂系の諸本に、書承的な改作のあとが顕著であること、したがって諸本間の異同がはげしく、流派としての一貫した特徴が見いだしがたいことから、同系統本を八坂流・八坂系ではなく「非一方系」と呼称する試みも行なわれている（池田敬子、注(22)の論文)。だが、語りの流派としての八坂流が存在しなかったように、中世には一方流・一方系の「平家」というのも存在しなかったのである。

(40) 仙台の館山甲午と、名古屋の井野川幸次(盲人の検校)は、ともに前田流の平曲譜本『平家正節』に依拠した平曲を伝承していた。しかし両人の伝承を、同一の出し物によって比較すると、館山(晴眼者)の演唱の所要時間は、井野川のそれのほぼ二倍になっている。たとえば、『平家琵琶の世界』(キングレコードSKK5064、一九七二年)に収録された館山の「那須与一」は、「沖には平家、舟を一面にならべて見物す……」から末尾の「……陸には源氏、箙をたたいてどよめきけり」までを、一五分二三秒で語っている(フシ付けでいうと、中音下り→拾→走り三重)。井野川幸次は、おなじ箇所を、館山の半分にも満たない七分二五秒で語っている(井野川の演唱は、東京大学付属図書館視聴覚センター所蔵テープによった)。文字テクストにたいする依拠の度合が、両者の演唱時間の相違となったのである。

(41) なお、節付け本(譜本)の作成にともなって語りが変質する具体相については、兵藤、注(7)の論文に詳論した。参照されたい。

第四章　歴史としての源氏物語

はじめに――花の御所――

足利義満が北小路室町の院の御所跡地に造営した室町殿は、永和四年（一三七八）に寝殿その他の主要な建物が完成した。

庭園をはじめとする付属施設の造営は、義満の居住後もひきつづき行なわれたが、それらが一応の完成をみた永徳元年（一三八一）三月、義満（ときに二十三歳）は後円融天皇をむかえて盛大な遊宴をもよおしている。その記録である『さかゆく花』（群書類従帝王部）によれば、室町殿には、寝殿・対屋・透渡殿・釣殿・中門があり、常御所・夜御殿・女房局・台盤所とよばれる施設も存在したという。

後円融天皇をむかえた遊宴から二年後の永徳三年（一三八三）正月、義満は天皇に奏請して源氏の氏長者《うじのちょうじゃ》の宣旨をうけている。源氏の長者は王氏（皇族出身諸氏）全体の長者でもある。王氏の長として権勢をふるう左大臣義満にとって、その先例となったのは光源氏の物語だったろう。

『さかゆく花』によれば、室町殿の南庭には、「まことの海川を見るがごと」き広大な池が築かれ、池のめぐりには、四季の景観をたのしむさまざまな花木が植えられていたという。室町殿が「花の御所」と称されたゆえんだが、四季の景観を配した壮大な王朝風建築は、光源氏の六条院の栄華をおもわせるのである。

後年の義満が、践祚なくして太上天皇号の獲得にうごいたことも、おそらく室町殿の造営当時からきざしていた構想だったろう。だが義満の王権獲得の物語には、祖父の尊氏の代からひきつがれた物語前史がある。尊氏が構想した源氏の嫡流物語が、その子義詮（義詮の命をうけた四辻善成）の『源氏物語』解釈をへて、義満の王権物語へ継承されるのだが、したがって話の順序としては、まず尊氏・義詮二代の源氏の物語から語る必要がある。

一　村上源氏と清和源氏

建武二年（一三三五）十一月、足利尊氏が建武政権から離反して官職を止められたとき、後醍醐天皇は、尊氏にかえて中院通冬を参議に、北畠顕家を鎮守府将軍に任じている。中院家（三条坊門家）・北畠家ともに村上源氏中院流であり、中院流は鎌倉時代をつうじて堂上公家の地位を維持した唯一の源氏である。後醍醐天皇にとって、中院流の諸家は、足利家（清和源氏）に対抗すべき源氏の正棟として意識されていたらしい。

『太平記』によれば、足利尊氏の最大のライバルは新田義貞である。『太平記』の第二部（巻十三〜二十一）は、建武政権の崩壊後の歴史を、「源氏一流（清和源氏のおなじ流れ）の棟梁」である足利・新田の「両家の国争い」として描いている。

だが、足利尊氏が建武政権下で鎮守府将軍に任じられ、政権から離反したあとは征夷大将軍を自称したのにたいして、新田義貞が将軍職に固執した事実はみられない。尊氏が兵権を掌握するうえで最大のライバルとなったのはむしろ護良親王であり、また護良親王の外戚であった村上源氏中院流の北畠家であった。

護良親王は、後醍醐天皇の第三皇子、母は北畠師親（親房の祖父）の娘親子である。元弘の討幕戦では天皇方の一方の主役として活躍し、建武政権下では兵部卿となり、征夷大将軍の宣旨を申しうけて兵権を掌握する感があったが、やがて武家政権の再興をもくろむ足利尊氏の讒にあって失脚し、中先代の乱（一三三五年七月）の混乱に乗じて足利直義（尊氏の弟）に殺されてしまう。そして護良を殺害した尊氏は、関東八ヶ国の管領として鎌倉を本拠とし、天皇の勅許をまたずにみずから征夷大将軍を名のるようになる。

こうした一連の事態が足利の謀反と断じられ、それまで尊氏が任じられていた鎮守府将軍には北畠顕家（親房の嫡子）が任じられるのだが、職制の故実からいえば、辺境（朝敵）を鎮撫ずる常設の官である鎮守府将軍にたいして、征夷将軍は臨時の官である。たとえば、北畠親房の著した『職原抄』は、「代々将軍と称するは、鎮府の将也」とし、「征夷・征東等は臨時にこれを置く。其の府有るを聞かざる也」（原漢文）と述べている。将軍とはほんらい鎮守府将軍のことで、征夷・征東の将軍は、鎮守府を補佐・援護する目的で臨時に任命される。中古に征夷将軍の軍府が常設された例はなく、したがって、征夷大将軍が頼朝以来常設の官となり、その軍府が鎌倉に置かれたことはあくまで先規にもとるものだという。

もちろん尊氏にとって、親房が主張するような公家の故実は関心の外にあったろう。かれが准拠するのは、頼朝の鎌倉開府にはじまる武家の故実である。そして源氏将軍家の再興をめざすかれにとって、当面のライバルとなるのは、おなじ清和源氏義国流の新田義貞である（新田・足利両氏の祖は、ともに八幡太郎義家の次子義国である）。

後醍醐天皇は、新田義貞を尊氏追討の大将とし、また北畠顕家を鎮守府将軍に任じて西と北から鎌倉の挟撃をくわだてる。しかし顕家が東北勢の掌握にてまどっているうちに、尊氏はなんなく義貞軍を破り、東海道を西上して京都を制圧してしまう。ようやく東北・北関東の軍勢をまとめて上洛した顕家は、新田義貞・楠正成とともに尊氏を九州に敗走させるが、やがて勢力を回復した足利軍と東海・近畿の各地で激戦を展開し、暦応元年（南朝の延元三年、一三三八）五月の阿倍野合戦で戦死してしまう。

北畠顕家の死後、後醍醐天皇は弟の顕信を鎮守府将軍に任じている。官軍を率いて朝敵足利と戦う天皇方の将軍は、すくなくとも後醍醐の意識においてはつねに北畠であった。

二　源氏の氏長者

南北朝期の村上源氏中院流の諸家を考えるうえで、もうひとつ見落とせないのが、中院通方（通親の子）を祖とする中院家（三条坊門家）の存在である。尊氏が参議の職をとかれたときに、かわって参議となったのが中院通冬であったことはすでに述べたが、代々持明院統につかえた中院家を後醍醐天皇がとりたてたのは、公家政治の一統をはかるという意図があったものだろう。

鎌倉末期の政治史では、北畠家と三条坊門家（中院家）がほぼ交互に源氏長者の名誉職である奨学院別当になっている。すなわち、持明院統の花園・光厳天皇のときは、三条坊門家の中院通顕が奨学院別当となり、後醍醐天皇のときには北畠親房が奨学院別当になっている。親房の『職原抄』は、源氏の氏長者について、「奨学院の別当たるの人、即ち長者となる」とし、奨学院別当については、

源氏の公卿第一の人これを称す。納言たるの時多く奨学・淳和両院を兼ね、大臣に任ずる日、淳和院を以て次の人に与奪す。奨学院に於ては猶これを帯す。是流の例也。但し両院別当の事、中院の右大臣（注、雅定）の時、

永く彼の家に付す可き由、鳥羽院の勅定有りと云々。然れば、他流の人たとえ公卿の上首と雖も、競望に及ぶ可からざること歟。（原漢文）

と述べている。奨学院は、平安時代に設置された王氏の学院であり、淳和院は、淳和天皇の離宮跡に営まれた官営道場である。とくに奨学院は、王氏の集会所（氏院）をかねたことから、王氏最上位（最長老）の者がその管理・運営にあたるならわしがあり、奨学院の実質が失われた平安末以降も、奨学院別当は王氏の名誉職として職名のみが存続することになる。

『職原抄』によれば、源氏最上位の公卿が納言のときは奨学・淳和両院別当を兼ね、「一の人」が大臣に昇任したときは、奨学院別当のみを帯して、淳和院別当は「次の人」に譲る慣例だったという。はたして親房がいうように、源氏長者とその名誉職である奨学院別当は、はやく中院雅定（一〇八六～一一五四）の時代に「永く彼の家（村上源氏中院流）に付す可き由」が定められたのかどうか。(1) 親房のいう「鳥羽院の勅定」云々は疑ってみる余地がある。おりしも親房とその子息たちが、近畿・東国・奥州を戦場にして足利方と死闘を展開していた時期である。「他流の人……競望に及ぶ可からざること歟」という親房の言には、源氏の正棟をめぐる親房の危機感すら感じられるのである。

だが「鳥羽院の勅定」云々はともかくとして、村上源氏中院流の諸家が、鎌倉時代をつうじて、堂上公家の地位を維持したゆいいつの源氏であったことはたしかである。鎌倉時代の中院流の諸家にとって、実質上の祖ともいえるのは、中院雅定の孫にあたる土御門通親（一一四九～一二〇二）。建久から建仁年間の京都政界にあって摂関家（藤氏長者）を圧倒するほどの勢威をふるった人物だが、通親の子や孫の時代から、奨学院別当・淳和院別当の叙任のことが記録類にあらわれるようになる。

まず承久三年（一二二一）八月、通親の次男堀川通具が奨学院別当に任じられており、嘉禎三年（一二三七）から宝治三年（一二四九）には、源雅親（通親の弟通資の子）が奨学・淳和両院別当に任じられている。おそらく鎌倉の源氏将軍家が三代でほろんだのを前提とした叙任と思われるが、しかしこの当時は、中院流最上位の公卿が奨学院別当になるという慣例はまだ定着していなかったようだ。たとえば、堀川通具（権大納言）が奨学院別当になったときには、おなじ中院流の上卿に久我通光（内大臣）がおり、源雅親（大納言）のときには、土御門定通（内大臣）がいる。堀川通具、源雅親は、当時最年長の中院流の公卿であり、氏院（奨学院）の管理職は、同流の最年長者・最長老の名誉職として与えられたものらしい。

村上源氏中院流系図（『尊卑分脈』による）

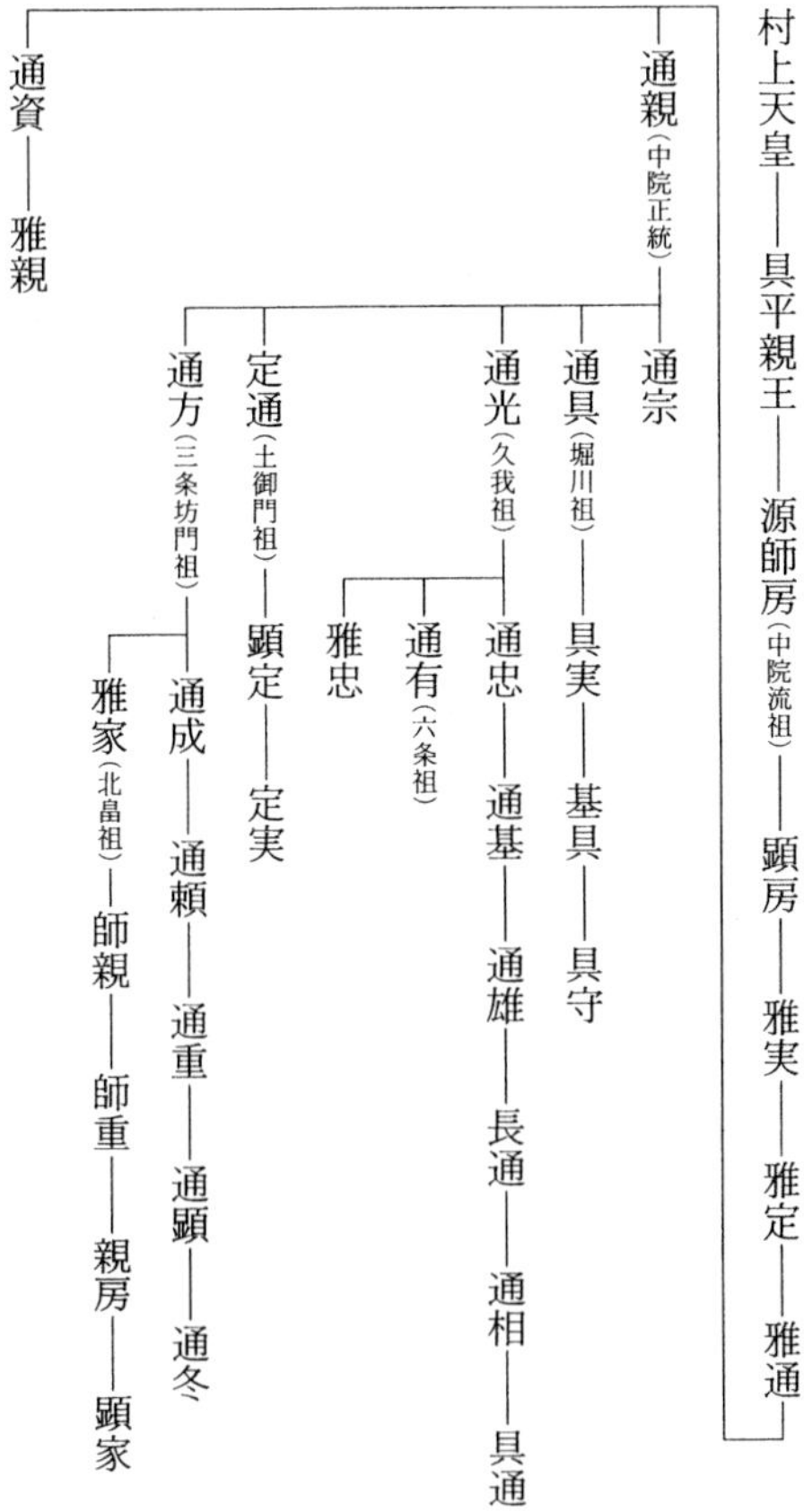

だが、十三世紀のなかば以降、堀川具実や土御門顕定のころから、奨学院別当には、年齢にかかわらず中院流最上位の公卿が任じられるようになる。奨学院別当が同流の最有力者の名誉職となり、しだいに氏長者としての意味合いをもちはじめたらしいのだが、つづく中院（三条坊門）通成、源雅忠、堀川基具、土御門定実、堀川具守のころにも位階最上位の者が奨学院別当となり、つぎの者が淳和院別当となっている。前掲の

『職原抄』にいう慣例ができあがったのは、ほぼこの頃と考えてよい。そしてこのような既成の事実とともに、王氏の長としての源氏長者の権威が、天皇の宣旨によって公的に認められるのである。

正応元年（一二八八）九月、奨学院別当となった久我通基は、藤原氏の氏長者（摂関家）の例にならい、源氏長者の代がわりにさいして宣旨を申請してゆるされている。『勘仲記』（権中納言広橋兼仲の日記）正応元年九月十一日条によれば、この日、「源氏長者ならびに奨学院別当の宣旨」が久我通基に下されたことを記し、

源氏長者の宣旨の事、先例然らず。今度内府（注、久我通基）頻りに請け申すの故也。且つは藤氏長者の宣下に准らふと云々。（原漢文）

と述べている。そしてこれ以後、源氏長者は、五摂家の藤氏長者に準じる権威をもつようになり、それは中院流諸家の家職として公けに認められたのである。すでに鎌倉の源氏将軍家が廃絶してから七十年がたっている。源氏（さらに王氏全体）の長者職が、鎌倉末以降の政治史において、にわかに現実的な政治的意味を帯びてくるのだが、おそらくそれは、後醍醐天皇が足利にかえて中院流を重用した背景でもあったろう。

三　平家座頭の本所権

中院流が源氏長者の家筋として公認されたことに関連して注意されるのは、鎌倉末から南北朝にかけて、中院流の三条坊門家（中院家）や久我家が、「平家」を語る琵琶法師（平家座頭）にたいして本所（領主）としてのぞんでいたことである。

よく知られる史料だが、文保二年（一三一八）以後、元徳二年（一三三〇）以前と推定される中院（三条坊門）通顕の

書状は、東寺散所入道の絵解きが盲人の権益を犯すところがあり、よって「盲目等」の申し立てた抗議を、中院通顕が東寺へとりついだというもの（『東寺百合文書』）。絵解法師がその伴奏楽器に琵琶を使用したことへの抗議だが、「盲目等」の主張を代弁した通顕は、琵琶法師の座組織にたいして本所の位置にあったものだろう。

『中院一品記』（通顕の子通冬の日記）暦応三年（一三四〇）九月四日条には、

今日、家君（注、中院通顕）の御方に於て、盲目相論の事有り。両方を召し決せられ了ぬ。（原漢文）

とある。中院通顕のもとで「盲目相論」の裁決が行なわれたわけだが、その四日後の九月八日条には、仁和寺真光院で行なわれた芸能の催しに「座中十人許《ばかり》」が参加したことが記される。ちなみに、中院通顕は、文保元年から元応元年（一三一七〜一九）、元弘二年から建武元年（一三三二〜三四）まで奨学院別当、その子通冬は、暦応三年から四年（一三四〇〜四一）、康永元年から文和三年（一三四二〜五四）まで奨学院別当をつとめている。中院家配下の琵琶法師たちが、通冬の日記で明確に「座中」と呼ばれていることに注目したい。

応永二十七年（一四二〇）の奥書をもつ『海人藻芥』は、近年の「盲目」が過分の待遇を受けていることを批判し、かつては大床で音曲を奏したとして、「久我家門当時も斯くの如し」と述べている（巻之中「盲目参事」）。「久我家門」は、久我家を筆頭とした中院流の諸家を総称したいい方である。久我家門すなわち中院流のみがしきたりに則った待遇を琵琶法師に与えたことは、やはり中院流諸家と平家座頭との歴史的な関係をうかがわせる。

「平家」を語る琵琶法師たちが中院流を本所（領主）とあおいだのは、いつごろからだろうか。近世の久我家では、後白河院の院宣なるものを根拠に当道（平家座頭の座組織）支配の由緒を主張しているが、もちろん偽文書でしかない。中院流が平家座頭と関係をむすんだのは、はやくても鎌倉時代中期であり、それはおそらく十三世紀なかば以降、中院流が源氏の氏長者（王氏の長）として自らの家格を高めつつあった時期だろう。おりしも琵琶法師の「平家」語りがしだいに隆盛にむかう時期である。桓武平氏の栄華と没落の物語は、かつて一時代を画した王氏の物語である。「桓武天皇の御末」の物語の管理者には王氏の長がふさわしいといった連想が琵琶法師（および中院流の双方）にはたらいたものだろうか。すくなくとも「平家」を語る琵琶法師たちにとって、源氏さらに王氏全体の長者は、たんなる権門勢家という以上の意味をもったろう。

四　『河海抄』の成立

村上源氏中院流と平家座頭との関係をしめす史料は、しかし『中院一品記』暦応三年（一三四〇）九月八日条を最後として、記録類からすがたを消してしまう。(2) 清和源氏が台頭した南北朝時代は、中院流の政治的立場に重大な変化が生じた時期であった。

後醍醐天皇とともに吉野にくだった北畠家にたいして、三条坊門の中院家は北朝の光明天皇につかえ、とくに暦応から文和年間（一三五二〜五六）の十年あまりのあいだ、中院通冬は源氏長者の宣旨をうけている。北朝の中院通冬は（その政治力はともかく）南朝の北畠親房に拮抗する源氏正棟の重臣であった。

暦応元年（一三三八）九月、北朝の光明天皇は足利尊氏を正式に征夷大将軍に任じている。足利が清和源氏嫡流の家職としての征夷将軍職に任じられたのだが、このころから、中院家（三条坊門家）と足利将軍との関係は微妙なものになっていったらしい。

北朝の光明・崇光天皇から源氏長者の宣旨をうけた中院通冬は、かつて足利尊氏が建武政権を離反したとき、尊氏にかわって参議に任じられた人物である。足利が源氏の嫡流工作をすすめるうえでライバルとなったのは、清和源氏の新田であるとともに、むしろそれ以上に中院流の諸家であったようなのだ。たとえば、通冬の日記『中院一品記』暦応元年（一三三八）十二月二十九日の条に、

三条坊門の宿所、当時、左兵衛督直義朝臣（注、足利直義）居住の間、仁和寺真光院の僧正の矢庫坊に移住す。（原漢文）

とある。家祖通方いらい中院家に伝領された三条坊門の屋敷が足利直義によって接収されたというのである。建武三年（一三三六）正月の京合戦に敗れた足利尊氏・直義兄弟が、九州で体勢をたてなおして再度京都を占拠したのは、同年六月である。その年の十二月には後醍醐天皇が京都を脱出して吉野に朝廷をひらき、建武四年（一三三七）には足利の京都支配が確立している。直義が中院家の三条坊門邸を接収したのも、ほぼそのころだろう。中院家（三条坊門家）の屋敷地を占拠した直義には、おそらくかれ一流の政治的判断がはたらいていたと思われる。

足利直義によって接収された三条坊門邸はついに中院家に返されることなく、直義が観応の擾乱で失脚したあとは、尊氏の子義詮の邸宅となっている。すなわち『東寺王代記』貞和五年（一三四九）十月二十六日の条に、

宰相中将義詮、東より京着す。左兵衛督（直義）、錦小路堀河の宿所に移住し、左馬頭（義詮）三条坊門亭に移らる。（原漢文）

とあるのだが、義詮の三条坊門殿は、かれが延文三年（一三五八）十二月に足利氏二代将軍になると、そのまま将軍御所となり、将軍の御所が三条坊門から北小路室町に移った義満の時代にも、室町殿の上御所にたいして、三条坊門殿は将軍の下御所として使用されている(3)。そして文和三年（一三五四）に、中院通冬が官職をしりぞいたあとは、同家出身者で源氏長者（奨学院別当）になったものはいないのである。

ところで、文和三年（一三五四）に中院通冬が官を辞したあと、奨学院別当には中院流の久我通相が任じられてい

る。しかし義詮が二代将軍となった延文三年（一三五八）以後、奨学・淳和両院別当は該当者なしの時期がつづいている。源氏長者の名誉職が、しだいに中院流の手からはなれつつあったことが想像されるが、ほぼそのころ、義詮は、四辻善成に命じて『源氏物語』の注釈書『河海抄』をつくらせている。すなわち『珊瑚秘抄』（四辻善成が源氏物語の秘説を記した注釈書）の奥書に、

往日、貞治の始め、故宝篋院贈左大臣（注、足利義詮）の貴命に依り、河海抄二十巻を撰献せしむ。（原漢文）

とある。貞治年間（一三六二～六八）は、足利に反して南朝方についた守護大名の叛乱がほぼ鎮圧され、二代将軍義詮の政治体制が確立した時代である。そのような「貞治の始め」に、足利義詮が『源氏物語』に関心をしめし、前代以来の注釈的言説の集大成を命じたことの政治的な意味に注目したい。

『河海抄』の特異な注釈方法については、吉森佳奈子の考察がある。(4) 吉森によれば、『河海抄』には、『源氏物語』それ自体を歴史的な先例と化そうとする姿勢があるという。『源氏物語』が語るはなやかな王朝の事跡を、拠るべき故実・典例としてとらえる意識は、すでに平安末期の平家文化の時代には存在していたというが(5)（なお、治承・寿永の乱の物語が「平家物語」と名づけられたのは、あきらかに「源氏物語」の影響によるものだろう）、『源氏物語』それ自体を拠るべき「歴史」ととらえかえすところに、吉森は『河海抄』の独自の方法をみている。そして注意したいことは、そのようにして『源氏物語』を「歴史」化する『河海抄』が、じつはこの時期の源氏の最高権力者、足利義詮の命によって作られたということである。

『河海抄』の著者、四辻善成の父は、順徳天皇三世の孫の尊雅王。善成は延文元年（一三五六）に源姓をあたえられて臣籍に列しているが、王族から源姓にくだったかれにとって、『源氏物語』はたんなる王朝古典という以上の意味をもったろう。しかしその『河海抄』の各巻の巻首に、四辻善成は「物語博士源惟良」と署名している。「惟良」は、

光源氏の側近として活躍する惟光と良清から一字をとって作為した署名である。それは、いわれるように、『源氏物語』(光源氏)への心酔者であることを自任した署名だろうが、しかしそこには、当時における源氏の最高実力者、足利義詮にたいする四辻善成の阿諛の姿勢がなかったかどうか。善成は、義詮の側室紀良子(義満の生母)の縁者(母方の伯父)であり、延文・貞治年間以降、義詮・義満の推挙によって破格の昇進をとげるのである。

五　源氏長者の家筋の移行、および平家座頭の本所権の推移

貞治六年(一三六七)に足利義詮が病死したのをうけて、わずか十歳で三代将軍となったのが、義詮の長子義満である。義満の後見役には、管領細川頼之があたっていたが、康暦元年(一三七九)の政変で頼之が失脚したころから、後年の専制体制へむけた義満の政治的画策が活発化することになる。

康暦二年(一三八〇)に従一位となった義満は、父祖の極官をこえて左大臣に任じられている。武家の棟梁であり、しかも朝廷の最高実力者となった義満にとって、その政権掌握と連動してすすめられたのが室町新第の造営である。永和三年(一三七七)に北小路室町の崇光上皇の仙洞御所が焼失すると、義満はただちにその跡地をゆずりうけ、同年中に新第の造営を開始する。その造営費用は「百万貫」におよんだとも伝えられるが(『臥雲日件録』文安五年〈一四四八〉八月条)。寝殿造りの主殿と広大な庭園からなる「花の御所」には、四季の景観を楽しむさまざまな花木が植えられた。四季の景観を配した壮大な王朝風建築は、光源氏の六条院の栄華をおもわせるのである。

「花の御所」で専制的な権力をふるう義満は、やがて中院流の当時最高位の公卿、久我具通をことあるごとに圧迫するようになる。久我具通は、応安六年(一三七三)に一時、後円融天皇から奨学・淳和両院別当に任じられた人物

である。義満の時代にあって村上源氏中院流の最高位の公卿だが、たとえば、三条公忠の日記『後愚昧記』永徳二年（一三八二）九月十八日の条は、「公家の人の中、左府（義満）の所存に違ふの人」として、「久我大納言（具通）」をあげている。はたして翌年の永徳三年（一三八三）正月の除目で、義満は、久我具通から源氏長者および奨学・淳和両院別当の地位を奪っている。そしてこの除目以後、源氏長者の家筋は足利に移行し、両院別当職も歴代の足利将軍によって兼帯されるのである。

ところで、このような源氏長者の家筋の移行に関連して注目されるのは、それまで中院流が保持していた平家座頭の本所権の推移である。さきにも述べたように、中院流と平家座頭との関係をしめす史料は、『中院一品記』暦応三年（一三四〇）九月八日条を最後として、記録類からすがたを消してしまう。それは、平家座頭が畿内を中心とした広範な座組織（当道）を形成していく時期に相当するが、たとえば、義満が三代将軍となってから四年後の応安四年（一三七一）、覚一検校によって『平家物語』の正本（覚一本）が作られている。覚一が作成した当道の正本は、後継者の定一検校に伝授され、定一のあとは、弟子の塩小路慶一（第二代総検校）、さらにその弟子井口相一（第三代総検校）に相伝されている。語りの正統を文字テクストとして独占的に管理することで、惣検校を頂点とした当道のピラミッド型の内部支配が権威的に補完されたのだが[6]、しかし覚一本の伝来に関して注意されるのは、覚一の原本をもとに作成された定一の清書本が、定一の没後、そのあとをついだ惣検校慶一によって足利義満に進上されたことである。すなわち、摂津川辺郡の大覚寺の所蔵文書に記載された覚一本奥書の一節につぎのようにある。

右、此の本を以て、定一検校一部清書しおはんぬ。奚《ここ》に定一逝去の後、清書の本をば室町殿に進上す。就中《なかんづく》此の正本は、故検校清聚庵に納めらるる歟《か》。（原漢文）

「ゆめゆめ他所に出だすべからず」（覚一本奥書）と誡められた当道の正本は、なぜ足利義満に進上されたのか。進上された正本は、すくなくとも八代将軍義政のころまで、将軍家に保管されていたことが確認されるが（竜門文庫蔵覚一本奥書）、正本の閉鎖的な伝授が座の内部支配を補完していた以上、それが足利義満に進上されたことは、当道の支配権（その権威的な源泉）が足利将軍家にゆだねられたことを意味している。

げんに応永年間以降、足利義持（四代将軍）・義教（六代将軍）が当道にたいして格別の発言権を行使していたことは、『看聞御記』などの当時の記録類から確認できる。(7)「平家」語りの芸能、およびその座組織が足利将軍の管理下におかれたわけで、それを象徴するできごとが、惣検校慶一による足利義満への「平家」正本の進上であったことはたしかである。

六 「日本国王」源義満

平家一門の鎮魂の物語は、源氏将軍家の草創・起源を語る神話でもある。それは足利将軍にとって、現在に永続する秩序・体制の起源神話でもあったろう。『平家物語』の管理権は、そのニュアンスを変えながら、村上源氏中院流から清和源氏足利流へ移行するのだが、また「平家」語りが南北朝期に完成した新芸能だったことも、内乱の覇者足利義満には格別の意味をもったにちがいない。王氏の長（源氏長者）としてあらたな権力の世襲形態を志向する義満にとって、南北朝期に完成した「平家」は、みずからを権威づける恰好の式楽となったろう。(8)

あたかも古代の天皇神話が語り部によって伝承されたように、源氏政権の神話的起源が、当道の語り部集団によって伝承されたわけだが、(9)そのような源氏草創神話の管理者としてのぞんだ足利義満にとって、かつての一世源氏の栄華を語る『源氏物語』とはなんだったか。義満が達成した未曾有の栄華は、たとえば、光源氏の栄華に関するつぎのような高麗《こま》の相人の予言を想起させるのである。

国の親となりて、帝王の上なき位に昇るべき相おはします人の、そなたにて見れば、乱れ憂ふることやあらむ。おほやけの固めとなりて、天下を輔くるかたにて見れば、亦その相たがふべし。

（『源氏物語』「桐壺」）

応永元年（一三九四）十二月、太政大臣となった義満は、拝賀の儀を行なうにあたり、まず室町殿に諸卿をあつめ、院の拝礼の儀を模して諸卿を平伏させている。また、応永二年六月に出家し、天山道有（まもなく道義と改名）と号したかれは、その翌年九月に行なわれた延暦寺大講堂の落慶法養にさいして、上皇の御幸の儀を模して登山している。後世、水戸の史学者たちが義満の僭上として痛烈に批判したところだが（藤田東湖『弘道館記述義』、他）、さらに応永四年（一三九七）に完成した義満の山荘、北山殿は、法皇の仙洞御所に擬して造られたといわれ、また北山殿には、「紫宸殿」や「殿上の間」と称する施設があったと伝えられる（『臥雲日件録』文安五年〈一四四八〉八月条）。

応永十年（一四〇三）、明の永楽帝に国書をおくった義満が、その冒頭を「日本国王、臣源表す……」で書き出したことはあまりにも有名だが、源氏の氏長者として空前の栄華をきずいた足利義満にとって、その先例となったのは、光源氏の物語だったろう。たとえば、応永十二年（一四〇五）に後円融上皇の十三回忌が清涼殿でいとなまれたとき、義満の着座には法皇の待遇があたえられている。翌十三年には、義満の妻、日野康子が後小松天皇の准母（天皇の母代わり）となり、同十五年（一四〇八）には、愛児義嗣の元服の儀を親王に准じて行なっている。践祚なくして太上天皇号をえた光源氏の先例は、すでに実質上の天皇の「准父」であった義満によって実現されてゆくのだが、しかしおなじ年の五月、義満は五十一歳で急逝してしまう。光源氏より数年はやい死である。義満の死去にさいして、後小松天皇はただちにかれに「太上法皇」の尊号を贈っている。物語の予言は、まさに現実の「日本国王」源義満によって実現されたのである。

注

（1）参考までにいえば、中院雅定が源氏第一位の公卿であった時期は、一一四七〜五四年、右大臣であった時期は、一一五〇〜五四年である。

（2）ちなみに、中院流の久我家が、平家座頭にたいする本所権の回復を主張するようになるのは、足利将軍の権威が失墜した応仁の乱以降である。――本書第一部第一章。

（3）『京都坊目誌』（『新修京都叢書』所収）の上巻・第二十五は、三条坊門南万里小路西の「内大臣源通成家祉」（通成の曽孫が、前述の中院通顕である）について解説したあとに、「足利直義館祉」について「右同所也」としている。『中古京師内外地図』（『新訂増補故実叢書』所収）は、三条坊門万里小路西の足利直義邸に隣接する万里小路東の一町を「勝定院殿（義持）／三条坊門殿（義詮）」としている。これによれば、将軍家の三条坊門御所は、中院家の三条坊門邸と隣接していたことになるが、これは誤りである。義詮の三条坊門殿の位置については、川上貢『日本中世住宅建築の研究』（墨水書房、一九六七年）、参照。

（4）吉森「『河海抄』の『源氏物語』」（『国語と国文学』一九九五年六月）、同「『河海抄』の光源氏」（『国語国文』一九九六年二月）。

（5）久保田淳『藤原定家とその時代』（岩波書店、一九九四年）。

（6）覚一本が、歴代惣検校によってきわめて閉鎖的に伝授され、座の内部支配を補完する権威的な拠りどころとして機能していたことは、本書第一部第一章に述べた。

（7）本書第一部第一章。

（8）室町時代の当道では、年頭の参賀や四月下旬の将軍の北野社参籠などに惣検校が出仕する慣例があった。江戸時代の当道で行なわれた、将軍宣下（新将軍の就任式）や将軍新喪にともなう惣検校による「平家」演奏にしても、室町幕府で行なわれていた慣例を引きついだものだろうか。

（9）兵藤『太平記〈よみ〉の可能性――歴史という物語』（講談社選書メチエ、一九九五年）。

第二部　中世神話と芸能民

第一章　当道祖神伝承考
――中世的諸職と芸能――

一　太子信仰と芸能

近世の職人仲間でむすばれた講のひとつに、太子講がある。大工、左官などが聖徳太子の絵像をまつり、飲食をしながら、講中の申し合わせをとり決める。おもに東日本で多く行なわれ、土地によっては、大工、左官のほかに、杣、木挽、木地屋、炭焼などの木材・木工業者、また鍛冶屋、金掘り、石工、紺屋などが参加している。(1)

中世において、聖徳太子が日本仏教の共通の祖とされ、宗派をこえて尊崇されたことは知られている。なかでも親鸞は、在俗の太子に傾倒してかず多くの太子和讃、『上宮太子御記』等の著作をのこしている。宗祖親鸞の太子尊崇を機縁として、在来の太子信仰の徒を自派の教線にとりこんでいったのが、初期真宗の教団である。(2) 金掘り、木地屋に真宗門徒が多いこと、また、東北地方にかず多くの聖徳太子像が伝存することも、真宗にむすびついた太子信仰の徒の漂泊・移住の歴史を物語るものだろう。(3)

近世初頭の『慶長見聞書』(内閣文庫蔵)は、慶長十二年(一六〇七)の関東山伏と寺方の訴訟記録として、つぎのよ

うな一節を引いている。(4)

上宮太子の御時まで日本に墨なし。木のやにを以てねり候て物をかく。色悪し。にかは唐より渡る。重宝物と思召。小野妹子大臣を御使にて唐へ被レ渡候て初て穢多渡る。にかはを作り、かわ具足を作る。太子御感なされ、御秘蔵有レ之。其後程有楽人渡る。後に渡るものとも詞も日本に不レ通候間、かの穢多に万事おしゑられ引廻されし故、今に音楽のやから、あをや、すみやき、筆ゆひ迄か己か下と申は此時より初る也。

上宮太子（聖徳太子）の由緒が、「長吏」（「穢多頭」）の諸職諸道支配の根拠とされたのである。もちろんこの前提には、諸職諸道の者の多くが、中世以来、太子信仰の徒であったという事実があるだろう。たとえば、近世の特殊生業者のあいだに真宗門徒が多かったことも、いわゆる悪人正機の教説のみによるとは思えない。江戸初期に制度化された被差別部落寺院の八割以上が浄土真宗であったことも、(5)もともと被差別民のがわに、真宗が上宮太子を教旨の祖としたことと有縁の信仰的基盤が存在したのである。

ところで、右の引用文に「楽人」「音楽のやから」があげられるように、聖徳太子は、音曲芸能の徒の祖神にもなっている。太子は古くから舞楽家の芸祖とされており、(6)中世には、大和猿楽の徒が上宮太子を神とあおいでいる。(7)「太子ハ猿楽ノ道ヲ興シ給ヘル権化ナレバ、スナハチ翁ノ化来ナリ」（金春禅竹『明宿集』）といわれ、太子信仰は、猿楽芸能民たちの翁＝宿神の信仰にも習合する。上宮太子は、中世にはふつうショウグウタイシと発音されたようであり、それは発音の方面からも、宿《しゆく》神や将軍《しようぐん》神など、道祖神（芸能神）の信仰と容易に習合したらしいのである。(8)

中世の太子伝注釈書『太子伝玉林抄』（訓海撰、文安四年）巻十は、当時行なわれていた聖徳太子の日本六十余州巡幸の伝説を批判して、「曲舞《クセマヒ》、メクラナントノ云ニハ替ルヘシ」と述べている。曲舞や座頭・瞽女らによって、太子の回国伝承（いわゆる黒駒太子の伝承）が語られていたらしいのだが、曲舞の「上宮太子」（世阿弥の『五音』に一部引用される）の詞章をとりこんだ謡曲「上宮太子」には、妙音菩薩に由来する舞楽（伎楽）を、後ジテの太子がみずから演奏するという一節がある。

妙音菩薩は、十万種の伎楽を仏に供養したとされる音楽神である（『法華経』「妙音菩薩品」）。今日でも座頭や瞽女など、音曲芸能者の守護神とされるが(9)、東北地方に行なわれる盲僧・盲巫女の教団、大和宗では、妙音菩薩を教団の「鎮守」神とし、聖徳太子（上宮太子）を「高祖」として祀っている(10)。また大和宗の本山、聖徳山大乗寺に伝わる座頭伝書『小宮太子一代記』によれば、座頭の始祖皇子小宮太子は妙音菩薩の化身であり、小宮太子の伝えた「妙音品」の秘曲は、もとは唐天台山の社徳太子によってはじめられたという。社徳太子はシャトクタイシ、小宮太子も、音読すればショウグウタイシである。座頭の始祖を小宮太子とする座頭伝書は、次節に述べるように全国的に分布しており、それは、当道の伝書・式目類にみえる守宮神《しゅぐう》・十宮神《じゅうぐう》の信仰との関連とともに、上宮太子との関連を思わせるのである。

「小宮太子」「社徳太子」が、はたして座頭の上宮太子信仰の痕跡であったかはともかくとして、近世の座頭伝書の異伝のなかには、太子信仰の徒とのつながりを思わせるものが少なくない。たとえば、房総地方に伝わった座頭伝書、『座中次第記』によれば、光孝天皇には六人の皇子があり、一宮千葉太子は盲人で座頭の祖となり、二宮が即位、三宮は山伏、四宮は鍛冶、五宮は番匠、六宮は紺屋、それぞれの始祖になったとある。山伏や鍛冶との関連は、井上鋭夫のいう「ワタリ」「タイシ」の問題を想起させるし(11)、番匠（大工）、鍛冶、紺屋との関連は、座頭と太子講とのかかわりさえ暗示している。とくに紺屋（青屋）を座頭の兄弟分とするのは、あきらかに中央の式目類とは矛盾する伝承である(12)。それらは地方に残存した座頭伝書として、むしろ中世的な「道々の者」、広義の「職人」としての座頭のあり方をうかがわせるのである。

この章では、座頭伝書の異伝に注目することで、近世における当道神話の形成過程について考察する。近世の当道（座）は、中世的な座のあり方を否定することで、盲人支配の一元化と、座の集権的な支配を達成する。それは中世の祖神伝承が廃棄され、あらたに近世神話が整備・再編される過程とパラレルな関係にある。とすれば、廃棄された異伝に注目することは、史料のとぼしい中世の座頭＝琵琶法師について考える手がかりともなるだろう。そのばあい、廃棄された祖神伝承とは、たとえば蝉丸、景清の伝承であるし、また小宮太子系伝書の向こうに透かしみえる上宮太子の伝承なのである。

二　小宮太子系の伝書

まず、小宮太子系の座頭伝書について考察する。座頭の始祖を小宮太子とする伝書として、（1）『妙音講縁起』、（2）『妙音講縁起』別本、（3）『小宮太子一代記』その他がある。一般にはほとんど知られていない伝書なので、まず伝本とあらすじの紹介からはじめる。

（1）『妙音講縁起』

この系統の伝書として、つぎの四本の存在が知られる。うち三本は、複数の座頭伝書・式目類の合冊であり、問題の小宮太子伝承を記すのは、いずれも「妙音講縁起（記）」と題された箇所である。

a　国会図書館蔵『妙音講縁起』

写本一冊。改装後の表紙題簽に「妙音講縁起（他一篇）」とあるが、内題に「妙音講縁記《（マヽ）》合巻」とあり、「妙音講縁記」「妙音菩薩絵像縁由」「座中次第記」「座中官途之次第」計四部の合冊である。「妙音講縁記」は、墨付き十枚、奥書なし。「妙音菩薩絵像縁由」は、安房国の妙音講（毎年十月中旬に行なわれたとある）で用いられた妙音菩薩の絵像について、登嶋派の座頭理喜《りき》都《いち》が、国主里見義尭から下賜されたという由来を説いたもの。末尾に、「時寛文十一年亥五月三日」とある。「座中次第記」は、本節（3）で述べるように、小宮太子系伝書の房総地方における異伝・別伝とみられるもの。「座中官途之次第」は、半打掛から晴の検校にいたる六十七刻の官途に要する官金の額を克明に記したもの、内題脇に「文久二年／戌八月吉日」の日付けがあり、奥付に「戌四月　俗盲改役坂城勾當」とある。

b　野添栄喜旧蔵（熊本県教育庁文化課現蔵）『式目略記』

巻子本一軸。表紙題簽に「式目略記」とあり、「長崎（ママ）検校相伝秘書妙音講縁起」「岩船検校と団左衛門論談之事」「諸国座頭官職之事」「式目略記之巻物に附録す」の四部からなる。「岩船検校と団左衛門論談之事」以下の三部には、改装時の錯簡がみられるが、『諸国座頭官職之事』のほかの伝本（国会図書館蔵『座頭縁起』、同館蔵『当道関係書類』、西尾市立図書館岩瀬文庫蔵『盲人定書』等に収録される）によって錯簡をただすことができる。本奥の識語に、「此書何国においても俗人は申すにおよはす写し取る事不相成見立の弟子有之は書を譲さなくは本筋え返すへし／天保八丁酉五月上旬求之／榎本城三重印」とある。本書はもと、熊本県宇土市の座頭、野添栄喜（一八九〇～一九七四）の所蔵であり、野添によれば、「この文書は久我大納言家から肥後の琵琶座に下賜されたもので肥後琵琶の宗家に代々相承してきたもの」という。(13)

c　大庭忠雄氏（福岡県山田市大橋）蔵『妙音講縁起』

『福岡県史　文化史料編　盲僧・座頭』（一九九三年）に永井彰子によって翻刻・紹介された伝本。奥付に、「右之条々堅相守へきもの也、よつて座頭妙音講縁起如件／長島検校相伝之秘書」とある。永井によれば、本文書の伝来の経緯は不明で、また書写年次も欠くが、「それほど遡らない時代に書写されたものであろう」という。

d　東京大学附属図書館蔵『頭徒由来』

写本一冊。改装後の表紙題簽に「座頭格式」とあり、墨付き第一紙一行目に「頭徒由来」の内題、二行目に「敬白妙音講縁記（ママ）之事」とあり、以下「妙音講縁記」の本文がつづく。「縁記」末尾に「寛政三年辛亥年八月　写置」とある。第十一紙から、「付録」として、「諸国座本組頭共心得置へき法式」「官位之事」「職惣検校継目御礼之事」「六派元祖之事」「江戸惣検校最初之事」「江戸惣録之始」をのせる。「諸国座本組頭共心得置へき法式」は、『当道略記』等からの部分的な抄出、「官位之事」以下は、『当道大記録』の同名項目を抄出したもの。本奥に、「長嶋検校写置候秘書／芝原検校菊之一所持之一書写／文政四辰四月吉日　春昇都《しゆんしょういち》」「右之秘書盤尾勾當より御一覧ニ奉入依之／文政八酉年四月上旬吉辰写之／盤尾勾當所持之」「右頭徒由来集ハ天保十三壬寅七月盲人鈴木松佐なる者携へ来りて是を授く以て家蔵とす／栬之屋」とある。

つぎに、右の四本の『妙音講縁起』の梗概を掲げる。あらかじめいえば、国会本、野添本、大庭本の三本は、相互に誤脱を補える関係にあり、また東大本は、小宮太子を「山城国山科之郷おはしまし天夜の尊を申奉る」とするなど、『妙音講縁起』に『当道略記』系統の所伝を接合したかたちになっている。

仏神が衆生を憐れむこと、あらかも父母が一子を愛するがごとく、なかでも賀茂大明神は、慈悲第一の神にて、世の盲人の苦を救わんとの誓願により、みずから盲目となり、人皇五十八代光孝天皇の皇子として降誕した（国会本は第五の皇子。なお、本節（2）の別本系の『妙音講縁起』諸本も「第五の皇子」とする）。名を小宮太子と申しあげる（国会本は古宮太子、以下同）。父帝は皇子開眼のさまざまな祈禱を行なうが、賀茂明神の誓願ゆえになんの効験もない。小宮は「小宮」と書き、末代の盲人で無官の輩を小宮とよぶのは、小宮太子の因縁によるのである（この一節、東大本になし）。かくして太子成長ののち、父帝は太子をめして、汝座頭となって末世の盲人をたすくべきこと、また、盲目として生まれた過去の罪業を滅し、来世をたすかるべき功徳には難行にすぎるものはなく、よって今より国々をめぐり、武家を父とし出家を母とし百姓を兄弟として（この一文、東大本になし）、仏果菩提の縁となすべきことを命じ、「世の中の人の情けを橋として浮世を渡れ座頭一宿」の御詠をあたえた。太子は清涼殿で髪をおろし、虚空にむかって妙音弁才天を念じると、弁才天女あらわれて、座頭の守護神となることを約し、また太子に五尺一寸の杖をあたえて、この杖をつき国々を一宿すべしと告げて消えた。かくして小宮太子は、琵琶と杖をもって一宿の行に出るが、妙音菩薩（＝弁才天女）は、太子が山野にまよったときは旅人と変じて道をおしえ、また大海のほとりでは釣り人に変じて太子を舟にのせた。難行をおえた太子が都に帰ると、母后（東大本は父帝）は、一宿の願成就のよろこびとして太子を城都《じょういち》検校に任じ（東大本は城都の名を記さない、以下同）、末世の盲人のために官職をあたえた。検校・勾当以下の座頭の官職は、この時よりはじまるのである。また、小宮太子すなわち城都検校には二人の弟子があり、惣領は城の字を下されて城方四派の祖となり、次には都の字を下されて都方《いちかた》四派の祖となった（東大本は二流分派については記さず、かわりに「天夜の尊と申奉るは此小宮太子の御事なり」として、太子が山城国山科郷に住んだこと、また御家領として大隅・薩摩・日向をたまわり、その貢米をもって盲人を扶持したことを記す）。以下、延喜帝の御宇における、北野天神ならびに賀茂大明神、妙音弁才天（妙音菩薩）による座頭済度の誓願、京都での積塔、涼の祭、国々在々所々における妙音祭について記し（東大本は妙音祭についてふれず、積塔、涼についてやや詳しく説明する）、末尾に、光孝天皇の御恩、および小宮太子城都検校の御厚恩を述べ、（以下、東大本なし）座頭の法度式目は、光孝天皇の勅をえた城都検校からはじまることを述べておわる。

右にあげた『妙音講縁起』四本のうち、野添本は、肥後天草の盲僧座に伝わったもの。また大橋本も福岡県山田市（筑前国嘉穂郡）周辺に伝わった座頭伝書だろう。国会本は、合綴される他文書の内容からみて、房総地方につたわった座頭伝書である。また、東大本も、「付録」の内容からみて、江戸の惣録屋敷（京都の職屋敷＝惣検校屋敷とならぶ当道の座務執行機関）から「諸国座本（元）組頭」へ配布されたものである。その広範囲な分布から考えて、『妙音講縁起』が中央の当道で作られ、地方の座元・組頭へ配布されたことはたしかである。

（2）『妙音講縁起』別本

この系統の伝書として、広略二種類と、二、三の断片的資料が知られる。書名は「妙音講縁起（記）」であり、（1）の『妙音講縁起』と区別する意味で、『妙音講縁起』別本と仮称する。なお、話の大筋は（1）に重複する部分が多く、したがって顕著な相違点のみを指摘して、梗概は省略する。

a 広本　弘前市立図書館蔵『俗談筝話』所収本

弘前市立図書館蔵『俗談筝話』の末尾に、「妙音構（ママ）縁記（ママ）」の全文がひかれる。『俗談筝話』は、写本一冊、墨付き七十七枚、弘前藩内の座頭関係の話を、問答形式で計六十三条（目録は五十七条）にわたって記したもの。六十一条所引の「当道略記」奥書から判断して、成立は安政五年（一八五八）二月頃、作者は、弘前在の城幾座頭（城郁、城千代とも）から生田流筝曲を学んだ三谷慶輔（筆名は谷唯一または唯一心）である。なお、三谷慶輔の師、城幾座頭は、楠美則徳から平曲を伝授された人物である。[14] 本文中、末尾六十三条に、「当道略記」（六十一条所引）に対比させて、「妙音構縁記」の全文を掲載する。「縁記」の内容・本文ともに（1）の『妙音講縁起』に近いが、部分的な異同も少なくない。顕著な相違点としては、『俗談筝話』所収本では、小宮太子みずから「願はくは勅免をかうふり、剃髪して諸国を廻り、難行を修して罪障を果したき」旨奏聞して勅許をえられず、思いわずらう太子の夢に、妙音弁才天女あらわれて、「音曲をもつて……末世の盲人の祖と」なることを勧め、「世の中の人の情を橋としてうきよをわたれ一泊りつゝ」の御詠（（1）の『妙音講縁起』と小異）と、琵琶、および五尺一寸の杖をあたえる。そこで太子は「十五歳」で剃髪して「内裡を忍出」ることになる。（1）の『妙音講縁起』では、父帝が太子に一宿の行に出ることを命じ、また「世の中の」の歌も父帝の御詠としている。また、（1）末尾にもある北野天神の誓願では、北野・賀茂を同体とする本書独自の説がみえる。「縁記」末尾に、「右式目之趣堅可相守事妙音菩薩構（ママ）縁記（ママ）仍如件／右者城一御職様ゟ代〻御相伝之趣也為後証謹而写取末世当道の官盲可相心得者也／安永五丙申年五月廿八日写之　座頭役城春」の奥書がある。

b　広本　佐竹昭広氏蔵本(15)

写本一冊。外題なし。「妙音講縁記（ママ）」「座頭縁起」の二部からなる。「妙音講縁記」は、墨付き十枚。奥書に、「右式目之趣厳重可相守妙音講縁記仍如件／右者城都御職様ゟ相傳之趣為後代謹而記之置者也／正徳二壬辰年六月上旬」とある。「座頭縁起」は、墨付き七枚。光孝天皇の盲目の皇子名を「河内院殿」とする独自の伝承を記す（本章四節、参照）。奥書に、「右掟之通堅可相守者也／寛永四年卯十二月五日　江戸高田検校」「時慶応第弐丙寅年五月認之者也」とある。全体の識語に、「右者和代一座頭坊依懇望令寫者也／藤原充之謹書（花押）」とある。

c　略本　新山神社（八戸市是川字館前）蔵『座頭の由来』(16)

写本一冊。前後二部からなり、前半に、小宮太子の縁起（内題なし）、後半に寛永の『古式目』などを抜粋して記している。縁起部分のあらすじは、小宮太子が出家・廻国する経緯、「世の中の」の御詠、賀茂・北野同体説など、a・bの広本二本に一致している。別本系の広本をもとに省筆・簡略化したような抄略本だが、しかし序文などに一部、(1)に近似する本文があり、また冒頭ちかく、「加茂大明神天満天神妙音菩薩ハ座當の守護の霊神なり」とあるなど（aの弘前市立図書館本は「加茂大明神妙音弁才天」、(1)は「賀茂大明神」のみ）、独自の異文もみられる。縁起末尾に「干時享保十二丁未秋冬月八日／右壱巻自京都出」の奥書がある。なお、本書を紹介した小井川潤次郎によれば、八戸市周辺には、本書のほかにも下沢某および南五郎なる盲人が、それぞれ「こみやき」「小宮記」なる由緒書を所持していたという。[17]

d略本　弘前市立図書館蔵『俗談筝話』「流儀之起源之話」

aに紹介した『俗談筝話』の第六条「流儀之起源之話」に「人皇五十八代光孝天皇の皇子《アマヨノミコト》に盲一人おはして……」ではじまる縁起譚が引かれる。書名を欠き、皇子名も「アマヨノミコト」とあるが、皇子が剃髪・廻国する経緯は、別本系『妙音講縁起』の特徴をそなえている。しかし、皇子の出家を「御年十七八にも成玉ふ頃」（a弘前市立図書館本は十五歳、b佐竹本とc新山神社本は年齢を明示せず）とし、皇子と天女の会話、修行の経緯、帰京して官職を得る次第なども、a・b・cとはかなり相違する。前記三本とは別系統からの抄出本と思われる。

右に紹介した別本系四本と近似する内容のものに、二、三の断片的資料が知られる。まず、国会図書館蔵『盲人諸書類』第七冊の末尾、および大東急記念文庫蔵『当道秘訣』（白井寛蔭編、安政四年頃）巻下に、「熊野本宮光神山天夜尊御旧跡妙音講縁起ニ曰」として、「妙音講縁起」の梗概が引かれる。冒頭に、「熊野山本宮の傍らに天夜尊の旧跡あり、大知庵と号す、是日本国中座頭の可ㇾ為二檀那一旨則本宮の縁起に見へたり、天夜尊は加茂大明神の権化にまし〳〵……」とあり、以下、「天夜尊」が「罪障消滅の御願にて、再三御暇を乞玉へとも勅許な」く、夢に弁才天女あらわれて、皇子に琵琶と五尺一寸の杖をあたえるのは、別本系の梗概である。ただし、始祖名は「天夜尊」とあって「小宮太子」ではなく、また天皇の名も記さない。

ほかに、西尾市立図書館岩瀬文庫蔵『座頭官次第記』[18]は、編者羽田埜敬雄（天保頃の三河国羽田八幡宮の宮司）の考証部分に、「妙音講縁起トイフ書ニハ雨夜皇子ヲ祖トシ加茂大明神妙音菩薩天満天神ヲ当道ノ守護神也トイヘリ」とある。始祖名は「雨夜皇子」だが、「守護神」として「加茂大明神妙音菩薩天満天神」を併記するのは、新山神社本の冒頭に類似している。

別本系の『妙音講縁起』が、（1）と同様、中央で作られた当道伝書であろうことは、新山神社本の奥書に「右壱巻自二京都一出」とあること、また類似の伝承が、『盲人諸書類』『当道秘訣』『座頭官次第記』などに引かれることからもいえると思う。おなじく中央で作られ、地方の座元へ配布された（1）との関係が問題になるが、たとえばa弘前本とb佐竹本には、『新式目』『当道略記』等とほぼ同文の規定がみえる（a弘前本の末尾近く、「座入しては筋目悪きもの、家に往来せす盞を取かはさす」とある）[19]。また、c新山神社本、d弘前本（略本）には、省筆の結果とみられる文意不通の個所がある。現存本によるかぎり、別本系四本の後出性はあきらかだが、しかし、四本の祖本的な形態を考えるなら、（1）との先後関係は不明である。いずれにせよ、別本系（の祖本）が、『妙音講縁起』の別伝として、（1）とともに中央で作られたことはたしかだが、これら中央の『妙音講縁起』にたいして、その地方的な異伝・改作とみられるのが、（3）の『小宮太子一代記』『座中次第記』などである。

（3）『小宮太子一代記』その他

岩手県南部の盲僧がもち伝えた由緒書に、『小宮太子一代記』がある。二種の伝本が知られるが、大和宗大乗寺（岩手県東磐井郡川崎村薄衣にある盲僧教団本部）所蔵本については、司東真雄の翻刻があり[20]、また、岩手県一関市の奥浄瑠璃伝承者、北峰一之進（一八八九〜一九七二）旧蔵本については、石井正己の翻刻・紹介がある[21]。なお、北峰一之進は、大和宗の財務部長、事務総長などを歴任した人物。また、大和宗大乗寺所蔵本は、奥書によれば、中尊寺管轄下の「盲僧盲女取締役検校」、金野源正都《げんしょういち》（一八四四〜一九一九）の所蔵本からの転写本である。梗概を掲げる。

光孝天皇の御宇に、井筒の宮雲上門院の胎内より盲人として生まれた清輔親王、またの名を小宮太子は、十三歳のある日、父天皇から「盲目ノ頭トナリテ座頭ノ一派ヲ弘メヨ」との宣旨をこうむり、城都検校という官名をさずけられる。翌年、国中の盲人の扶持料として日向国三十五万石をたまわったが、盲目と生まれた「業ヲ果」たすべく、十五歳で廻国修行の旅に出る。三年目のある日、九州の長崎で、唐土の盲人恵貫のひく琵琶を耳にして師弟の契りをむすび、惣名の官名を師匠の恵貫にゆずって経道院と名づけ、経道院恵貫をともなって帰京する。天皇皇后は経道院の出自を不審に思うが、経道院は、じつは自分が日本の者であること、かつて竹生島弁才天の霊夢により、長崎から船出して唐土にわたり、琵琶を修めて帰朝すると、加茂明神の再来、盲目の清輔親王に出会い、親王の琵琶の師になったこと、また、生国は和泉国花方郡、父は小山長庄司であることを申し述べる。小宮太子は天皇の問に答えて、唐土天台山の社徳太子が経道院に伝えた法華経妙音品の功徳について語り、自分がじつは「世界の盲目を救」うべく生まれた加茂明神の垂迹、妙音菩薩の出現であり、経道院は前世において加茂の社人だったことなどをあかす。天皇はいそぎ寺を建てて寺号を経道院とし、また小宮太子城都検校を清寿庵の住職とし、二十一社の権社をまつり、寿言神という社を建て、弁才天社を建立し、弁才天とその使十五童子像の開眼の師には、叡山の栄仁和尚を任じた。小宮太子＝城都検校は、栄仁和尚の献じた叡山の盲目二人を弟子とし、一人を覚都検校と名づけて「琵琶の文」をゆるし、ほかの一人を城中検校と名づけて「妙音品」をさずけ、城中検校からは城方の四派、覚都検校からは都方の四派が生じた。光孝天皇と経道院の没後、寛平元年十二月十七日、城都検校も他界した。十二月十七日の座頭の妙音祭は、小宮太子を祝うもので、また、二月十二日の釈道は太子の御母門院の忌日として弁才天をまつり、六月十九日の涼みは光孝天皇の忌日として下加茂明神をまつるのである（以下、盲女の梓よせの業を城都検校が仕置いたこと、石村城中による三味線の創出、城中検校以後の芸流など、三味線で奥浄瑠璃を語った東北盲僧独自の伝承が記される）。

座頭の始祖を、光孝天皇の皇子、小宮太子城都検校とし、小宮太子を賀茂明神の再来とする点は、（1）の『妙音講縁起』、（2）の『妙音講縁起』別本とおなじである。（1）（2）の広範な分布にくらべて、本書が岩手県の一部にしか伝わらないことから、この系統が、小宮太子系の地方的な異伝・改作であることはたしかだろう。

ほかに、国会図書館本『妙音講縁起』に合綴される『座中次第記』[22]が、やはり小宮太子系伝書の地方的な異伝とみられる。参考までに、祖神伝承の部分を抄出する（わたくしに句読点・括弧等を補い、漢字右下の送り仮名は本文に入れた）。

抑佛神三界衆生ヲ深ク哀玉フ中、妙音弁財天一切之盲人厚哀給。和朝光孝天皇大賢王故、春天女后御腹ニ假宿シ玉リ。有御誕生後、御名ヲ千葉太子奉申。然光孝天皇王子六人持玉リ。第一宮千葉太子両眼盲瞎、第二皇子即位玉リ。三皇山伏、四宮鍛冶、五宮番匠、六宮者紺屋ト成給。太王旦暮御歎キ深コトハ第一之皇子御叓也。有時加茂之明神幼童ト現給、天王告曰「彼座頭ト云二字讓検校勾當四度紫分打掛小宮如是也」告化。帝叡聞有、彼大子城都検校ト名、大政大臣位御定。……（中略。官位昇進次第の事、琵琶青苔の事）……座頭吟味叓ハ、上一検校ヨリ二分テ八坂一方ト云流之叓、八坂方ニハ大山明門関桜、都方ニ紫道明宦登嶋源正是ヲ八派ト云也。

一　光孝天皇城都検校ェ勅宣有ハ「侍ハ父、出家ハ母、百姓兄弟ト頼ミ余家不可行歩」。杖ノ事ハ座頭十二世山伏九世鍛冶七世番匠五世紺屋三世如是也。……（以下略）

光孝天皇に六人の皇子があり、また「千葉太子」「春天女后」などの固有名詞もかなり特殊である。しかし妙音弁財天の再誕の皇子が、加茂大明神の助力によって、父帝光孝天皇から城都検校の官名をさずけられる、という話の骨子は、ほかの小宮太子系（妙音講縁起系）の伝書に類似している。また、書きだしの一文が『妙音講縁起』（別本系を含む）のそれに近似し、上一（城都）検校以後の二流八派のこと、光孝天皇が始祖皇子にくだす宣旨「侍ハ父、出家ハ母、百姓兄弟ト頼ミ余家不可行歩」も、（1）の『妙音講縁起』（東大本をのぞく）に一致している。「千葉太子」の始祖皇子名、および合綴される他文書の内容からみて、本書は房総地方に伝わった座頭伝書である。小宮太子系伝書の地方的な異伝・別伝とみてよいだろう。なお、本書奥書に、「元禄四年辛未九月中旬」の日付けがみえることは、『妙音講縁起』の成立期を考えるうえで注意される。

以上あげたほかにも、小宮太子系伝書の改作・異伝とみられる資料がある。たとえば、東京国立博物館蔵『当道座中式目系図』[23]は、「祖神天夜尊」を「仁明天皇第四之皇子」「人康親王」とするなかで、「此宮御年十五歳之御時迄は小宮太子と申奉り」と注記している（小宮太子の出家の年齢を「十五歳」とするのは、『小宮太子一代記』と（2）の弘前a本）。本書奥書には、「享和元辛酉年（一八〇一）七月廿日改書／江戸惣録　北村検校印／越後蒲原郡新潟町　きく一座頭へ遺ス」とある。小宮太子系伝書と、人康親王系伝書との成立の前後関係（本章五節、参照）から考えて、おそらく江戸中期成立の人康親王伝承に、在来の小宮太子伝承を折衷して「改書」したものだろう。

また、『座頭昇進之記』[24]には、「光孝天皇の皇子小宮太子を生仏僧正城都検校と申し奉り」という一文がみえる。小宮太子を城都検校とするのは、東大本『妙音講縁起』をのぞいて、小宮太子系伝書のすべてが一致している。しかし小宮太子＝城都検校を、さらに「生仏僧正」と同一人とするのは、ほかに例をみない[25]。奥書によれば、本書は「湖舟子」なる人物が「或座頭物語致し候其序にて筆をとり出留め」た「口づからの筆記」を、宝暦五年（一七五五）十一月に「多賀常政」が書写したとあり、あるいは小宮太子＝城都検校を、「生仏僧正」と同一人とする異伝がべつに存在したのかもしれない。

三　『妙音講縁起』の成立期

元禄五年（一六九二）五月に江戸の初代惣検校となった杉山和一は、同年九月、「座中之古法」を改めて『新式目』[26]を作っている（『瞽幻書』『当道大記録』等所収「江戸惣検校最初の事」）。冒頭で、当道の「元祖」を光孝天皇の皇子「天夜尊」とし、尊を憐れんだ父帝が洛中の盲人をえらんで御伽をさせたこと、母后は盲人らに官位をさずけ、大隅・薩摩・日向三ヶ国をもって盲人領としたことなどを記している。

『新式目』の「天夜尊」伝承は、『当道略記』[27]等にうけつがれて流布し、十八世紀以降、当道祖神の正伝的位置を占めることになる。しかしこの『新式目』系統の所伝が、『妙音講縁起』に影響していないことは注意されてよい。すでに述べたように、『妙音講縁起』（の祖本）は、ある時期に中央で作られた当道伝書である。その『妙音講縁起』に、『新式目』の影響がみられないことは、本書の成立が『新式目』以前、すなわち元禄五年（一六九二）以前であったことを示している（なお、二節（3）で紹介した小宮太子系の異伝『座中次第記』の奥書に、「元禄四年辛未九月中旬」とあることも注意されてよい）。

ところで、『妙音講縁起』（野添本）を伝えた肥後天草の座頭の伝承によれば、肥後琵琶は、延宝二年（一六七四）三月、岩船検校弾都が肥後に滞留したことにはじまり、また、そのあとをうけた香坂検校波都によって、肥後琵琶は大いに開拓されたという[28]。

延宝二年当時の岩船検校としては、寛永十四年（一六三七）権成の「岩船城泉」がおり、そのあとをうけた香坂検校としては、寛永十六年（一六三九）権成の「香坂ち一」がいる（『三代関』）。とくに岩船城泉は、正保二年（一六四五）

に三代将軍家光に召され、また四代将軍家綱の扶持検校として、諸国座頭の元締め的位置にあった人物である。寛文年間の浅草「長吏」弾左衛門や久我家との訴訟、延宝年間の西国盲僧との諍論などでは、当道側の江戸代表として活躍している。そのような公方の検校、岩船城泉が、じっさいに肥後に下ったかどうかはともかくとして、延宝二年という年は、岩船・香坂両検校の画策した公事によって、西国盲僧が全面的に当道に帰服した年であった。

いったい十七世紀なかばは、幕府権力による各種制外《にんがい》身分の取締り・統制強化（寺院の本末制度、山伏の本当二山への帰属、長吏による賤民支配の公認、など）の一貫として、諸国盲人のあいだに、当道を軸とした一種の本末制が強制された時期である。当道側の文書によれば、寛永十九年（一六四二）、幕府の裁定によって（『瞽幻書』「寺社御奉行松平和泉守殿江指出候書付之写」）当道に帰服した西国の盲僧は、寛文七年（一六六七）に、肥後の教繁、肥前の真立、豊前の観聴、筑前の即是ら四人の盲僧が比叡山にのぼり、当道を脱して天台宗の袈裟下に入ることを願い出ている。しかし延宝二年（一六七四）に岩船・香坂両検校の告訴するところとなり、幕府の裁定は、再度、当道側の全面勝訴（『当道大記録』「延宝二年寅年地神経一件事」）、西国盲僧は院号・袈裟等を禁じられ、あらためて当道の支配下に置かれることになる。[29]肥後の盲僧（座頭）が当道に帰服するのも、延宝の公事をきっかけとしており、そのさい当道側を代表した岩船・香坂両検校の名が、岩船検校の肥後滞留、香坂検校による肥後琵琶の興隆という伝承になったものと思われる。[30]

ところで、東大本『妙音講縁起』は、奥書に「長嶋検校写置候秘書」とある。また、大庭本『妙音講縁起』奥書にも、「長島検校相伝之秘書」とある（野添本『妙音講縁起』にいう「長崎検校」は、「長嶋検校」の誤写と思われる）。『三代関』によれば、「長嶋」姓の検校としては、寛永十六年権成の八坂流妙聞派の検校「長嶋城ちう」、享保十一年権成の一方流妙観派の検校「長嶋さと一」がいる（野添本の「長崎検校」は該当者がいない）。『妙音講縁起』の八坂流的色彩から考えて、[31]本書を「写置」「相伝」した「長嶋検校」とは、八坂流妙聞派の長嶋城ちうだったろうか。

長嶋城ちうよりも二年はやく、寛永十四年に検校に権成したのが、西国盲僧を当道の支配下においた岩船城泉である。おなじく八坂流妙聞派に属した岩船城泉を門派頭として、長嶋城ちうがその輩下にあったことはたしかだが、とすれば、『妙音講縁起』の「相伝」「写置」にも、岩船城泉が実質的に関与していただろうか（たとえば、野添本『妙音講縁起』を収録する『式目略記』が、盲人支配をめぐる岩船検校と弾左衛門との訴訟記録、「岩船検校と団左衛門論断之事」をあわせ収めることも注意される）。おそらく『妙音講縁起』は、十七世紀のなかばから後半にかけて、江戸の岩船城泉が幕府権力を背景として、当道の勢力拡充にきわめて積極的であった時期に成立・流布したと思われ、それが肥後以外の地域（東北や房総地方）に伝わったのも、当道の支配権拡大に並行する現象だったろう。

四　祖神伝承の流動

弘前市立図書館蔵『俗談筝話』は、「御職検校より諸国へ渡し置るゝ当道略記といふものあり」として、『当道略記』の全文を掲載している（第六十一条）。また、寛政十一年（一七九九）四月、京都の職屋敷から能州羽咋群大知座宿の「朝香一座頭」へ送られた『当道略記』は、奥書に、「毎年妙音講之節ハ、組等の者エ厳重に可レ被レ為ニ読聞一候」とある（金沢市立図書館蔵『座頭妙音講ニ読ミ聞カスル秘書』所収）。さらに文化六年（一八〇九）四月、郡山座元写の『当道略記』も、やはり職屋敷から「写レ之遣」わされたもの。奥書で「我儘ニ写候儀」を禁じ、ただし「妙音講抔之席にて、為ニ読聞一候儀者不苦レ候」とことわっている（筑波大学附属盲学校蔵『盲人御職屋敷雑記』所収）。中央から地方へ送られた当道伝書が、地方盲人の妙音講(32)の席で、「厳重ニ」「読聞」かせられていたことに注目したい。

当道伝書のなかでもっとも伝本のかずが多く、地域的にも広範なひろがりをみせるのが『当道略記』である。当道の式目類を抜粋して一書にまとめ、冒頭に、光孝天皇の皇子「天夜尊」の伝承を記している。本書の転写時期は、十八世紀後半、安永から天明・寛政にかけてのものが多く、また、明和から天明・寛政頃は、当道があらたに支配権の拡大・強化をはかった時期である。[33] そのような時期に、祖神伝承と式目・法度類をセットにした『当道略記』が全国的に流布したことに注目したい。おそらく十七世紀の『妙音講縁起』も、地方盲人の妙音講の席で「厳重ニ」「読聞」かせられたものだろう。それは、一座の結束をたかめる祖神神話として機能したはずだが、そこに生じる信仰的・神話的な紐帯を前提にして、『縁起』に合綴される式目・法度類の「読聞」かせも効力を倍加させたろう。それは中世以来の盲人の座的＝講的結合のしくみでもあったろうが、そのような祖神祭祀をめぐる座頭の信仰的な紐帯を前提として企てられたのが、岩船城泉らによる『妙音講縁起』の編纂・流布の事情だったろう。

ところで、『妙音講縁起』が成立・流布した当時、当道の祖神伝承はかなり流動的だったようだ。たとえば、寛永十一年（一六三四）三月、惣検校小池凡一が幕府に提出した『古式目』[34]は、昔からの「言伝」によって、元祖を「光孝天皇の御子」「雨夜尊」としている。また、『古式目』以前（あるいは前後）の成立とみられる『当道要抄』[35]は、祖神を「光孝天皇第一の御子」「雨夜尊」とし、光孝天皇が洛中の盲人をえらんで皇子の御伽をさせたこと、母后は盲人らに官位をさずけ、大隅、薩摩、日向三ヶ国をもって盲人領としたことなどを述べている。

しかし、寛永四年（一六二七）の奥書をもつ『座頭縁起』[36]は、元祖を「光孝天皇第三之皇子」「河内院殿」とし、「河内院殿」が「城都検校」となり、大隅、薩摩、日向三ヶ国の盲人領をたまわったとしている。「河内院殿」の伝承は、ほかに『諸国座頭官職之事』[37]にみえており、『古式目』『当道要抄』等の「雨夜尊」伝承が、かならずしも当道全体をおおう祖神伝承ではなかったことがわかる。[38]

琵琶法師の杖が「雨夜杖」といわれ（『梁塵秘抄』異本口伝集巻十四）、覚一検校が後小松帝から「雨夜城了」の名をたまわったとされるなど（『塩尻』『嬉遊笑覧』）、「雨夜」はふるくから琵琶法師に関係する（あるいは琵琶法師そのものを意味する）語であったようだ。『雍州府志』巻十「陵墓門」に、「瞽者伝言、光孝天皇ノ皇子一人目盲ス、故ニ奉レ号二雨夜御子一」とあり、また、近世の説教語りを支配した関蟬丸神社（滋賀県大津市）発行の由緒書（いわゆる「御巻物」）にも、

　此の皇子（蟬丸）如何なる因縁によりてや襁褓の中より御双眼盲ましくて、日月是かために御覧しわけられす。
　このゆゑに世の人雨夜の皇子とそ申たてまつりけり。

とある。(39) 蟬丸神社の関係文書類には、右のほかにも、蟬丸を「雨夜の宮」「雨夜の皇子」とするものがあり、(40) あるいは、当道の「雨夜尊」も、特定の固有名詞というより、盲目の皇子（神）を意味する一種の普通名詞だったろうか。おそらく『当道要抄』『古式目』等の時点では、いっぽうに「河内院殿」の伝承が行われるなど、当道全体に通用する始祖皇子名はなかったのであり、ために「雨夜尊」とだけ記して、その具体的な名はいわなかったものだろう。

　ところで、当道（座）の創始を光孝天皇の御代とする説は、すでに『座中天文物語』(41)に、「当座中者、光孝天皇ノ御宇以降相始て、官途以下法途令二取行一候」とみえている（天文三年十二月「本座検校等訴状写」）。当道の瞽官および式目・法度類の創始を「光孝天皇ノ御宇」とするのだが、しかし同書には、光孝天皇の皇子が座頭の始祖になったという伝承は記されない。

　成立年次不明の『座頭官階之縁起』(42)は、始祖皇子について言及せず、かわりに光孝天皇本人を賀茂明神の再誕としている。光孝天皇を盲人の神とする説は、時衆の一条大炊道場、聞名寺にあった光孝天皇の石塔に関連して、しばしば近世の地誌類にみえている（『雍州府志』巻四、『京童跡追』『山城名勝志』等）。あるいは光孝天皇の皇子伝承よりも以前に、天皇本人を当道の守護神とする伝承があったものだろうか。

『座中天文物語』は、始祖皇子について記さないが、しかしその伝承的萌芽ともいうべきものがうかがえる。すな

わち、大永三年（一五二三）二月、当道の内紛によって積塔（光孝天皇の供養会）が退転したさい、「別而当道を御憐愍の御神」、賀茂明神によって石塔が積まれた奇瑞を述べ、そこに、

　　加茂の神もし光孝の御するゐか

　　　座頭にかはり立るせき塔

の落首をひいている（大永六年四月「検校等訴状写」。おなじ話は『座中次第記』にもみえている）。「加茂の神」を光孝天皇の「御するゐ」とするのは、光孝天皇の皇子を賀茂大明神の再誕とする、のちの小宮太子系の始祖皇子伝承をおもわせるのである[43]。

　十七世紀なかばの成立とみられる『妙音講縁起』は、光孝天皇の皇子を賀茂明神の再誕、「小宮太子」としている。小宮太子が「城都検校」の官名をさずかることは、しかし『座頭縁起』（寛永四年）に「河内院殿」の先例がある。また、父帝が小宮太子にあたえる「世の中の人の心を橋にして」云々の歌も、すでに「河内院殿」がたまわった御製としてみえている。『妙音講縁起』の小宮太子伝承が、先行の諸伝承をとり入れて成立したことはたしかだが、あるいは、「小宮太子」の始祖皇子名にしても、なんらかの先行伝承をふまえたものだろうか。

「小宮太子」の名義に関連して、『妙音講縁起』には、

　　小宮と申す文字は小宮と書くなり、末代に至るまで座頭の無官の小殊《ママ》を小宮と云は此の因縁なり、（野添本）

　　古宮といふ文字は古き宮と書とかや、末代盲人無官の輩古宮といへる因縁是也、（国会本）

とある。父帝が太子開眼を祈禱して「さらに験しもましまさす」（国会本）としたあとの一文だが、盲目の始祖皇子が官職（城都検校）をさずかる以前、「小宮太子」と称した由緒をもって、当道の「無官」の盲人を「小宮」と称する、というのである。

しかし、当道の式目・伝書類では、無官の盲人は「初心（初身とも）」とよばれるのがふつうである（大庭本『妙音講縁起』には、「しょしんと申文字は小宮と書、末代に至まて座頭無官の輩をしょしんといふ事、この因縁なり」とある）。また、『妙音講縁起』は、『座頭縁起』その他の先行伝承をとり入れて成っている。とすれば、始祖名をコミヤ（あるいはショウグウ）とする伝承がまずあって、それに「小宮」の字があてられたという筋道も考えられる。いずれにせよ、由来不明の「小宮太子」の名は、現存する『妙音講縁起』よりもひとつ古い――たとえば光孝天皇との関係をいわない――ショウグウ（コミヤ）「タイシ」伝承の存在をおもわせる。断定はさけたいが、政治的に作為された近世伝書の向こう側に、その原型ともなった中世的な祖神伝承――冒頭にも述べたように、上宮太子の回国伝承など――が存在したことはたしかだと思う。

以上あげた始祖皇子名のほかにも、東北地方に伝わる『小宮太子一代記』は、太子の別名を「清輔親王」としている。房総地方に伝わった小宮太子系伝書の異伝、『座中次第記』は、始祖皇子を「千葉太子」としており、また岩佐家（上賀茂神社の旧社家）所蔵の『当道法師一宗根元記』[44]は、光孝天皇の皇子を「元光太子」とする。この種の異伝・別伝は、調査すれば、ほかにもまだあると思うが、しかし以上みたかぎりでも、『妙音講縁起』が成立・流布した当時、光孝天皇の皇子という伝承の大枠のなかで、祖神伝承はかなり流動的だったことがわかる。

五　祖神伝承の統合

祖神伝承の流動性は、そのまま、近世初頭（以前）の当道のあり方に対応するだろう。たとえば、『平家勘文録』[45]は、当道の「平家」語りの由来に関連して、日吉山王、北野天神、熊野権現の託宣を引いている。また、寛永十一年の

『古式目』は、当道の祀るべき神として、賀茂、稲荷、祇園などをあげている。こうした有力大社への言及は、たしかに「これらの神社と当道のかつての歴史的関係を思わせるものがあり」、それは「一定の神事を勤仕しつつ、その庇護下に集団を形成して芸能活動を行っていたこと」のなごりとみてよいだろう。(46)

たとえば、『古式目』で「当道衆中の鎮守」とされる賀茂神のばあい、始祖皇子を賀茂大明神の再誕とする小宮太子系をはじめとして、多くの当道伝書・式目類で座頭の守護神とされている。(47) しかしいっぽうで、『当道要抄』『座頭縁起』『諸国座頭官職之事』『座頭式目』など、賀茂神にまったく言及しない一類があることは注意されてよい。たとえば、『座中次第記』は、城方の関・桜の二派が北野天神の神罰によってほろんだことを語り、「依レ之、加茂明神ノ氏子、天神不レ詣。天神ノ氏子、加茂エ不レ参」と述べている。賀茂と北野、それぞれに付属する座頭の集団があったことをうかがわせるが、また、『座頭式目』(48)は、賀茂明神にはひと言もふれておらず、かわりに北野天神の「神徳」「神力」をくりかえし強調する。

全体としては、二季の塔や妙音講などを紐帯とし、また光孝天皇(の皇子)を共通の祖神としながらも、賀茂、北野、日吉(延暦寺)、祇園、稲荷(東寺)等の社寺、また中院流等の公家との個別的関係を保存していたのが、中世から近世初頭にかけての当道盲人だったろう。「当道」という(普通名詞による)呼称のあいまいさは(49)、座組織としての輪郭のあいまいさでもあったはずである。個々の流派・集団の由緒を語る縁起神話も(一定の伝承的枠組みのなかで)多様でありえたわけだが、それら多様な祖神伝承を統合・一元化し、職屋敷による座頭の集権的支配――それが幕府の賤民統制策に呼応した動きであったことは、すでに述べた――を神話的に補完する試みが、十七世紀なかばに企てられた『妙音講縁起』の編纂・流布の事情だったろう。(50)

ところで、『妙音講縁起』の所伝は、まえにも述べたように、元禄五年の『新式目』ではまったく捨てられることになる。『新式目』を定めた杉山和一は、一方派妙観派の検校。八坂流妙聞派の岩船城泉の跡をうけて、五代将軍綱吉の扶持検校となり、江戸において初代の惣検校となった人物である。その杉山和一が、『妙音講縁起』をとらなかった第一の理由は、やはりその八坂流的色彩にあったろう。[51]また、「小宮太子」という、そのうさんくさい始祖皇子名にもあったと思われる。

「小宮太子」は、音読すればショウグウタイシである。ショウグウタイシ（上宮太子）は諸職諸道の守護神とされ、近世初頭には、「長吏」による賤民支配の由緒ともなっている（『慶長見聞書』「関東山伏共与真言天台出家公事」）。いわゆる「河原巻物」のなかには、末尾に「諸職人　上宮長吏也」の署名をもつものがあり（『三国長吏系図』）、[52]とすれば、「長吏」の干渉を排除し、盲人の一元的支配をめざしたこの時期の当道において、太子信仰の徒（「長吏」配下）との関係をおもわせる始祖名は、当然廃棄されなければならなかったろう。その結果として、『新式目』は、『古式目』や『当道要抄』にならって始祖名をあえて特定せず、また、「雨夜尊」は「天夜尊」と改めている（『新式目』の所伝は、「雨夜尊」を「天夜尊」とする以外は、ほぼ『当道要抄』に一致している）。すでに述べたように「雨夜尊」が蟬丸の別名でもあった以上、各種の賤民的雑業・雑芸の祖とされる「雨夜尊（↓蟬丸）」の始祖名は、「ショウグウタイシ」同様、当然廃棄される必要があった。

『新式目』の「天夜尊」伝承は、十八世紀以降、『当道略記』等にうけつがれて流布し、当道祖神の正伝的位置を占めることになる（ただし、中央で廃棄された『妙音講縁起』が、十八世紀以降も、地方の八坂方盲人のあいだで転写されつづけたことは、二節に紹介した小宮太子系伝書の奥書からうかがえる）。この『新式目』『当道略記』系統の「天夜尊」伝承をもとに、それをさらに『本朝皇胤紹運録』『三代実録』『伊勢物語』等の古典や史書の記載に適合させつつ、再度もっともらしい始祖皇子名をあてたのが、江戸中期成立の「仁明天皇第四宮」「人康親王」の伝承だったろう。天夜尊＝人康親王説は、神習文庫蔵『当道要集』（『史籍集覧』第三十冊、『日本庶民生活史料集成』第十七巻に翻刻）をはじめとして、『当道拾要録』『当道祖神録』『瞽幻書』『当道系図』等にほぼ同文で記される。それら人康親王系の伝書群が、江戸中期の成立であることは、すでに加藤康昭によっていわれているが[53]、そのことはまた、人康親王が「雨夜尊」ではなく、「天夜尊」とされることからもいえると思う[54]。

六　祖神伝承の廃棄

——蟬丸と景清（1）——

中世末から近世なかばにかけて、当道の守護者（神）が光孝天皇とされたことは、光孝天皇が「小松の帝」とも称し、『平家物語』が小松一門の物語であるといった連想が働いたかと思われる。また、その「光孝」という字づらにも引かれただろうか[55]。いずれにせよ、『座中天文物語』等の記載から、当道の光孝天皇伝承が、中世末期にすでに存在したことはたしかだが、しかし盲人芸能者のあいだで、光孝天皇（の皇子）伝承よりも確実に古くから行なわれていたのが、醍醐天皇の第四皇子、蟬丸をめぐる伝承であった。

周知のように、『平家物語』巻十「海道下り」には、盲目の蟬丸が山科の四宮河原に流寓し、その琵琶の秘曲を、博雅三位が立ち聞いて伝える話がみえている。平重衡が鎌倉へ下る道行文の一節だが、引用すれば、

……四宮河原に懸ては、爰は延喜の第四の宮蟬丸と云し人、仲秋三五の晩晴明たりし月の夜、世中は兎ても角てもと詠じつゝ、琵琶の三曲を被弾しに、博雅三位と云し人、三年か程、雨の降る夜もふらぬ夜も、風の吹く日も吹かぬ日も、夜なく〳〵歩を運つゝ、横笛にて終に秘曲を移しけむ、藁屋の床のさひしさを、思入てそ被通ける。

（延慶本第五末「重衡卿関東へ下給事」）

おなじ説話が、『今昔物語集』巻二十四では、「源博雅朝臣、会坂ノ盲ノ許ニ行キシ語　第二十三」として、「会坂（逢坂）ノ関」を舞台にして語られる（『後撰和歌集』雑一の蟬丸の詠「……知るも知らぬも逢坂の関」が詠まれたのも、もちろん逢坂の関である）。蟬丸は敦実親王（宇多天皇第八皇子）の「雑色」とされ、それは末尾の一文「蟬丸賤シキ者也ト云ヘドモ……其ヨリ後、盲琵琶ハ世ニ始ル也トナム語リ伝ヘタルトヤ」に対応している。

「賤シキ者」蟬丸が、すでに平安時代において「盲琵琶」の元祖と目されたのだが、「雑色」を「延喜第四の宮」に格上げし、流寓地も「会坂（逢坂）」から「四宮河原」にあらためたのは、四宮河原周辺にたむろした琵琶法師だったろう（四宮河原に、はやくから盲人がたむろしていたことは、『宇治拾遺物語』巻五の盲目地蔵の話からうかがえる）。『平家物語』と同工の蟬丸説話は、すでに仁治三年（一二四二）の紀行文、『東関紀行』に、「ある人のいはく」としてみえている。十三世紀のなかば――『平家物語』の生成期――において、「延喜第四の宮」蟬丸を元祖とする琵琶法師が存在したことはたしかだが、近世の当道の祖神が、いずれも天皇（光孝または仁明）の子とされ、とくに人康親王の隠棲地が「四宮河原」とされたことも、蟬丸伝承からの影響だったと思われる。さきにも述べたように、盲目の皇子（神）を意味する一種の普通名詞、「雨夜尊」は蟬丸の別名でもあったようだ。あるいは、『古式目』『当道要抄』等の「雨夜尊」伝承は、「雨夜尊」蟬丸の伝承をもとに、父帝の名を醍醐から光孝にあらためたものだろうか。[56]

ところで、蟬丸とともに中世において座頭の元祖と目されていたのが、平家の残党、悪七兵衛景清である。『臥雲日件録』文明二年（一四七〇）正月四日の条に、座頭薫一の談話として、「悪七兵衛カケキヨ、平家一代武家合戦様尽記レ之」とある。景清が「平家一代武家合戦様」の作者とされるのは、各地の盲景清の伝説などから考えて、景清を元祖とする座頭の存在を示すものだろう。[57]

たとえば、謡曲の「景清」では、「盲目の乞食」となり、日向国宮崎に流寓する「日向勾当」の景清が、たずねてきた娘の人丸のまえで「平家」を語っている。また、幸若舞「景清」では、捕らえられた景清が、頼朝から日向国宮崎に所領をあたえられる。しかし頼朝への怨念たちがたく、二度と頼朝のすがたを見ぬため、みずから両眼をえぐって日向に所知入りする（古浄瑠璃の「景清」、近松の「出世景清」なども同工）。乞食同然の「日向勾当」が、いっぽうで、日向国宮崎の領主ともされたわけだが、おそらくこの趣向も、景清を祖とあおいだ盲人たちの作為だったろう。それは「盲琵琶」の元祖、蟬丸が「延喜第四の宮」に格上げされたことにも共通する。とすれば、近世の当道伝書で、始祖皇子が日向国に盲人領をたまわったとされることも、座頭の始祖譚としての景清伝承からの影響とみてよいだろう（本居内遠『賤者考』は、「是（景清）を日向勾当といふなどは取るにたらず、……日向に領ありなどいふによりて付会せしなり」としているが、これはむしろ逆である）。げんに当道の伝書のなかには、「人皇五十八代光孝天皇の御子雨夜の尊筑紫日向国宮崎の庄にまします云々」（『座頭式目』）とするものがあり、より景清伝承に近い異伝も存在するのである。

蟬丸や景清をめぐる伝承は、しかし中世末期には、当道の伝書・式目類から廃棄されたようである。おそらく蟬丸や景清の伝承を廃棄する必要上、それにかわるものとしてあらたに（ただし蟬丸・景清伝承を下敷きとして）作られたのが、当道の光孝天皇（の皇子）伝承であった。

たとえば、『座頭昇進之記』には、当道の二流八派について記したあとに、

座頭の内に地神派といふものあり、是は座頭の内にては至極下りの物にて、山伏のやうにしゃく杖を以て祈禱をするなり、地神派にも二派あり、景清派、蟬丸派といふ、此二派は官に進む事不㆑叶也、

とある。景清や蟬丸を祖とする「地神派」の座頭が存在したというのだが、景清のばあい、出羽の羽黒山には景清を祖とする盲僧派があったといわれ、[58] また、景清を祭神とする宮崎の生目八幡社は、近世をつうじて日向地方における

地神盲僧の拠点になっていた（『太宰管内誌』日向之国）。[59]

蟬丸のばあいは、近世の筑後地方の盲僧を支配した高良大社周辺に、蟬丸の伝説・遺跡が散在しており、[60] 高良山配下の盲僧は、都から筑後に流離した蟬丸の伝承を伝えていた。[61] また、鹿児島の常楽院を本寺とする地神盲僧（常楽院流）は、第四代の院主を蟬丸としており、[62] 壱岐の地神盲僧は、近代まで「延喜さん」と称する蟬丸伝承を語っていた。[63] 景清のばあいと同様、蟬丸を開祖とする「地神派」が存在したことはたしかだが、しかしここで注目したいのは、それら「蟬丸派」「景清派」の盲僧が、『座頭昇進之記』では「座頭の内にては至極下りの物」と位置づけられ、「此二派は官に進む事不ㇾ叶物」とされる点である。

寛永の『古式目』には、

一　地神経よむ盲目、当道に伏して官位すゝまは、二度の中老引まてゆるすへし。大衆分より上はゆるすへからす。

の規定があり、「地神盲僧」は、「二度の中老引」の座頭分、すなわち検校・別当・勾当・座頭の四階七十二刻の官途のなかでも、下から九刻目の座頭分までしかゆるされなかった。おなじ規定は、『新式目』『当道略記』等にみえるが、しかし地神盲僧がもともと平家座頭に先行するものであり、平家座頭は、むしろ地神盲僧から分化・派生したものであろうことは別に述べた。[64]『看聞御記』応永三十年（一四二三）八月五日条には、「夜召二米一座頭一、令ㇾ引二地心経《ママ》一、未ㇾ聴二聞之一間、祈禱旁令ㇾ語ㇾ之」とあって、「地心経」（地神経）の読誦が、かつて平家座頭の芸であったことをうかがわせる。また、江戸中期の『当道略記』には、「遊芸不器用」の初心の弟子には「地神経成共よませ申へし」とあり、近世の当道にあっても、座の末端部分は地神経読みの世界とたぶんに重なっていた。

蟬丸・景清の伝承が、近世の当道伝書から廃棄されたことは、おそらく当道と地神盲僧との、歴史的な関係の変化に対応している。近世の「平家」は、将軍宣下の折の御前演奏や、将軍新喪の法会（法華頓写会）にともなう法楽と位置づけられるなど、[65]武家の式楽としての性格を強めてゆく。平曲の譜本が近世にかず多く作られたことも、一部の上流武士や文人など、素人の愛好家の需要にこたえたものである。式楽として権威化し、武家のたしなみともされた平曲を正規の芸とし、その権威によってみずからを他の賤民的雑芸能の徒から区別し、またそのことで一座の求心的結合を強化してゆく必要性が、当道（その上層部）が「蟬丸派」「景清派」の地神盲僧を排除・賤別した理由だったろう。それは「平家」語りが中世語り物としての生命を終息させ、近世平曲という、文字テクスト（譜本）の口演に変質してゆく過程[66]とも対応する問題だったろう。

七　祖神伝承の廃棄
――蟬丸と景清（2）――

ところで、蟬丸や景清の伝承を共有していたのは、地神盲僧ばかりではない。たとえば、景清伝承の集大成ともいえる幸若舞「景清」では、清水坂の遊女阿古王が女主人公ともいえる位置にある。また頼朝の命をねらう景清が、清水坂の「乞食非人」に身をやつしたとされるなど、幸若舞の「景清」には、清水坂周辺にたむろした「非人」や遊女の伝承的参加がおもわれる。

さらに景清が身に漆をかぶって「癩者」をよそおい、あるいは「筒井浄妙明春」を名のったとされることも、景清が尾張へ下る道行き文の一節、「惟喬の皇子の、憂き世の中を厭ひて、立て置かせたる武佐の寺」との関連で注意される。「筒井浄妙明春」は、もちろん『平家物語』巻四「橋合戦」の著名な登場人物である。しかし「筒井」という姓は、近江小椋谷の筒井八幡や筒井峠の地名に関連して、木地屋に多い姓でもある。漆をかぶる景清が、いっぽうで木地屋の姓を名のったというのだが、その景清の道行き文に、惟喬親王伝説がみえることも、近世の木地屋の由緒書との関連で注意されてよい。とくに「武佐寺」のある近江国蒲生郡一帯は、「惟喬を祭り神と為す」（『倭漢三才図会』巻三十一）といわれる日野（蒲生郡）の木地屋の活動拠点であった。景清と木地屋の関連は、ほかに、景清を遠祖とした東北の祭文語りの始祖伝承からもうかがえる。(67)景清伝承の基盤に、盲人（＝景清）をとりまく諸職諸道の中世的な広がりがあったことに注目したい。

蟬丸のばあいは、近世の「河原巻物」のなかに、「長吏」を「彼ノ蟬丸王ノ流レ」とする伝承がある（『三国長吏系図』）。京都の悲田院村では、蟬丸をもって「非人乞食」の始祖とする由緒書を伝えており（『悲田院由緒書』、『塩尻』巻九）、また、悲田院村と「一双」をなした東三条天部村でも、蟬丸をもって「開祖」とし、毎年八月二十八日には、蟬丸の画像をかかげて「忌」を修していたという（『雍州府志』巻八）。

「非人」や「長吏」、また「長吏」配下の各種雑芸・雑業の徒によって、蟬丸が始祖と仰がれたわけだが、なかでも近世の門説教の徒は、身分的にはほかの門付け芸人と同様、「長吏」の配下とされたが、しかし「長吏」の干渉からのがれる口実として、しばしば大津の関蟬丸神社の配下を主張している。蟬丸神社では、興行許可の免状（「説教讃語名代免状」）や蟬丸の由緒書（「御巻物」）を発給し、そのみかえりとして灯明料を徴収した。またのちには、「説経讃語」支配を拡大解釈して、操りや歌舞伎役者、さらに平家座頭まで配下に組み入れようとしたらしい。(68)そのような蟬丸宮との関係を絶ち、また、「長吏」配下のほかの「乞食」芸能民からみずからを区別する必要性が、近世の当道伝書から、蟬丸・景清の伝承が廃棄されたもうひとつの理由だったろう。

たとえば、寛永四年（一六二七）の『座頭縁起』には、「座頭者賤者家ニ行出入致サル者也」という一条がある。寛永十一年（一六三四）の『古式目』は、舞々、猿楽等の「いやしき筋目」との交渉を禁じており、『妙音講縁起』も、座頭は小宮太子の流れをくむゆえに、「筋なき家に至らさる事」を規定している。当道の脱賤民化が、近世の当道伝書作成の重要なモチーフだったことが知られるが、享保十一年（一七二六）の『座頭式目』「礼儀の次第」の条には、

一　竹杖は子細有レ之によつてつかさる作法なり、さか木の杖をつくへし、

とある。竹細工が「長吏」配下の生業であり、竹杖の使用が、「非人乞食」の指標ともされたための規定だろう。しかし謡曲「蟬丸」によれば、逢坂山に棄てられる蟬丸は、蓑笠とともに竹杖をあたえられる。また、「長吏」を「蟬丸王ノ流レ」とする『三国長吏系図』は、細工につかう竹の由緒・聖性について詳細に説いている。『座頭式目』が「子細有レ之によつて」竹杖をタブーとしたことは、要するに、蟬丸伝承を廃棄したのとおなじ論理が、当道盲人の「礼儀の次第」にまでおよんでいたということである。

竹杖をタブーとする『座頭式目』は、また「座頭不レ行レ先」として十七種の生業をさだめ、そのひとつとして「せつきやう語り」をあげている[69]。「せつきやう語り」すなわち蟬丸宮配下と、当道盲人との交渉が禁じられたわけだが、当道伝書のなかでももっとも流布した『当道略記』は、座頭の「立入間敷」「筋目悪敷者」として、「声聞師、舞まい、猿楽、傀儡師……」の順で、計二十四種の生業をあげている[70]。筆頭にあげられる「声聞師」の職種のひとつに門説経があったわけだ。

寛文七年（一六六七）二月（閏二月とも）、当道と浅草「長吏」弾左衛門とのあいだに訴訟が起こり、弾左衛門側は、頼朝の御朱印状[71]なるものをもち出して、座頭が「長吏」配下二十八座のひとつであることを幕府に訴えている。おなじ年に、弾左衛門は、配下の猿楽芸能者の離反の動きにたいして、強権の発動（金剛太夫の無断興行の舞台への乱入）をもって「長吏」配下であることを再確認させている。芸能民支配の維持・拡大をねらう弾左衛門と、脱賤民化をはかる当道との対立は、おそらく江戸初期以来つづいていたと思われる。その対立が表面化して、訴訟事件にまで発展し

たのが寛文七年の公事であった。

弾左衛門側の文書によれば、このときの当道の代表は、五老検校の岩船城泉。寺社奉行の裁定は、旧例にまかすべしということで、弾左衛門側の勝訴に終わったという（「弾左衛門下状」）。しかし当道側の文書によれば、岩船検校は宝永二年（元禄二年とも）の公事で弾左衛門を論破したとある（「岩船検校団左衛門公事」等）。当道が主張する宝永二年、元禄二年のいずれにしても、岩船検校はすでに死去しており（『三代関』によれば貞享四年死去）、したがって当道側の文書は、寛文七年の公事（おそらく岩船検校側の敗訴）をふまえた偽文書とされている。(72)

享保三年（一七一八）十二月十日、当道から寺社奉行にさし出した書付けには、「仲間出入不レ仕候筋目」として三十五種の職種をあげ、それぞれに、永代出入りのない者、その業をやめて三代たてば出入りをゆるされる者、さらに二代、職きり等の等級をさだめている（『当道大記録』「当道出入不候筋目事」）。

（永代）　さるかく　まい〳〵惣而役者類　ゑひすおろし　あかたみこ　さるひき　五りんきり　青屋　おさかき
　めんうち　船大工　くらうち　かねうち　しらこし屋　はちたたき　穴くらや　渡し守　かはらけ作り
（三代）　人形作り　つるうち　おんやうし　飾屋
（二代）　弓うち　むらさき屋　ゐはい屋　うら辻　かみゆひ　しらへ屋　湯屋
（一代）　鎌倉仏師　矢はき　棒矢　かわさうり問や　関守
（職きり）　筆結　黒はなをや

『当道略記』『座頭式目』等の規定をもとに、それをさらに体系化したものだが、各種の「忌筋」があげられるなかでも、とりわけ芸能民のたぐいが、もっとも忌まれるべき「永代」出入り無き筋目とされる点は注意されてよい。「長吏」の干渉からのがれる必要性が、ほかの芸能民を排除・賤別する結果となったものだろうが、おそらくこの事実は、すでに芸能座であることをやめた（いわゆる「官金」の配当座と化した）近世の当道のあり方を端的に示している。それは近世初頭以来、ひたすら脱賤民化をはかってきた当道盲人のゆきついた姿であろうし、また、こうした卑賤視すべき対象を外部につくりあげることで、最底辺の「俗盲」や「地神派」までかかえこんだ当道の内部支配（当道による一元的な盲人支配）も安定したはずである。それは、被支配身分としての農工商のさらに下層に被差別身分をつくりだしていった幕藩国家の支配体制の構図とも相似形をなしている。いずれにせよ、座頭が「筋目」「忌筋」の詮議だてをはじめるというこの倒錯した構図こそが、そのまま近世の当道のあり方を象徴しており、それは景清・蟬丸伝承の廃棄にはじまり、「仁明天皇第四宮、人康親王」説の創出にいたるまでの、当道祖神伝承の廃棄、統合の過程とまさに対応する問題であった。

八　中世的諸職と盲人

房総地方に伝わった座頭伝書、『座中次第記』（元禄四年）によれば、光孝天皇には六人の皇子があり、一宮千葉太子は盲人で座頭の祖となり、二宮が即位、三宮は山伏、四宮は鍛冶、五宮は番匠、六宮は紺屋、それぞれの始祖になったという。

番匠（大工）、鍛冶、紺屋と、座頭との関係がいわれるのは、はじめにも述べたように、東日本に多い太子講との関連で注意される（『座中次第記』が小宮太子系の伝書であることは、すでに述べた）。なかでも紺屋（青屋）は、弾左衛門配下とされた二十八座の一つ、中央の当道伝書では、座頭の出入りが「永代」禁じられた「筋目悪敷者」である。そのような賤業者もふくめて、座頭と各種職人との横の関係が主張されたところに、地方に残存した座頭伝書の位相がうかが

えよう。(73)

近世の身分制は、中世的な諸職諸道の分断——すなわち近世初頭の経済的・社会的分業の進行と不可分のかたちで成立する。もちろん社会的分業を身分制度へ転換させたのは幕藩権力である。しかしそこに経済的な前提条件が存在したことは、近畿地方をはじめとする西日本に被差別部落が多く、東日本に少ない（とくに東北地方では、武具の製作を必要とした大藩の城下町をのぞいて、ほとんどみられない）ことをみてもよい。諸職からなる信仰的な講集団として、太子講がとくに東日本に多く残存した理由も、一つには東日本の経済的・商業的な後進性にあったろう。

たとえば、中世的な諸職概念の再検討をうながす橋本鉄雄は、近世以前の木地屋が、いっぽうで金掘りや鍛冶屋、鋳物師等の職種と関わりをもち、それらがひろく相互交渉しながら、山民の未分化な職種複合を形成していたことを述べている。(74)橋本とはべつに、真宗史研究の立場から、中世山民のあり方について論じるのが、井上鋭夫である。(75)近世の北越後（三面川流域）で「タイシ」とよばれた被差別民が、かつては山伏に使役された金掘りの「非人」であったこと、かれら「非人」（山民）には、山伏のもつ諸仏菩薩の信仰にたいして、それより下位の眷属神＝王子神の信仰があたえられ、その王子神信仰の徒が、山間地帯に教線を拡大した初期真宗教団にむすびつき、在来の信仰を、真宗が教旨の祖とあおぐ上宮太子の信仰に昇華させていったとする井上の推論は、中世山民の問題を、近世東日本の太子講の問題、さらに東北地方の太子守宗、またオナイホウ（かくし念仏）、マイリノホトケ等の問題へ架橋している。(76)

各種職人が未分化な職種複合を形成し、信仰を介してルーズな横のつながりをもちえたのが、中世的な諸職諸道であったろう。近世の被差別部落において、上宮太子や蟬丸の由緒がいわれ、その信仰的・神話的紐帯によって各種職人が単一の講集団を構成しえたことは、被差別部落が（一面では）近世社会に残存した中世であったといえるかもしれない。また、それとは逆に、近世の木地屋が、木地職プロパーの由緒書をもったことは、たしかに諸職概念の近世的な変質であった。近世初頭に、近江小椋谷を根元地とする木地職の由緒書（『惟喬親王縁起』）が作られた理由は、小椋谷の筒井八幡宮（蛭谷）、大皇大明神（君ヶ畑）両社による氏子狩り[77]の必要からである。あたかもそれは、関蟬丸神社が諸国説経の徒へ由緒書を発給し、また、当道が光孝天皇の皇子を祖とする独自の縁起神話を作りつつあった時期でもある（さらに、寺院の本末制、山伏の本当二山への帰属、「長吏」による賤民支配の公認など、各種の制外身分が系列的に取締り、統制された時期でもある）。たとえば、小椋谷の『惟喬親王縁起』（蛭谷系）には、惟喬親王の聖徳太子信仰が語られる。[78]諸職の神としての上宮太子の信仰が廃棄され、あらたに惟喬親王が木地職プロパーの神として登場した過程は、おなじく近世初頭における、当道の「ショウグウタイシ」や蟬丸・景清伝承の廃棄、それにかわる当道プロパーの神の創出過程とも対応する問題であった。

近世の当道盲人が、廃棄した祖神伝承とともに切り捨てていった諸職諸道とのつながりをかかえこんだ全体が、中世の盲人芸能者であったろう。蟬丸や景清がかつて平家座頭の祖でもあったことは、蟬丸や景清の徒——地神盲僧のほかに、門説経等の「乞食」芸能民、「非人」、遊女、「河原者」のたぐい——と平家座頭とのかつての関係をうかがわせる。また、小宮太子系伝書が伝えるショウグウタイシの始祖名は、やはり太子信仰の徒——中世の山民や「非人」、近世の「長吏」配下など——と座頭との歴史的関係を暗示している。各種職人や道々の者が、中世の語り物伝承の重要な担い手であったことは周知である。それら諸職諸道の相互交渉のなかから、中世の物語・語り物は生みだされる。たとえば私たちは、中世の「職人歌合」にみられる分業のイメージを、過大に評価することはできないだろう。生業としての諸職諸道を、経済的な機能面から（課役の対象として）分断してとらえたのは、「職人歌合」作者の発想である（いうまでもなく「職人歌合」の作者は、かなりの古典的教養を身につけた貴族ないしは僧侶である）。幸若舞「景清」の例でみたように、中世の物語・語り物は、複数の職能伝承の出あい、交錯のなかから生まれてくる。とすれば、中世物語の生成過程自体が、諸職諸道の者たちの中世的なありようを物語るのである。相互に交渉する各種職人、道々の者たちの結節点にあり、そこに生起する多様な話材をさまざまな語り物・物語類へまとめあげていったのが、中世の盲人芸能者であったろうか。

当道の祖神伝承の廃棄と統合の過程は、「平家」語りの近世的変貌の過程にも対応する。近世平曲から生成期の「平家」を論じられないのと同様、近世の当道盲人から、ただちに中世の琵琶法師について論じることもできないのである。近世的な分業が近世的な差別の体系（身分制）を作りだす以前、諸職諸道の者たちの、信仰を媒介としたルーズな横のつながりがあったことをおもうべきである。そのような地点から、中世の物語・語り物の生成の問題は問いかえされる必要がある。また、中世の「平家」語り、『平家物語』の生成の問題もとらえなおされる必要があると思う。

注

（1）柳田国男監修『民俗学辞典』（東京堂出版、一九五一年）、和歌森太郎「太子講」『はだしの庶民』（有信堂、一九五七年）、桜井徳太郎『講集団成立過程の研究』第四篇一章（吉川弘文館、一九六二年）。

（2）井上鋭夫『一向一揆の研究』第一章二節（吉川弘文館、一九七五年）、同『山の民・川の民』（平凡社選書、一九八一年）、安達五男『被差別部落の史的研究』第二部六章（明石書店、一九八〇年）。——本書第二部第二章、参照。

（3）石田茂作『聖徳太子尊像聚成』（講談社、一九七六年）は、聖徳太子像の分布の密度から、太子信仰の中心地を近畿地方（奈良県中心）と東北地方としている。とくに岩手県では、マイリノホトケやオナイホウ（かくし念仏）などの民間信仰にむすびつくかたちで、おびただしいかずの孝養太子の木像、馬上太子（黒駒太子）の絵像が現存している（守口多里『日本の民俗・岩手』第一法規出版、一九七一年)。
(4) 内閣文庫蔵『慶長見聞書』「関東山伏共与真言天台出家公事」。――本書第二部第二章の注(1)、参照。
(5) 山本尚友「近世部落寺院の成立について」(『京都部落史研究所紀要』第一~二号、一九八一~八二年)。
(6) 『教訓抄』巻四、『体源抄』巻十二「左舞伝事」、中世の太子伝注釈書類(四十一歳の条)、および太子伝を典拠とする謡曲や猿楽伝書類に、推古天皇の時代に百済の楽人が来朝して舞楽を伝え、太子がそれを広めたという舞楽伝来説話が語られる。
(7) 『風姿花伝』「神儀」に、「上宮太子、天下少し障りありし時、神代・仏在所の吉例に任せて、六十六番の物まねを彼河勝に仰せて、同じく六十六番の面を御作にて、則河勝に与へ給ふ。……上宮太子、末代のため、神楽なりしを、神といふ文字の片を除けて、旁を残し給ふ。是、日暦の申なるが故に、申楽と名づく」とある。
(8) 聖徳太子=厩戸皇子の信仰が、馬頭観音の信仰と習合して、馬の守り神、道中安全の神(道祖神)ともされたことは、馬医・馬巫としての猿屋の太子信仰の問題とともに、柳田国男『山島民譚集(一)(二)』(『定本柳田国男』第二七巻)にくわしい。また、中世の上宮太子信仰が兵法・軍神の信仰とむすびついたことも(いわゆる太子流兵法)、その前提には障碍神(道祖神)としての将軍神と、「ショウグウタイシ」との音通があったと思われる。
(9) 座頭や瞽女の行なう妙音講では、祭神を妙音天(弁才天)とも妙音菩薩ともしている。近世の座頭伝書は、本章二節に考察する『妙音講縁起』のように、妙音菩薩を妙音弁才天と混同・習合する傾向が顕著である。なお、南北朝時代の天台宗系の教義書、『渓嵐拾葉集』巻三十六にも、すでに「弁才天者、又名妙音天、若爾者妙音菩薩是也」とある。――本書第二部第四章。
(10) 大和宗宗務所編『大和宗の縁起並大乗寺史録』(一九七一年)。同書によれば、岩手県南部の盲僧、盲巫女は、明治中期に天台宗中尊寺の管轄下となったが、戦時中に中尊寺との関係を絶たれ、そこであらたに旧天台宗盲僧派の盲僧・盲巫女を構成員として組織されたのが、聖徳山大乗寺(岩手県東磐井郡川崎村薄衣)を本山とする大和宗であるという。なお、『水沢市史 6民俗』(一九七八年)所引の高橋梵仙の調査によれば、大和宗の加入者は、岩手・宮城両県を中心に東北全県に及んでいる。
(11) 井上、注(2)の書。
(12) 『当道略記』『当道大記録』等は、青屋(紺屋)を当道の「立入間敷」「筋目悪敷者」としている(本章七節、参照)。
(13) 原口辰之「肥後琵琶覚書」(『日本談義』一九七三年八~一一月)。

(14)『俗談筝話』第六条、および館山善之進『平家音楽史』第三十三章（日本皇学館、一九一〇年）。
(15)本書の閲覧には、佐竹昭広氏、および中野真麻理氏のご配慮をえた。
(16)原本の所在は目下のところ不明。八戸市博物館で作成した翻字草稿（山田泰子作成）が存在する。
(17)小井川「盲人から聞いた話」一九五一年（『小井川潤次郎著作集』第一巻、所収）。
(18)『座頭官次第記』。西尾市立図書館岩瀬文庫蔵。写本一冊。羽田埜敬雄編。奥書によれば、彦坂吉光検校所持の『座頭官之次第』『当道系図』『当道式目』（『新式目』におなじ）その他の当道関係文書を、羽田埜敬雄が一部抄略して筆写したもの。途中数箇所に羽田埜による考証があり、末尾に、「京都悲田院由緒書」「長吏弾左衛門由緒書」などを付載する。
(19)この問題については後述する（本章七節）。
(20)司東「資料小宮太子一代記」（『東北民俗』一二号、一九七七年五月）。
(21)石井「『小宮太子一代記』の解題と翻刻」（『東京学芸大学中世文学論叢』一九八六年七月）。
(22)『座中次第記』。国会図書館蔵。『妙音講縁起』ほか二編と合冊（二節（1）a参照）。題名を欠いており、『座中次第記』の仮題は、中山太郎の命名による（「久我家関係文書と其他の史料解説」『続日本盲人史』昭和書房、一九三六年）。奥書に、「此巻ハ大山派之検校井沢ヨリ明宦派之検校田中へ渡也。自是明門派之検校安手へ渡、自是登嶋派小沢検校渡テ後、明門派伊豆嶋勾当ヨリ三宝院へ渡、後正護院ヨリ匠堂派森川検校是ヲ求也、座頭吟味如斯如随水器可守者也、下宦堅不可行／時　元禄四年辛未九月中旬」とある。なお、右の井沢検校以下は、いずれも伝不明。
(23)『当道座中式目系図』。東京国立博物館蔵。写本一冊。『当道座中式目系図』『座中法度巻』および寛永の『古式目』からなる。
(24)『座頭昇進之記』。無窮会図書館神習文庫蔵『盲人升進之次第』（内題に「座頭昇進之記」とある）、東京国立博物館蔵『座頭昇進之記』、内閣文庫蔵『盲人式目』所収本などがある。内閣文庫蔵『盲人式目』は、写本一冊。前半に、杉山和一撰『新式目』をのせ、後半に「盲人式目別集」として、『当道要抄』『座頭昇進之記』『雍州府志抜書』『二月十六日座頭積塔』『六月十九日座頭涼』をおさめる。
(25)『金絲伝来記』（『瞽官紀談』所収。内閣文庫、国会図書館等に所蔵される）の冒頭に、「今按するに性仏検校城都と称するは五十八代の光孝天皇の御子也」とあり、生仏と城都を同一人物とし、それを光孝天皇の皇子としている。ほかに、関蟬丸神社関係の文書にも、「中昔生仏ト云る盲師あり、実名を城都と称す」とするものがある（室木弥太郎・坂口弘之編『関蝉丸神社文書』五七頁、和泉書院、一九八七年）。

(26)『新式目』。奥書末尾に、「元禄五壬申年九月廿九日／総検校杉山和一判／右之式目御城へも差上置者也」とあり、冒頭に「元祖天夜尊は人王五十八代光孝天皇の御子なり」ではじまる祖神伝承をのせる。多数の写本が存在するが、異本として、天夜尊を「仁明天皇第四皇子」「人康親王」とする筑波大学付属盲学校本（函号一二〇－四）の存在は、人康親王説の成立時期を考えるうえで注意される（注(54)、参照）。

(27)『当道略記』。当道伝書のなかでももっとも伝本のかずが多く、地域的にも広範な分布をみせている。奥書に、「明和三丙戌十一月／師堂派　黒河検校牧一」、「明和六年己巳八月朔日　学問所／黒河検校」、あるいは単に「黒川検校」の署名をもつ伝本があり、転写された日付も、黒河（川）検校の時代、安永から天明・寛政にかけての年号が多い。同検校は、安永七年（一七七八）十二月に、「職十老総代」として寺社奉行に俗盲人（当道以外の盲人）支配を願い出ており（『当道大記録』「俗盲人再願之事」）、本書の流布が、当道の支配権拡大と並行していたことをうかがわせる（本章四節、参照）。

(28)平川穆「肥後琵琶調査の経過」（『肥後琵琶便り』一二～一三号、熊本県教育庁文化課内肥後琵琶保存会、一九七八～七九年）。

(29)中山太郎『日本盲人史』第六章第七節（昭和書房、一九三四年）、加藤康昭『日本盲人社会史研究』第一部一編三章（未来社、一九七四年）、参照。

(30)なお、肥後の盲僧（座頭）の伝承では、岩船検校の名が、「城泉」ではなく「弾都」となっている。ダンイチというのは、「耳切り団一」など、民話・伝説に登場する琵琶法師の名だが、あるいは元禄頃の京都の惣検校、久永弾一の名が混入したものかもしれない。久永弾一（団一とも）は、正保三年（一六四六）権成、元禄三年（一六九〇）九月から同九年（一六九六）十月まで惣検校をつとめ（『詞曹雑識』巻十六）、元禄三年には式目の二ヶ条を改正している（『当道大記録』「職久永惣検校二ヶ条の願の事」）。

(31)『妙音講縁起』は、二流六派の記述において城方を「惣領」とするなど、八坂方（城方）を一方（都方）よりも上位においている。また、八坂方の妙聞派・大山方のほかに関派・桜派について記し、八坂方を四派とするなど（ふつうは二派）、関派・桜派が絶える以前の江戸初期（あるいはそれ以前）の伝承をつたえている（関派・桜派については、西尾市立図書館岩瀬文庫蔵『座頭官次第記』にも記される）。また、二節で紹介した諸本（東大本をのぞく）の奥書にもみられるように、『妙音講縁起』が八坂方盲人によって転写・所持されていたことも注意されてよい。

（32）盲人芸能者が年に一、二度、守護神である妙音弁才天（または妙音菩薩）をまつり、飲食をしながら講中の申し合わせなどを取り決めたもの。近世の地方盲人（土地によっては、座頭のほかに瞽女も参加している）の座的結合の中核とされ、京都周辺の当道で行なわれた二季の塔（積塔、涼み）に相当する。その具体例については、加藤康昭、注(29)の書、第二部一章、参照。

（33）注(27)、参照。なお、十八世紀後半の当道の歴史については、加藤康昭、注(29)の書、第一部二編一章にくわしい。

（34）『古式目』。渥美かをる他編『奥村家蔵当道座・平家琵琶資料』（大学堂書店、一九八四年）所収。ほかに、『当道古式目』（『瞽官紀談』所収）、『当道式目』（京都大学附属図書館蔵）、『盲人法度』（岩手県立図書館）、『座頭式目』（群馬県立大学附属図書館蔵）、『座頭条目』（塩竈神社蔵）等の署名で伝えられ、また、題号を欠く無窮会図書館神習文庫蔵本（『当道要集』所収、内題なし）が、『改訂史籍集覧』第二十七冊、『日本庶民生活史料集成』第十七巻（三一書房、一九七二年）に翻刻される。

（35）『当道要抄』。本文中に『平家勘文録』（注(45)参照）が引かれるが、国会図書館蔵の『当道要抄』（橋本経亮写）に、「寛文八申年（一六六八）正月廿六日」の書写年次がみえ、また、当道の祖神を「雨夜尊」とする伝承内容からみても（後述）、江戸初期にはすでに成立していたとみられる。鈴木孝庸によって三種の伝本が翻刻される（「翻刻『当道要集（要抄）』三種」『調査研究報告』七号、国文学研究資料館、一九八六年三月）。

（36）『座頭縁起』。国会図書館蔵本と佐竹昭広氏蔵本がある。国会本は、改装後の表紙題簽に、「座頭縁起他三篇」とあり、『座頭縁起』『座頭式目』『諸国座頭官職之事』『当道記』計四部の合冊である。『座頭縁起』本文の末尾に、「寛永四年卯十二月五日／江府高田検校／座頭中」の奥書がある。佐竹本については、本章二節（2）b、参照。

（37）『諸国座頭官職之事』。諸本については、二節（1）bで紹介した。冒頭に、「人皇五十八代光孝天皇之御宇河内院殿より城都検校之宮を以て座頭官職之始り」とある。

（38）『諸国座頭官職之事』が『古式目』以前の古い伝承を伝えていることは、その「官職」の規定からもうかがえる。近世の当道では、検校・別当・勾当・座頭の四階があり、四階はさらに十六官七十三刻に細分される（『古式目』）。しかし、『諸国座頭官職之事』や、『座頭昇進之記』（注(24)、参照）は、検校・勾当・座頭の三階四十八刻としている。寛永年間の『古式目』で整備される以前の、古い制度を伝えたものだろう。

(39) 室木弥太郎・坂口弘之編『関蟬丸神社文書』五七頁(和泉書院、一九八六年)。

(40) 注(39)の書、一〇、四二、五七、五八、四三〇、四三七頁、参照。一例をあげれば、「……雨夜の皇子は蟬丸宮と別の御方なりと、今の盲人の検校勾当の申ける由、この故を知らさる心より言へるなり」(同書、五七頁)。

(41) 『座中天文物語』。天文年間における当道の分裂・抗争事件(いわゆる座中天文事件)について、その関係文書類を集めたもの。奥書に、「時天文九年庚子三月日/主倫一検校　法名日圓/頻応惣責　筆写三休記盎彐」とある。『日本庶民文化史料集成』第二巻(三一書房、一九七四年)、所収。なお、本書の史料的価値については、加藤康昭「『座中天文記』に関する中山氏の所説について」(注(29)の書、所収)、参照。

(42) 中山太郎、注(29)の書、一二九頁、所引。

(43) 上賀茂神社の旧社家、岩佐家の所蔵文書(マイクロフィルムが京都市立歴史資料館に所蔵される)には、『座中天文物語』『座中次第記』等にみえる積塔の奇瑞説話を、「賀茂の神もし光孝の御末か」云々の歌とともに記すものがある(D-2-575、京都市立歴史資料館の整理番号)。光孝天皇の皇子を賀茂明神(の化身)とする小宮太子系伝承の成立を考えるうえで注意されるが、同文書にはまた、光孝天皇が「盲人をめぐみ給」うた原因を、「賀茂皇太神御託宣の御告ありしにより」とするものがある(D-2-277)。光孝天皇本人を当道の守護神とする説(『座頭官階之縁起』や近世の地誌類)、および小宮太子(=賀茂明神)の上奏によって、光孝天皇が盲人を庇護したとする伝承との関連で注意されてよい。

(44) 『当道法師一宗根元記』。柴田実「盲人法師とその伝承」(『史窓』第二号、一九五七年五月)に紹介される。岩佐家(上賀茂神社旧社家)所蔵。上下二冊。下冊末尾に「元文丁巳二月」(一七三七年)の書写年次がみえる。

(45) 『平家勘文録』。奥書に至徳元年(一三八四)とも貞治二年(一三六三)ともあるが、中世末期の成立とみられる。『続群書類従』遊技部、所収。

(46) 加藤康昭、注(29)の書、一三五頁。

(47) 上賀茂神社の旧社家(岩佐家)所蔵の『座頭中入来覚并杖遺方留』(宝永二年から宝暦八年にかけて上賀茂神社に参詣した諸国検校衆の寄進目録)によれば、九州から東北におよぶ全国各地の検校が、上賀茂社に参詣していたことがわかる。

(48) 『座頭式目』。東京大学法学部研究室蔵本、国会図書館蔵『座頭縁起』所収本、などがある。本文中に「享保十一年」の年記がみえる。

(49) 本書第二部第三章、注(4)、参照。

(50) 十七世紀成立の『妙音講縁起』には、座頭の賀茂明神と北野天神の信仰を統合しようとする姿勢がみえる。たとえば、「天満天神宮は天に有てはわけ雷之加茂大明神と一躰分身の御神」(佐竹本) とある。

(51) 注(31)、参照。

(52) 『三国長吏系図』。信州埴科郡戸倉村下戸倉に伝わった「河原巻物」。——菊池山哉「科野の長吏」(『多麻史談』第一三巻一号、一九四五年)、盛田嘉徳『河原巻物』(法政大学出版会、一九八三年)、所収。

(53) 加藤「『当道要集』の成立期について」(注(29)の書、所収)。

(54) 人康親王伝承の成立期について補足しておく。西尾市立図書館岩瀬文庫蔵『当道系図』(『座頭官次第記』所収) は、人康親王伝承を記した末尾に、「右之系図此土依上意令改書也／元禄五壬申歳九月　惣検校杉山和一兼権大僧都」の奥書を付している。この奥書によれば、人康親王伝承も、『新式目』とほぼ同時期に、杉山和一によって作られたことになる。なお、『新式目』の諸本には、冒頭に人康親王伝承を記す異本が存在することも注意されてよい。注(26)、参照。

(55) なお、平家の残党、悪七兵衛景清が、後述するように盲人の元祖とされた第一の理由も、その「カゲキヨ」という名前にあったと思われる。カゲは、すがた・かたちを意味し、「八咫の鏡の影清し」(『用明天皇職人鑑』) といった用例もある。また、景清 (＝盲人) の伝承が「日向」を舞台とするのも、日向とは「日に向かふ」(謡曲「景清」) という、光明のイメージに由来するだろう。

(56) 小林茂美「四の宮と小町」(『小野小町攷』桜楓社、一九八一年) によれば、四宮河原 (京都市山科区) には、今日でも雨夜尊 (人康親王) と蟬丸の伝説上の混乱がみられるという。雨夜尊が蟬丸の呼称でもあったとすれば、両者の伝説上の混乱も説明がつくのである。

(57) 兵藤『語り物序説』Ⅲ章 (有精堂、一九八五年)。

(58) 注(67)、参照。

(59) なお、宮崎市の景清廟近くにある盲僧寺の住持、川崎真鏡氏は、景清が所持したという琵琶を伝えており、その琵琶には、景清にまつわる由来書も添付されていたとのこと (村山道宣「琵琶・忘れられた音の世界」『あるくみるきく』一三五号、一九七八年五月号、近畿日本ツーリスト)。
(60) 山中耕作「筑紫路の平家谷伝説(五)(六)」(『西日本文化』一九八一年三、六月)。
(61)『高良玉垂宮神秘書同紙背』(高良大社、一九七二年)。
(62) 江田俊了『常楽院沿革史』(常楽院、一九三二年)。
(63) 折口信夫「雪の島」(『折口信夫全集』第三巻)。
(64) 兵藤「平家琵琶遡源」(『国文学解釈と観賞』一九八七年三月)。
(65)『俗談箏話』第二十五条「琵琶之話」。館山漸之進、注(14)の書、第十六章、第二十章。
(66) 本書第一部第三章。
(67) 藤原勉「山伏の伝承文芸」(『講座日本の民俗宗教』第7巻、弘文堂、一九七九年)が紹介する、仙台の祭文語り、三代目針貝白龍(盲人)からの聞き取りによれば、針貝派祭文の元祖、針貝大龍は、羽黒の山祭文(盲目の景清がはじめたという)をくずして道楽芸としたために破門され、山伏寺の袈裟下たることは許されるが錫杖をもつことは禁じられた。そこで萩田六郎なる者に金錠(デロレン祭文の伴奏に使われる環のない手錫杖)を作ってもらい、また、日光奥で出会った木挽に金錠の柄を付けてもらった。それ以来、祭文語りと木挽は兄弟分となり、祭文語りは木挽をたよって渡り歩くようになった、という。「木挽」はしばしば木地挽(木地屋)の別名であり、また、金錠の本体を作った萩田六郎なる者も鋳物師だろう。楽器の製作をとおして、芸能民と、木挽、鋳物師との関係がいわれるわけだが、とすれば、たとえば琵琶という楽器(金錠などよりもはるかに高度な木地の加工技術を必要とする)の製作において、盲人芸能者が、木地屋、挽物師等と浅からぬ関係にあったことも容易に想像できる。あるいは、木地屋集落がしばしば平家の落人伝承を伝えることも、木地屋と盲人芸能者との関係を語るものかもしれない。
(68) 室木弥太郎『語り物(舞・説経・古浄瑠璃)の研究』第三篇一章(風間書房、一九七〇年)、盛田嘉徳『中世賤民と雑芸能の研究』第二部七章(雄山閣、一九七四年)、参照。
(69)「一、座頭不行先は、穢多、渉守、皮屋、猿引、まひ舞、せつきやう語り、鉢叩、石切、筆屋、仏師、弓屋、弦差、萬皮細工、歌舞伎操の役者、餌さし、犬引、一銭剃り、其外品々有之といへ共略之、此類一切不行事」(『座頭式目』)。
(70)「一、筋目悪敷物とは、声聞師、舞まい、猿楽、傀儡師、面打、弓師、弦さし、伯楽、馬口労、石きり、轡、筬かき、船たいく、

渡守、足駄屋、機械作、髪結、位牌屋、早桶屋、青屋、紫屋、梓神子、空也派、鉢叩、右之輩の住居致候門内え仮にも立入間敷候」(『当道略記』)。

(71)「鎌倉藤原長吏弾左衛門頼兼写之／長吏　座頭　舞々　猿楽　陰陽師　壁塗　土鍋　鋳物師　辻盲　非人　猿引　鉢叩　弦指　石切　土器師　放下　笠縫　渡守　山守　青屋坪立　筆結　墨師　関守　鉦打　獅子舞　箕作　傀儡師　傾城屋／右之外道立者数多雖有之是皆長吏者其上たるへし。盗賊之輩は長吏として可行之、湯屋、風呂屋者傾城屋之下に付、船大工、棒刺、長吏之下たるへし／治承四庚子年九月／頼朝御判／鎌倉長吏弾左衛門頼兼江」(『弾左衛門由緒書』)。

(72) 荒井貢次郎「江戸時代における賎民支配の一考察」(石井良助編『近世関東の被差別部落』、明石書店、一九七八年)、参照。

(73) なお、座頭と各種職人とのつながりに関連して、『座中次第記』に類似する伝承が、『三国長吏系図』(注(52))にみえることは注意されてよい。すなわち同書に、「……日本之長吏由来者、延喜御門ニ初ル者也、延喜王之第一ノ王子者、堅牢地神ノ化身、而一切衆生ヲ助ケン為ニ、身ニ漆ヲ塗リ給者、成悪病則チ内裏ヲ下リ、清水之麓ニ御所ヲ立テテ、坂本之土御門打額ヲ給フ事是也、御子持給事六人也、其六人御子達之流レ則チ日本之長吏ト成リ給フ……」とある。「身ニ漆ヲ塗リ」とあるのは、幸若舞や古浄瑠璃「景清」の伝承をおもわせ、また、「延喜王之第一ノ王子」(べつの箇所に「蟬丸王」とある)を「堅牢地神ノ化身」とするのも、地神盲僧の伝承との関連で注意される。とくに「六人」の御子が長吏の始祖になったというのは、『座中次第記』の六人の皇子伝承に類似している。あるいは中世の諸職諸道の者たちに、この種の祖神伝承のパターンが共有されていたものだろうか。——本書第二部第二章。

(74) 橋本「木地屋のなかの諸職」(『日本民俗学講座』第1巻、朝倉書店、一九七六年)、同『木地屋の民俗』(岩崎美術社、一九八二年)、同「山伏と木地屋」(『日本民族文化大系』第5巻、小学館、一九八三年)。

(75) 井上、注(2)の書。

(76) 注(3)、参照。

(77) 小椋谷の筒井八幡宮、大皇大明神の両社が、諸国木地屋を支配すべく行なった点検活動。しばしば中世にまでさかのぼらせて考えられる木地屋の由緒書『惟喬親王縁起』だが、しかしその作成・流布が、近世の氏子狩りの開始と並行していたことは、本書第二部第二章に述べた。

(78) 本書第二部第二章、参照。

第二章　中世神話と諸職
――太子伝、職人由緒書など――

はじめに――太子伝神話――

江戸幕府の成立当初の政治・訴訟等にかんする雑録、『慶長見聞書』(1)は、慶長十二年（一六〇七）の関東山伏と寺方の訴訟記録として、つぎのような一節を記している。

上宮太子の御時まで日本に墨なし。木のやにを以てねり候て物をかく。色悪し。にかは唐より渡る。重宝物と思召。小野妹子大臣を御使にて唐へ被レ渡候て初て穢多渡る。にかはを作り、かわ具足を作る。太子御感なされ、御秘蔵有レ之。其後程有楽人渡る。後に渡るものとも詞も日本に不レ通候間、かの穢多に万事おしゑられ引廻されし故、今に音楽のやから、あをや、すみやき、筆ゆひ迄か己か下と申は此時より初る也。

（「関東山伏共与真言天台出家公事」）

寺方から山伏に出していた役銭、および寺方から「長吏」（「穢多」）に払い下げていた弔い用具のさし止めをめぐって、真言天台の僧侶が、関東の山伏（「長吏」側の利害を代弁する）とあらそったさいの訴訟記録である。引用箇所は、出家側を代表した宥海僧正（武州浦和玉蔵院、真言宗豊山派）の陳述部分。「長吏」による賎業者支配の根拠として、ここでは、上宮太子（聖徳太子）の由緒がいわれていることに注目したい。

職人の神として聖徳太子をまつることは、つい最近まで（一部地域では現在も）太子講として行なわれていた。おもに、大工、左官、屋根葺き、建具屋、畳屋などの建築関係の職人によって行われるが、土地によっては、杣、木挽、木地屋、曲物師、桶屋などの木材・木工業者、また鋳物師、鋳掛屋、鍛冶屋、炭焼、金堀り、石工、染物屋などがひろく講衆として参加している。[2] それは後述するように、中世の各種職人、「道々の者」たちに担われた太子信仰のなごりといえるものだが、しかし近世初期に諸職諸道支配を幕府から公認された「長吏」の由緒書には、ほとんど（意図的な排除をおもわせるほど）聖徳太子への言及がみられない。[3] 右の寺方と「長吏」の争論においても、「上宮太子の御時」云々は、寺方の宥海僧正によっていわれている。上宮太子の神話が、近世に諸職諸道支配を公認された「長吏」によってではなく、真言天台の僧侶によって主張されたところに、中世以来の太子伝神話、職人由緒書のはたした役割の一端がうかがえるのである。

この章では、中世の非定住民、非農業民の共同体システムの問題として、太子講について考察する。それは各種職人、道々の者たちの、座（ないしは講）的結合のあり方の問題だが、しかし太子講という、地縁によらない（その意味ではすぐれて中世的な）共同体システムの問題は、不可避的に、中世の国家論、天皇制論の射程をかかえこむはずである。さしあたっての課題は、中世における太子講の原像をさぐることであり、その手がかりはまず、東北辺土に残存した太子信仰のなかにもとめられる。

一　土湯の太子像

福島県吾妻山麓の土湯温泉（福島市土湯）は、鳴子（宮城県玉造郡）、遠刈田（同刈田郡）などとならぶこけしの産地である。

かつて椀や杓子を作った土湯の木地挽職人（木地屋）が、その副業に作りはじめたのがこけしだが、全体に細めの胴をもつ土湯こけしのなかでも、とくに胴下が紡錘形にくびれたものが「太子型」とよばれている。いまは無住となった土湯山興徳寺に太子堂があり、そこの聖徳太子像を模したためにこの名があるという。

寺伝によれば、興徳寺はもと法得寺（光徳寺とも）と称し、親鸞の高弟、性信によって開かれた真宗寺院であった。それが、寛永年間に臨済宗妙心寺派の末寺となり、寺号も興徳寺とあらためたというのだが、もちろんその太子像は、真宗の法得寺時代からの遺物だったろう。

親鸞にかず多くの太子和讃、『上宮太子御記』の著作があるように、真宗においては、太子信仰は阿弥陀信仰、浄土高僧信仰とならぶ重要な要素であった。今日の真宗寺院でも、本尊阿弥陀如来の左脇にしばしば聖徳太子像がまつられるが、なかでも由緒のふるい真宗寺院で太子信仰は大きな比重を占めている。興徳寺の太子像も、かつて真宗寺院法得寺であった頃のなごりとみてよいだろうが、しかしその像容は、一般の真宗寺院のそれとくらべて、きわめて異様なのである。

土湯に伝わる『鎮守聖徳皇太子略縁起』(4)によれば、土湯の太子像は、太子自作の十六歳孝養像であり、太子から仏法興隆の命をうけた秦河勝によってこの地にもたらされたという。孝養像とは、太子十六歳のときに、父用明天皇の病気平癒をいのったという『聖徳太子伝暦』以来の太子伝説話にもとづいたもの。ふつう髪をみずらに結い、袍（束帯の上着）のうえに袈裟をかけた太子が、手に柄香炉をささげもつすがただが、しかし土湯のそれは、父帝の病気平癒を祈願する太子の「御あら行の御姿」をうつしたものという(5)。

すなわち、袖なしの汗衫《かざみ》（汗取り）にたけのみじかい下袴をつけ、二の腕から胸元まであらわにしたすがたは、聖徳太子像というより、狩猟民の所持する山童（山神）像といった印象である。また、生の毛髪を植えこんだ髪が胸のあたりにまで垂れているのも、まさに「あら行」をする行者の童髪（総髪）をおもわせる(6)。それは苦行を「賢善精進」としてしりぞけた真宗の教義にむしろ違背する像容なのだが、じっさい興徳寺（法得寺）には、狩猟民や山伏、行者とのかかわりをおもわせる開基伝承が伝わっていた。

二　真宗と太子伝

『鎮守聖徳皇太子略縁起』によれば、太子像が土湯にもたらされてから六百年あまりのち、太子の夢想の告げによって、親鸞の高弟、性信房が、奥州信夫郡にたずねてくる。性信は、途中出会った猟師に道案内をたのむが、猟師は鹿を追う最中でとりあわない。そこで性信が猟師の弓をとって石のうえにおくと、矢はひとりでに発して八頭の鹿を射た。おどろいた猟師の道案内で性信は土湯にいたり、おのれの前世の遺骨を掘り起こすとともに、太子像を拝して法得寺を建立した、云々(7)。

名僧・知識が霊地をさがしもとめ、土地の猟師の道案内でついにさがしあてるというのは、諸国の開山縁起にみられる霊地発見譚のパターンである。空海の高野開山縁起などを原型として、ひろく修験山伏の徒によって伝播された話型だが、中世東北の真宗史について考察する松山善昭は、土湯太子像の開基を、「伝説では横曾根性信とするも、実は交名牒（『親鸞聖人門侶交名牒』）所明の如信の弟子と思われる」としている。[8] 如信は、親鸞の孫にあたる人物。父は親鸞の長子、慈心房善鸞である。善鸞は「さる一道」（巫道）の大徳として「神子、巫女の主領」となり（『慕帰絵詞』）、「陰陽道・山伏道ノ達人ナリトテ、諸人渇仰シテ尊敬シ奉ルコトヲビタヽシ」といわれた人物（『大谷本願寺由緒通鑑』）。父親鸞から義絶され、のちの本願寺教団では異端・邪説とされるが、そのような善鸞の子であり、奥州白河に住んだ如信の門流（大網流）は、たしかに土湯太子像の開基にふさわしいかもしれない。[9]

『親鸞聖人門侶交名牒』によれば、親鸞面授の門侶で東北地方で活動したものには、会津住の無為子（無為信とも）、安積住の覚円、伊達住の性意、藤田住の本願、深江住の慶西、和賀住の是信などがいる。なかでも、無為子の会津門徒、覚円の安積門徒、性意の伊達門徒は、如信の大網流とともに、南奥州一帯でかなりの勢力を有したものらしい。[10] それら東北門徒の流れをくむのが、中世の南奥州（会津中心）から北越後にかけて行なわれた「太子守」と称する念仏教団である。『新編会津風土記』『会津堂宇縁起』等に記載のある太子守僧について、藤田定興[11]の指摘する特徴——「念仏的側面と呪的側面とを併せも」ち、聖徳太子をまつる「太子堂の堂守的な存在」というのは、そのまま、東北在地に結縁した初期真宗門徒のすがたでもあったろう。

聖冏《しょうけい》の『破邪顕正義』によれば、室町時代の東国の真宗門徒は、阿弥陀信仰を標榜しつつ、十の八、九は聖徳太子をまつっていたという。げんに越中井波の真宗大谷派の大刹、瑞泉寺では、いまも毎年七月下旬と九月はじめに聖徳太子絵伝の絵解きが行なわれる。百三十四畳という日本一ひろい太子堂をもつ同寺は、本願寺五世綽如《しゃくにょ》の開基であり、本願寺派の北陸布教の拠点となった寺院である。また、『交名牒』初出の安積住覚円、伊達住性意、深江住慶西（いずれも高田真仏の直弟）を出した真宗高田派では、本寺（下野国高田専修寺）、本山（伊勢国一身田専修寺）ともに、境内に太子堂をまつっている。高田派系寺院には、聖徳太子伝の絵解き台本として、『正法輪蔵』（専空手沢本）、『聖徳太子内因曼陀羅』（専空撰、一三二五年）等が伝えられるが[12]、高田派の東北布教は、いまも岩手県内陸部に行なわれる太子信仰の起源ともいわれている[13]。

東国辺土へ教線を拡大した真宗各派において、かつてさかんに太子伝神話の説教・絵解きが行なわれたようなのだ。もちろんそれには、真宗と聖徳太子とのかかわりを強調すべき、布教上の実際的な必要があったのである。

三　太子信仰と山民

真宗と太子信仰とのかかわりは、よく知られているように、宗祖親鸞にまでさかのぼる。『親鸞伝絵』（覚如著、一二九五年）その他によれば、親鸞は十九歳、二十九歳のときに、それぞれ磯長の太子廟、京都の六角堂に参籠して聖徳太子の夢告をえている。とくに六角堂夢想の告命は、親鸞が「比叡の堂僧」から法然の専修念仏門へ帰入するきっかけとなったもの（『恵信尼文書』）。六角堂の本尊の如意輪観音は、太子七生の守り本尊とも、また太子御自身（その本地仏）ともいわれ、親鸞の宗教的回心は、かれの聖徳太子（＝観音）信仰に媒介されたものであった。

わが国最初の、しかも在俗の往生人である太子は、ふるくから観音の化身と考えられていた（文献上の初出は『聖徳太子伝暦』とされる）。浄土門における観音は、阿弥陀仏の脇侍であり、それは師仏の教化を輔翼する御手代《みたしろ》として、いわば主神にたいする王子神（若宮）、師仏にたいする「太子」の位置にある[14]。中世の諸寺院にあって、太子信仰を奉じた者は、僧衆や学衆に使役される下級の僧徒、また寺奴・「非人」のたぐいであった（後述）。師仏＝僧衆にたいして、それに使役される眷属神＝太子の徒というアナロジーが働いたのだが、とすれば、親鸞がかつて「比叡の堂僧」であり、熱烈な太子信奉者であったことは、みずから「屠沽下類」（『教行信証』）と称した親鸞本人はもちろん、かれに結縁した門徒の位相をも暗示している。(15)

ところで、十五世紀後半（本願寺八世蓮如の時代）、真宗が空前の大教団を形成した前提条件として、井上鋭夫は、初期真宗の門徒が多く「ワタリ」（非定住）の民からなっていたことを指摘している。ひろい交易圏と流動性をもつ門徒を広範に組織しえたことは、たしかに真宗が、急速に全国的な教団へ発展していった前提条件だろう。真宗に結縁した行商人や山の民が、真宗弘通の担い手となったのだが、それら「ワタリ」の民が真宗とむすびついた経緯について、井上はとくに北越後の山民を例にして、つぎのように説明する。(16)

近世の北越後には、筏流し、箕作り等を生業とし、周辺農民からは「ワタリ」、「タイシ」とよばれて卑賤視された水運業者が存在した。禅宗のさかんな北越後一帯において、荒川、三面川流域に散在した「タイシ」の徒は、この地方のかず少ない真宗門徒でもあるが、井上によれば、近世に「川の民」となった「タイシ」の徒は、もともと上流の鉱山地帯に住み、真言宗系の山伏に使役された「山の民」であったという（近世以前の鉱山経営が、しばしば修験山伏の徒によって行なわれたことについては、多くの事例がある）。そして山伏の配下にあって採鉱・冶金に従事した「非人」（山の民）は、山伏のもつ諸仏菩薩の信仰にたいして、それより下位の眷属神、王子神の信仰をあたえられた。主神＝僧衆にたいして、それに使役される王子神＝「非人」という信仰的支配のアナロジーが働いたのだが、そのような王子神信仰の徒が、山間地帯に教線を拡大する初期真宗教団にむすびつく。そのさい、在来の信仰を、真宗が教旨の祖とあおぐ聖徳太子の信仰に昇華させていったのが、「タイシ」とよばれる非定住（「ワタリ」）の真宗門徒だったという。

右の仮説は、たとえば、土湯の太子堂について考えるさいにも示唆的である。かつて真宗寺院であった土湯山興徳寺には、高野開山縁起ふうの（つまり修験山伏系統の）開基伝承が伝えられる。それがかりに真宗以前に行なわれた信仰の残滓だったとすれば、土湯の山民が真宗に結縁した過程も、あるいは北越後の「タイシ」と同様の過程が考えられようか。

井上が提示した仮説は、安達五男によって北越後以外の地域にも適用されているが[17]、しかし山の民の聖徳太子信仰が、真宗の布教によってはじめてもたらされたとする井上説には疑問ものこる。太子信仰の担い手となったのは、中世において真宗教団ばかりではない。聖徳太子は日本仏教共通の開祖とされ、新旧顕密の宗派をこえて尊崇されたのである。

たとえば、当山派修験の中興の祖、聖宝は、中世には聖徳太子の後身といわれている（『東大寺要録』他）。また、中世に制作された真言五祖像には、空海とならんで聖徳太子が描かれており、空海は太子の再誕とする説も行なわれた（『水鏡』『聖徳太子伝私記』他）。弘法大師の絵像が、中世にはしばしば童形で描かれたこと（いわゆる稚児太子像）、また、「タイシ」をめぐる同一の伝説・信仰が、土地によって聖徳太子・弘法大師の両様で伝えられることも、太子信仰が、修験山伏の大師信仰と交錯・習合していた状況をうかがわせる。かつて山伏に使役された山民の聖徳太子信仰というのも、おそらく真宗以前に由来するものだろう。たとえば、土湯大師堂の縁起によれば、真宗寺院法得寺が開かれる六百年以前から、太子像は土湯にまつられていたという。すなわち真宗が伝えられる以前、土湯にはすでに「あら行」すがたの太子をまつる山の民（縁起によれば狩猟民）が存在したのである。

四　太子講と諸職

太子信仰を機縁とした「同朋」――弟子という存在をみとめない親鸞の用語である――の原理によって、真宗は山間地帯の「ワタリ」の民に結縁したようである。それは中世の真宗各派において、太子伝神話の説経・絵解きが行なわれた理由でもあろうが、太子信仰がとくに「ワタリ」の生活形態に関係したらしいことは、たとえば、『明宿集』（金春禅竹）の「太子ハ猿楽ノ道ヲ興シ給ヘル権化ナレバ、スナハチ翁ノ化来ナリ」からもうかがえる。聖徳太子の信仰が、猿楽芸能民の翁＝宿神の信仰に習合したのだが、太子のかず多い呼称のひとつ、上宮《じょうぐう》太子は、なかば語呂合わせ的に宿《しゅく》神や将軍《しょうぐん》神など、道祖神（芸能神）の信仰に習合したようである。それは厩戸皇子が馬頭観音の信仰にむすびついたことにも共通する。[18]すなわち上宮太子・厩戸皇子は、すでにその呼称からして、「ワタリ」の民をつなぐ信仰的紐帯（太子講）になりえたのである。

ところで、林幹彌によれば、中世の畿内周辺寺院において、太子信仰の担い手となったのは、葬礼に従事する律僧（律衆）や三昧聖など、寺院内でも「非人」とよばれる卑僧の集団であったという。なかでも律僧において「太子像は欠くことのできないもの」といわれ、独立した律宗寺院ではもちろん、大寺に付属する律僧のばあいも、その信仰活動の拠点は太子堂であったという。[19]

太子聖・太子講衆ともよばれた律僧は、葬礼、荼毘、埋葬、清掃などの雑役に従事するかたわら、かれらが付属する寺社の修造や勧進をうけおっていた。たとえば、律宗西大寺派の東山太子堂（速成就院、西大寺派の京都における拠点寺院）の長老は、隣接する祇園社の大勧進職（勧進活動の総責任者）を兼任しており、また、この時代の東大寺、東寺、法隆寺、興福寺といった大寺院の修造・勧進にも、しばしば西大寺派や泉涌寺派の律僧が大勧進職に起用されている。勧進という寺院経営の手段と律僧との特別のむすびつきがあったのだが、もちろんそれには、律僧が輩下に多くの斎戒衆（勧進活動の直接の担い手となる法体・在俗の下級僧徒）をかかえ、また、造寺・造仏にあたる各種の手工業者をともなっていたという前提がある。[20]

たとえば、室町時代に成立した『三十二番職人歌合』は、三十二種の職人に仮託した歌合の末尾に、それぞれ勧進聖による判および判詞を付けている。勧進聖が歌合の判者とされたことは、「職人統括者としての勧進聖」のあり方をうかがわせる。(21) そして勧進をうけおうのがしばしば律僧であり、また律僧の信仰活動の拠点が太子堂にあったとすれば、かれらをとりまく勧進集団の紐帯も、太子堂で行なわれる太子講（太子会）にあったろう。そこには近世の職人仲間でむすばれた太子講の一つの原像がうかがえるはずである。

太子信仰を紐帯とする卑僧の集団、それをとりまく各種職人や賤民の集団が、中世の大寺院においては不可欠の存在であった。とすれば、それら太子の徒を支配・統制下におくことは、寺院経営上のきわめて重要な課題となる。もちろん太子の徒の支配は、その太子信仰、太子神話をつうじて行なわれる。たとえば、文字あるいは秘事・口伝の権威によって、太子講衆にたいする寺方の優位、政治的支配の正当性が主張されるのだが、そこに中世の旧仏教諸寺院において、おびただしい聖徳太子伝記・注釈書類が作成された一つの動因もあったはずである。

五　文字あるいは秘事・口伝

真宗の教団形成と時期をおなじくして、中世の真言、法相、天台などの諸寺院では、さかんに太子伝記・注釈書類の作成、書写が行なわれていた。旧仏教諸宗の学僧たちによって、聖徳太子神話の校訂・注釈が行なわれ、また秘事・口伝なるものが案出されたのだが、しかしさきにも述べたように、太子信仰の実質的な担い手は、寺院内の雑役や経済活動にしたがう下級僧徒であり、それをとりまく各種職人や賤民の集団である。信仰の担い手と、神話の管理者とのあいだに位相的な落差があったのだが、おそらくこの落差の問題は、中世太子伝を考えるうえで、どれほど強調しても強調しすぎることはない。

たとえば、ふるくから聖徳太子ゆかりの寺として尊崇された法隆寺には、鎌倉から室町期にかけて、すくなくとも三つの太子堂が存在したという。林幹彌は、太子堂に結縁したのがおもに堂衆とよばれる下級の僧徒であり、宗派としては律僧が多いこと、ほかに鍛冶、石切などの工人集団をふくむ周辺地域住民が、ひろく太子堂の講衆に参加していたことを指摘している(22)。

しかしいっぽうで、それら太子講衆の上座にたつ法隆寺僧によって、この時代にさかんに太子伝関係の注釈書類が作られている。なかでも、太子伝にかかわる秘事・口伝を案出し、太子灌頂なるものの原型を作ったのが、法隆寺五師顕真である。顕真が『聖徳太子伝私記』（寛元年中）を著し、みずからを舎人調子丸の直系とする系図を作りだしたことは、たんに他の太子関係寺院（とくに四天王寺）への対抗意識といったようなことではないだろう。太子伝神話をつうじて、法隆寺僧がおのれの優位を主張すべき対象とは、むしろ直接には、寺院内にあって各種の雑役・経済活動に従事した太子講衆にあったはずである。

信仰の実質的な担い手は、寺院内でも「非人」とよばれる卑僧の集団であり、それをとりまく各種職人や賤民である。かれらの口語りからは、太子信仰にかかわるさまざまな神話伝承が生起していたとおもわれる。たとえば、法隆寺僧訓海によって編まれた『太子伝玉林抄』（一四四八年）は、当時行なわれた聖徳太子の日本六十六箇国巡幸の説を批判して、「曲舞・メクラナンドノ云ニハ替ルヘシ」と述べている(23)。寺院に隷属する下層民（なかでも芸能民）のあいだで、太子伝神話をめぐる多様なヴァリアントが生成していたことをうかがわせるが、そうしたアナーキーな神話の拡散状況にたいして、それらを異説・邪説として排除すること、あるいは、それらを逆に文字テクストに吸収することで、太子信仰（神話）の担い手自体の取り込みをはかることが、太子伝神話の校訂・注釈がくりかえされる最大の動因だったろう。文字による信仰伝承の組みかえは、信仰の担い手自体の制度レベルへの組みかえでもあったろう。信仰の正統性が、文字テクストとして独占的に（寺方によって）管理されたのだが、そこには、寺院経済の担い手である太子の徒の支配を、文字あるいは秘事・口伝の権威によって神話的に補完するという、きわめて現実的・政治的なもくろみがあったはずである。

中世の旧仏教諸寺院に隷属したこれら太子の徒は、山間地帯の「ワタリ」「タイシ」のばあいと同様、その多くは（十五世紀末頃には）真宗に結縁していったと思われる。もともと太子信仰を紐帯とした同朋＝講衆であるかれらは、まさにその太子講を機縁として、親鸞門流の「同朋」につらなる必然性があったのである。そして真宗に結縁した非定住・非農業の太子の徒によって、たとえば、戦国期における一向宗寺内（真宗寺院を中核としてつくられた、各種の手工業者、行商人、農民たちの共同体組織）が形成されてゆく。太子講という、非定住＝「ワタリ」の民たちの、地縁によらない（その意味ではきわめて中世的な）人的結合のあり方が、しだいに戦国大名たちの領国経営にとって脅威となってゆく。すなわち一向一揆であるが、しかしそれについて述べるには、私たちはもういちど、土湯の太子堂に話をひきもどしておく必要がある。

六　聖徳太子と惟喬親王

土湯木地師の口伝によれば、「太子型」こけしのモデルとなった土湯の太子像は、太子みずから自分の血を吹きかけて製作したものであり、その因縁によって、土湯の子どもにはみな赤い痣があり（星勝晴『湯本山郷史』上巻第五章に引かれる阿部勝八談）、また、「当邨人皆身体に痣あり、太子の御印判なり」ともいわれていた（『信達一統志』天保十二年

〈一八四一〉）。太子堂では、いまも正月二十一日（旧暦）に村をあげての太子講が行なわれる。山深い土湯の民のアイデンティティが、太子講を軸とする聖徳太子信仰によってささえられてきたのである。

しかし太子信仰を奉じる土湯木地師は、いっぽうで、小野宮惟喬親王を職祖とする由緒を伝えていた。現在の興徳寺境内には、太子堂に隣接してこけし堂があり、堂内には木地職の祖神惟喬親王の像がまつられる。昭和四十九年の造立という新しいものだが、しかし土湯で惟喬親王像がまつられる由緒は、すくなくとも明治以前にさかのぼるのである。

『信夫郡村誌』（明治十二年〈一八七九〉）は、土湯木地師の伝えた古文書として、近江小椋谷発行の「轆轤師許可文」四通をおさめている。また、小椋谷に伝わる「氏子巡回簿冊」（氏子狩帳）は、土湯で行なわれた六度の氏子狩りの記録をのせている。[24] 氏子狩りとは、近江小椋谷の筒井八幡宮（蛭谷）、大皇大明神（君ヶ畑）の両社が、木地職の祖神惟喬親王の流寓の由緒を主張し、幕府（寺社奉行）の公認のもとで諸国木地屋を支配すべく行なった一種の点検活動である。両社の社人が、全国の散在木地屋をまわって、木地職の由緒書（『惟喬親王縁起』）や免許状、鑑札などを発給し、そのみかえりとして上納金を徴収する。氏子狩りのもっとも古い記録は、寛永十六年（一六三九）――じっさいに簿冊がのこるのは、正保四年（一六四七）以後――であり、筒井八幡宮の神職、大岩助左衛門の『日記』（元禄八年〈一六九五〉成立）寛永十六年の項には、

五月十四日、八幡宮氏子駈、今日より廻国する、今度奉加のために、縁起を木地屋中へ始めてまはしける。

とある。しばしば中世にまでさかのぼらせて考えられる木地屋の由緒書だが、しかしその作成・流布が、近世の氏子狩りの開始に平行していたという点は、注意しておく必要がある。[25]

小椋谷の『惟喬親王縁起』の流布には、幕府公認のもとで行なわれた諸国木地屋支配の一元化（正確にいえば二元化

という政治的な背景があったのである。それは、おなじく近世初頭における、浅草「長吏」弾左衛門による賤業者支配の公認、それに平行する「長吏」の由緒書(「河原巻物」)の作成・流布などとも、あわせ考えるべき問題である。各種「ワタリ」の民たちが、職種プロパーにおいて系列的に管理・統制されたのだが、もちろんそれは、幕府権力による各種制外身分の取締り・統制強化——たとえば、寺院の本末制、山伏の本当二山への帰属、等々——の一環として行なわれたものであった(26)。

ところで、筒井公文所(蛭谷)系の『惟喬親王縁起』によれば、皇位を弟の惟仁(のちの清和天皇)に「奪取」された惟喬親王は、都を出て近江国愛智郡の岸本にいたり、そこの「太子殿」に三日三夜こもったという。つぎに小椋郷におもむいて里人に木地職を伝えたが、親王薨去ののち、里人は岸本の「太子殿」を親王の墓所に移築した。

この「太子殿」云々の記事から、柳田国男は、惟喬親王の由緒書が作られる以前、「この山村(小椋谷)には聖徳太子の御巡歴を語って居た信仰があったのであらう」としている(27)。げんに小椋谷では、近年まで太子講が行なわれており、炭焼、木挽、杣をはじめとして、木材に関係する者はすべてこれに加入しなければならなかったという(28)。

諸国の散在木地屋を『惟喬親王縁起』で統一するためには、在来の太子信仰を吸収する必要があったものだろう。木材・木工に関係する各種職人(とくに大工とその関連職人)によって現在も太子講が行なわれること、また、木地屋に真宗門徒が多いことなども、木地屋仲間におけるかつての信仰対象を暗示している。土湯の木地屋集落が、いまも太子講を一村の信仰的紐帯としていることは、かつての木地屋一般に行なわれた太子信仰(太子伝神話)の貴重な残存例であったろう。

聖徳太子像をまつり、太子講をもって一座の紐帯としていたのは、もちろん木地職プロパーだけではない。中世的な諸職概念の再検討をうながす橋本鉄雄は、近世以前の木地屋が、山伏や行商人、また金掘り、石工、鍛冶屋、鋳物師等の職種に関連し、それらが相互交渉しながら、山民の未分化な職種複合を形成していたことを述べている。[29]その具体的な原型は、たとえば、中世の修験・山伏にひきいられた「タイシ」の徒にあるだろうし、また律僧の太子堂に結縁した各種職人や賤民、あるいは、太子像をまつる一向宗寺内に結集した手工業者や行商人たちも、中世的な諸職諸道の原像である。近世の木地屋が、木地職プロパーにおいて管理・統制された背景には、社会的分業を身分として固定化させた幕藩国家の支配政策があったろう。小椋谷の『惟喬親王縁起』が（太子伝神話を駆逐するかたちで）流布した過程とは、要するに、中世的な諸職諸道が分断・解体される過程であり、それは、近世権力による一向宗寺内——その中核となった太子講衆——の解体という政治史の過程とも表裏するできごとであった。

七　中世的共同体

近世初頭の統一権力が、中世農民の惣村落（地縁的な農業生産の共同組織）を収奪の基盤として再編成することで形成されたことは知られている。それは戦国大名の領国支配にはじまり、江戸の幕藩体制にいたって完成するが、とすれば、「一向一揆を解体させる政策こそは、統一権力の支配政策の土台となった」[30]といわれるとき、統一権力にたいする一揆衆の脅威とは、なによりも領国を内側から——収奪の基盤となる惣村落そのものから——解体させる人的結合のシステムにあったはずである。

たとえば、一向一揆における「地頭・領主を軽蔑し、限りある所役をつとめざる」（『反古裏書』）という治外法権的な気分は、土地と農民をからめとる「地頭・領主」の領域支配にたいして、それとは異次元の世界を生きた「ワタリ」（非定住）の民のあいだでまず醸成されたものだろう。それは具体的には、聖徳太子信仰を機縁として、親鸞門流の「同朋」につらなった各種の太子講衆である。真宗に結縁した太子の徒を中核として、一揆の経済的・軍事的基盤となる一向宗寺内が形成されてゆく。また、かれら「ワタリ」の民の同朋＝講衆の論理に媒介されることで、下層農民たちの、地縁的な（したがってまた排他的な）惣村的結合をこえた一揆衆への参加も可能になる。近世初頭の統一権力の形成期において、一向宗寺内がある種のコミューン（その内部に多くの矛盾をかかえていたにしても）[31]を形成しえたことも、そこには、寺内の中核となった「ワタリ」の民たちの「同朋」の論理――すなわち太子講衆の論理が存在したのである。

近世の統一権力によって解体された一向宗寺内は、そのまま、近世初頭に制度化される被差別部落寺院（その八割以上が真宗寺院といわれる）[32]の原型となってゆく。寺内コミューンにかわって、あらたに諸職諸道支配を公認された「長吏」の由緒書には、はじめにも述べたように、諸職の神としての聖徳太子への言及がみられない。「長吏」の由緒書（『河原巻物』）から太子伝神話が廃棄されたことは、一向宗寺内――その後身としての真宗系の被差別部落寺院――にたいして、諸職諸道支配のオリジナリティを主張するという目的があったろう。また、「上宮太子の御時」云々の由緒を主張する「真言天台の出家」にたいして、その干渉を封じるという目的があったろう（『慶長見聞書』「関東山伏共与真言天台出家公事」）。太子伝神話の廃棄をとおして、職人支配の独自性が主張されたことは、近江小椋谷の氏子狩り（木地屋支配）にともなう『惟喬親王縁起』の作成・流布の事情とも共通する。職種プロパーの神話によって、各種「ワタリ」の民が系列的に管理・統制されるわけだが、そこに構築されるのが、社会的分業を身分として固定化させる近世社会である以上、一向宗寺内――その中核となった太子講衆――の解体とは、たしかに、ある中世的な共同体システムの解体だったろう。すなわち、分業と定住に基礎をおく近世社会が始発するのである。

注

（1）略本四巻本と『雑記』所収の広本の二種類があるが（ともに内閣文庫蔵）、以下の引用は広本による。
（2）柳田国男監修『民俗学辞典』（一九五一年）、和歌森太郎「太子講」（『はだしの庶民』有信堂、一九五七年）、桜井徳太郎『講集団成立過程の研究』第四篇一章（吉川弘文館、一九六二年）、参照。
（3）垂仁天皇御判形、源頼朝下文、蟬丸伝説等々、多種多様な「長吏」の由緒書（『河原巻物』）が存在するなかで、ゆいいつ、上宮太子信仰の痕跡をかいまみせるのが、真宗埴科郡戸倉村に伝えられた『三国長吏系図』（菊池山哉「科野の長吏」『多麻史談』第一三巻一号、一九四五年）であり、同系図の末尾署名には「諸職人　上宮長吏也」とある。
（4）全亮居士撰。文政三年（一八二〇）の聖徳太子千二百年御忌にあたり、興徳寺で「印校を再刻し」て檀徒に配布した略縁起。
（5）本像は秘仏とされており、以下の像容の記述は、太子堂の管理者である渡辺忠蔵氏からの聞き取り、および『算法身の加減続編』（天保年間、渡辺東岳著）所載の模写像を参考にした。
（6）宮崎円遵「初期真宗の聖徳太子像について」（『初期真宗の研究』、永田文昌堂、一九七一年）によれば、初期真宗の十六歳太子絵像は、一般の十六歳孝養像（現行の真宗寺院の孝養像もふくめて）とは異なり、垂髪姿のものが多いという。とすれば、すくなくともその髪型において（衣服や持ち物の特異性はともかくとして）、土湯の太子像は、初期真宗の十六歳孝養像の特徴をもつといえる。
（7）本縁起とほぼ同内容の伝承は、ほかに、『大谷本願寺通記』巻七「旁門略伝」、『倭漢三才図会』巻六十五「陸奥国光徳寺」等にみえる。
（8）松山「東北における真宗教団成立の特殊性」（『文化』第一八巻三号、東北大学文学会、一九五四年）。
（9）なお、『縁起』にいう性信は、善鸞のいわゆる異解事件のさいに、京都の親鸞と連絡をとりながら、自力聖道門を説く善鸞一派に対抗した人物（森龍吉「「自然法爾」消息の成立について」『史学雑誌』第六〇編七号、一九五一年）。親鸞のかず多い門侶のなかでも、雑行雑修を排した親鸞の教えにもっとも忠実であったひとりだが、そのような性信が、『縁起』でいわれるような験力をしめすはずはなく、また「あら行」姿の太子像を拝するはずもない。
（10）山田文昭『親鸞とその教団』（法蔵館、一九四八年）。

(11) 藤田「会津における太子信仰」(『尋源』第二九号、一九七七年)。
(12) 阿部隆一「室町以前成立聖徳太子伝記流書誌」(聖徳太子研究会編『聖徳太子論集』、平楽寺書店、一九七一年)。
(13) 岩手県内陸部に伝わる念仏系の民間習俗、マイリノ仏(カバカワ様、十月仏とも)やオナイホウ(かくし念仏)では、本尊として、しばしば聖徳太子像(孝養太子、馬上太子など)がまつられる。司東真雄「マイリノ仏源流考」(『奥羽史談』第四二号、一九六五年)は、高田派四世専空が、親鸞の命によって和賀住是信の布教に協力したという所伝(一身田専修寺蔵『高田開山親鸞聖人正統伝』)を紹介したうえで、マイリノ仏の起源を、「是信房(和賀門徒)への協力というかたちで入りこんだ高田門徒系の初期布教の遺産」としている。なお、東北を布教したとされる高田派の専空が、同派の太子伝絵解きの伝来に関与していたことは注意されてよい。
(14) 『悲華経』第二に、阿弥陀仏因位に転輪聖王たりし時の「第一太子」出家して「観世音と字」し、師仏に代て教化を総覧するとある(『望月仏教大辞典』)。すでに仏典において、観音は太子信仰にむすびつく素地があったのである。
(15) よく引かれる一節だが、『一期記』乾元元年(一三〇二)の条に、ある公卿のことばとして、「彼上人(親鸞)門徒一行在家下劣輩也」とある。
(16) 井上『一向一揆の研究』(吉川弘文館、一九七五年)、同『山の民・川の民』(平凡社選書、一九八二年)。
(17) 安達「江戸時代における部落寺院制の確立と身分支配」(『被差別部落の史的研究』、明石書店、一九八〇年)は、明照寺(丹波国氷上郡池尾村の被差別部落寺院)に伝わる『太子堂由来之記』から、やはり王子・若宮信仰の徒が、聖徳太子信仰を受容し、真宗門徒となってゆく過程を考えている。井上の仮説をふまえたもの。
(18) 柳田国男『山島民譚集(一)(二)』(『定本柳田国男集』第二七巻)。
(19) 林『太子信仰の研究』(吉川弘文館、一九八〇年)。
(20) 細川涼一『中世の律宗寺院と民衆』(吉川弘文館、一九八七年)。
(21) 石田尚豊「重源の阿弥陀名号」(『大和文化研究』第六巻八号、一九六一年)、赤坂憲雄『結社と王権』(作品社、一九九三年)。
(22) 林、注(19)の書。
(23) なお、『太子伝玉林抄』における直接の批判の対象は、能登房作の太子伝注釈書『雲上記』(逸書)である。――牧野和夫「中世太子伝を通して見た一、二の問題」（『中世の説話と学問』、和泉書院、一九九一年）参照。
(24)　杉本寿『木地師支配制度の研究』（ミネルヴァ書房、一九七二年）。
(25)　なお、『倭漢三才図会』巻三十一（庖厨具）に、「相伝ふ、漆器は惟喬親王より始まれりと、江州日野に惟喬を祭り神と為す」とあり、中世以来、木地業、塗物業のさかえた近江国蒲生郡日野では、ふるくから惟喬親王の流寓伝承が行なわれていた。また、日野の周辺、蒲生郡や甲賀郡一帯にひろく惟喬親王伝説が分布することも注意されてよい（『近江輿地志略』蒲生郡王浜村・御所内村・千僧供村、および『土山町史』一九六一年、参照）。日野の木地業は、近世にはおとろえ、江戸中期に廃絶するが（『近江蒲生郡志』巻五、『近江日野町志』巻中）、あるいは、小椋谷の『惟喬親王縁起』も、かつて「惟喬を祭り神と為」した日野の木地師のあいだに行なわれていた伝承を（氏子狩りの必要から）借用したものかもしれない。
(26)　芸能民についていえば、当道座による諸国盲人支配の一元化と、それにともなう当道伝書の全国的な流布、また、関蟬丸神社の説教讃語支配と、「御巻物」「説教讃語名代免状」の発行の問題なども、近世初頭にはじまる各種制外身分の系列的な（職種プロパーにおける）管理・統制の一環として理解できる。——本書第二部第一章。
(27)　柳田『史料としての伝説』（『定本柳田国男集』第四巻）。
(28)　和歌森太郎、注(2)の書。
(29)　橋本『木地屋の民俗』（岩崎美術社、一九八二年）。
(30)　藤木久志『日本の歴史15　織田・豊臣政権』（小学館、一九七五年）。
(31)　一向宗寺内における「同朋」の論理が、本願寺法主の超越的権威を前提にして保証された平等・自治の論理であったことには注意しておく必要がある。それは、親鸞のいう阿弥陀のまえでの絶対平等を、そのまま本願寺法主（阿弥陀の化身としての親鸞の血統者）の権威におき替えたものであり、そこには、一向一揆をなりたたせた一種の疑似天皇制ともいうべきシステムがうかがえるのである。一揆衆内部の「同朋」の原理が本願寺法主（阿弥陀の血統者）によって吸い上げられたしくみが、逆にわが国の天皇制の問題を説明するともいえる。
(32)　山本尚友「近世部落寺院の成立について」（『京都部落史研究所紀要』第一〜二号、一九八一〜八二年）。

第三章　当道の形成と再編
――琵琶法師・市・時衆――

はじめに

寛永十一年（一六三四）三月、惣検校小池凡一が幕府に提出した当道の『式目』（元禄五年の『新式目』にたいして『古式目』という）は、当道の祀る神として、賀茂、稲荷、祇園、日吉をあげ、なかでも賀茂明神を「当道衆中の鎮守」と位置づけている。

『式目』によれば、賀茂社には座頭を養うための「座頭田」なるものがあり、参詣した座頭を一宿させる慣例があったという。上賀茂神社の旧社家、岩佐家の所蔵文書には、座頭田に関する文書が数点あり、また、同家所蔵の『座頭中入来覚并杖遣方留』（宝永二年〜宝暦八年）には、全国各地の検校衆が当社に参詣していたことが記される。(1)賀茂社と当道盲人の関わりは江戸後期まで続いていたのである。

十六世紀前半の当道の内紛事件を記した記録、『座中天文物語』には、「加茂ノ大明神ハ別而当道を御憐愍之御神也」とある。当道と賀茂社の関わりは中世にさかのぼるのだが、しかし当道の伝書類には、賀茂社にまったく言及しない一類もある。

近世初頭（以前）に成立した『当道要抄』、寛永四年（一六二七）の『座頭縁起』、おなじく江戸初期の成立とみられる『諸国座頭官職之事』『座頭式目』などである。(2) たとえば、『当道要抄』と『座頭式目』は、賀茂明神についてひとこともふれておらず、かわりに北野天神の「神徳」「神力」をくりかえし強調している。また、『座中次第記』には、「加茂明神ノ氏子天神不レ詣、天神ノ氏子賀茂ヱ不レ参」とあり、賀茂と北野、それぞれを氏神とする座頭が存在したことを伝えている。(3)

当道という同業者組織に所属しながら、賀茂、北野、日吉（延暦寺）、祇園、稲荷（東寺）などの有力社寺と関わりをもち、その庇護下に活動していたのが、中世の当道盲人（琵琶法師）だったろう。もともと当道は、わが道、斯道を意味する普通名詞である。(4) 普通名詞による呼称のあいまいさは、座組織としての輪郭のあいまいさでもあったろう。社寺や権門の庇護をうけ、同時に当道の座中でもあるという、二重の帰属関係をたくみに利用しながら活動していた当道盲人たちの（したたかな）実態が想像されるのだが、しかし当道の歴史には、その集権的支配の強化が企てられた二つの画期がある。

一つは、当道が成立する南北朝から室町初期にかけてであり、もう一つは、江戸初期以後の当道の再編期である。それぞれ足利政権と徳川政権の確立期にあたるが、当道の歴史は、武家政権（源氏政権）の歴史とつねに連動しながら推移したようなのだ。この章では、本書第一部第一章で述べた問題を補足するかたちで、南北朝期以降の当道の歴史をたどってみたい。

一　当道以前

南北朝期以前の琵琶法師には、その名のりからみて、すくなくとも三つ以上のグループが存在したらしい。〇一を名のる一方《いちかた》派、城〇を名のる城方（八坂方）派、真〇を名のるもうひとつの一派だが、(5) ほかにも『大乗院具注暦日記』延慶二年（一三〇九）五月六日条の「盲目大進房」、同応長元年（一三一一）三月十三日、十六日条の「盲目竹鶴法師」(6)、『花園院宸記』元亨元年（一三二一）四月十六日条の「盲目唯心」、『師守記』貞治五年（一三六六）十一月十二日条の「若松」などが知られる。こうした多様な名のりからは、当道（座）が確立する以前の、複数の盲人グループが分立していた状況がうかがえる。

鎌倉末から南北朝期にかけて、中院家（三条坊門家）と関わりをもつ盲人グループが存在したことは、当時の複数の史料から確認することができる。文保二年（一三一八）以後、元徳二年（一三三〇）以前と推定される中院通顕の書状は、東寺の散所入道にたいして「盲目等」の申し立てた抗議を、通顕が東寺へとりついだというもの（『東寺百合文書』）。「盲目等」の利害を代弁した中院通顕は、その同業者組織にたいして本所（領主）の位置にあったものだろう。

『中院一品記』（通顕の子通冬の日記）暦応三年（一三四〇）九月四日条には、中院通顕が「盲目相論」を採決したとあり、その四日後の九月八日条には、仁和寺真光院で行なわれ芸能の催しに、「座中十人ばかり」と「座外の盲目」が参加したことが記される。「座外の盲目」という言い方は、中院家配下の「座」が、平家座頭の全体をおおうものでなかったことを示している。

近世の当道伝書によれば、八坂方（城方）の開祖、城玄は、「久我大納言の舎弟」（『当道要抄』）、「久我殿の御弟」

（『当道拾要録』）といわれる。久我家（中院流の嫡家）と八坂方とのなんらかの関係を伝えたものだが、あるいは南北朝期に存在した中院家配下の「座」も、城○を名のる八坂方だったろうか。

八坂方という呼称の起源は、開祖城玄が八坂の塔の近くに住んだことに由来するという（『当道要抄』他）。城玄が八坂に住んだという所伝は、はやく『臥雲日件録』文安五年（一四八八）八月十五日条の最一談話にみえるが、また八坂方の琵琶法師の記録上の初見、「正珍勾当」（城珍だろう）は、八坂に住んで祇園社の執行顕詮と交渉をもっている（『祇園執行日記』康永二年〈一三四三〉九月十二日条）。近世の式目類は、当道盲人が祇園社の祭礼に出仕し、御旅所で「平家」を語ったことを伝えている。祇園社領八坂郷には、「非人」（犬神人）や遊女の集住地として知られる清水坂が含まれ、清水坂は、蟬丸とならぶ盲人芸能者の元祖、悪七兵衛景清ゆかりの地でもあった(7)。京都の八坂・清水坂周辺に住み、祇園社と関わりをもちつつ活動したのが、八坂方（城方）の琵琶法師だったろう。

城○を名のる八坂方の琵琶法師にたいして、南北朝期に当道の形成を主導したのは、○一を名のりとする一方の琵琶法師である。当道の伝書類は、一方派の覚一検校を当道の「中興開山」（『職代記』）と伝えているが、一方の琵琶法師の記録上の初見は、興福寺大乗院の記録『嘉暦三年毎日抄』に、「京都名誉」の琵琶法師として名前のみえる「成一」である。鎌倉末期に実在した名人成一は、あるいは『臥雲日件録』の座頭薫一の談話が伝える「城一」と同一人物だろうか。

『臥雲日件録』文明二年（一四七〇）正月四日条の座頭熏一の談話によれば、城一には二人の弟子があり、その二人から城○を名のる八坂方と、○一を名のる一方が分岐したという。近世の当道伝書（『当道要抄』『当道拾要録』『当道略記』他）は、城一の弟子に如一と城玄がおり、この両人の時代に一方と八坂方が分岐したと伝えている。八坂方の開祖城玄と並び称される一方の開祖如一は、『醍醐雑抄』（醍醐寺の僧隆源〈応永三十三年没〉の著）に名前がみえる「了義坊如一」と同一人だろう。『醍醐雑抄』は、「或る平家双紙の奥書に云はく」として、「平家作者」に関する「了義坊（実名如一）の説」を記すのである。

ところで、八坂方にたいする一方という呼称は、○一という名のりに由来している。○一には、しばしば「○都」があてられ、近世には「○市」とも表記される。八坂方の呼称が地域名であることから推して、「都方」「市方」と表記されるイチカタの呼称の起源も、京都でイチとよばれた地域、すなわち平安京の東西の両市だろうか。(8)とくに東《ひがし》市《のいち》は、西市《にしのいち》がはやく廃れたのち、平安から鎌倉期にかけて京都有数の盛り場であり、商業はもちろん娯楽・芸能興行の一大中心地であった。

平安京の東市は、佐女牛の南、塩小路の北、櫛笥の西、油小路の東に位置した十二町の地域をさす。うち一町を市司、一町を市屋として、北側には市の守り神である市姫明神が祀られていた。東市の規模は平安末期には漸次縮小し、市の機能も隣接する七条町へ拡散してゆくが、しかし鎌倉後期に成立した『一遍聖絵』（一二九九年）には、東市（巻七第三段）に市姫社が描かれ、また塩小路に面した市門近くには、空也の建立と伝える石塔が描かれている。かつて市の開催日には罪人への刑罰が執行されたといわれ、空也の石塔は、刑死した罪人の滅罪供養のために建立されたという（『打聞集』）。売買・交換の場である市は、死霊の祭祀や各種芸能が営まれる呪術的な境界空間でもあった。(9)

市の聖、空也の故跡である東市には、空也をしたう念仏聖がはやくから止住したらしい。(10)弘安七年（一二八四）に東市をおとづれた一遍は、空也ゆかりの市屋道場跡で四十八日間の踊り念仏を興行している。空也の事跡を模した滅罪供養の踊り念仏だが、それを描いた『一遍聖絵』巻七、東市の場面には、中央に仮設の踊り屋が建てられ、踊り屋をかこんで見物の桟敷が描かれている。『聖絵』のなかで、踊り念仏のための見物の桟敷が描かれたのは、この東市の場面のみ。東市の桟敷は各種の芸能興行に使用される常設の桟敷だったろう。桟敷のなかには幾人かの遊女が描かれ、また桟敷の手前には、見物する群衆にまじって琵琶法師が描かれるのである。

ところで、『一遍聖絵』に描かれたさまざまな人物群像のなかでも、琵琶法師は「非人」や「癩者」とともにひときわ目につく存在である。遍歴する琵琶法師のすがたは、巻一の信濃国善光寺、巻六の相模国片瀬浜、巻七の京都東市、巻八の美作国一の宮、巻十二の兵庫光明福寺などに描かれている。とくに巻一の信濃国善光寺、巻六の相模国片瀬浜など、その入念に描き込まれた琵琶法師の絵像からは、画家の個人的な関心という以上のものがうかがえるが、京都とその近辺を描いた『一遍聖絵』の画面（東市のほかに、因幡堂、釈迦堂、関寺、石清水八幡、など）で、琵琶法師が描かれたのは東市だけである。東市が、琵琶法師の活動の場として知られていたらしいことがうかがえる。[11]

東市の琵琶法師に関連して想起されるのは、『梁塵秘抄』口伝集巻十四（異本口伝集）にみえる「さめうしの盲目ども」のエピソードである。仁安のころ（一一六六〜六八）、「さめうしの盲目ども」が今様講をまねて唱歌したというのだが、「さめうし」は、東市の北側に接した佐女牛小路のこと。佐女牛小路の南北両側、町尻小路西から東市門東の一帯は、かつて源頼義邸や、源義家邸、源為義邸などがあり（『中古京師内外地図』他）、とくに源頼義の邸内鎮守社に由来する佐女牛八幡は、平安末期には衆庶の信仰をあつめていた。仁安年間（平家の盛時）の「さめうしの盲目ども」が、清和源氏の凋落を唱歌したというのも興味深いが、[12]「さめうしの盲目ども」という熟した言い方からは、佐女牛一帯と琵琶法師との浅からぬ関わりがうかがえる。「さめうしの盲目ども」の活動は、近接する東市（佐女牛南）にも及んでいたにちがいない。

佐女牛一帯に集住し、東市を活動の場とした「さめうしの盲目ども」が、のちの一方（市方・都方）派の母胎となったものだろうか。佐女牛八幡（六条若宮八幡）は、室町時代以降、醍醐寺三宝院の管領下におかれるが、一方の祖といわれる如一の名が、醍醐寺の僧隆源の記した『醍醐雑抄』にみえることも単なる偶然ではなかったろう。[13]

二　当道の形成

近世の一方派は、毎年正月二十九日に覚一の年忌法要として心月忌（心月は覚一の法名）を行なっていた。八坂方が七月二日に行なった八坂忌（八坂方の祖城玄の年忌法要）と対をなす当道の年中儀式だが、八坂方の派祖が城玄だとすれば、一方の実質上の派祖も（如一よりも）覚一だったのである。ちなみに、当道の系譜伝承の決定版ともいえる『当道拾要録』（近世中期の成立）は、覚一を「一方の開山」としている。

覚一の名が記録類に登場するのは、さきの『嘉暦三年毎日抄』記載の「成一」からおくれること十年あまり、『師守記』暦応三年（一三四〇）二月四日条の、

今日、予、六条御堂に参る。日中の聴聞の為なり。其の後、覚一の平家を聞く。異形。（原漢文）

である。覚一は、近世の伝書類で当道の「中興開山」といわれ、惣検校（当道の最高責任者）の初代に位置づけられている（『職代記』他）。覚一が惣検校を名のったかどうか、同時代の史料からは確認できないが、かれの事績としてたしかなものに、「平家」語りの最初の正本（証本）、いわゆる覚一本の作成があげられる。

覚一本灌頂巻の奥書によれば、応安四年（一三七一）春、齢「七旬」（七十歳）をすぎた覚一が、自分の死後に弟子たちの間に「諍論」がおこることを予測し、「後証に備へ」るべく、「当流の師説、伝授の秘訣」を「口筆をもつて書写」したのが本書であるという。伝承を文字テキストとして確定しておくことが、座組織の維持と不可分の問題であったのだが、奥書にいう「当流の師説」については一方流と解釈する向きがある。だが『三代関』（検校の系譜を記した当道の記録）序文に、「抑当流之筋雖委……是分明ならずと云々」とあるのは、平家座頭の全体をさして「当流」と呼

んだ例である。また『平家勘文録』（平家物語の作者、書名の由来などを語る当道伝書）にみえる「当流の平家」も、公家や寺家に伝わる平家にたいして「当道の平家」という意味である。覚一本奥書の「当流」の語も、一方流という特定流派ではなく、平家座頭の全体、すなわち当道を意味するだろう。

当道の正本として作成された覚一本は、覚一から後継者の定一検校に伝授され、定一のあとは、定一の弟子の慶一惣検校、さらにその弟子、相一惣検校に伝授されている（「大覚寺文書」記載、覚一本奥書）。正本の相伝によって、惣検校を頂点とする当道の内部支配が権威的に補完されたわけだ。覚一本の作成と伝授は、当道（座）の確立・維持と不可分の問題であった(14)。

ところで、覚一本には、灌頂巻末尾の覚一の奥書とはべつに、巻十二末尾に「書写」者である有阿の署名がつぎのように記されている。

応安三年十一月廿九日　仏子有阿書

覚一の口述が現在みるようなかたちで伝わったことには、有阿（晴眼者）の役割はけっして小さなものではなかったろう。覚一本の筆写には、当然のことながら書きことばによる語りの翻訳作業がともなったはずであり(15)、それはときには、内容や構成面にまで及んだことが想像される。そのことは、「書写」者の有阿が、自分の名を奥書に明記したことからもうかがえる。

語りの正本（証本）化をくわだてた覚一にたいして、覚一のもくろみを媒介した有阿とはだれだったのか。南北朝期に琵琶法師のような芸能民に近接し、しかも○阿の法号（阿号）をもつ者としてまず考えられるのは、時衆である。もちろん、阿号の法号は時衆の専有物ではなく、念仏系の出家・入道者のあいだで広く使用された。だが、琵琶法師と時衆のあいだには、すでに宗祖一遍の時代から浅からぬ関係が存在したのである。

『一遍聖絵』には、さきに述べたように、しばしば琵琶法師が描かれている。とくに巻十二第三段の兵庫光明福寺の観音堂は、正応二年（一二八九）八月の一遍の臨終の場面である。釈迦の涅槃図を意識して描かれた祖師一遍の往生は、時衆教団が成立する歴史的な瞬間である。そこに「非人」や「癩者」にまじって琵琶法師が描かれたことは、時衆と琵琶法師との浅からぬ関係をうかがわせるのである。

一遍のもう一つの行状絵巻、『遊行上人縁起絵』にも琵琶法師は描かれている。『遊行上人縁起絵』（金光寺本、遊行寺本、等）巻三第一段の甚目寺での施行の場面には、施行をうける「乞食非人」や「いざり」にまじって、琵琶法師が描かれている。黒田日出男は、この施行の場面にみられる共食と別食の関係から、一遍以下の時衆、一般の「乞食僧」、「乞食非人」「不具者」、「癩者」という浄穢の観念からする四グループの存在を指摘し、そこに中世身分制の最底辺の構造をみている。(16) 琵琶法師は、「乞食非人」「不具者」の一類として（つまり「癩者」より一段上のグループとして）時衆の遊行集団に参加していたらしい。

時衆と琵琶法師との関連で注意されるのは、さきに市との関わりを述べた一方（都方、市方）派の〇一という名のりである。琵琶法師の〇一という名のりは、いわゆる一号（一房号）であり、それは阿号（阿弥号、阿弥陀仏号）とともに、念仏系の出家・入道者にふつうに用いられた法号である。時衆遊行派の法則によれば、男の法号である阿号にたいして、一号は女の法号とされている（七世遊行上人託何『条々行儀法則』）。しかし南北朝期の時衆の結縁者には、女でも阿号を名のった例が散見するし、阿号と一号の使いわけが時衆僧尼の「法則」として定着するのは、十四世紀末以降である。〇イチというイチ方派の名のりは、一号（一房号）に市の地名をかけた、一種の懸詞ふうの命名だったかもしれない。(17)

ところで、空也の市屋道場跡には、一遍が四十九日の踊り念仏を興行してから二年後の弘安九年（一二八六）、一遍に帰依した唐橋法印印承（時衆の法号は作阿）によって市屋道場金光寺が建てられたという（『金光寺縁起』）。市屋金光寺がじっさいに記録類に登場するのは、弘安九年より一世紀あまりのちの応永年間である。同寺の創建は応永年間まで下るようだが、しかし鎌倉末から南北朝期において、東市に近接する東寺の散所民・散所法師たちに阿号・一号を名のるものが多く、かれらの多くは東市を拠点に活動した時衆の結縁者だったことが、梅谷繁樹によって指摘されている。[18] 市を活動の場とした「さめうしの盲目ども」が、時衆と結びつく条件はそろっていたのである。

時衆と「さめうしの盲目ども」との関わりは、時衆の一条大炊道場、聞名寺にあった光孝天皇の石塔の由来譚としても伝えられる。近世の地誌類によれば、一条大炊道場には、堂前に光孝天皇の石塔があり、近世初頭まで（『山州名跡志』に「今元禄年中より五十年前には……」とある）、石塔の前では当道の最重要の年中儀式、積塔・涼の二季の行事がいとなまれていた。『山州名跡志』は、積塔の由来譚として、光孝天皇の「盲目」の皇子「暗夜御子」が身よりのない「盲人」をあわれみ、「佐女牛に居所を構て養ひ玉へり」と伝えている。時衆と「さめうしの盲目ども」のつながりが、光孝天皇の皇子（当道の祖神）伝承に仮託されて近世まで伝承されていたのである。

三　浄教寺と時衆

当道が形成された南北朝から室町初期にかけては、京都の七条道場や四条道場、六条道場などを拠点にして時衆がさかんに活動した時代である。かつて天台系の念仏聖が止住した東山の双林寺や長楽寺など、『平家物語』ゆかりの寺院もこの時代には一斉に時衆化している。さきに引いた覚一の記録上の初見、『師守記』暦応三年（一三四〇）二月四日の条で、「覚一の平家」が行なわれた「六条御堂」も、時衆の六条道場、歓喜光寺をさすとみてよいだろう。[19]『師守記』の著者、中原師守が「覚一の平家」の前に「聴聞」した「日中」とは、六条道場で催された日中の称名礼讃であった。

ところで、六条道場で「平家」を演じた覚一は、貞和三年（一三四七）二月から三月にかけて、矢田地蔵堂で「平家」を興行している（『師守記』）。矢田地蔵堂が勧進聖の根拠地であったとする小笠原恭子は、「平家」興行と勧進聖との深い結びつきを指摘し、また矢田地蔵堂、六道珍皇寺、千本閻魔堂など、「平家」がさかんに勧進興行された寺院が、いずれも小野篁の地獄巡りの伝説を伝えている点に注意を喚起している。「芸能を演じ得る場は冥府との接点でなければならなかった」というのだが、小野篁伝説に関連して注意したいのは、篁の地獄巡りの伝説が、この時代には（小野明神に結縁した）時衆の徒によって唱導されていたことである。[20] 小野篁ゆかりの寺院で「平家」興行のオルガナイザーとなった勧進聖とは、おそらく時衆だったろう。

歴代惣検校の在職年数や法名などを記した『職代記』の冒頭には、当道の文書類が応仁の乱で失われたことを述べて、

往昔より、職の次第、其の外、座中の由来、記し置く物これ有りと雖も、去んぬる応仁の錯乱中に、浄教寺に於て紛失しおはんぬ。（原漢文）

とある。「応仁の錯乱中」に、「職の次第」（職《しき》は職検校すなわち惣検校のこと）や「座中の由来」など、当道の記録文書が「浄教寺に於て紛失」したというのである。それは応仁の乱当時、またはそれ以前から、当道の座務機関が浄教寺に置かれていたことを示している。

現在、京都市下京区貞安前ノ町（四条寺町下ル）にある浄教寺は、『浄教寺縁起』（元禄七年〈一六九四〉写の略縁起。同寺所蔵）によれば、もとは東山の小松谷にあり、のちに五条東洞院に移り、近世以降、現在地に移転したという。応仁

の乱以前、浄教寺は五条東洞院にあったのだが、近世の職屋敷が五条坊門東洞院に固定したことも[21]、そこが浄教寺の故地に近く、中世以来の職屋敷ゆかりの地だったからだろう。

浄教寺で注目されるのは、それが『平家物語』巻三「燈籠之沙汰」に語られる平重盛建立の燈籠堂とされることである。巻三「医師問答」の重盛死去につづく一連の重盛回顧説話の一つだが、内容は、平重盛が、阿弥陀の四十八願になぞらえて東山に四十八間の阿弥陀堂を建て、一間ごとに燈籠をかかげ、毎月十四、十五日には、二百八十八人の美女を時衆（六時の念仏衆）にさだめて大念仏を修したというもの。覚一本以後の正本系の語り本だけにあり、覚一本の成立時にあらたに補入された説話である（読み本系の諸本では、成立の遅れる『源平盛衰記』にある）。この「燈籠之沙汰」説話にみられる「時衆」「大念仏」等の用語に時衆的なことばづかいをみとめ、説話の成立背景に時衆の関与を指摘したのは、御橋悳言であった[22]。

覚一本の「燈籠之沙汰」説話が、南北朝期をさかのぼらない時期の成立である以上、その「時衆」「大念仏」の用語には、たしかに時衆の関与をみるべきだろう[23]。現在浄土宗寺院になっている燈籠堂浄教寺には、鎮守として熊野社が祀られている。それは浄教寺の創建当初、平重盛によって勧請されたものというが（『浄教寺縁起』）、しかし境内の鎮守として熊野社を祀るのは時衆寺院の特徴である。浄教寺には熊野神人や時衆が出入りしていたのであり、かつての浄教寺が「時衆と密接な関係があった」ことはたしかである[24]。

「燈籠之沙汰」は、当道ゆかりの浄教寺の縁起譚として、覚一本の成立時にあらたに増補された説話だろう。その背景に、覚一本を「書写」した有阿の役割を考えることは根拠のある推定である。有阿の「書写」作業とは、覚一の口述の単なる筆写ではなかったろう。「燈籠之沙汰」説話の増補は、覚一の正本作成のくわだてを媒介した有阿が、その内容・構成にまで踏み込んだ一例であった。

四　当道の解体と再編

東市を活動の場とした「さめうしの盲目ども」が、当道の形成を主導した一方（市方・都方）派の母胎となったものだろう。左女牛八幡（六条若宮八幡）は、源氏ゆかりの神として頼朝が大規模に社殿を修造して以来、歴代の足利将軍も宗祠として篤く保護している。[25]一方派の琵琶法師が足利将軍と関係をもつにいたった一つのきっかけも、佐女牛八幡とのゆかりによるだろうか。

応安四年（一三七一）に覚一から正本を伝授された定一は、のちに清書本を作成して、原本のほうは清聚庵（覚一の位牌所）におさめている。定一の時点で二部の正本が存在したのだが、正本の伝来に関して注目したいのは、定一の清書本が、かれの跡を継いだ慶一惣検校によって「室町殿」足利義満に進上されたことである（「大覚寺文書」）。

正本の閉鎖的な伝授が当道の内部支配を補完していた以上、それが足利義満に進上されたことは、当道の支配権（その権威的な源泉）が足利将軍にゆだねられたことを意味している。「平家」語りの芸能、およびその座組織が将軍家の管理下におかれたのだが、正本を進上した慶一は、惣検校を名のった記録上の初見でもある。おそらく慶一の時代に惣検校を頂点とする当道の座組織（その内部支配）は完成したのだが、それは覚一と有阿による正本作成のくわだての延長上に位置したできごとだったろう。

時代が下って、応仁の乱当時、当道は戦火をさけて東坂本（日吉社、延暦寺）と南都（興福寺）にあって座務を執行していた。[26]当道盲人と有力社寺との関係が継承されていたのだが、あるいは浄教寺（五条東洞院）が焼亡した応仁の乱を境として、当道と時衆、さらに足利将軍家との関係もうすれたものだろうか。足利将軍の権威を失墜させた応仁の乱は、京都に繁栄した時衆寺院を急速に退転させたきっかけでもある。それは当道の組織的な求心性を弱体化させた要因でもあったろう。

久我家（村上源氏中院流）が平家座頭にたいする本所権の回復を主張するようになるのも、応仁の乱以降である。近世初頭の当道伝書が伝える、賀茂、北野、祇園、稲荷、日吉などの諸社と当道盲人との多様な関係も、おそらく室町後期の状況を伝えたものだろう。そのような中世における当道盲人のあり方をうけて、近世初頭に当道の再編がくわだてられる。徳川将軍家の発足とともに、あらためて「平家」語りが源氏将軍家の式楽として位置づけられ、当道の再編・再統合が幕府の管理下で強力にすすめられたのだが、それは第二部第一章で述べたように、座頭・琵琶法師の中世的な当道盲人のあり方を否定するかたちで成立した近世幕藩体制下の当道であった。

注

（1）岩佐家文書には、「当家盲人接待事」「座頭田由緒の覚」「別雷皇太神宮尊詠」「御田楽帳」など、いわゆる座頭田関係の文書が数点ある（マイクロフィルムが京都市立歴史資料館に所蔵される）。また、岩佐家文書の一つ、『座頭中入来覚并杖遣方留』（宝永二年から宝暦八年にかけて上賀茂神社に参詣した諸国検校衆の寄進目録）からは、九州から東北におよぶ全国各地の検校が当社に参詣していたことが知られる。

（2）これらの当道伝書については、いずれも本書第二部第一章に述べた。

（3）本書第二部第一章五節、同注(43)、参照。

（4）雅楽や猿楽の伝書類に、自らの芸道をさして「当道」と呼んだ例があり（『教訓抄』『申楽談義』等）、また『峯相記』には陰陽道を「当道」と呼んだ例もある。「当道」の語は、ほんらいわが道・斯道を意味する普通名詞であり、したがって中世の「道々の者」、各種の職人たちにとって、みずからの生業は「当道」だったろう。

（5）『大乗院具注暦日記』正和四年（一三一五）三月二十五日の条には、「盲僧真性」が一部平家を語ったことが記される（落合博志「鎌倉末期における『平家物語』享受資料の二、三について――比叡山・書写山・興福寺その他」『軍記と語り物』第二七号、一九九一年）。また、後述する『嘉暦三年毎日抄』は、嘉暦三年（一三二八）五月、盲目法師「真成」が勧進のため奈良に下向したことを記し、「京都名誉ノ真慶・成一カ弟子」と述べている。これら真性・真成・真慶の名のりは、興福寺の記録『寺院細々引付』で、応永十一年（一四〇四）の小正月に参賀に訪れた「盲目心行」との関連を思わせる。シン〇を名のる一群の琵琶法師が存在したのだが、シン〇の琵琶法師の名が多く興福寺関係の記録に見いだされることは、このグループと興福寺とのなんらかの関係をうかがわせる。

（6）落合博志、注(5)の論文。

（7）本書第二部第一章。

（8）館山漸之進『平家音楽史』（日本皇学館、一九一〇年）に、「……城方は上に付く。都方は下に付く。城字を一とよみしこと、都の字を用るが如くなりしことあり。醒酔笑曰く和泉の堺市の町に、金城といふ平家の下手ありといふに、金城にキンイチとかなを付たるは、前説に合へり。市の繁昌は都城にあれば、義を仮りたるか」（一一二頁）とある。これによれば、館山漸之進も、イチ名の由来を「市」に求めている。

（9）勝俣鎮夫「売買・質入れと所有観念」（『日本の社会史』第四巻、岩波書店、一九八六年）。

（10）梅谷繁樹『中世遊行聖と文学』（桜楓社、一九八八年）。

（11）なお、覚一の名を最初に記録にとどめた『師守記』の著者、中原師守の中原家が、市の長官職（東市正）を家職としていたことも注意したい。

（12）「さめうしの盲目ども」が唱歌した歌は、「……よつめの紋は宇多源氏、清和は篠の花のもん、落り〳〵散て日にしほれ」云々というもの（『梁塵秘抄』異本口伝集巻十四）。保元・平治の乱後の清和源氏の凋落を歌ったものである。

（13）なお、一方派と東市の関わりでもうひとつ注意しておきたいのは、第三代の惣検校、慶一の在名が塩小路とされることである（『職代記』）。塩小路を在名とした慶一惣検校の居宅（職屋敷）は、東市の市門が面した塩小路にあったものだろう。

（14）本書第一部第一章。

(15)　本書第一部第二章の注(2)、参照。
(16)　黒田日出男「史料としての絵巻物と中世身分制」(『歴史評論』三八二号、一九八二年)。
(17)　ただし、一号が女性の法号であるとすれば、座頭の称する官名を女官のそれとする当道の伝承が注意される。たとえば、『妙音講縁起』(佐竹本)には、「凡座頭の官は女官たる故穢不浄を撰まず祝儀愁を嫌わすと也」とある。〇一という法号の異様さには、あるいは琵琶法師が法師形でありながら袴(俗体)を着することとも関連して、芸能民の異形性をみるべきだろうか。
(18)　梅谷繁樹、注(9)の書。
(19)　「六条御堂」は、京都五山の第五位、万寿寺の別称でもあるが、『師守記』にいう「六条御堂」は、時衆の六条道場をさすと思われる。すなわち、『祇園執行日記』応安四年八月九日条に、「六条道場日中聴聞了」とあるのは、祇園社の執行顕詮が、六条道場の日中礼讃を聴聞したもの。とすれば、『師守記』暦応三年二月二十四日の「今日予聴聞六条日中」も、六条道場の日中礼讃をさすとみられ、『同記』同年同月四日条の「今日予参六条御堂、為日中聴聞也」にしても、やはり時衆の「六条御堂」と考えてよいと思う。なお、『師守記』によれば、中原師守は、暦応から貞治年間にたびたび「六条」「六条烏丸」に参っているが、林譲は、それらを時衆の六条道場と解釈している(今井雅晴編『一遍辞典』「六条派」の項。東京堂出版、一九八九年)。
(20)　角川源義「『義経記』の成立」(『語り物文芸の発生』東京堂出版、一九七五年)、兵藤「日光山縁起と山民」(『国文学解釈と鑑賞』一九八七年九月)。
(21)　近世の職屋敷は、江戸初期から元禄頃まで五条坊門(現在の仏光寺通)の東洞院西、烏丸東にあり、のちに五条坊門の東洞院東、高倉西に移っている(塚本虚堂「当道職屋敷についての補訂」『楽道』第二三九号、一九六一年七月)。
(22)　御橋「平重盛の燈籠堂と浄教寺」(『東方仏教』一九二七年一二月)。御橋は、時宗二祖、他阿弥陀仏真教の『奉納縁起記』の一節、健治三年に一遍が六八願を表わして僧尼四十八人の六時念仏の行儀を定めたという記述から、「燈籠之沙汰」に語られる四十八間の燈籠堂大念仏の話が、時宗の六時念仏の行儀に付会した説話であるとする。御橋の指摘は、五来重「一遍上人と融通念仏」(『大谷学報』一九六一年六月)、冨倉徳次郎『平家物語研究』第三章(角川書店、一九六四年)、金井清光『時衆文芸研究』(風間書房、一九六七年)によって補足・支持されている。
(23)　渡辺貞麿は、「時衆」「大念仏」が天台系の常行念仏や良忍の融通念仏にも共通するもので、時衆特有の用語とは言いがたいこと、むしろ重盛の信仰にみられる功徳主義的な要素は、一遍の時衆とは異質な、中古的・貴族的な面が認められるとして、「燈籠之沙汰」に時衆的要素をみる説を批判している（『平家物語の思想』第二部第二章、法蔵館、一九八九年）。だが渡辺の説は、覚一本の成立を鎌倉期に遡らせて考える旧来の説を前提にして立論されたものである。覚一本の成立が南北朝期であり、南北朝期における時衆教団の盛行を考えれば、その「時衆」「大念仏」の語は、やはり時衆との関わりで考えるべきだろう。なお、やや時代の下る史料だが、時衆の道場が一遍流の念仏信仰だけではなく、天台系の本尊や来迎図をかかげて民衆の参詣を集めていたことは、永禄年間の四条道場の様子を記した山科言継の記述がある（『言継卿記』永禄八年四月十五日条）。

(24) 金井、注(22)の書。

(25) 魚澄惣五郎「八幡宮と足利氏」（『古社寺の研究』一九三一年）、宮地直一「室町幕府の宗祀」（『神道論攷』第一巻、一九四二年）

(26) 『座中天文物語』に、「自㆓応仁元年㆒至㆓文明九年㆒、十一ヶ年之間、奈良と大津坂本にて、座行在ㇾ之云々。程雖ㇾ隔、座ハ一座也」とある。なお、奈良における当道の拠点が、興福寺大乗院門跡の祈願所である新浄土寺にあったことについては、安田次郎「にぎわう都市寺院——奈良の新浄土寺——」（五味文彦編『都市の中世』一九九二年、吉川弘文館）の考察がある。

第四章　平家物語の芸能神

一　琵琶語りの場

一遍の没後十年目の正安元年（一二九九）に成立した『一遍聖絵』には、巻六の相模国片瀬浜の場面に、旅の琵琶法師が描かれている。弘安五年（一二八二）三月、片瀬の地蔵堂に逗留した一遍のもとへ、「貴賤雨のごとくに参り、道俗雲のごとくに群集」したときのようすである。

画面左の板ぶきの踊り屋には、踊躍する時衆の一団が描かれている。踊り屋の外には、見物に集まった貴賤道俗の姿があり、そのやや後方に、琵琶をせおい、子どもの従者をつれた琵琶法師が描かれるのである。

琵琶法師の琵琶は、腹板がちょうど絵の正面をむくように描かれている。十三世紀の平家琵琶の形状を知るうえで興味深い資料だが、胴の大きさにくらべて棹のつくりが大きいところは、現存する平家琵琶よりも、九州の盲僧（座頭）系の琵琶にちかい。(1) また棹に付けられた柱《じ》（フレット）が六個あるのは、いまも九州の一部で使われる盲僧琵琶とおなじである。それは、十四世紀に雅楽琵琶（四柱）を折衷して改良される以前の、平家琵琶（現行のものは五柱）の祖型を伝えるとみられるのあでる。

『一遍聖絵』には、相模国片瀬浜（巻六）のほかに、信濃国善光寺（巻一）、京都東市の市屋道場跡（巻七）、美作国一の宮（巻八）、兵庫光明福寺の観音堂（巻十二）などに琵琶法師が描かれている。『聖絵』に描かれた芸能民のなかでも、ひときわ目につくのが琵琶法師だが、たとえば巻十二第三段、兵庫光明福寺の観音堂の場面は、正応二年（一二八九）八月の一遍の臨終を描いている。釈迦の涅槃図を意識して描かれたその場面は、時衆教団が成立する歴史的な瞬間である。そこに「非人」や「癩者」にまじって琵琶法師が描かれたことは、やはり時衆と琵琶法師との格別な関わりをうかがわせるのである。

琵琶の形状を柱のかずまで写しとる『一遍聖絵』の画家は、それを描く場面にも周到な配慮を行なっていたと思われる。この章では、『聖絵』に描かれた琵琶法師を手がかりとして、琵琶語りが行なわれる場と、それにかかわる信仰上の諸問題について考察する。それは『平家物語』の成立・成長の過程に関しても、一つの視点を提供するはずである。

二　地蔵と閻魔

『一遍聖絵』の片瀬浜の場面に琵琶法師が描かれたことは、まず一遍が逗留した片瀬の地蔵堂との関連で考えるべきだろうか。

近世の座頭伝書によれば、当道の祖神、天夜尊（人康親王）は、「地蔵菩薩の化身」であり、また盲人ゆえに山科の四宮河原に流寓したという（『当道拾要録』等）。琵琶法師の元祖が四宮河原に流寓する伝承は、すでに『平家物語』巻十「海道下り」や『東関紀行』に、蟬丸の話としてみえている。また『源平盛衰記』巻六によれば、洛外から京都に入る七道の辻の一つである四宮河原には、西光法師の発願により六体の地蔵が安置された。七道の辻とは、四宮河原、木幡の里、作り道、西七条、蓮台野、深泥ヶ池、西坂本をいうが、なかでも四宮河原と地蔵、盲人（琵琶法師）との結びつきは、はやく『宇治拾遺物語』巻五「四宮河原地蔵事」の説話——四宮河原に住む男が地蔵を造り、開眼せずに櫃に入れておいたところ、夢に「目の見えねば帝釈天の地蔵会に行かれず」という地蔵の声を聞き、いそぎ開眼したという話——からもうかがえる。

院政期以降さかんになる地蔵信仰は、中世には道祖神の信仰とも習合した。末世・無仏世界の教主とされる地蔵は、悪道に堕ちた霊魂をも救済すると考えられたことから、しだいに墓地の入り口や村境・国境にまつられ、邪霊を退散させる境の神（サヘの神、道祖神）となるのである。閻魔王の本地が地蔵と考えられ、あるいは地蔵と閻魔を一体とする信仰が生まれたのも、(2) 境の神としての地蔵の障碍神的な一面をもの語る。四宮河原の地蔵は、境界に止住する宗教民（芸能民）と結びつく理由があったのだが、同様のことは、東海道から鎌倉へ入る分岐点に位置した片瀬の地蔵堂についてもいえるだろう。

鎌倉の西口に位置する片瀬は、地蔵信仰や琵琶法師との結びつきにおいて、京都東口の四宮河原に相当する。しかし片瀬に関連してもう一つ注意したいのは、片瀬の境川東岸の龍ノ口（いまの龍口寺付近）が、鎌倉時代をつうじて刑場とされたことである。

『一遍聖絵』の片瀬浜の踊り念仏には、画面右上に朱塗りの鳥居が描かれている。すなわち片瀬の龍ノ口明神（現在の龍口寺付近）の鳥居だが、この鳥居前の広場（一遍によってまさに踊り念仏が興行されている広場）が、鎌倉幕府の処刑・梟示の地とされた龍ノ口の刑場である。

治承四年の大庭景親の斬首を初例として、日蓮の龍ノ口の法難、北条時宗による元使五人の処刑、建武二年の北条時行（高時の子）の斬首はとくに著名だが、鎌倉の西の境界に位置する片瀬で罪人を処刑することが、政治的および呪術的にも外敵への見せしめになったのである。(3) それは品川（東海道の第一宿）に近い鈴ヶ森、千住（奥州街道の第一宿）の小塚原が、江戸幕府の刑場とされたことにも共通する。現実の境界の地である片瀬が、現世と他界（冥府）との境界でもあったわけで、そこに地蔵信仰や宗教民との結びつきが生じるもう一つの理由があったろう。

一遍が片瀬の地蔵堂に滞在し、また、片瀬に隣接する藤沢に時衆道場遊行寺が開かれたことも、もともと片瀬の境川の下流域一帯が、葬送や鎮魂儀礼にたずさわる念仏聖など、下級の宗教民の集住する土地柄だったからである。また藤沢の遊行寺に関連して、たとえば小栗判官の冥府からの蘇生譚が伝えられたことも、藤沢・片瀬周辺の境界性に由来している。「芸能を演じ得る場所は冥府との接点でなければならなかった」とは、中世の芸能興行の場について考察する小笠原恭子の指摘である。(4) まさに片瀬浜の琵琶法師は、『一遍聖絵』の画家によって描かれるべくして描かれたのだが、しかし芸能民のなかでもとくに琵琶法師が描かれたことには、右にあげた以外にもう一つの理由があったようだ。

三　江ノ島弁才天

貞和三年（一三四七）に成立した天台宗関係の教義書、『溪嵐拾葉集』（光宗撰）は、巻三十七の弁才天部に、『江島縁起』をひいている。この『江島縁起』が、江ノ島弁才天の垂迹縁起に関連して、龍ノ口明神が刑場とされた由緒についてつぎのように説明している。

昔、相模国の江野長者は、十六人の子をもっていたが、深沢の池にすむ五首の悪龍によって毎年一人づつ生けにえにとられていた。長者の悲歎は限りなかったが、あわれんだ天女（弁才天）は、生けにえをやめさせる代償として、悪龍と夫婦になることを約し、対岸の江ノ島に迹を垂れた。

……さて五頭龍は磐石と成り、江島を守て南向て住給ふ。今の龍口大明神是也。彼大明神の誓願に云、「暴虐の族を我前にして頸を切て、贄を懸く可し。未来際に至ると雖も、此願空しからず」と云々。然る間、鎌倉の謀反殺害人・夜誅強盗・山賊海賊等、彼御宝前にて之を切る。昔の好みと覚ゆ。（原漢文）

江ノ島弁才天の由緒に関連して、片瀬の龍ノ口明神の宝前が刑場となった由来が説明されるのである。たとえば、文永八年（一二七一）九月、龍ノ口であやうく斬首されかけた日蓮は、「南方に向て合掌」し、「善神の護持に依」って「終に此の大難を免」れたという（『日蓮註画讃』原漢文）。日蓮を救った「南方」の「善神」とは、片瀬の「南方」に位置して、かつて悪龍（龍ノ口明神）のいけにえを救った江ノ島弁才天にほかならない。

日蓮の法難にかんする別の伝では、江ノ島の方角から光り物が出現してあたりを照らし、太刀取りは目がくらんで倒れ、武士たちはおそれて一町ばかり走り退いたという（『種々御振舞御書』他）。龍ノ口明神を鎮めた江ノ島弁才天の縁起物語が、すでに日蓮の時代に行なわれていたことがうかがえるが、ちなみに一遍が片瀬龍ノ口で踊り念仏を興行したのは、弘安五年（一二八二）三月、日蓮の龍ノ口法難から十一年後のことであった。

ところで、『江島縁起』にいう悪龍は、もとは深沢の池にすんでいたという。かつての深沢郷（現在の鎌倉市西部）は、地名からもうかがえるように、池や沢の広がる湿地であったらしい。深沢の池にすむ悪龍とは、この地に洪水や干ばつをもたらした水の神だろうが、悪龍のたたりを鎮めた弁才天（古代インドの河神、Sarasuvatei の音訳）も、ほんらい河川湖沼をつかさどる水の神であった。

片瀬の地で猛威をふるう悪龍（水神）にたいして、生けにえとは、毎年のようにくりかえされる水害の犠牲者である。それを天女（弁才天）がみずから身がわりとなって救済したというのだが、注意したいのは、水を統御する水神としての弁才天は、別名を妙音天ともいい、音曲芸能の徒の守護神でもあったことである。(5)

たとえば、永仁四年（一二九七）成立の『普通唱導集』（唱導の例文集）は、弁才天の「別しての功徳」を、「一切の才芸」「一切の芸能」を巧みならしめることとし、また弁才天の琵琶は、「能く呂律の声を調べ、専ら陰陽の気を掌り、……千秋万歳の福貴を為す者也」（原漢文）としている。弁才天が芸能の守護神であり、その琵琶が「千秋万歳」をことほぐ宝器と考えられたことは、琵琶法師が弁才天信仰と結びつく原因だったろう。

また『渓嵐拾葉集』巻三十六「求聞持三字事」は、弁才天すなわち妙音天を妙音菩薩と同体とする習合説を展開している。妙音菩薩は、十万種の伎楽を仏に供養した音楽神である（『法華経』「妙音菩薩品」）。妙音菩薩を弁才天と同一視する傾向は、近世の座頭伝書に顕著だが、(6)あるいは『渓嵐拾葉集』の習合説の背景にも、中世の盲人芸能者の宗教的実修が存在したものだろうか。

琵琶法師の弁才天信仰は、おそらく鎌倉時代にさかのぼるのである。「平家」語りをはじめたという生仏が「東国」の者といわれ（『徒然草』二二六段）、また、一方派の琵琶法師の開祖、如一の在名が「坂東殿」と伝承されること（『当道要抄』等）、「東国」府、「坂東」府としての鎌倉周辺に、はやくから琵琶法師の活動拠点があったことをうかがわせる。たとえば、貞応二年（一二二三）に出された鎌倉幕府の触書、「鎌倉中保々奉行存知スヘキ条々」は、鎌倉市中の禁制の対象として、「盗人」「辻捕」「悪党」とともに「辻々ノ盲法師」をあげている（『吾妻鏡』延応二年二月二日）。鎌倉の「辻々」で活動した「盲法師」にとって、その活動の拠点は、鎌倉の西の境界、対岸に江ノ島弁才天をのぞむ片瀬だったろうか。そして生仏や如一に代表されるかれら「坂東」の琵琶法師が、生成期からの「平家」語りの担い手であったとすれば、私たちは片瀬・江ノ島という琵琶語りの場《トポス》を起点にして、語り物「平家」の生成史を想像することも可能なのである。

四　竹生島弁才天

『江島縁起』の物語が鎌倉時代から行なわれていたことは、さきに引いた『日蓮註画讃』からうかがえる。しかし『吾妻鏡』によれば、江ノ島の弁才天は文覚が勧請し、養和二年（一一八二）四月五日に、頼朝の臨席のもとに供養会が行なわれたという。文覚の勧請をとく正規の縁起譚（今日の同社の縁起も文覚勧請説をとっている）に並行して、生けにえの身がわりとなった弁才天の本地物語が語られていたとすれば、その語り手は、片瀬・江ノ島周辺にたむろした琵琶法師だったろう。

『江島縁起』の物語では、天女（弁才天）は夫婦となることを条件に、悪龍が生けにえをとることをやめさせる。身がわりとして悪龍の妻になるのだが、おなじく生けにえの身がわりとなった弁才天の物語が、竹生島弁才天の本地譚として語られる松浦さよ姫の物語である。説経節『松浦長者』、御伽草子『さよひめ』、古浄瑠璃『竹生島の本地』などがあるが、更概をいえば、

大和国壺坂の松浦長者の娘さよ姫は、四歳で父をうしない、母と貧しく暮らしていたが、さよ姫十六歳のある日、父の十三回忌をいとなむ入料に困り、母に内緒で陸奥国安達郡のごんがの太夫に身を売ってしまう。ごんがの太夫は、安達郡の池に棲む大蛇の人身御供として、自分の娘の身がわりにさよ姫を買い求めたのである。さよ姫は母に別れを告げて奥州に下り、人身御供となるが、しかし出現した大蛇に『法華経』の「提婆達多品」を誦みかけ、蛇身の苦患から救ってやる。大蛇の前生は、かつて人買にさらわれて人柱にされた伊勢国二見ケ浦の女性で

あった。大蛇の力で故郷に帰ったさよ姫は、目を泣きつぶした母と再会し、大蛇からもらった如意宝珠で母の目をあけてやる。のちにさよ姫は竹生島の弁才天として現われ、また大蛇も壺坂の観音として祀られた。

悪龍が長者の子を生けにえとし、身がわりとなったヒロインが弁才天としてまつられる、という話の骨子は、さきの『江島縁起』と共通する。

この物語が、音曲・芸能の神である弁才天の本地物語であること、そこに盲人開眼のモチーフがふくまれることなど、さよ姫物語がかつて盲人芸能者によって語られていたことをうかがわせる。げんに岩手県の胆沢地方では、さよ姫物語は、奥浄瑠璃『竹生島の本地』として座頭によって語られていた。(7) 盲人芸能者の語る弁才天の本地物語が、生けにえの身がわりという一つの類型で語られていたのだが、(8) その類型が江ノ島弁才天と結びついたのが『江島縁起』の物語だろうし、また、竹生島弁才天の本地譚に結びついたのが松浦さよ姫の物語だったろう。

ところで、『平家物語』(覚一本)の巻七「竹生島詣」では、竹生島の弁才天が、平経正の琵琶に感応して龍蛇のすがたで示現している。また、『太平記』巻五「時政参籠榎嶋事」では、北条時政の祈願にこたえた江ノ島弁才天が、やはり龍蛇のすがたで現われている。悪龍のたたりをしずめる弁才天とは、みずからもまた龍蛇であった。

さよ姫物語のばあい、生けにえをとる大蛇は、かつて人買にさらわれて人柱にされた他国の女性である。つまり生けにえに供されるさよ姫の物語(弁才天の本地)とは、じつは大蛇の前生譚でもあった。災厄を鎮める神が、じつは鎮められる災厄の因それ自体でもあったわけで、このようなさよ姫物語の両義的な構造は、境界に祀られる神(道祖神、御霊神など)が共有する両義性であったろう。

たとえば、松浦さよ姫の「さよ」について、柳田国男は、それが小夜《さよ》の中山の「さよ」とおなじく、ほんらい道祖神のサヘ(塞へ)神を意味したと述べている。(9) また、『溪嵐拾葉集』は、弁才天と地蔵の同体関係を説いている(巻三十六「弁才天秘決」)。六道能化の地蔵は、さきに述べたように、平安末には閻魔と本地一体とみなされたが、弁才天即地蔵、即閻魔といった、恣意的ともみえる習合説の背景には、境界に止住する芸能民の宗教的実修が存在しただろう。一遍が踊り念仏を興行した片瀬浜の地蔵堂も、おそらく対岸の江ノ島弁才天と一つの信仰複合をなしたものだろう。さよ姫の名が弁才天の本地物語と結びついたのも、その語り手が、弁才天とともに道祖（サヘ）神を祀る者たちだったからである。

弁才天の本地物語にみられる生けにえの身がわりという話型も、地蔵（道祖神）の身がわり伝説のパターンをおもわせる。それはおそらく、荒ぶる神（龍蛇）をまつり鎮める芸能民の宗教的実修の投影でもあったろう。共同社会を脅やかすモノを身につけ、みずからをまつり棄てることでかれらの巫儀が成就されたとすれば、そのような儀礼のメカニズムが芸能民（下級宗教民）の位相を原型的に規定するだろうし、またかれらの職能神（弁才天、地蔵）の性格をも規定するだろう。儀礼（芸能）の担い手とその職能神との関係の切実さにおいて、たとえばさよ姫や江ノ島天女の物語は、盲人芸能者たちの職能神話でもありえたのである。

五　厳島弁才天

ところで、竹生島や江ノ島とならぶ弁才天信仰のもう一つのメッカが、安芸の厳島である。『延喜式神名帳』によれば、厳島社の祭神は、宗像三女神の第三神、市杵島姫とされる。(10) 瀬戸内の海上交通をまもる海の女神だが、中世には、『法華経』信仰の流布を背景に、厳島神は「提婆達多品」所出の龍女と習合する（『平家物語』巻三、『愚管抄』巻五）。そのような龍女＝厳島神の習合説を背景にして、中世の厳島神は弁才天とも習合することになる。(11)

たとえば、中世に行なわれた厳島の本地物語は、厳島明神を「生身の弁才天」としている（『厳島の本地』）。また『渓嵐拾葉集』巻三十七（弁天部末）は、竹生島の「観音弁財天」、紀州天川の「地蔵弁財天」とならぶ弁才天信仰のメッカとして厳島の「妙音弁財天」をあげている。

平家一門が厳島社に深く帰依したことは周知だが、『平家物語』巻三は、清盛が安芸守のときに厳島社を修造し、明神から霊剣を授かったことを述べている（「大塔建立」）。清盛の安芸守在任は十一年におよび、清盛の後も、弟の経盛・頼盛があいついで安芸守に任じられている。とくに長寛二年（一一六四）の『平家納経』は、平家一門の厳島信仰の遺品として有名である。

承安二年（一一七二）、清盛は、娘徳子が立后した返礼として、厳島社に御衣と舎利を奉納している。徳子の入内・立后のことが、それ以前から同社で祈願されていたのだが、また安元三年（一一七七）には、徳子の安産祈願がやはり厳島社で行なわれている。『平家物語』巻三には、清盛が厳島明神に祈願してまもなく建礼門院徳子は懐妊したとあり、また『愚管抄』巻五は、安徳天皇を、厳島明神すなわち「龍王ノムスメ」の生まれかわりとしている。安徳天皇に生まれかわった厳島の龍女すなわち妙音弁才天は、「平家」を語る琵琶法師にとって二重の意味でみずからの職能神であったろう。

ところで、京都にあって厳島と同体の神を祀る神社が、下京の東市《ひがしのいち》にあった市姫明神社である。社伝によれば、平安京に東西の市が開かれてまもない延暦十四年（七九五）、藤原冬嗣が、宗像三女神を市の守り神として勧請したのが当社のはじまりという。とくに市姫社境内の天の真名井は、後鳥羽院の時代まで皇子誕生のさいの産湯としてつかわれ（『京華要誌』）、また誕生から五十日目の赤子に市姫社の餅を背負わせる風習（御五十日《みいか》の餅）は鎌倉期以降も行なわれた。

安徳天皇の御五十日の儀に「市餅」が使用されたことは、『山槐記』治承三年（一一七九）正月六日の条に記される。水の女神と財福神（食物神）の神格をあわせもつ市姫明神とは弁才天（弁財天）にほかならない。

ところで、市姫社を守り神とする東市は、佐女牛の南、塩小路の北、櫛笥の西、油小路の東の十二町の地域をさす。佐女牛小路に面して市姫社があり、塩小路に面した市門脇には、空也の建立した石塔（五輪塔）が祀られていた。市の開催時には、衆人環視のなかでしばしば罪人の刑罰が執行され、刑死者の霊魂を鎮める目的で空也の石塔は建てられたという（『打聞集』）。

『一遍聖絵』巻七によれば、「市の上人」空也を「わが先達」とした一遍は、弘安七年（一二八四）に東市をおとずれ、空也の遺跡、市屋道場跡で四十八日間の踊り念仏を興行している。画面右上に空也の石塔、左隅に市姫社の鳥居が描かれ、中央には、踊り屋の上で踊躍する時衆の一団が描かれている。そしてこの東市の踊り念仏の場面にも、踊り屋の手前、桟敷の前方で見物する貴賎上下にまじって琵琶法師が描かれるのである。

イチ（市）を活動の場とした院政期以来の「さめうしの盲目ども」（『梁塵秘抄』異本口伝集巻十四）が、のちの一方（市方・都方）派の琵琶法師となったものだろう。[12] 東市一帯を活動拠点としたかれらが、厳島神（妙音弁才天）と同体とされる市姫明神に無関心であったとは考えがたい。一方派の主導のもとに応安四年（一三七一）に作られた当道の正本（覚一本）は、巻七に「竹生島詣」を増補して弁才天の奇瑞を増補している。[13] 覚一本の口述者である覚一検校は、一方派の開祖「坂東殿」如一の弟子であり、また覚一本人も東国を地盤として世に出た琵琶法師だったともいう。[14] 弁才天の奇瑞に関心をよせるイチ方の琵琶法師は、江ノ島・片瀬を拠点とした「坂東」の琵琶法師とも連絡があったにちがいない。

六　芸能神としての建礼門院

応安四年（一三七一）に成立した覚一本は、建礼門院の物語を灌頂巻として特立している。「灌頂」は、雅楽琵琶の世界では、最重要の秘曲「啄木」を伝授する儀式をいい、そのさい伝授道場には妙音弁天がまつられ、伝授にさきだって弁才天に祈誓する儀式が行なわれた。(15)建礼門院の物語が灌頂巻として特立されたことには、建礼門院を妙音弁才天の化身とする物語のアナロジーが働いていたと思われる。

読み本系統の一異本である四部合戦状本は、建礼門院の往生について語る箇所で、

女院は、妙音菩薩の垂迹と申し伝ふ。

と述べている。妙音菩薩は、当道の伝書類では妙音弁才天と同体である（『妙音講縁起』他）。建礼門院を、「平家」語りの職能神、妙音菩薩の垂迹と「申し伝」へたのは、ほかならぬ当道の盲人だったろう。「四部合戦状」は、保元・平治・平家・承久記を一括して呼称した当道の伝承用語である。(16)四部合戦状本は当道の周辺で編集されたテクストだろうが、建礼門院を「妙音菩薩の化身」とする説は、おなじく読み本系の一異本である長門本の末尾にもみえている。長門本が当道の影響下に改作された本文をもつことも、すでに指摘されているとおりである。(17)

平家滅亡ののち、大原の寂光院にはいった建礼門院は、「専ら一門の菩提をいの」る日々をおくる。その年の七月に京都をおそった大地震は、世間では平家の怨霊のたたりがうわさされた（巻十二「大地震」）。また、西海に沈んだ平家一門の亡魂は、建礼門院の夢で、いまは「龍宮」にあることがあかされる（灌頂巻「六道之沙汰」）。龍蛇の眷属となった平家の怨霊は、一門の建礼門院によって鎮められなければならない。龍蛇を鎮める者は、みずからもまた龍蛇で

なければならないという論理である。

覚一本灌頂巻の「女院死去」は、建礼門院の往生を語ったあとに、ふたりの侍尼の往生を語っている。

……遂に彼人々は、龍女が正覚の跡を追ひ、韋提希夫人の如に、みな往生の素懐をとげけるとぞ聞えし。

「龍女が正覚の跡を追ひ」は、「龍女が悟りを得た例にならい」（冨倉徳次郎『平家物語全注釈』）とする直喩ふうの解釈が通説である。だが「龍女が正覚」を隠喩として——つまり建礼門院の往生そのものを龍女成仏に擬したものとして——解釈できないかどうか。「龍女が正覚」のたとえは、さよ姫物語で大蛇が鎮められる論理でもある。平家一門の亡魂（龍蛇）を供養する建礼門院は、みずからもまた平家の女性（龍女）として往生するのである。

建礼門院の物語が、かつてさよ姫物語や江ノ島天女の物語がそうであったように、琵琶法師の職能神伝承として語られていた時期を考えてみたい。覚一本の成立をうながしたのが、「坂東殿」如一を祖とする一方派の琵琶法師であったとすれば、灌頂巻の成立に関与したのも、あるいは江ノ島弁才天と関わりをもつ琵琶法師だったろうか。江ノ島弁才天が、元禄年間の惣検校、杉山和一によって江戸の惣録屋敷に勧請されたことも、そこには、江ノ島を当道（すくなくとも坂東の当道）の守護神として位置づける、なんらかの歴史的な因縁が存在したのである。

灌頂巻「六道之沙汰」によれば、建礼門院のかつての栄華は、「天上の果報」にたとえられている。龍蛇（平家一門）を鎮める天女（建礼門院）は、みずからもまた龍女であった。そこに弁才天の本地物語のパターンがうかがえるとすれば、建礼門院物語が「灌頂巻」として特立された理由も、芸能神としての妙音弁才天の信仰から考えられないかどうか。すくなくとも建礼門院の物語が、平家一門の亡魂供養という職能の起源譚であり、したがってそれは、「平家」語りの職祖神・芸能神の神話でもありえた、とはいえるはずである。

注

(1) 六柱の琵琶は、現在も佐賀県三田川町本明院の藤瀬良伝、宮崎県延岡市浄満寺の永田法順などが使用している。また、薩摩の盲僧琵琶が、かつて六柱であったことについては、上田景二『薩摩琵琶淵源録』(日本皇学館、一九一二年)の考証がある。——兵藤「平家琵琶遡源——パンソリ・説経・盲僧琵琶など——」(『国文学解釈と鑑賞』一九八七年九月)。

(2) 和歌森太郎「地蔵信仰について」(『宗教研究』第一二四号、一九五一年)(桜井徳太郎編『民衆宗教史叢書 第一〇巻、地蔵信仰』雄山閣、一九八三年)。

(3) 横死者の霊を境界にまつる風習については、柳田国男「一目小僧その他」(定本五巻)。なお、鎌倉の東口に位置する六浦が、中世にはやはり処刑・梟示の地であった(吉田東伍『大日本地名辞書』)。

(4) 小笠原『都市と劇場』第一章(平凡社選書、一九九二年)。

(5) 『教訓抄』巻四に、妙音天が祇園寺供養の日に迦陵頻の曲を作った話がみえ、また、『古今著聞集』巻七「法深房が持仏堂楽音寺の事」によれば、妙音天を安置した楽音寺ではつねに音楽が供されたという。

(6) 本書第二部第一章。

(7) 成田守『奥浄瑠璃の研究』(桜楓社、一九八五年)。

(8) 身がわりとして水神の犠牲となる物語が、ひろく盲人によって伝承されていたことは、各地につたわる「山神と琵琶」の伝説——大蛇から洪水の話を聞いた琵琶法師が、村人を洪水から救い、身代りとして大蛇に殺されるという伝説——などからもうかがえる。柳田、注(3)の書。

(9) 柳田「人柱と松浦佐用媛」(定本九巻)。——たとえば、佐賀県の『吾妻町史』(一九八三年)によれば、九州の北部地方一帯には、佐賀県を中心に「さやん御前」と称する道祖神の信仰が行なわれているという。

(10) 筑紫の宗像君がまつった宗像三女神(田心姫、湍津姫、市杵島姫)は、大陸との海上交通の神として、早くから朝廷の尊崇を受けていたらしい。『記・紀』神話によれば、アマテラスとスサノヲが、天の真名井で誓約をしたさいに生まれた神とされ、すでに奈良朝以前から朝廷の神祇体系の中に組み込まれていた。安芸の「厳島」は、もともと「斎く島」、神を祀る島を意味する普通名詞。この地方で祀られたローカルな海神であったろうが、それが律令体制下の神祇体系に組み込まれる過程で、市杵島姫との語音の類似から、祭神を宗像神と同体、ただし三女神ではなく、第三女の市杵島姫とする説が行なわれたものだろう。

(11) 室町時代に流布した『厳島の本地』では、ヒロインの足引宮は故国をはなれて厳島に漂着したあと、「生身の弁才天」に現じたとされる。田中貴子によれば、このような弁才天と厳島とのつながりは平安末期にさかのぼるという（「龍女の妹――厳島の神をめぐる神仏関係と『厳島本地』」、『外法と愛法の中世』、砂子屋書房、一九九三年）。

(12) 本書第一部第一章、第二部第三章。

(13) 「竹生島詣」は、延慶本や長門本、四部合戦状本などにみえず、読み本系では、成立の遅れる『源平盛衰記』だけにある。また、語り系古本の屋代本は、この話を本編に記さず、ほかの傍系説話と一括して別冊（抽書）に入れている。

(14) 梶原正昭「琵琶法師の生活（二）―東国と琵琶法師」（『古典遺産』第八号、一九六〇年）。

(15) 榊泰純「琵琶の秘曲伝授作法と妙音天」（『国文学踏査』第八号、一九六八年二月）。

(16) 『蔗軒日録』文明十七年（一四八五）二月七日条に、「宝元四巻、平治六巻、平家六巻、承久、謂之四部合戦書也」とあるのは、前後の記述から、座頭（宗住または城菊）の談話を記したものと思われる。また、当道の伝書『平家勘文録』は、「此平家に四部の合戦状あり」として保元・平治・平家・承久記をあげ、平家物語を「本朝第三番の合戦状」としており、『当道要抄』は、冒頭に「抑平家は本朝四部の合戦状の内の第三なり」とする。「四部合戦状」が当道の伝承用語であることはあきらかだろう。なお、四部合戦状本平家物語には、各巻内題に「四部合戦状第三番闘諍」とある。

(17) 川鶴進一「長門本『平家物語』の本文形成――覚一本記事挿入箇所の検討――」（『国文学研究』第百二十集、一九九六年）。

第三部　物語芸能のパフォーマンス

第一章　平家物語の演唱実態へ向けて

はじめに――「平家」語りと平曲――

語り物としての『平家物語』は、中世にはふつう「平家」と呼ばれたらしい。『平家物語』という呼称が、すでに物語り・語りの語を含んでいる。おそらく物語りを語るという重複した言い方を避けて、たんに「平家」と呼んだものだろう。

「平家」の物語り――「平家」語り――の近世的変質は、その平曲という呼称が何よりも雄弁に物語っている。近世平曲は、語り物というよりむしろ音曲であって、それは武家の諸行事に付随した儀式音楽として、また一部の好事家や文人のたしなみとして行なわれる。すでに元和年間（一六一五〜二三）には、「一方検校衆吟味」の物語テクスト（いわゆる流布本）が開板されており、物語の内容享受は、版本として読む享受が一般化しつつある。そんな時代にあって、物語を語り聞かせていた従来の語りも、しだいに音曲的な方面（つまり平曲）へ関心の比重を移していったことは容易に想像される。

たとえば、近世には数多くの平曲譜本が作られている。もちろん晴眼の愛好家、素人の需要にこたえて作られたのだが、その決定版ともいえる『平家正節《まぶし》』（安永五年〈一七七六〉成立、荻野知一編）は、『平家物語』の各巻から一句（一章段）ずつとりだして一冊を編成している。『平家正節』各一冊（十二句）の語りを、『平家物語』十二巻の語りになぞらえるという発想（いわば転読）だが、そうした語り方が可能になるには、その前提として、語りの各章段の一曲としての独立化という背景があったろう。自己完結的な一曲の語りが、物語のストーリー展開を寸断・排除するかたちで行なわれる。それは、中世の「平家」がしばしば全巻通しで語られ（本書第一部第二章、参照）、まさに歴史語りとして演じられていたのとは著しい違いだが、そのような演唱形態の変化が、「平曲」という呼称の一般化をうながしたものと思われる。

もちろん、現存の平曲譜本、および名古屋・仙台に伝わる現行平曲（ともに『平家正節』系統の平曲を伝えている）は、中世の「平家」語りについて考えるさいの重要資料である。だがにもかかわらず、譜本としてテクスト化された語り、そこから抽出される近世平曲の諸特徴は、さまざまな面で、中世の「平家」語りの実態とは大きくくずれているだろうことは予想してかかる必要がある。

この章では、中世的な「平家」演唱へ遡行する一つの試みとして、九州（とくに熊本県）地方に伝わる座頭琵琶について考察する。九州の座頭琵琶は、しばしば古浄瑠璃との関連がいわれ、また以下に述べるように、放浪芸的な芸態をはじめとして、活動・組織の面でも中世的な座頭・琵琶法師の姿をうかがわせる。座頭琵琶の考察は、一地方の郷土芸能といったローカルな関心をこえて、口頭的《オーラル》な語り物伝承の問題に、ある普遍的な観点を提供するだろう。それは中世的な「平家」演唱の実態にさかのぼるうえでも重要な示唆をあたえるはずである。

一　九州の座頭琵琶

まず、九州の座頭琵琶の歴史的な位置、特徴などについて述べ、あわせて、最後の伝承者となった山鹿良之（一九〇一〜九六）について紹介する。

『平家物語』などのさまざまな物語を語り、祝言やカマド祓いなどの宗教儀礼にたずさわった中世の座頭・琵琶法師（一般的な呼称は座頭）は、十六世紀末頃から、しだいに新しい三味線音楽へ転向していったようだ。たとえば、文禄年間（一五九二〜九六）に胡弓と蛇三線から三味線を考案したのは当道の石村城中検校といわれ（『糸竹初心集』他）、石村検校の創出と伝える組歌等の地唄三味線は、上方では琵琶にかわる座頭の芸能となってゆく。

近世の語り物音楽を代表する浄瑠璃がもとは座頭の三味線芸であったことは周知だが、宮城・岩手県地方（旧仙台藩領）で行なわれた奥浄瑠璃、新潟県の五色軍談なども、三味線を伴奏に語られた座頭の語り物であった。古浄瑠璃から祭文、ちょんがれ、浪花節等にいたる多様な語り物が、近世の地方盲人によって担われていたのだが、時代の流行が琵琶から三味線へ移行したなかで、九州地方だけは、座頭の琵琶が江戸時代以後も行なわれた。理由のひとつは、九州の座頭琵琶が、カマド祓いやワタマシ等の民間の宗教儀礼と密接に結びついて存在したことがあげられよう。法具としての琵琶のあり方が、三味線との交替を困難にしたのだが、芸能者が同時に宗教者でもあるという中世的な芸能伝承のあり方は、近代の座頭琵琶の伝承にもうかがえる。

かれら九州（中国地方の西部もふくむ）の座頭は、江戸時代には制度的に「盲僧」とよばれ、九州北部ではいくどかの曲折をへて天台宗の配下に、南部では薩摩藩の強力な統制下に置かれて、それぞれ玄清法流・常楽院流を名のっている。だがそうした統制や保護の網からもれた放浪の座頭が、いわゆる盲僧よりもはるかにかず多く存在した。[1]なかでも多かった地域が肥後（熊本県）地方だが、肥後の座頭琵琶は、その放浪芸的な芸態はもちろん、活動・組織の面でも、中世的な座頭・琵琶法師のすがたを伝えていた。

ところで、近世初期の九州の座頭は、小歌や浄瑠璃などを琵琶の伴奏で語っていた。よく知られる延宝二年（一六七四）の座頭諍論では、当道側が西国の「地神経読座頭」に全面勝訴、地神座頭は院号・官位・袈裟等を禁じられ、「胡弓、三味線、筑紫琴、小歌、浄瑠璃一切遊芸」の渡世を禁じられた（「延宝二年御条目」）。[2]「胡弓、三味線、筑紫琴」とならんで「小歌、浄瑠璃」とあるのは、琵琶の伴奏で語られた小歌・浄瑠璃だろう。また永井彰子は、『正房日記』を資料として、延宝・寛文頃の筑前甘木地方の「座頭」が、「小歌」「浄瑠璃」「稽」などを持ち芸としていたことを指摘している。[3]「小歌」はおそらく端唄のこと。「浄瑠璃」は、今日の座頭（盲僧）琵琶でも行なわれる段物（長編の語り物）の演唱だろう。筑前の盲僧が伝承した段物の内容が、しばしば古浄瑠璃のそれと近似することは私もべつに指摘したが、[4]いわゆる肥後琵琶の段物演唱については、田辺尚雄も、「薩摩及び筑前琵琶が歌詞を歌謡する音楽であるにたいして、肥後琵琶は古浄瑠璃（宇治嘉太夫節、文弥節、説経浄瑠璃等）と同形式の語り物音楽で、即ち琵琶をもちいた浄瑠璃である」と述べている。[5]また、吉川英史は、すでに演劇化されつくした文楽にたいして、「古浄瑠璃を残した」「最後の語り物」として肥後琵琶をあげている。[6][7]

九州の座頭（盲僧）琵琶は、段物の演唱にさいして、琵琶を三味線ふうに使用して本調子で調弦する。[8]本調子は、義太夫節をはじめとする浄瑠璃一般の基本的な調弦法だが、しかし旋律を聞いた全体的な印象は、やや単調な（等時拍的な）語りのテンポ、間合いなど、変速的な義太夫節よりも、文弥節系（古浄瑠璃の一つ）の語り口にちかい。また、おなじく古浄瑠璃との関連がいわれる奥浄瑠璃の旋律も、九州の座頭琵琶と類似した印象を受ける。奥浄瑠璃を語った旧仙台藩領の座頭（三味線を伴奏にもちいた）も、肥後の座頭と同様、近世には当道の配下にあって、妙音講を一座の紐帯としていた[9]。琵琶から三味線に移行する極初期の浄瑠璃系統の語り口が、座頭の伝承芸として列島の北端と南端に残存したのは興味深いが、なお、座頭琵琶の語りがいくつかの（なかばパターン化された）旋律型の組合せで構成されること、その組合せに一定の法則性がみられることなども（後述）、平家、謡曲、幸若舞等々、中世の語り物に共通する音楽形式をうかがわせる[10]。

ところで、平川穆の調査によれば、熊本県の座頭琵琶の伝承者（琵琶弾きを職業とした者）は、一九七八年の調査時点で十二名が健在だったという[11]。その後、一〇年たらずの間に半数以下となり、一九八〇年代後半には、山鹿良之《やましか》（芸名玉川教演、一九〇一～九六）、田中藤後（芸名京山上縁、一九〇六～八九）、橋口桂介（芸名星沢月若、一九一五年～）、大川進（芸名は宮川菊順、一九一八～）の四名になっていた。私が調査・取材する機会に恵まれたのはこの四名の伝承者だが、ここでは以下、右の四名のなかでも最も伝承量が豊富で、口頭的《オーラル》な語り物の実態を考えるうえでも興味ぶかい山鹿良之に焦点をあてて考察する。

山鹿良之の経歴については、すでにいくつかの調査報告が出されている[12]。いま私の聞きえた範囲で要約しておくと、山鹿が生まれたのは、明治三十四年（一九〇一）三月三日（戸籍上は二十日）、熊本県玉名郡南関町小原の農家の三男として生まれ、四歳のときに左目を失明、大正十二年、二十二歳のときに天草の玉川教説（本名、江崎初太郎）のもとに弟子入りしたが、三年後にいったん郷里に帰り、昭和二年、おなじ玉川派[13]の玉川教山（森与一、福岡県大牟田市）について門弾き（琵琶の門付け）、一年後に独立して、熊本県の南関・山鹿のほか、福岡県の大牟田・瀬高・山川・柳川などで活動した。その間、ほかの琵琶弾き仲間や筑後瀬高の盲僧坂本さいちから、かまど祓いやわたまし（新築祝い）などの儀礼を習い、語りの演目の多くも、筑後・肥後の琵琶弾き仲間との交流から修得した（天草の師匠のもとで習ったのは、比較的短いものを中心に十種類程度という)。昭和四十八年には、肥後琵琶伝承者として国無形文化財の指定をうけ、同年九月には、本人の希望により福岡市高宮の成就院(玄清法流の本寺)で正式得度、天台宗玄清法流の「教師」に補任された(法名教演)。筑後地方をおもな活動地域とした山鹿にとって(とくに柳川市両開には戦後二十年間ほど居住している)、玄清法流の僧籍は長年の夢でもあったようだ。山鹿の語りの演目としては、『肥後琵琶便り』第一八号(一九八一年三月、肥後琵琶保存会)に三十二種類が紹介されているが、さらに十余種類を加えることができる。(14)

山鹿良之は、八十歳をこえてからも五十種類近い出し物をつねに用意していた。一段物の「小野小町」「道成寺」「石童丸」、二段物の「あぜかけ姫」「一の谷」のほかは、すべて四段から十段以上に及ぶ中・長編物である(なかには十段以上におよぶ「国上合戦」「日光白面退治」「天龍川」等もあるが、後述するように、中・長編の段物は、語り口しだいで段数が一定していない)。一段は約四〇分から七〇分、かりにそのすべての演唱を字起こししたら、いったい『平家物語』の何倍の分量になるのか。すくなくとも昭和初年ぐらいまでさかのぼっても、すでに山鹿良之ほどの膨大な伝承者はいなかったのである。(15)

また、その圧倒的な伝承量もさることながら、山鹿の語りがきわめて生成的に演じられること、演唱のそのつど、語りが一回的・生成的に構成されることも注意される。これは程度の差はあっても、肥後や筑後の座頭琵琶奏者に共通する特徴だが、しかし私が調査した時点で、そのような生成的な語り口を伝えたのは山鹿一人といってよく、したがって以下の考察も、山鹿良之を中心にすすめ、ほかの伝承者については、必要な範囲内で適宜言及するにとどめた。

二　習得過程と「道成寺」の演唱

ところで、山鹿良之が天草の玉川教説のもとに弟子入りして、最初に習ったのは、ナガシとコトバという二つのフシ（曲節）であった。ナガシは、端唄や、段物の道行などに使用される詠唱的な曲節（詠唱・朗誦などの概念については、注(20)参照）、コトバは、地語りともいうべき朗誦的な曲節である。ともに九州の座頭（盲僧）琵琶でもっとも基本的とされる曲節だが、ナガシとコトバの手を習うのに並行して、端唄の文句を覚える。山鹿が師匠のもとで習った端唄は、「清谷川」「一花ひらいて」「梅は匂いで」の三曲だが（山鹿はほかに「木綿車」「ぎにあらたま」「ぎにつくばね」などをほかの琵琶弾き仲間から習っている）、端唄は〈ナガシ→コトバ→ナガシ〉というフシ構成をもち、ナガシとコトバさえ覚えれば比較的容易に歌うことができる。(16) そして端唄を修得すると、なんとか琵琶の門付け（門弾き）に出られるようになる。師匠や兄弟子について門付けにまわるのだが、以後、門付けや家事の手伝い（山鹿は右目がわずかに見えたので、師匠の家の炊事洗濯から畑仕事までやらされたという）の合間合間に、語りの出し物も教えてもらえるようになる。

基本的な琵琶の手と、二、三の端唄を習得したあと、語りの出し物（段物）を習う。山鹿が弟子入りした玉川派では、「小野小町」「道成寺」がもっとも基本的な出し物とされるが、まず最初に習うのは、一段物の「小野小町」（約三〇分弱）である。山鹿は、弟子入りしてほぼ一年後に「小野小町」を習いはじめたというが、内容は、謡曲「通小町」などで著名な深草少将の百夜通いの話である。全体が朗誦のコトバで叙事的に語りすすめられ、途中数ヶ所に詠唱的な旋律が入る。すなわち、道行（場面転換）のナガシが三、四回入るほかは、ウレイオクリの決まり文句が一回というフシ構成である。演唱時間も比較的短く、コトバとナガシからなる「小野小町」は、技術的には端唄の延長で

語れる初心者向きの練習曲になっている。(17)

「小野小町」を習得すると、つぎに「芸がため」として「道成寺」を習う。山鹿のばあい、弟子入りして二年目に「道成寺」を習ったというが、「小野小町」が朗誦的なコトバで物語を叙事的に語りすすめるのにたいして、「道成寺」では、さまざまなフシがめまぐるしく交替し、場面構成的に語りが進行する。朗誦のコトバ、吟誦のコトバ、セリフ、ノリ、ウレイ、ナガシ、大オクリなど、山鹿の段物語りに使用されるフシが、三〇分たらずの演唱中にすべて現われる。(18)山鹿によれば、玉川派の琵琶弾きはすべて修業時代に「芸がため」として「道成寺」を習ったといい、げんに京山派の田中藤後が語る「道成寺」は、山鹿のそれとフシ構成、文句ともにきわめて近似している。(19)伝承者間の異同が少ないのは、九州の座頭琵琶では例外的な現象といえるが、その点からも、「道成寺」が基本的な練習曲として伝承されたことがいえると思う。そしてこの「道成寺」さえマスターすれば、あとは外題の文句だけ覚えて、語り口は自分で工夫できるようになるといい、以後は独力で物語のあらすじや文句をおぼえて、ひたすらレパートリーをふやすことに重点が置かれるようになる。

山鹿良之の「道成寺」の演唱例として、私の手元にある十種類ほどの録音から、もっとも標準的とみられる演唱例を示しておく。一九八九年十月十四日、山鹿の自宅で収録したものだが、演唱時間は、二九分一八秒、全体を①〜⑧の段落にわけ（段落わけの根拠は後述する）、演唱開始から各段落の出だしまでの所用時間を（分：秒）で表示する。曲節の種類はゴチック、曲節末尾のオトシ（音域を下げて曲節や段落に終結感を与える箇所）は▼、軽い句切れ程度のオトシ（小オトシ）は▽で示し、また、息継ぎや声の休止は一字分空白、音節の引き延ばしは「｜」で表示した。「｜」の多い箇所が、メリスマ的に語られる詠唱的な曲節である。

①（00：00）**小オクリ**あとをーオー　慕おてーエー　清ー　姫ー　がー▽
（00：39）**コトバブシ**安珍坊をー今日か明日かと　待てどもー暮らせどもー　帰って参らぬーもうは参詣も　済んでいるはず　夕べあたりに帰るかと思えばいっかないかーな影も形も見えず　思いー泣くーその折にー風の噂で聞けばその坊さんは　はやくーここを通り過ぎたがとー聞くよりも　はあー我れをだましたかーあの安珍ー坊　これよりー急いで参らんとー　わが家をい出てー　**ナガシ**あとを　慕おてー　急ーぎゅーくーウー　（ナガシの手）日高ー　川ー　アのー渡しー　場にーよーおよお　たどーりー　着きにーイー　けるー▽

②（03：00）（コトバの手）**コトバブシ**はるか向こうをー眺むれーばー　はるか向こうの岸根にー小舟も　よおで舟おさが笠傾けて眠りいーる　うれしやーこの川ー越えゆけーば　道成寺ーまではひと足と　声をーかぎりにーこれもおーし　（短いコトバの手）もおしー舟おさ殿ー　はよおこの舟を渡してたべ　はよお　はよおと呼ぶ声にー▽　（中間的）寝耳にーびっくり舟おさが　**セリフ**目をすりこすりぶっしょおづら　あーたかしましなんぞいのお　たった一人の舟賃とりて　あちらこちらと舟まわし　肩がたまらぬだいいち眠たい　夜が明けたら渡してやろう　うまい最中けたたましく起されて　あだぶが悪いとー　つぶー　やけーばー▼

③（04：56）**大オクリ**そーれーはーアー　あんー　ンーまー　アーりーイー　強　よーオーくーな▽
（05：25）**コトバブシ（ウレイカカリ）**どおぞーこの川はよお　渡しておくーれ　私はー行かねばなりませんはやく行きたい　道成寺ーまでは行きたいはよお　はよお渡しておくーれ　**セリフ**んなんじゃ　道成寺へ行きたいと申すか　うぉほお　それで分かった　宵に渡したかの山伏の頼みにはのお　あとより十六七の女中が

訪ねて来るであろお　そういう女中が来たときは　必ずこの舟は渡してくれな　もしも渡さばそっちゃが
なんだい　おおては命ずくにも及ぶべしと　くれぐれ　頼んでいやったら　なんぼ待っても渡しはせん
ならん　三年　三月待ってもならんぞ　渡さぬーならぬ　ならぬとー　つぶー　やけばー▼

④(07：03)**大オクリ**こーこーにーイー　哀ーれー　エーはーアー　清ーひーイーめ▽
(07：37)**大オクリ**そーれーはーのーオー　あんー　まーアーりーイー　強ー　よーオくーなー▽
(08：04)**ウレイ**たとえー渡して下さっても　そなさんに　とーがーもーオー　難ー儀ーもーかくるまい　私は行か
ねば焦がれ死に　思うー男ーを人に寝取られ　ぜひやーなー　さ　けーじゃぜんごんに　この舟どおぞ渡
してくれ　こおじゃーこーれーじゃーこおこおゆうわけ　ぜひにー渡して下しゃんせ　舟おさ殿こ
のとおりー　手を合わせー　うーらーみーつー　わびーつー　身をー　悶えー泣き　叫ぶこそー　道　理
なりーイー▼

(09：35)**コトバ**舟おさ聞くより　**セリフ**なーに　道成寺へ行きたいと申すか　女の焦がれ死にをいたすと申すか
フフフフフフ　我れも六十余りの老いぼれじゃがな　長らく渡し守はしているそれがしも　焦がれ死に
という話は聞いたることは二度三度　話にはたびたび聞いても　焦がれ死にを見たることはさらになし
たとえば渡さねばそちゃあ死ぬる気か　死ぬる都合であるならよし　初目にひと目見てやる　そのあたり
で焦がれてみやれよ　寝ながら　我れが見物せんと舟腹にすね踏んずらせー　苦口ー　言うも川迎えー
喧嘩ー　しかけとー　見えにけー　るーウー▼

⑤(10：52)**コトバブシ（ウレイカカリ）**あこれまでー訪ねてー　来たるー自らもー　たとえ渡してーくれんーとて
ただやみやみとなんの帰ろおーか　いかなるーことーがあるとーても（少しずつノリの手）女の思い立

ったる念力ーでーこの川を　渡ってみせんーなんで　渡してくれぬものとてこの川渡られぬことがあるべきかと　さても一心に思い込ーんだる（中間的）女の勢い　恐ろしやー　**ノリ**かーみーは　ざんーばらに振り乱し　渡ってみせんと水くるい（ノリの手）　川にざんぶと飛び込んだり　さっと飛び散る水煙り抜き手をきっーてえっさっさ　はねーたーて　けーたーてーて泳ぎしは　瞋恚冥火五体を焦がす　口より吐くへきへんへんたる　ほーのーおーを　吹ーきーかーけー歯を鳴らーしー四万四千の　うろこを逆立てーて泳ぎしありさまはー　見るもー恐ろしやー　虎の　勢い竜の勢ー▽

ノリ舟おさー見るよりわななき声　あーれ　おーそろしや　清ー姫ーが　おーにーになった蛇になったまごまごーしては食わるるー食い殺されてーいち大事とー　ふーねーをー乗り捨て飛び上がる　堤が　原を横切りに　命　からーがーら　逃げ　て　行ー　ウーくーウー▼

⑥（14：30）**コトバブシ**あとに残りし清姫ーは　角を振ーり立て歯を鳴らす　うろこを逆立てーてー泳ぎし有様ー　さてもー清姫　ただひとー筋にナガシしんにーイー　こおせいーイー　たいまつーさらーアー　アーずーウー（ナガシの手）なんなくー　岸根ーにー　泳ーぎー　着くー照る月ー　影ーにーみーずかーアー　がみー▽

（16：12）**コトバ**（**ウレイカカリ**）見れば額にはー　ふたつの角　このよしを眺めてー清姫　あーあこれはー我が身の姿か　見るも恐ろしや　我が身ながらもあいそが尽きるあさましこの姿（ウレイ合の手）　この川ー越えたばかりーに　こおゆうあさましやー姿になるーからーは　訪ねてーいても　なんのー錦の前に　こおゆうーわらわを　なんでーのべのべと添わしょおー寝さしょおに（ウレイ合の手）　我が添われぬ上からは　人をー添わせねはならん　我が添わぬ上かーらは　なんのー人をー　錦のー前に添わしょう寝さしょ

うそれを　思えばー安珍ー坊ー　可愛さ　余っーて憎さが百倍（ウレイ合の手）　わがー者じゃーわが殿ごと　思いーながらも　添われぬ上からは　これよりー　いずこーどこどこーまで逃ぐるーともなんで安珍ーにがすーべきかー　どこどこまでも追ーっかけーてー　取り殺さいでおくべきかと（ウレイ合の手）恨みをー重ね　憎むー清姫　さても女のただひとすーじ心　思い　込んだらやるせもーないー（中間的）この上からはまず追っかけ行かんと　**ナガシ**まったー駈けーエー　い出すーウー　ぞおりづーウーかー　アー　（ナガシの手）ひとーむらー　茂ーる　森ばーアー　やしー道成寺にー　みてー　らとー急ーぎ　行くーウー▽

⑦（20：12）（手）**コトバブシ**遙か向こうのかたには六尺高塀は　しろじろーとー見えるー　これはいずくとー見ているうちに　近寄り見れば　これが甍並べし道ー成ー寺　（手）ああうれしやーこれぞとー走り寄ーる（手）門の戸をけわしくも　**コトバ**ちゃっと　開けて　開けて　開けておくれと　**コトバブシ**呼べども叫べどもー　なんのー答えもー　さらになしー　イー▼

（21：20）**コトバ**おーお　開けぬはず通さぬはず　人をかくまうおくからは　通してくれぬはずじゃ　おお　この上からはいかにいたして　寺の内に入ろおかくっきょうの分別と　八方にまなこを配り　（中間的）あちらこちらと見まわすうち　ひときについたるは門前のーひときの松には蔦かづら　おお　うれしやこれぞと走り寄る　**ノリ**いうーよーりーはやく飛び上がる清姫は　えっだーをー　巻ーきー立ーてー巻き登ーるー六尺高塀を　どっとうち越えーてーまーっさかさまに落ちると見えたりしが　朱銅の　つーりがーねー鳴り　渡ー　るーウー　ウー▽

（22：53）ごおーーーんオンごおーーーんオン（ノリの手）さてもー鐘の響きしー有様をー　たれ知るまいと思いしがー

寺のー坊さんの連中　はっとばかりに驚き給うー　**コトバ（ノリカカリ）**いやあ　もうあの女が来たるか
清姫か　世にもにっくきー　いかがはせん　このまま捨ておくならばー安珍殿　あーの清姫から食い殺さ
れていち大事ーいかがはせん　さてもー五六名の坊さんがー　どうしたならのがそうかのがれよかと　思
案をいたしよおよおのことに気が付いたるは　釣鐘堂　あの釣鐘ー下によおまきよおとわれ（短いノリの
手）　釣鐘なかに隠すなら　これこそ大丈夫ではござらぬかと　さてもその場の方にー五六名の坊さん方
がーかつぎ出す　釣鐘に登り上がってすっだいたるー朱銅の　釣鐘をー　降ろしー安珍坊をその釣鐘ー中
に　隠しこうして置いたらじゅうよかろうでござろうと　そのまま　寺のひと間にー閉じ込もるー連中は
寺内ひっそと　声もいしだたず息も忍ばせてー　心細くもー　逃れよと　**コトバ**さてもよおよおひと息ー
大きな息ついてはなるまいと　さても大丈夫と思われしが　（中間的）かわる　そのひわーの清姫ー　臭
いたどったのか　いかなるしわーざーかじゅうの勢いせいなものー　**ノリ**しだーいーにーそうに登るくる
なわばり　さては臭いでさとーるーかーここぞと思い　やあ急ぎー寄るーウー　朱銅のつーり鐘をー　巻
ーき立ーてー　（中間的）巻ーき立ーて巻ーいては七巻き半ー　竜頭くわえて七巻半にと　巻いてー尾ば
ちで　朱銅の釣鐘をたたくなら　その女の念力かー　**ウレイ**おいたわしやーつーり鐘ーも　湯玉となって
たらたらと　流れるーとーくえーてー　流れる釣鐘のー　のがれもならぬー　さてもー悪魔からにらまれ
たる　お坊様もー
⑧（27：05）（中間的）おいたわしや年のこーろー（手）　**大オクリ**二十ー　三ー　歳ーイーを　いち期とーしー　つ
いにー　むな　しくーウー　消えーた　アア　もー　**ウレイ**哀れはー　はかなきも安珍坊ー　女ふぜいか
らーアー恨まれてー　立つ陽に朝の露というものか　いいおの露に消えて行ーくー

(28：21)**キリブシ（ノリガカリ）**入相桜鐘巻ー道ー成ー寺ー　安珍清姫の　物語りー　入相桜の鐘巻　道成寺安珍清姫ー釣鐘ー堂と　今が世までもー　名をー残ーすーウ　**小オクリ**日高川ー鐘巻　道ー成ー寺ー　イーイー▼(29：18)

三　フシと文句

右に示した「道成寺」の演唱例からもわかるように、語りの文句は、やや文語調がかった独特の語りことばであり、おおむね七五調を基本にして構成される。全体に音楽的な発声が行なわれるが、旋律をもたないコトバ（コトバには、朗誦的旋律をもつコトバと、一定の旋律をもたないコトバとがある）やセリフにしても、平野健次のいう「吟誦」[20]であって、日常口語とは違う発声が行なわれる。つまり日常的な話しことばは使われず、したがって土地の方言も原則として使われない。これは語り物一般に共通する（昔話などには見られない）特徴といえるが、語り物の演唱・享受がある種の非日常的な行為であること、とくにその語り手が土着の常民社会とは位相を異にした存在であることなどに関係する問題だろう。[21]

文句の構成上の特徴としては、常套的・慣用的な言い回しの多用が注目される。山鹿の語りが台本をもたない口語りであることに関連する問題だが、おおむね七五調で構成される語りの文句は、一定の抑揚とともに記憶されて決まり文句ふうの語りことばのストックを形成している。たとえば、聞き取り調査でたびたび経験したことだが、山鹿のばあい、フシをつけずに文句だけ唱えるというのは、まず不可能といってよい。もっとも基本的な出し物の「道成寺」や「小野小町」でも、軽くフシをつけなければ文句はスムーズには出てこない。語りのことばは、つねに一定の抑揚・節回しとともに記憶されており、そのようにして記憶された「道成寺」や「小野小町」の文句は、その全体が山鹿の語りことばのストックになっている。この二つの出し物で使用される文句は、ほかの段物演唱でもしばしば慣用句として使用されるのである。(22)

ところで、山鹿の説明によれば、「道成寺」の三〇分足らずの演唱には、段物語りで使用するフシのすべてが入っているという。「道成寺」には、以下に説明する約八種類のフシが使用されるが、しかしフシに関する説明を求めても、説明は特定の外題の文句に即してきわめて具体的であり、抽象度の高い（包括的な）説明は容易にひき出せない。そのようなフシ概念そのものの（本質的な）曖昧さを考慮しながら、可能なかぎり山鹿の説明に即して記述した結果が、つぎにあげる八種類のフシ（曲節）である。なお、語りからフシだけを抽出する思考は、語りの文字テクスト化・譜本化の作業と不可分な観点と思われるが、その点については、中世の「平家」と近世平曲との質的な差異の問題として後述する（本章五〜七節）。

○コトバ

地語りともいうべき曲節で、もっとも一般的に使用される。コトバとも、また単にカタリともいい、ほかの曲節にくらべて名称が一定していない。用法としては、ストーリー展開を叙事的・説明的に語る以外に、会話や心中思惟にも使われるなど、使用範囲はきわめてひろい。基本的に朗誦的な旋律をもつが、使われる局面によってさまざまな声の調子（会話や心中思惟の場合は声色）をとり、音楽的な旋律をもたない吟誦のコトバもある。山鹿は吟誦のコトバをコトバ、朗誦のコトバをコトバブシとよんで区別したりもするが（ただし、あえて説明を求めたばあい）、ふつう一般には区別されておらず、朗誦のコトバ・吟誦のコトバともに「ただ言うていくところ」である。

とくに地の語りに心中思惟が入る箇所では、朗誦と吟誦、コトバブシとコトバは自在に入れかわり、両者の境い目はきわめて微妙になる。また、聞かせどころの曲節（以下「中心曲節」と呼称する）にたいして、その前置き的・導入的な箇所で使用されることが多く、そのさい、コトバの語りだしには、特徴的なコトバの手が入るのが基本型で、したがってコトバの手が比較的長く奏されることで、〈コトバ→中心曲節〉で構成されるあらたな段落の開始部、場面の転換といった印象が強い。なお、出し物によっては（「小野小町」、「石童丸」前半など）、朗誦のコトバ（コトバブシ）のくり返しだけで物語が叙事的に進行し、途中数箇所に詠唱的なフシが入るというものもすくなくない。また演唱時間を節約するときの語り方として、詠唱的な曲節（ウレイ、ナガシ、等）を朗誦のコトバで叙事的・説明的に語ってしまうばあいもある。

○セリフ

対立する人物の激した調子の会話を、山鹿はとくにセリフと呼んで、コトバで語られる通常の会話と区別している。音楽的な旋律をもたない吟誦の語りだが、段落のはじめをいきなりセリフで語りだすことはなく、またセリフ末尾は、メリスマ的な旋律によって声の調子、琵琶の手をオトスことが多い（セリフオトシともいう）。つまり、吟誦のコトバとは異なり、場面を構成する中心曲節として意識されている。

○ノリ

戦闘や合戦場面など、登場人物がはげしく行動する場面に使用される。朗誦的な曲節だが、朗誦のコトバ（コトバブシ）よりもテンポがはやく、しばしば拍節的に語られる（七五句のくり返しを八拍子で語る）。「道成寺」では、清姫が大蛇となって日高川を渡る場面（段落⑤）、および清姫が道成寺に入り、安珍の隠れた釣鐘を巻く場面（⑦）などにもちいられる。コトバのあとに来て場面を構成する中心曲節だが、コトバからノリへ移行するときは、まずコトバのなかにノリの合いの手を入れるなどして、徐々にノリがかった語り口となる（ノリガカリと仮称する。なお、カカリは幸若舞・説経節・義太夫節等で使われる曲節名称、コトバからイロ・フシ・地合等へ移行するさいのつなぎの曲節）。そしてつぎにノリの手が入り、以後本格的なノリとなる。ノリの手では「乱撥」などの複雑な撥さばきが行なわれ、またノリ末尾のオトシ（ノリオトシ）にも特徴的な手がはいる。なお、合戦場面で使用されるノリを、とくにセメ・ノリゼメともいう。

○ウレイ

登場人物の愁嘆・哀願・哀訴などを表現する詠唱的な曲節。旋律・合いの手ともに、つぎに述べる大オクリに近いが、オクリに較べてメリスマが少なく（テンポは朗誦のコトバに近い）音域も狭い。部分的にシラビックに語られるが、そのばあいは七五句を八拍で語り、句ごとに短い合いの手を入れる（「止め撥」「差し撥」などの技巧的な合の手）(23)。場面や段落を構成する中心曲節だが、コトバからウレイへ移行するときは、中間的なフシ回しとなり（ウレイガカリ）、またコトバに徐々にウレイの合いの手を入れるなどして、なめらかに移行する。末尾にはオトシを入れるのが一般的である。なお、山鹿は、コトバに近いウレイをウレイコトバといい、より詠唱的なウレイをウレイブシと呼んで区別して説明したりする。

○ナガシ

道行などの場面転換に使われる詠唱的な曲節。七五句を三回くり返すが、最初の七五句を大ナガシ、つづく七五句二回を小ナガシ（大ナガシに較べてメリスマが少なく、音域もやや低い）で語る。すなわち、大ナガシの手↓大ナガシ（七五句）↓小ナガシの手↓小ナガシ（七五句）↓小ナガシ（七五句）というのがナガシの基本型だが、この基本型に小ナガシ（七五句）を一句加えるばあい、最初の大ナガシ（七五句）だけでやめるばあい、ナガシの基本型を二度くり返すばあいもある。なお、コトバからナガシへつづくときは、しばしば最初のナガシの手が省略される。

○大オクリ

愁嘆場などの語りだしに使われる詠唱的な曲節。ウレイオクリともいう。きわめて複雑なメリスマをもち、山鹿の使用するフシの中では、もっとも旋律性が豊かである。「ここに哀れは〇〇」「おいたわしや〇〇」「それはあんまり〇〇」「惜しむべきかな年の頃、〇〇歳を一期とし云々」など、七五調一句ないしは二、三句の短い決まり文句につくのが原則である。

○小オクリ

大オクリよりもメリスマが少なく、音域も狭く低い。一段の語りだし（「道成寺」でいえば、「安珍清姫の物語りー」「あとを慕うて清姫がー」「さてもそののちー」）や、語りおさめ（「今が世までも名を残すー」「安珍清姫の物語りー」）にもちいられ、七五調一句程度の短い文句につく。音域が低く、しかも後半をオトスために全体がオトシのような印象がある。じっさい、ウレイ末尾のオトシは、フシ回し・琵琶の手ともに小オクリにきわめて近く、山鹿自身も、オトシをしばしばオクリと呼んで説明したりする。前掲の翻字資料では、中心曲節の末尾にくる付属的な旋律をオトシ、一段の語りだし・語りおさめなどに独立して現われるものを小オクリとして、用法のうえから区別を試みた。

○キリブシ

段を切るときにもちいられる朗誦的な曲節。ノリがかった軽快なテンポで語られ、合いの手もノリのそれと共通する。末尾は小オクリで声・琵琶の調子をオトシて語りおさめる。「道成寺」では、⑧で安珍の死を語ったあと、つづく結びの文句がキリブシで語られるが、長編の段物では、「段のきりどころ」（山鹿の用語）は物語が山場にさしかかる箇所であり、そこをキリブシで「これからいよいよ……」と語りだして、以下のあらすじを説明し、「いかが始末になりますか」などと語って、なるべく聞き手に気をもたせるようにしてキルのがコツだという（中・長編の段物では、後述するように段数は一定しておらず、したがって山場にさしかかる箇所なら、どこでも段をキルことが可能になる）。なお、一段物の「道成寺」でも、時間制限などで途中で演唱をうち切るばあいは、右に述べたような長編的な段のキリ方が行なわれる（たとえば、五節の対照表にしめしたC、一九八九年十月十日の演唱例など）。

以上が、山鹿良之の「道成寺」に使用されるフシの全てである。ノリ、ウレイ、オクリ、ナガシなどは、名称・用法ともに、ほかの座頭琵琶奏者に共通し、また呼称のちがいを除けば、コトバ、セリフの用法も伝承者間でほぼ一致している（ただし、山鹿のセリフが格段に写実的だという違いはある）。熊本市立博物館に所蔵されるかつての座頭琵琶奏者の録音（昭和三十八年に集中的に収録されたもの）を聞いても、山鹿の演唱を基準にして、曲節の種類やフシ構成などはほぼ判別でき、また筑前の盲僧琵琶で使用されるフシも、コトバ、ナガシ、ウレイ、ノリ、オロシ（オトシにおなじ）などで、フシの名称・用法ともに、肥後・筑後のそれとおおむね一致する。(24) 以上あげた八種類の曲節を、旋律上の特徴から分類を試みれば、

a（吟誦的）……コトバ（フシなし）、セリフ

b（朗誦的）……コトバブシ、ノリ（セメ）、キリブシ

c（詠唱的）……ウレイ、大オクリ、小オクリ、ナガシ

となる。aが「詞」的な曲節、bcが「節」的な曲節だが、「平家」の曲節分類を当てはめれば、aが「語り句」、bcが「引き句」ということになる。しかし右に説明したように、山鹿自身は、吟誦のコトバと朗誦のコトバ（コトバ

ブシ）とを区別しておらず、じっさいに聞いていても、コトバブシとコトバ（フシなし）との境界はきわめて曖昧である。また、吟誦的なセリフはコトバ（フシなし）と同列のものではなく、場面や段落を構成する中心曲節として現われる。山鹿の分類意識によれば、「ただ言うていくところ」のコトバ（コトバブシも含む）にたいして、「その身になって語る」「力を入れる」場面構成的な曲節とで二分される。

a（叙事的）……コトバ（コトバブシを含む）

b（場面的）……ウレイ、ノリ、セリフ、ナガシ

c（その他）……大オクリ、小オクリ、キリブシ

cとしたのは、使われ方がやや特殊なもの。使用頻度からいえば、コトバ（コトバブシを含む）が圧倒的に多く、つぎに場面的な中心曲節であるウレイ、ノリ、セリフ、ナガシなどの順になる（なお、三〇分たらずの「道成寺」の演唱に、大オクリが数回くり返されるのは、基本的な練習曲ゆえの特殊性である）。曲節相互の接続のしかたは、a叙事的なコトバが、b場面的な中心曲節を導きだす前置き的な位置にあり、基本的に、コトバ→フシという段落構成のパターンが認められる。ただし、すでに述べたように、セリフによって場面が構成されるばあいも多く、したがって場面構成的な中心曲節は、詠唱的な曲節ばかりとはかぎらない。したがって段落構成のパターンとしては、

〈コトバ→中心曲節〉

という単位が考えられ、その場合の中心曲節は、詠唱的なウレイのほかに、朗誦的なノリ、吟誦的なセリフという三タイプがあることになる。[25] また、コトバから場面的な中心曲節へ移行するさいは、中間的な手・フシまわしなどを入れて徐々に移行する。したがってコトバと中心曲節との境界（つまり中心曲節の開始部）はつねに曖昧になるが、中心曲節の末尾はオトシを入れて終結感を出すのが一般的である。つまり、叙事的なコトバと、場面的な中心曲節との組合

せで一段落・一場面が構成され、その組合せを単位とした小段が連鎖するかたちで語りが構成されてゆく。そうした段落構成のあり方をもとに、「道成寺」の（標準的な）構成を分析した結果が、前掲の翻字資料に示した①〜⑧の段落分けである。

四　「道成寺」の段構成

つぎに、山鹿良之による「道成寺」の演唱例七種類を対照表に示し、各段落の構成、および演唱ごとの異同について考察する。一九八二年から九〇年にかけての録音だが、演唱年月日が現在に近いものから順にA〜Gまでの符号を付した。(26) ABEGは、山鹿宅での演唱、CDFは公開の場での演唱だが、C（於熊本市郵便貯金会館）、D（於熊本市サロン・ド・ジョイ）は、都会の聴衆を前にしての公演、F（南関町憩いの家）は、地元南関町の老人会での公演である。また、Cは、とくに主催者側（第二十四回熊本県邦楽鑑賞会）から、演唱時間二〇分という時間制限が出されている。全体を①〜⑧の段落にわけたが、段落わけの基準は、

（一）段落初めのコトバの手の有無。
（二）段落末尾のオトシの有無。（大オトシは「▼」、小オトシは「▽」で表示した）
（三）場面転換にもちいられる大オクリの有無。

という三点を規準にし、そのうち二つ以上が現われ、あきらかに段落が構成される箇所は――――で示し（ただし、大オトシ「▼」はそれ一つで――――）、また、（一）〜（三）のうちどれか一つしか現われず、句切りのやや曖昧な箇所は……………で表示した。以下、対照表によりながら、「道成寺」の段落構成、演唱ごとの異同について説明する。

表1　「道成寺」七種類の演唱例、対照表

	A 90・3・12	B 89・10・14	C 89・10・10（公開）	D 86・6・23（公開）	E 85・5	F 83・11・2（公開）	G 82・7・27
①「あとを慕うて清姫が」 安珍に騙された背景説明 日高川の渡し場に着く	（00：00） 小オクリ▽ 小オクリ▽	（00：00） 小オクリ▽ コトバブシ ナガシ▽	（00：00） 小オクリ コトバブシ	（00：00） 小オクリ コトバブシ 小オクリ▽ （02：19） コトバブシ	（00：00） 小オクリ▽ 小オクリ▽	（00：00） 小オクリ コトバブシ 小オクリ▼	（00：00） 小オクリ▽ ナガシ
②船頭を見つける 清姫喜び、声をかける 船頭に渡船を頼む 船頭、眠いと断わる	（00：36） ナガシ ナガシ▽ （03：37） （手）コトバブシ▽ セリフ▽	（03：00） （手）コトバブシ （03：39） （手）コトバブシ （手）コトバブシ▽ セリフ▼	コトバブシ コトバ ウレイカカリ セリフ	コトバブシ コトバブシ セリフ	（01：05） ナガシ▽ （02：45） （手）コトバブシ コトバブシ▽ セリフ	（02：11） コトバブシ ウレイカカリ▽ セリフ▽	小ナガシ▽ （02：00） （手）コトバブシ▽ セリフ▼
③「それはあんまり強欲な」 急用と言って頼む 山伏の頼みゆえと断わる	（04：34） 大オクリ▽ ウレイカカリ セリフ	（04：56） 大オクリ▽ ウレイカカリ セリフ▼	（02：55） 大オクリ▽ ウレイカカリ セリフ	（04：17） 大オクリ▽	（04：29） 大オクリ▽ ウレイカカリ セリフ▽	（03：59） 大オクリ▽ ウレイ▽ セリフ	（03：24） ウレイカカリ▽ セリフ▼
④「ここにあわれは清姫」 「それはあんまり強欲な」 事情を話して 再度懇願する	（06：33） 大オクリ▽ ウレイ ウレイ▽	（07：03） 大オクリ▽ 大オクリ▽ ウレイ ウレイ▼	（04：58） 大オクリ▽ ウレイ ウレイ	ウレイカカリ ウレイ▽	（06：23） 大オクリ▽ ウレイカカリ （後へ、⑥と合）	（06：59） 大オクリ▽ ウレイ ウレイ	（05：09） 大オクリ▽ ウレイカカリ ウレイ▼

舟おさあざ笑って断わる	(08:03) (手)セリフ▼	(09:35) セリフ▼	(06:30) (手)セリフ▽	(06:23) セリフ▼	セリフ▽	セリフ▽	(07:49) セリフ▼
⑤「ここにあわれは清姫」 「それはあんまり強欲な」 清姫、渡船をあきらめ 川に飛び込み大蛇と化す 船頭逃げる	(09:28) 大オクリ ウレイカカリ ノリ▽ ノリ▼	(10:52) ウレイカカリ ノリ▽ ノリ▼	(07:29) 大オクリ▽ ノリカカリ ノリ▽ ノリ▼	(08:10) 大オクリ▽ 大オクリ▽ コトバ ノリ▽ ノリ▼	(09:46) 大オクリ▽ 大オクリ▽ ウレイ(④を合) ノリ ノリ▼	(09:09) (手)ウレイ コトバブシ ノリ ノリ▼	(09:04) ウレイカカリ ウレイカカリ ノリ▽ ノリ▼
⑥「あとに残りし清姫は」 岸に泳ぎ着く 水鏡に姿が映る 蛇身に気づき悲嘆 悲嘆して安珍を恨む 安珍を追って道成寺へ	(13:08) 短いコトバ ナガシ 小ナガシ▽ (14:35) (手)ウレイカカリ ウレイカカリ ナガシ	(14:30) コトバブシ ナガシ 小ナガシ▽ (16:12) ウレイ ウレイ ナガシ▽	(11:26) 短いコトバ ナガシ▽ (12:24) コトバ ウレイ ウレイ ナガシ	(12:49) 短いコトバ ナガシ 小ナガシ▽ (14:12) ウレイ ウレイ ナガシ▼	(15:56) 短いコトバ ナガシ▽ ナガシ▽ (18:58) ウレイカカリ ウレイ ナガシ▽	(12:30) 短いコトバ ナガシ 小ナガシ▽ (13:45) ウレイ▽ (手)ウレイカカリ ナガシ	(13:16) 短いコトバ ナガシ▽ (14:38) ウレイカカリ ウレイカカリ ウレイ ナガシ▼
⑦寺の門を叩くが答えなし 清姫の思案 蔦かずらを這い登る 寺では安珍を釣鐘に隠す 清姫、釣鐘を巻く 釣鐘溶ける	(17:37) (手)コトバブシ▽ (19:12) コトバ ノリ▽ ノリ▽ コトバ→ノリ ウレイ	(20:12) (手)コトバブシ▼ (21:20) コトバ ノリ▽ ノリカカリ ノリ ウレイ	(16:29) キリブシ ←	(17:32) コトバブシ▽ (18:45) コトバ ノリ▽ ノリ▽ ノリ (22:49) ウレイ ← →	(22:10) コトバブシ▽ (23:24) コトバ ノリ▽ ノリカカリ ノリ ウレイカカリ	(18:24) コトバ▽ (19:07) コトバ ノリカカリ ノリカカリ ノリ ウレイ	(19:32) コトバ▽ (20:26) コトバ ノリ ノリ コトバ→ノリ▽ ウレイ

⑧「ここにあわれは安珍坊」 安珍二十三歳で死去 結び	(24:40) 大オクリ 大オクリ (26:19) キリブシ▼ (28:01)	(27:05) 大オクリ ウレイ (28:21) キリブシ▼ (29:18)	キリブシ▼ (17:51)	大オクリ 大オクリ (24:20) キリブシ▼ (25:08)	(28:27) ウレイ ウレイ (29:07) キリブシ▼ (30:01)	(23:38) 大オクリ ウレイ (24:47) キリブシ▼ (25:31)	(25:30) コトバ 大オクリ (26:03) キリブシ▼ (26:41)

基本的な練習曲とされる「道成寺」は、「小野小町」とともに、山鹿良之の語りの演目の中では文句・フシ構成ともに最も固定的といってよい（全体に、長編の段物ほど語りは流動的であり、短いものほど固定的である）。物語の進行はなかば定式化されており、ほとんど様式的に完成しているとさえいえるのだが、その「道成寺」にも、対照表に示したように、じっさいの演唱時にはかなりの異同がみられるのである。

まずA〜Gの基本的な共通点を指摘しておけば、表からわかるように、すべての演唱例をつうじて、明確に段落が切れている箇所は、④と⑤の間、および⑤と⑥の間であり、したがって、「道成寺」の段落をグループにまとめるなら、

①〜④　清姫と日高川の船頭のやりとり。（九分前後）

⑤　清姫、日高川に飛び込み大蛇と化す。（四分前後）

⑥〜⑧　清姫、道成寺の鐘を溶かす。安珍の死。（一五分前後）

という三部構成となる。つぎに、①〜④、⑤、⑥〜⑧の各段落の構成について述べておく。

①小オクリ▽→コトバブシ→ナガシ▽

安珍を慕う清姫のこと。清姫が安珍に騙された背景説明。清姫、日高川の渡し場に着く。

演唱例による大きなちがいは、序の小オクリのあと、朗誦のコトバ（コトバブシ）で語られる「安珍に騙された背景説明」が、入るもの（BDF）と入らないものがある。公開演奏の場合は、背景を説明する必要から、この説明的部分を入れるのが一般的だが（DF）、時間制限を課せられた公開演奏Cでは、それが略されている。また、①末尾の「日高川の渡し場に着く」は、道行ゆえにナガシで語るのが一般的だが、序の小オクリを、ここで再度くり返すかたちも少なくない（AE）。ここまでが全体の序として意識されるためだろう。そのばあいは、ナガシの位置をずらして、つづく②の冒頭をナガシで語ったりする。なお、ナガシの部分をコトバブシで語れば（CD）、メリスマが減るぶんだけ時間が節約され、その場合は①で小段が切れずに、②のコトバブシへそのままつながってゆく。

②コトバブシ↓セリフ▽

渡し舟を見つける。清姫喜び、船頭に渡船を頼む。船頭ねむいと断わる。

③大オクリ▽↓コトバブシ↓セリフ▽

清姫の悲嘆。急用と言って頼む。船頭、山伏の頼みゆえと断わる。

④大オクリ▽↓コトバブシ↓ウレイ▽↓セリフ▼

清姫の悲嘆。事情を話して再度懇願する。船頭あざ笑って断わる。

清姫と船頭のやりとりが、②③④とくりかえされるが、セリフで応える船頭にたいして、清姫の哀願はウレイ、またはウレイがかったコトバブシで語られる。とくに③④は、大オクリ（ウレイオクリ）の愁嘆で語り起こすなど、さきへ進むにつれてウレイの調子が強くなる（公開演奏Dでは、重複感を避けるためか、③のやりとりが略されている）。

また、④の清姫の哀願は、ウレイ末尾をいったんオトシて、そこで段落を構成してしまう例がすくなくない。そのばあいは、つづく船頭のセリフの前にコトバの手、または卜書きふうの短いコトバを入れるなどして、あらたに段落を構成するばあいもある。また、船頭のセリフ末尾にはオトシが入るが、オトシを入れずに（つまり段落を切らずに）、両者のやりとり・応酬をテンポよく語りすすめる演唱例もある。④のセリフ末尾は、どの演唱例でも明確に段落を切っており、この①～④までが物語全体の前段を構成する。

⑤大オクリ↓コトバブシ↓ノリ▽↓ノリ▼

清姫の悲嘆。渡船をあきらめ、川に飛び込んで大蛇と化す。船頭逃げる。

まず、渡し舟を断わられた清姫の悲嘆が、大オクリで始まってウレイがかったコトバブシで語られる。清姫が川を泳ぎわたるのを決意するあたりからノリガカリとなり、以下、清姫が川に飛び込んで大蛇と化す場面をノリ、いったんノリオトシを入れて視点を転じ、船頭が逃げ去る場面をあらたにノリで語りすすめる。末尾は「命からがら逃げてゆくー」というノリオトシの決まり文句で語りおさめる。四分前後を一気に語っており、演唱ごとの異同は比較的少ない。

⑥（コトバブシ↓）ナガシ▽↓コトバブシ↓ウレイ↓ナガシ▼

清姫岸に泳ぎ着く。水鏡にすがたが映り、みずからの蛇身に気づく。悲嘆して安珍を恨む。安珍を追って道成寺へ。

⑦コトバブシ▽↓コトバ↓ノリ▽↓コトバ↓ノリ↓ウレイ

道成寺の門を叩くが答えなし。清姫の思案。蔦かずらを這い登る。寺では安珍を釣鐘に隠す。清姫、釣鐘を巻く。釣鐘溶ける。

⑥は、全体が日高川から道成寺へ向かう清姫の道行であり、初めと終わりに二回ナガシをくり返すあいだに、コ

トバブシ→ウレイの段落がはさみ込まれている。つづく⑦のはじめ、コトバブシの「寺の門を叩くが答えなし」の末尾で、いったんオトシを入れる演唱例が少なくない。つぎの「清姫の思案」で語りの視点が変わるためだろう。「蔦かずらを這い登る」から「清姫、釣鐘を巻く」まで、ノリで一気に語り進める例もあるが、「這い登る」でいったんノリオトシを入れ、「寺では安珍を釣鐘に隠す」からあらたにコトバ→ノリで語り起す例もある。語りの視点が、清姫から安珍へ移るためだろう。

⑧大オクリ→ウレイ→キリブシ（ノリガカリ→小オクリ）▼

語り手の詠嘆。安珍二十三歳で死去。結びの文句。

安珍の死が大オクリ→ウレイで詠嘆的に語られる。大オクリ（ウレイオクリ）の「ここに哀れは〇〇」は、③④⑤と同様、大オクリの決まり文句である。つづく「安珍二十三歳で死去」も大オクリの決まり文句で語られるが、これをオクリがかったウレイブシで語る例も少なくない（BEF）。末尾の結びはキリブシで語られるが、公開演奏Cでは、⑦の冒頭で「これよりいよいよ……」と語りだして、⑦⑧のあらすじをノリガカリのキリブシで要約する。Cは時間制限があるための特殊例である。

以上、「道成寺」①〜⑧の段落構成をみたが、わずか三〇分たらずの間に、場面がひんぱんに変わり、語りの視点も複雑に移動している。それに対応してフシ（曲節）もめまぐるしく変化するが、それは、「道成寺」が多様なフシ・琵琶の手をマスターする基本的な練習曲（「芸がため」）であるための特殊性である。ただし、公開演奏時には、時間の制約があり、また場の雰囲気にまかせて語るためか、段落や場面を切らずに一気に語り進める傾向が強く、しばしば変則的な語り口が行なわれる（とくに演唱例C）。なお、場面の切り替わりと曲節との対応関係に注意すれば、対照表のなかでは、さきに翻字テクストを掲出したB（一九八九年一〇月一四日演唱、於山鹿宅）が、もっとも標準的な演唱例であることがわかる。

五　フシ（曲節）という概念
――「平家」語りの問題（1）――

「道成寺」を例にして、山鹿良之の語りの構成的な特徴について述べた。つぎに、以上の予備的作業をふまえて、山鹿の語りが口頭的に生起する仕組みについて考察する。それは台本をもたない（オーラルな）語り物伝承の実態として、たとえば「平家」語りの中世的な演唱実態へ遡行するうえでも、一定の手がかりを与えるものである。まず、曲節の種類について。

さきに述べたように、山鹿の使用するフシ（曲節）は八種類に類別される。フシの名称はもちろん、用法、旋律的特徴なども、可能なかぎり山鹿の説明に即して記述したが、しかしフシにかんする山鹿の説明は、しばしば特定の外題の文句に即して、きわめて具体的に行なわれる。フシそれ自体にかんする抽象度の高い（包括的な）説明は容易に引きだせない。語りからフシ（あるいは文句）だけを抽出する私たちの思考は、語りを文字テクスト化する作業と不可分な観点のようなのだ。

語りの言語的側面（文句）は、それを文字テクスト化することで、はじめてそれ自体としてとらえることができる。おなじようにして、音楽的側面（フシ）も、文句から切りはなして（それ自体として）対象化することが可能になる。とすれば、山鹿におけるきわめて曖昧なフシ（曲節）の概念とは、むしろオーラルな語りに固有な問題として（けっして

「韻律上の整斉性がなくなっ」た「くずれた形」(27)といったものではなく)、それは中世的な語り物演唱の実態へ遡行するうえでも、ある重要な手がかりをあたえるものだろう。

山鹿が使用する八種類のフシは、すでに述べたようにきわめて大きな幅をかかえている。最も使用頻度の高いコトバのばあい、朗誦的なコトバと吟誦的なコトバが、ともに「ただ言うていくところ」として把握されている。また、ほかの曲節との中間的なコトバ（とくにウレイガカリ・ノリガカリ）があり、ひと口に中間的といっても、フシまわし自体が中間的なものと、合いの手だけウレイガカリ・ノリガカリになるパターンがある。さらに地語りに使われるコトバには、シラビックに語られる部分とそうでない部分があり、会話や心中思惟のばあいは、しばしば声色を使うなどして、局面に応じた微妙な語りわけが行なわれる。コトバは使用範囲がひろいぶんだけ、きわめて大きな幅とヴァリエーションを許容するのだが、そうした幅をかかえこんだすべてが「ただ言うていく」コトバである。

だが同じことは、基本的にほかのフシについてもいえる。それぞれのフシが一定の旋律特徴をもちながらも、じっさいに現われるときは、アドリブふうの自在な語り口、局面に応じた微妙な語りわけが行なわれる。とくに、使用頻度の高いウレイは、吟誦的なウレイコトバから大オクリ（ウレイオクリ）に近いものまで、数段階のパターンがある。また、ノリやナガシにしても、コトバとの境界部分では、しばしば判別に迷うような微妙なフシまわしが行なわれる。それぞれのフシが大きな幅を抱えていて、かりに客観的観察をもとづいた下位分類をほどこすなら、曲節数はさきにあげた八種類の数倍にはなるだろう。

しかしどれほど細かく類別したとしても、語り手の気分や場の雰囲気などに応じた、一回的なヴァリアントのすべてをおおう下位分類は不可能である。むしろ語り手の側からいえば、フシの規範性がゆるく、それぞれのフシが幅を許容することで、逆に局面に応じた自在な語り口が可能になる。物語の内容に即して微妙なニュアンスを表現し、多様な語りの場や聴衆に対応できるのは、要するに、フシが様式的に固定化しておらず、曖昧な幅を抱える（いわばプレ旋律型的な）旋律型だからである。

おそらく「平家」のばあいも、語りの様式的な固定化を前提にして、はじめてフシはそれ自体として（文句から独立させて）把握することが可能になったろう。さらに、近世以降の譜本（節付け本）の作成作業にともなう語りの客観的観察、記譜法の模索をとおして、フシそれ自体がかかえていた幅――それまで個々の語り手の芸やパフォーマンスに委ねられていた曖昧な幅が自覚されるようになる。

たとえば、「平家」の曲節数は、平家座頭の元祖生仏の時代には十五種だったといわれ（『当道要抄』）、それが近世の平曲譜本では倍以上にふえている（『平家正節』で二十五種ほどが数えられ、付属的な曲節を加えれば四十種前後に上るという）。おそらく曲節の種類は、室町時代をつうじて、「平家」語りが様式的に固定化するのにともなって漸次かずをふやしただろうが、しかし曲節の種類を飛躍的に増大させたきっかけは、近世における平曲譜本の作成作業にあったろう。譜本化にともなって、語りの音楽的側面が客観的な記述・分析の対象になる。そしていったん類別され、パターン化されたフシ（旋律型）は、こんどは規範として個々の演唱を拘束するようになる。ある一つのフシは、どの章段に現われても、すべて一律のメロディック・パターン（旋律型）で語られる。曲節数の増加が、じつは語りの様式的な固定化（いわば単純化）と表裏の関係にあったわけで、そこに、詞章にフシをつけて口演する近世声楽曲としての平曲が成立する。聞き手に物語内容を語り聞かせるよりも、暗誦した文句をフシ付けどおりに口演する「平曲」が成立するのだが、語りの文字テクスト化・譜本化にともなう「平家」語りの変質の問題は、中世の「平家」と近世平曲との距離を考えるうえで、どれほど強調しても強調しすぎることはないと思う(28)。

ところで、私が山鹿良之から聞いた語りのコツは、「その身になって語る」という一語につきるようだ。「その身になって語る」ことで、文句もフシもひとりでに出てくるという。もちろんそのような語りがなりたつために、山鹿は、聴き手の側にも「その身になって聴く」ことを要求する。また、「その身になって聴かせる」だけの芸の力を山鹿は持っているのだが、興味深いことに、近世初頭（以前）の平家座頭の伝書にも、「その身になって語る」ことが語りの秘訣として説かれている。

平家物語は我朝の史記、真俗の清規とも申し侍れば、文讃に均しくして諸人の耳にとゝくやうに語るへし。返す〳〵尊く殊勝なる所をは我れ随喜の思ひをなし、拾なとをは我と文義をなし、軍場は我も合戦の思ひをなし、哀れなる処をは我も袖をうるほし、狂言綺語の所をは我も其身になつて似せつかはしく語りなせるを以て上手とす、（『当道要抄』）

「諸人の耳にとゝくやうに」を大前提としたうえで、「我も其身になつて似せつかはしく語」ることの重要性が説かれている。近世初頭（以前）の「平家」が、節付け本を口演する「平曲」とは、まだかなりの落差があったことがうかがえる。そしてそのような語りの現場にあっては、文句もフシもたぶんに生成的・流動的である。そのことは、たとえば「平家の語りやう琵琶の引やうに墨譜なし」（『当道要抄』）、「上手は師伝のをしえを乱、曲の法度の外成事を言出すとも、元来不可背」（『西海余滴集』近世初）などの言い方にもうかがえる。つまり「平家サヘ能カタレハ、声ハオノツカラヒトリ出」るのであり（『平家物語指南抄』一六九五年）、それは山鹿のいう、「その身になって語」れば文句もフシもひとりでに出てくる、という語りのコツにも符合するのである。ただしもちろん、文句やフシが「ひとりでに出てくる」ためには、記憶に都合よく構成された語りことばのしくみがあり、またそれが生成する固有な文法があったのである。

六　段（句）の構成法

――「平家」語りの問題（2）――

すでに述べたように、山鹿良之の語りの文句は、基本的に七五調の一句を基本単位として構成され、それらはしばしば、特定のフシまわしと結びついた一定の成句として記憶されている。そしてそれらの成句がいくつかつながって、一つのフシ（曲節）で語られる文句のひとくぎりが構成される。さらにひとくぎりの文句＝フシの相互には、基本的に〈コトバ↓中心曲節〉という接続パターンがあり、そしてこの〈コトバ↓中心曲節〉の単位が内容上の段落にも対応して、語りの段落・小段が構成される。つまり文句の構成単位は音楽上の単位と不可分であり、そのような〈文句＝フシ〉複合が継起的・入れ子型式に連鎖する過程として、段物の一段が生成する。

たとえば、山鹿良之からの聞き取り調査で何度も経験したことだが、演唱が終わってから、こちらがメモをたよりにして、いまの語りのあそこが何のフシで、何の手が何回入ったとかを確認しても、まず要をえた答えは返ってこない。もっとも基本的な出し物（「小野小町」「道成寺」）でも、はじめから声に出して（軽くフシを付けて）口ずさんでいかなければ、文句もフシもどこがどうなっているのかわからない。つまり山鹿にあっては、語りのことばはつねに一定の抑揚・節回しをともなった声であり、しかもそれらは、〈文句＝フシ〉複合の継起的な連鎖として（つまり共時的・視覚的な全体としてではなく）、きわめて過程的にしか意識されていない。

語りのある部分は、つねにそれ以前の部分に対して入れ子の関係で生起する。したがって、ある一定のストーリーをもちながらも、個々の部分においてはきわめて場当り的に語りが進行する。全体の予定された輪郭というのも曖昧なのだが、語りがこのように継起的・過程的に生起するしくみは、中・長編の段物（四段から十段以上）のばあいとくに顕著になる。すでに述べたように、山鹿は、五十種前後の段物をつねに出し物として用意していたが、個々の出し物がいったい何段からなるかは、山鹿自身にも正確にはわからない（あらかじめ段数を教えてもらったばあいも、じっさいに聴いてみると大抵くいちがっている）。つまり出し物の全体的な輪郭、段数は、きわめて可変的であり曖昧である。たとえば、山鹿の語る「小栗判官」の全段通しの録音として、私の手元には、全四段（一九八九年三月十五日～四月五日）、全六段（一九九〇年九月十三～十四日）、全六段（一九九一年一月二十日～二十三日）、全七段（一九九〇年五月二～六日）という四種類の演唱例がある。一段は約四〇分から七〇分で、適当な「段の切りどころ」（山場）でキリブシを入れていったん語りおさめ、しばらく休憩をとってあらたに語りだすのだが、基本的なストーリー展開はおなじでも、録音するたびに段の切れ目はかなりちがってくる。また段数に比例して、語りの繁簡にもいちじるしい違いが生じてくる。

「俊徳丸」の全段通しの録音としては、全五段（一九八三年十一月十七～二十三日）、全七段（一九九〇年三月十三～十六日）の二種類の演唱例がある。だが山鹿によれば、くわしく語れば、十段ぐらいで語ることもできるのだという。またそれとは逆に、私の手元にある「俊徳丸」の録音テープには、途中一箇所だけ段を句切って、四時間あまりを二段で語っている演唱例もある[29]（途中、二三度休憩をとっているが、そのときもキリブシを入れずに語りさしのまま休憩をとっている）。つまり段を切らずに通し語りする演唱ヴァージョンだが、山鹿の話では、かつて村の日待ちや夜ごもりなどに呼ばれて語ったときには、あまり段を切らずに夜明けまで通しで語ることもあったという。

あらかじめどこからどこまでを一段として把握しているのではなく、語ってゆく過程で、なかば場当り的に段が構成される。小段をいくつかつなげればどこでも段が切れるし、逆に小段をいもづる式につなげていけば、段を切らずにどこまでもいってしまう。全体の予定された輪郭（というより全体という概念自体）が曖昧なのだが、段構成のこのような過程的・継起的なあり方は、しかし台本に拠らない（オーラルな）段物演唱のあり方として、長編の語り物伝承にはかなり普遍的な問題だったのではないか。たとえば、浄瑠璃のばあい、その五段構成が確立した要因として、能の序破急五段構成の影響がいわれている。浄瑠璃が操りと結びついて演劇化する以前（演劇詞章として固定化する以前）、段構成や段の切り方はかなり自由で流動的だったことが想像されるのである。

「平家」のばあいも、中世の享受記録によれば、琵琶法師が「平家四五句」を語ったとか、「一両句」「両三句」「三四句」とかの句数の曖昧な記事がすくなくない（『看聞御記』他）。おそらく句を切らずに通して語ったための曖昧さだろうが、なかには、「祇園精舎より仏御前に至る六句を語る」（同応永三十年六月五日条）などの記事もある。中世の社寺で勧進興行された「一部平家」（日数をかぎって行なわれる「平家」一部＝全巻の通し語り）も、室町時代にはあまり句を切らずに通し語りしたものだろう。近世の平曲伝書には、一部平家は百二十句で語るとあるが（『西海余滴集』）、これなどもふつうの平曲譜本が二百句近くに分割されるのに較べてかなり少ない句数である。つまり一句をかなり長くして語っているのだが、現在残っている語り本の「平家」テクストにしても、目録に章段名を掲げるだけで、本文はまったく続け書きというのがすくなくない。句を立てていても、諸本によって句切りは流動的である。たぶんそうした問題も、語りの継起的な連鎖、いもづる式のシークェンスと無関係ではないだろう。過程的・入れ子式に構成されるための輪郭の曖昧さが、語りの「句」あるいは「段」というものの本来的なあり方だったろう(30)。

ところで、「平家」語りの一句について、蒲生美津子は、一句というのが一齣と同義で、全体のなかでの一局面・一場面を意味すると述べている(31)。「平家」の「句」にかんする最も妥当な説明だろうが、要するに一句とは、自己完結的な一曲ではなく、通しで語るなかでの一場面、ヒトコマという意識である。さらに「平家」のばあい、「語り句」「引き句」の言い方（曲節の分類名称(32)）にもみられるように、一つの曲節で語られる文句の一定単位も「句」とよんでいる。「平家」の曲節が文句＝フシの未分化な「句」として把握されることに注目したいが、そうした語り句、引き句などの「句」（曲節）が、〈クドキ→中心曲節〉のパターンで接続することで、さらに上位の「句」（段落・小段）が構成される。そしてこの上位の句を基本単位として、それがいくつか連鎖することで「平家」の一句（一章段）が構成される。ふつうこの内容的なひとまとまりで句を切るが、もし時間に余裕があれば、そのまま つぎの「句」（段落・小段）をつなげることも可能である。句（七五調一句）→句（曲節）→句（段落・小段）→句（章段）という、さまざまなレベルの句が継起的に連鎖する過程として語りが生起するのだが、「句」構成のこうした継起性にたいして、近世平曲では、語りの各句を一曲として独立化させようとする。

平曲譜本の決定版ともいえる『平家正節』が、物語りの継起的な展開を寸断するかたちで、一句の独立化、つまり語りの音曲化をはかっていることは本章のはじめに述べた。だがそうした自己完結的な一曲のあり方が、中世的な「平家」演唱の実態へさかのぼれないことは、「一句」という伝統的な呼称がなによりも雄弁に物語るのである。

七　語りのヴァージョン
――「平家」語りの問題（3）――

山鹿良之の語りが口頭的《オーラル》に生起する仕組みについて、「平家」演唱の実態との関連からもう一つだけ述べておく。四節に掲げた「道成寺」の演唱例七種の対照表において、二〇分の時間制限を付された公開演奏Cでは、①〜③の展開を段落を切らずに語りすすめている。段落を句切りながら、場面構成的に語りすすめる演唱例（山鹿宅での演唱に多い）にたいして、段落・場面を構成せずに、コトバブシで一気に叙事的・説明的に語ってしまう語り口である。

「道成寺」のばあい、標準的な語り口は、すでに述べたように〈コトバ→中心曲節〉の組合せで段落を構成し、場面構成的に語りすすめるタイプである。三〇分たらずの演唱時間のあいだに、小刻みに段落が句切られ、それに応じて多様なフシが段落中心部にもちいられる。しかし「道成寺」とならぶ基本的な練習曲、「小野小町」では、ウレイオクリの慣用句が一回、ナガシが三回もちいられる以外は、全体が朗誦のコトバブシによって叙事的に語られる。また、おなじく山鹿の語る一段物の「石童丸」(約五〇分前後)のばあい、一段全体の山場を、苅萱・石童丸親子の対面の場面におき、それに至る複雑な経緯――加藤左衛門の出家と石童丸の誕生・成長、十三歳の石童丸が母と高野山へ至り、一人山に登って苅萱と出会うまで――は、途中に道行のナガシを四、五回もちいるほかは、すべて朗誦のコトバブシ(部分的に吟誦のコトバ、ウレイがかったコトバブシ)で説明的・叙事的に語ってしまう(二〇分強)。そして苅萱との出会いから両者のやりとりになると、吟誦のコトバを主体にして会話や心中思惟を多用し、要所要所をウレイやノリで劇的に盛りあげながら場面構成的に語りすすめる。(33) 前半がいわば「小野小町」的、後半が「道成寺」的な語り口で構成されるのだが、出し物の内容しだいで、この二つの語り口が使いわけられている。とくに長編の段物のばあい、一つの出し物に二つの演唱ヴァージョンがあり、それが時と場に応じて適宜使いわけられる。

たとえば「俊徳丸」のばあい、山鹿によれば、短く語って五段、くわしく語れば十段ぐらいで語ることもできるという(一段は四〇~七〇分)。およその傾向をいえば、多い段数で時間をかけて語るときは、オクリ・ウレイなどの詠唱的なフシを多用し、また、会話や心中思惟を多用して話をリアルにふくらまる。とくに吟誦のコトバで語られる会話や心中思惟のばあい、話の肉付けはかなり自由に行なわれるが、逆に時間が限られていたり、はやく終わらせたいときには、会話や心中思惟を語り手の説明にかえ、詠唱的な箇所を朗誦的旋律(コトバブシ)で語ってしまうなどして、話の展開をテンポよく説明してしまう。段落・場面を構成しながら語りすすめる語り口にたいして、話の筋をコトバブシで叙事的・説明的に語りすすめる語り口である。一定のストーリー展開の枠組みのなかで、二つの演唱ヴァージョンを適宜使いわけ、時と場に応じた語りが自在に構成されるのだが、こうした二つの演唱ヴァージョンの使いわけは、しかしオーラルな語り物伝承にはかなり一般的に見られる現象である。

たとえば、比較的最近まで東北や関西地方で行なわれたデロレン祭文のばあいも、一つの出し物に複数の演唱ヴァージョンがある。時間をかけて語るときはセリフを多用して物語をふくらませるし、時間を節約するときは、朗誦的な旋律で話の筋を叙事的に説明してしまう。たとえば、大正初期のデロレン祭文のレコードがあるのだが（復刻・コロンビアレコード『伝説高座シリーズ浪花節編』FZ・7214）、昔のSP盤で時間が限られているため、話の筋を朗誦的旋律でたどって、一段を一〇分たらずで語りおえている。朗誦的旋律のくりかえしでストーリーを語るというのは、民謡でいうクドキ節だが、デロレン祭文のばあい、クドキ節の演唱ヴァージョンに踊りの振りをつけたのが踊りクドキ、いわゆる祭文音頭である。たとえば、デロレン祭文を踊りクドキにした八日市祭文音頭すなわち江州音頭があるのだが、その江州音頭には、座敷芸の演唱ヴァージョン（座敷音頭）もある。現在も盆踊りが雨などで中止になったときに行なわれるが、ふつうの音頭（棚音頭）にくらべてテンポもゆるく、途中に節のつかないコトバやタンカ（セリフ）が入る。この二つの語り口を適宜使いわけて、プロの音頭取りは、今でも口頭的《オーラル》な語り（唄）を演じている。つまりデロレン祭文には祭文クドキという演唱ヴァージョンがあって、デロレン祭文と江州音頭の違いは、そのどちらを標準ヴァージョンとしたかの違いである。(34)

祭文のクドキ節ヴァージョンに関連して、たとえば新潟県（上・中越地方）には、瞽女の伝承した祭文クドキ（祭文松坂）がある。旋律や演唱形式からみて、同地方のデロレン祭文(35)や五色軍談(36)あるいは説経祭文（説経浄瑠璃）などに隣接する芸能とみられるが、昭和初年に祭文松坂をフィールド調査した藤原勉は、旋律面の類似から「祭文松坂は瞽女口説がデロレン祭文と習合して派生したもの」と述べている。[37] また『日本庶民生活史料集成』第十七巻（「民間芸能」、五来重編）は、新潟県上越市（越後高田）に伝わった説経祭文正本（薩摩若太夫正本の「小栗判官照手之姫」「石童丸一代記」「信徳丸一代記」など）を、「高田瞽女の段物のテクストになったものではないか」として紹介している。瞽女の祭文クドキのもとになったのはデロレン祭文か、それとも説経祭文なのかはにわかに判断しかねるが（ただし『嬉遊笑覧』巻六上によれば、デロレン祭文・説経祭文ともに寛政年間の山伏祭文から派生したもので、もとは同根の芸能）、もうひとつの可能性として、越後地方で行なわれた座頭三味線の語り物、五色軍談との関係も考えられる。

五色軍談も、デロレン祭文や説経祭文と同様、祭文・ちょんがれ系統の語り物である。とくに伴奏の座頭三味線が、瞽女の祭文松坂とおなじ三下がりで調弦されるのは注意されるが（薩摩派・若松派の説経祭文は二上がりの調弦）、あるいは瞽女の祭文クドキというのも、座頭の本格的な（場面構成的な）語り口にたいして、それのクドキ節を伝えたものかもしれない。瞽女の語りが伝承的にかなり退化したものであろうとは、その口語りを分析した山本吉左右が述べている。[38] しかし瞽女の祭文松坂における単調な朗誦的旋律のくりかえしは、たんなる伝承的退化であるより、〈コトバ↓中心曲節〉で構成される本格的な祭文系統の語り物――五色軍談、デロレン祭文、説経祭文、など――にたいして、それらのクドキ節ヴァージョンだったろう。瞽女の伝承が祭文クドキといわれる以上、そこにはクドキ節にたいする標準ヴァージョンの存在が当然一方に予想されるのである。

ところで、祭文クドキ・盆踊りクドキなどのクドキ節の源流には、おそらく座頭が語りひろめた「平家」のクドキ（口説）があったろう。「平家」のクドキも、話の筋を叙事的・説明的に語る朗誦的な曲節であり、平曲譜本の節付けを単純計算すると、節付け全体の五〇パーセント前後を占めている。山鹿良之の語りでいえば、朗誦のコトバ・コトバブシに相当するが、近世の平曲指導書『平家物語指南抄』（一六九五年）には、「（口説は）一句の体而地形也、其体非

ㇾ一、」とあって、かならずしも一律の旋律パターンに拘束されずに、語りの局面に応じた微妙な語りわけが行なわれていたらしい（その点も山鹿のコトバと同様である）。『指南抄』はまた、口説を詞（語り句）の一類とし（ふつう一般的には節=引き句に分類される）、「口説ヲ白声ニカタリ、白声ヲ口説ニモカタル也」とも述べている。まさに語り句（吟誦）と引き句（詠唱・朗誦）の中間的な曲節として、「平家」の曲節全体を（その曖昧さゆえに）媒介するような性格をもっている。[39]とすれば、祭文にクドキ節のヴァージョンがあり、また山鹿の語りにコトバブシの演唱ヴァージョンがあるように、近世以前の生成的な「平家」の演唱にも、クドキ（口説）を多用して、ストーリーの展開をたどってしまう叙事的ヴァージョンが存在したものだろう。複数の演唱ヴァージョンが存在しなかったと想定してかかることは、存在したと考えるよりもはるかに不合理である。たとえば、「平家物語一部」を「口筆を以て書写」（覚一本奥書）した覚一検校にもさまざまな演唱ヴァージョンがあって、覚一本というのはその標準的な（覚一が規範的と考えた）語り口を伝えたテクストだったろう。

中世の「平家」語りに複数の演唱ヴァージョンが存在したとすれば（もっとも簡略なのは、『蔗軒日録』文明十七年三月、閏三月の条にみえる「平話」、すなわち「常の談論の如」き語り口である）、現存する「平家」諸本の関係、とくに本文の広略・繁簡についても、従来とはちがった角度からの説明が必要になる。『平家物語』の語り系諸本の異同については、従来おもに当道の流派や、本文成立の先後関係などから説明されている。しかしそれらはむしろ演唱ヴァージョンの相違として理解すべきではないのか。たとえば、場面構成的な覚一本にたいして、叙事的な屋代本や百二十句本の古態性がいわれている。[40]その理由として、曲節の種類が時代をさかのぼるほどすくなかったこと——鎌倉時代には十五種だったといわれ（『当道要抄』）、それが近世の平曲譜本では倍以上になっている——、そうした曲節数の増加にともなう語り口の多様化が、場面構成的で変化にとんだ覚一本的な語り口を可能にしたというような説明が行なわれる。しかし五節でも述べたように、曲節数の増加は、語り口の多様化・複雑化を意味するのではなく、それは語りの様式的な固定化（＝単純化）と表裏の現象なのであった。場面構成的な覚一本にたいして、叙事的な屋代本・百二十句本等の存在は、はたして語り口の時代的な推移・成長や流派の相違を意味するのかどうか。むしろ当道の正本として標準的・規範的な語り口を伝える覚一本にたいして、クドキを多用する叙事的な演唱ヴァージョンを伝えるのが屋代本だったろう。[41] ストーリーの叙事的な展開に主眼を置いた屋代本的な語り口は、場面構成的な覚一本よりも、『平家物語』の歴史語りとして受容に応えるものだろう。すくなくとも、そのように考えることで、さまざまな聴衆・語りの場に柔軟に対応していた「平家」演唱の実態がイメージされてくる。物語内容を聴き手に語りきかせる（暗誦した文句にフシをつけて口演するのではない）中世的な『平家物語』演唱の実態がイメージされるのである。

注

（1） たとえば、薩摩藩領において、常楽院流の盲僧とはべつに、路頭で米銭乞いをする「在野の盲僧」「遊行琵琶法師」が存在したことは、成田守「地神盲僧伝承詞章考」（『伝承文学研究』第一五号、一九七三年）が指摘している。また、久留米藩郡方下代の記録『公用見聞録』には、随所に「座頭」「平家座頭」に関する記事がみられる（久留米市教育委員会の古賀寿氏のご教示による）。筑後・筑前の盲僧（座頭）の実態については、永井彰子「近世筑後の盲僧」（『福岡地域史研究』第五号、一九八六年）、同「近世における筑前の盲僧」（『福岡県史　近世研究編・福岡藩三』一九八七年）にくわしいが、永井論文が、御供米で生活する「座頭」の存在に注意を喚起するように、天台系盲僧の本拠地ともいえる筑前・筑後地方に、すくなからぬ「座頭」が存在したことは注意されてよい（なお、藩政資料等に「平家座頭」とあるのは、当道の支配をうける座頭のこと。筑後の座頭が一般に「平家」を語っていたわけではない）。

（2） 中山太郎『日本盲人史』第六章七節（昭和書房、一九三四年）。

（3）　永井「福岡藩領における近世盲人芸能の展開」（『福岡県史　近世研究編・福岡藩四』一九八九年）、参照。なお、『正房日記』は、福岡藩の在郷武士加藤正房が、延宝三年から元禄二年（一六七五〜八九）に、筑前三奈木村（現在の甘木市三奈木町）での日常生活を記した記録。『甘木市史資料・近世編』（一九八五年）、所収。

（4）　兵藤「座頭（盲僧）琵琶の語り物伝承についての研究（三）——文字テクストの成立と語りの変質」（『成城国文学論集』第二六輯、一九九九年三月）。

（5）　木村理郎「肥後をはずした琵琶の研究を」（『肥後琵琶便り』一九八一年三月）によれば、「肥後琵琶」なる名称は、明治四十二年七月発行の『うきよ新聞』に見えるのが比較的古いもので、それは（近代の筑前琵琶・薩摩琵琶の流行に対抗して、それとは区別する意味で）明治期の熊本士族の間で使われ始めた呼称だったろうという。肥後の座頭によって「肥後琵琶」という呼称が使われたわけではないし、また、特定の楽曲様式として「肥後琵琶」なるものが存在するのでもない。

（6）　田辺「肥後琵琶調査報告」（『昭和四十七年度文化庁・記録を必要とする無形文化財・調査報告書』）、同「荒神琵琶とその系統」（国立劇場第三回中世芸能公演『荒神琵琶』パンフレット、一九七〇年四月）。

（7）　『熊本日日新聞』一九七五年三月一日夕刊。ほかに、原口長之「肥後琵琶覚書」（『日本談義』一九七三年八〜一一月）、米川共司「熊本芸能界物語」（『日本談義』一九七三年一一月）、平川穆「肥後琵琶調査の経過」（『肥後琵琶便り』第一二〜一三号、一九七八〜七九年）などが古浄瑠璃との関連を述べている。

（8）　二の糸を一の糸の完全四度上、三の糸を二の糸の完全五度上、四の糸と三の糸は完全一度（すなわち同音）に調弦して、実質的には三弦の本調子で調弦する。なお、平野健次の調査によれば、筑前盲僧琵琶・日向盲僧琵琶も本調子で調弦するという（日本ビクターレコード『琵琶・その音楽の系譜』解説書、一九八〇年）。

（9）　本書第二部第一章。

（10）　中世語り物の音楽形式については、蒲生美津子「中世語り物の音楽構造」（『岩波講座　日本の音楽・アジアの音楽』第五巻、一九八八年）、参照。

（11）　平川、注（7）の論文。

（12）　何真知子「肥後琵琶採訪録」（『伝承文学研究』第一三号、一九七二年）、村山道宣「肥後琵琶伝承誌」（『仏教民俗学体系』第二巻、名著出版、一九八六年)、木村理郎『肥後琵琶弾き・山鹿良之夜咄』(三一書房、一九九四年)、他。

(13) 肥後の座頭琵琶の一派。山鹿良之の話によれば、玉川派を起したのは、久重村(熊本県玉名郡)の堀教順(一八三五〜一九一〇、京順とも書く)で、教順は、その芸を認められて細川侯から玉川の亭号と金品を賜ったという。墓は玉名郡南関町琵琶瀬に現存し、墓石に記された二〇名の弟子の中には、山鹿の師匠玉川教節(墓石には京説)の名も見える。なお、堀教順旧蔵の『妙音会順回記帳』(嘉永六年〜明治二五年、玉名地方の座頭の間に組織された妙音講の記録、熊本県教育庁文化課蔵)には、妙音講の「勤メ主」として三度、堀教順の名がみえるが、安政二年に「教順」、明治二十年「堀近江一」、明治二十三年「堀近江ノ一」とある。「近江一」「近江ノ一」は、いわゆる「一名」であって、堀教順が当道系の座頭であったことをしめしている(同書には、ほかに「若一」「相模一」「大和一」等の一名がみえる)。

(14)『肥後琵琶便り』第一八号(肥後琵琶保存会、一九八一年)が紹介する山鹿良之の語りの出し物(端歌や祝言物などを除く)は、「道成寺」「小野小町」「石童丸」「あぜかけ姫」「俊徳丸」「小栗判官」「葛の葉」(「芦屋道満術比べ」とも)「都合戦筑紫下り」(「牡丹長者」とも)「菊池くづれ」「柳川騒動」「島原巡礼」(「島原軍記」とも)「筑前原田合戦」「弘法大師小杉の由来」「牛若鞍馬上り」「一の谷」(「ふたば軍記」とも)「熊谷跡目騒動」「大江山鬼神退治」「前太平記滝夜叉岩屋退治」「日光白面退治」「更級武勇伝」「北国国上合戦」「平山合戦」「大坂巡礼」「越前福井騒動」「尾張騒動」「隅田川」「天竜川」「箱根霊験記」(「いざりの仇討」とも)「奥州安達ケ原」「山中鹿之助身方集め」「神崎与五郎の生い立ち」「左甚五郎」の三十二種類である。私の聞き取り調査によれば、以上のほかに、「小敦盛」「芦屋道満術問答」(「葛の葉」とは別の外題)「山田合戦」「信濃軍記」「石山軍記」「広島巡礼」「相州地雷也」「十文字秀五郎」「大久保政談」(一心太助の生い立ち)「芸者のまこと」等を加えることができる。

(15)『肥後琵琶便り』第一八号(前出)は、「肥後琵琶演目一覧」として、伝承者十九名の演目を一覧するが、最も出し物(語りの外題に限る)が多いのは、山鹿良之で三十二種類、二番目は西村定一(西村教山、一九〇〇〜七一)の二十五種類、三番目は、森田喬(玉川教節、一九〇六〜七六)の十五種類、四番目は野添栄喜(一八九〇〜一九七四)の約十種類となっている(なお、野添は若い頃に筑前琵琶を習っており、『肥後琵琶便り』があげる野添の演目二十八種類も、その半数以上は筑前琵琶歌)。

(16) 兵藤「座頭琵琶の語り物伝承についての研究(一)」(『埼玉大学紀要・教養学部』第二六巻、一九九一年三月)に、端歌「一花ひらいて」の演唱例を示した。なお、端歌(七五調の数句ないし数十句からなる)は、はじめをナガシ二回、つぎにコトバブシを入れ、おわりをナガシ三回（または二回）で歌うのが正式の歌い方だという。端歌はおもに門付けに用いられ、したがって山鹿は、五分程度で時間をかけずに演奏する必要から、始めと終わりのナガシを各一回ずつにしているという。

(17) 注(16)の論文に、「小野小町」の演唱例を示した。

(18) 京山派は、明治期における玉川派からの分派。師弟関係をいえば、堀教順（京順、近江ノ一とも。玉川派祖）――井上関順――木越福順――京山上学――京山上縁（田中藤後）となる。なお、肥後琵琶の流派については、平川穆、注(7)の論文がくわしい。

(19) なお、昭和五十六年度トヨタ財団研究助成・共同研究報告書「地神盲僧の語り物伝承（説経・祭文）に関する予備的研究」（研究代表者・藤井貞和）が、田中藤後の「道成寺」の曲節構成を分析している。

(20) 平野健次「語り物における言語と音楽」『日本文学』一九九〇年六月）によれば、「吟誦」とは、「その旋律において臨時的に音高が考えられても、それは固定化したものではなく、しかも音楽上の音程としての構造を考え得る音高としては現われないもの」である。つまり平曲のシラ声、謡曲・長唄・義太夫節のコトバなど、語り物に使われる（一種独特の装飾的抑揚をともなった）話し言葉であり、一定の旋律をもたなくても「普通の話し方・語り方とは異なる」ものを「吟誦」という。詠唱・朗誦にたいして吟誦を立てるのは、平野固有の説である。なお、平野によれば、「朗誦」は「詞章の一音節もしくは一モーラが音楽上の一拍に対応するのが原則となっている」旋律、「詠唱」は「長い引き伸ばしが主体となっているもので、その引き伸ばした音が、その動きをも含めて音高や音価が固定するようになった」メリスマ的な旋律である。

(21) 兵藤「祭文語り」（『岩波講座　日本文学史』第一六巻、一九九七年）、参照。

(22) 山鹿の語りに使用される慣用句・決まり文句の具体例については、注(16)の論文、四節、参照。

(23) かつて山鹿良之について琵琶を習った西田道世氏（玉名市役所市史編纂室）によれば、山鹿の合の手には、大別して七種類のパターンがあり、それを曲節の種類や語りの場面等に応じて、適宜押さえる坪の位置、弦を押え込む強さなどを変えて使用するという。ただし山鹿本人は、合の手が七種類であるとは意識していない。

(24) 筑前盲僧琵琶のフシについては、兵藤、注(4)の論文、参照。

(25) 平曲の段構成について、平野健次は〈朗誦的曲節→詠唱的曲節〉の単位を考え（注(20)の論文）、また蒲生美津子は、中世語り物（平曲も含めて）に共通する音楽構造として、〈コトバ→フシ〉の単位を考えている（注(10)の論文）。ただし「平家」の場合、吟誦の白声が小段の中心に位置することもあり、小段の中心を構成するのは詠唱的な曲節ばかりではない。

(26) Eは後藤昭子氏の録音をお借りした。また、Gは、注(19)の共同研究の折に録音したもの。なお、A・C・D・F・Gは、注(16)の論文に、資料①〜⑤として掲載した。

(27) 注(8)のレコード解説。

(28) 節付け本(譜本)の作成にともなって語りが変質する具体相については、兵藤、注(4)の論文に詳論した。

(29) 一九八二年三月に、宮川光義(福岡県大牟田市の写真家)が録音したテープ。なお、この録音を使用して、神野藤昭夫が、物語文学の改作に関する考察を試みている(「物語文学の改作」、三谷栄一編『体系物語文学史』第二巻、一九八七年、有精堂出版)。

(30) 本書第一部第二章。

(31) 蒲生、注(10)の論文。

(32) 「語り句」は、白声(素声)などの、音楽的旋律をもたない吟誦的曲節。「引き句」は、音楽的旋律をもつ詠唱的ないしは朗誦的曲節。三重・中音は詠唱的、拾・指声は朗誦的曲節を代表する。

(33) 注(16)の論文、資料⑥に、「石童丸」の演唱例を示した。

(34) 兵藤「デロレン祭文・覚書」(『口承文芸研究』第一三号、一九九〇年三月)。

(35) 新潟・富山県で大正頃までさかんにデロレン祭文が語られていたことは、新潟県の『新潟県史　資料編22民俗・文化財編』『柏崎市史　資料集・民俗編』『小千谷市史(上)』『見附市史(下一)』『南魚沼郡誌(続編下)』、および富山県の『富山県史　民俗編』『八尾町史』『福岡町史』『氷見百年史』等、参照。

(36) 五色軍談については、鈴木昭英「川上派五色軍談の系譜」(『長崎郷土史』第一四号、一九七六年)、『水沢村史』『新潟県史　資料編22民俗・文化財編』等、参照。また五色軍談の座頭が当道に属し、妙音講を一座の紐帯としていたことは、『柏崎市史　資料集・民俗編』『小千谷市史(上)』、参照。

(37) 藤原「祭文松坂の研究」(『仙台郷土研究』一九三七年二月)。

(38) 山本『くつわの音がざざめいて』(平凡社選書、一九八八年)。

(39) こうしたクドキの性格に注目して、高木市之助は、クドキを「平家」語りの基本として位置づけている。——高木「平家物語の

論」（『文学』一九五三年二月）、同「平家物語の叙事詩的関連」（『平家物語講座』第一巻、東京創元社、一九五七年）。

(40)　渥美かをる『平家物語の基礎的研究』（三省堂、一九六二年）、山下宏明『平家物語研究序説』（明治書院、一九七二年）、同『軍記物語と語り物文芸』（塙書房、一九六二年）。

(41)　本書第一部第二章。

第二章　語りの場と生成する物語

はじめに——語りの輪郭——

名古屋の井野川幸次検校から平曲を学んだエリック・ラトレッジによれば、平曲の語りまちがいは、その多くが詞章テクスト（文句）のまる暗記に原因があるという。(1)

意味内容を二の次にして文句を暗誦するため、文句の脱落や転倒など、書写過程の目うつりにも似た現象が容易にひきおこされる。ラトレッジは、語りまちがいのパターンを分類することから、現存する『平家物語』諸本（語り本）の本文異同を説明するのだが、もちろんそれには、井野川検校の語る「平家」が、文字テクスト（台本）に依拠した近世以降の平曲伝承であるという前提がある。(2)

たとえば、近年まで九州地方に伝承された座頭（盲僧）琵琶(3)の語り物のばあい、その演唱現場にたちあって実感したことは、語りから文句を抽出する思考が、語りを文字テクスト化する作業と不可分ではないか、ということだ。文句について聞きとり調査をしても、文句だけを（フシをつけずに）聞きだすのは、まず不可能といってよい。またそれとは逆に、フシに関する説明を求めても、説明は特定の外題に即してきわめて具体的に行なわれる。フシの種類や特徴など、抽象度の高い包括的な説明は容易にひきだせない。口頭的《オーラル》な語り物の伝承者にあって、語りのことばは、文句／フシの未分化な複合体として、すなわち声としてしか存在しない。

語りの言語的側面（文句）は、文字に書きうつすことで、はじめてそれ自体としてとらえることができる。おなじようにして、音楽的側面（フシ）も、文句から切りはなして抽出することが可能になる。文句とフシ、言語と音楽（すなわち歌詞と楽譜）という二元的な思考は、語りの文字テクスト化（台本化）の作業と不可分に成立するらしいのだが、それに関連して、やはり聞き取り調査でたびたび経験したことだが、語りの演唱がおわって、こちらがメモをたよりに、いまの語りのあそこが何のフシで、何の琵琶の手が何回入ったなどと確認しても、まず要をえた答えはかえってこない。もっとも基本的な出し物でも、はじめから声にだして（軽くフシをつけて）口ずさんでいかなければ、文句もフシもどこがどうなっているのかわからない。つまり語りのことばは、一定の音色、抑揚、リズムをともなった声であり、しかもそれらは継起的な連鎖として——共時的（視覚的）な全体としてではなく——きわめて過程的にしか認識されない。

記憶される語りのシークェンスには、記憶を容易にするさまざまなレベルの慣用的言いまわしがある。合戦や戦闘場面を語る長大なノリの慣用句、主人公の誕生と成長、容姿の美しさなどを語る比較的短いコトバブシの慣用句、また一部の語を入れ換えればさまざまな場面に応用可能な（七五調一句程度の）短い慣用句が、なかば様式化された口ぐせのようにして記憶されている。そのような語りことばのストックによって演じられる出し物のかずは、多い伝承者で五〇種類以上、のべ時間にすれば数百時間におよんでいる（前章で考察した山鹿良之など）。だが興味ぶかいことに、そのような伝承者にあっても、文句をまる暗記して覚えなければならない端歌（演唱時間は五分から一〇分程度）はわずか数曲しか伝承しておらず、演奏機会が少なくなった晩年には、その多くを忘れてしまっていた。おそらく名古屋の平曲伝承者（盲人）が、全二百曲（章段）ちかい平曲のうち、わずか八曲しか伝承しなかったことも、原因のひとつには、詞章テクストをまる暗記して覚えることの限界があげられる。

中世の盲人の記憶力がどれほどすぐれていたとしても、語り物はテクストのまる暗記によって演じられたのではないだろう。ストーリー展開や人名・地名等の固有名詞をのぞけば、そのかなりの部分は語り手の裁量にまかされていたと思われる。口ぐせのようにして記憶された語りことばのストック(4)をもとに、その時その場に応じた語りが自在に構成されたと思われるだが、ただしそのばあいにも、語りの自由度は、演唱機会や場にかかわって許容される水準はさまざまだったろう。とくに歴史語りという建前で聞き手の一定の了解を前提にして演じられた「平家」のばあい、知識層に接する機会の多い検校・勾当クラスの琵琶法師が、底辺の座頭とおなじ語り口をもっていたとは考えがたい。現存する正本類に近い語り口を習得する者から、あらすじだけをおぼえて口頭的に語りを構成する者まで、さまざまなレベルの語り手が存在しただろう。そしてそれらのすべてが「平家」として演唱・享受されていたとすれば、語り物における作品の輪郭とは、いったいどのようにイメージされるのか。オーラルな語りの現場にあっては、聞き手の一定の了解を前提として、しばしばストーリーさえ省略されるばあいもありえたのである。

語り物において出し物（作品）が伝承されるとは、いったい出し物のなにが伝承されることなのか。また出し物の同一性にたいして、個々の伝承系統や語り口（演唱スタイル）はどのようにして形成され、それは語り手の技量、所属流派、演唱機会と場、活動地域等の問題とどのようにかかわるのか。

この章では、『平家物語』演唱の中世的な実態にさかのぼる試みとして、座頭（盲僧）琵琶の段物演唱を例にして、右に提示したいくつかの課題にせまってみたい。具体的には、六種類の伝承例（六名の伝承者による十数種類の演唱サンプル）を入手できた「あぜかけ姫」という物語に焦点をあてるが、「あぜかけ姫」を考察対象とすることで、伝承変化のいくつかのタイプがモデル化され、出し物を出し物たらしめている伝承の指標的部分が抽出できるのである。[5]

一　暗誦されたテクスト

「あぜかけ姫」は、あぜ（綜）掛けすなわち機織りに秀でたヒロインを主人公として、その嫁ぎ先での姑の嫁いじめを中心に展開する物語である。座頭琵琶における短編の段物（一段ないしは二、三段で語られる）として、かつては九州の中部・北部一帯の座頭（盲僧）によってひろく語られていたが、[6]機織りというモチーフは、それを副業とした農家の主婦にとって身近な関心事だったろう。しかも姑・嫁の対立という現実的な関心をテーマとしており、座頭（盲僧）琵琶の出し物のなかでも、とくに女性の聞き手に好まれた出し物だったという。

まず、「あぜかけ姫」六種類の伝承例から、ストーリーがたどりやすく、物語としての整合性も大きい大川進（芸名宮川菊順、一九一八〜、鹿児島県出水市）[7]の伝承例をしめしておく。以下に掲げるのは、大川の数回の口述をもとに作成した翻字テキストだが、ゴチックでしめしたフシ付けは、フレーズごとに本人に確認しながら注記した。[8]また①〜㉒の段落わけは、二節に掲げる対照表の項目番号と対応させたもの。番号の欠けている項目は、大川の伝承では語られない部分である。

《一段目》

①**ナガシ**（ナガシの手）国を申さば駿河の国の　（ナガシの手）げばその長者の乙の姫　**カタリ**さよてる姫と申せし
は　七夕御前の申し子にて

②（カタリの手）**カタリ**五つのおん年より筆取りはじめ　むつでほけ経を読み通し　七つでおおをうみそろえ　やつでころばた織らせけり　九つにならせしおん年に　きんらんどんすを織りたまえ　とおにならせしおん年は　綾も錦も織りそろえ　一切経まで読み通し

③（カタリの手）**カタリ**みとし暮らして十三歳で　国を申さば河内の国の　あさむら長者の　あさわか丸と　縁を結びあそばされ　吉にちを選んで河内の国より　迎えの駕籠が参りしなば　さよてる姫の母親は

④（カタリの手）**カタリウレイ**さよてる姫をひとまに招き　のおいかにさよてるよ　母の教えを忘れるな　そおたい女と申せしは　いちど縁づきするならば　死してわがやに帰るとも　生きてふたたびわがやには帰るなよ　向こお三軒両隣　これを必ず大事に守れ　近いなかには垣をせよとのたとえあり　堪忍とゆう二字を忘れるな　なる堪忍は誰もする　ならぬ堪忍するがまことの武士の妻　よいか承知かさよてるよ　**ウレイオトシ**母の教えを忘れるな

（カタリの手）**カタリウレイ**仰せを受けてさよてるは　仏間の中にはいられて　ご先祖さまに別れを告げられ　**セリフウレイ（コトバウレイ）**母上まえに両手をつかえ　長くお世話になりました　これから河内の国に参ります　さらばでござる母上さま　おさらばでござるさよてると　互いにいとまをなされては

⑤（カタリの手）**カタリウレイ**河内の国の迎えの駕籠に身を乗せて　**ナガシ**駿河の国をあとにして　（ナガシの手）河内の国へと旅だたれ　つつじつばきは野山を照らす　（ナガシの手）さよてる姫は駕籠照らす　（カタリの手）**カタリ**よよの道中はや過ぎて　もはや河内の国に着きにける（ここで段を切ってもよい。段を切るなら乙ウレイ）

（カタリの手）**カタリ**河内の国になりければ　高砂や　さんさんくどのさかずきも　めでたくあいすんで　月日のたつは早いもの

⑦（カタリの手）**カタリ**ある日のことにさよてるは　夫あさわか様に　綾で裃織りてさし上げんと　五色の糸を取り

出だし　うんだりついだりなさりける

⑨（カタリの手）**カタリ**それを聞くより姑母親は　わが子娘小菊があぜのかけよおを知らずして　嫁が知りてすむものか　なに咎なしのあの嫁に　恥をひと恥与えんと　**ノリ**木の葉も眠るうしみつどき（ノリの手）二反つづきの白木綿　ふたえに取っては吹き流し　口にはあばら串を加えさせたまえ　額に蠟燭を照らしたまい　正八幡に願まいり▼（カタリの手）**カタリ**裏門より静かに立ち出でられ　早みやしろになりければ　鰐口半鐘打ち鳴らし　南無や申さん正八幡大菩薩さま　このたびわたくしの嫁のさよてるが　四十八手のあやのあぜをかけて綾を織る様子娘小菊が知らずして　嫁が知りてすむものか（カタリの手）**カタリ**なに咎なしのあの嫁に　恥をひと恥与えてたまわれや　御願成就とあるなれば　御願ほどきにいたすには　姿見鏡がななおもて（カタリの手）**カタリ**真澄の鏡が十三み　金の灯籠が千灯籠　銀の灯籠が千灯籠　あなたの庭に水池掘らせ　池のなかには浦島太郎の舟浮かし金魚銀魚も泳がせて　にりたてきりたて上げまする　**ノリバラシ**再びみやしろあとにして（ノリの手）わがやをさしてたち帰られ　そしらぬふりでおわします　**乙ウレイ**哀れとゆうもなかなかに　申すばかりぞなかりける▼

《二段目》

ダシ裏門さしてはいられる　なにくわぬ顔で姑母親は　ひとまのうちに入られる

⑧（カタリの手）**カタリ**話変わってさよてるは　五色の糸を取り出だし　うんだりついだりなさりける　はやくたてをもつぎそろえ　しからばあぜをかけはじめ　**カタリ**ひと手ひとばのはじめあぜ　ふた手はふたばの並びあぜ　み手はみごとに飾るあぜ　よ手は夜深き空のあぜ　いつ手はいずもの忍ぶあぜ　む手は昔のたとえあぜ　なな手は難儀のはじめあぜ　や手は屋敷にすわるあぜ　ここの手ここで分別のあぜ　とおでと欲の忘れあぜとは申すれど▼

⑪（カタリの手）**カタリ**四十八手の綾のあぜ　四十七手はかけたれど　残るひと手をつゆ忘れ　立てばおぼえるすわ

れば忘れ　さよてる姫は　**三段ウレイ**わっとばかりに泣き出だし▼

⑫（カタリの手）**カタリ**しばしのことにさよてるは　国を出るとき母上が　あれほどまでもきびしき仰せあり　知らざることや忘れしものは（カタリの手）**カタリ**姑母さまに尋ねよとの仰せなれば　しかれば母上さまに尋ねんと　**ナガシ**泣く泣く綾をいだき上げ（ナガシの手）涙は道の友として　姑のひとまに急がれる（カタリの手）**カタリ**姑のひとまになりければ　かたわらに綾をおろされて　はるかしもに両手をつかえ　**カタリウレイ**恥ずかしながら母上さま　私は四十八手の綾のあぜ　四十七手はかけられど　残るひと手をつゆ忘れ　立てばおぼえる座れば忘れ　ウレイ　かけかえかけかえいたせども　さらにそのかいなかりけり▼（カタリの手）**カタリ**あなたご存じあそばせば　教えてたまわれ母上さまと　**カタリ**（強い調子のカタリでセメまでいかない）申し上ぐれば母上は　**セリフ**のおいかにさよてる殿　あなたは四十八手の綾のあぜを知らずして　西や東のいえくらが取られよか　長者の家がつがりょおかと　教えはせずに恥しめられ　**ウレイ**恥しめられてさよてるは　わが身はなんとなるべきかと　**三段ウレイ**天に声上げ地に伏して　しばし涙にくれにけり▼

⑬（カタリの手）**カタリ**よおよのことにさよてるは　しからば小姑さまに尋ねんと　**ナガシ**泣く泣く綾をいだき上げ　姑のひとまをあとにして　小姑ひとまに急がれる（カタリの手）**カタリ**小姑ひとまになりければ　綾をおろしてさよてるは　はるかしもに両手をつかえ　恥ずかしながら小菊さま　私は四十八手の綾のあぜ　四十七手はかけたれど　残るひと手をつゆ忘れ　立てばおぼえる座れば忘れ　かけかえかけかえいたせども　さらにそのかいあるべからず　姑母上さまに尋ぬれば　教えはせずに恥しめられ　あなたご存じあそばさば　**ウレイ**教えて下され小菊さまと（カタリの手）**カタリ**涙とともに物語れば　小姑小菊さまの申すには　**セリフ**あたくしは四月ごろではなけれども　新茶茶壺でこちゃ知らぬ　**ウレイ**教えはせずに恥しめられ　恥しめられてさよてるは　わが身はなんとな

るべきと　**三段ウレイ**天に声上げ地に伏して　しばし涙にくれにける▼

ダシわが身はしばし涙にくれにけり

《**三段目**》

⑭（カタリの手）**カタリ**もおこの上はわが夫《つま》さまに尋ねんと　**ナガシ**泣く泣く綾をいだき上げ　（ナガシの手）小姑ひとまをあとにして　涙は道の友として　（カタリの手）**カタリ**夫《おっと》あさわかさまの部屋に参り　持ちたる綾を横に置き　両手をついてこうべを下げ　（カタリの手）**カタリ**申し上げますわがつまさま　みずからは　四十八手の綾のあぜ　四十七手はかけたれど　残るひと手をつゆ忘れ　（カタリの手）**カタリ**立てばおぼえる座れば忘れ　かけかえかけかえいたせども　**ウレイ**さらにそのかいあるべからず▼　（カタリの手）**カタリ**姑母上さまに尋ぬれば　教えはせずに恥しめられ　小姑さまに尋ぬれば　小姑さまも教えはせずに恥しめられ　もしやあなたがご存じあそばさば　教えて下されわがつまさまと　**セメ**申し上ぐれば夫あさわかは腹を立て　**荒かセリフ**そりゃなんと申すさよてるよ　武芸・剣術・弓・槍・なぎなたのことなれば　夫が教えることもあるけれど　女の身の上で夫にあぜのかけよおを尋ぬるとはなにごとと《（ママ）》　持ちたるあぜ竹引き抜いて　**浄瑠璃ウレイ**ふた打ちみ打ちちょおちゃくなさる打ちすえられてさよてるは　まともやわが身はなんとなるべきと　**三段ウレイ**天に声上げ地に伏して　しばし涙にくれにけり▼

⑮（カタリの手）**カタリ**およのことにさよてるは　**ナガシ**泣く泣く綾をいだき上げ　（ナガシの手）涙は道の友として　わが身の部屋にたち帰り　（カタリの手）**カタリウレイ**国を出るとき母さまが　そおたい女と申するは　いちど縁づきいたすなら　死してわがやに帰るとも　生きてふたたびわがやには　帰るなとの仰せなれば　うちに帰るに帰られず　（カタリの手）**カタリ**このやにおるにおられぬ身となれば　この上は尼となって　日本六十余州の

神々に札打ち納め　父上さまや母上さまの菩提のため　わが身のためめに尼となって世を暮らさんと　（カタリの手）**カタリウレイ**もんじしろおの剃刀いだし　四方浄土に髪そりこぼす　ひと剃り剃りては父親のため　ふた剃り剃りては母親のため　み剃り剃りてはわが身のためと　四方浄土に髪そりこぼし　墨のころもに墨のけさ　**ナガシ**持ちたるあぜ竹杖につき　（ナガシの手）わが身の部屋を立ち上がり　夫の部屋と急がれる

⑯（カタリの手）**カタリ**あさわかさまの部屋に参り　（カタリの手）**カタリ**両手をついてこうべを下げ　申し上げますわがつまさま　みずからは　長のおいとまをたまわりまするよおにと　**コトバ**申し上ぐれば夫あさわか君は　**セリフ**そりゃなんと申すさよてるよ　そなたは予が最前あてたる杖の腹立ちか　最前あてらる杖と申せしは　まず一番にあてたるその杖は　母上さまにあてたる杖なるぞ　二番にあてしその杖は　妹小菊にあてたる杖なるぞ　三番にあてたるその杖は　わしとそなたのあいのあわれぬ杖なるぞ　そのことを思い直せと叱りける

⑰（カタリの手）**カタリ**さよてる姫は物語り　申し上げまするわがつまさま　このやの姑母さまと小姑さまを物によくよく例えれば　姑母さまは雲の上のかみなりさま　小姑小菊さまは雲の下のいなづまさま　たがいに親子が鳴りつ光りつするときは　いかなる嫁もつとまらぬ　長のおいとまたまわれと

⑱（ダシの手）**ダシのようなカタリ**申し上ぐればあさわか君　しからば汝のよきよおにいたせよとの仰せなれば　これでこのやの別れかと　**ナガシ**涙とともにさよてるは　（ナガシの手）あさむら長者をあとにして　諸国行脚の旅に出でにける▼

⑲（ダシの手）**ダシ**（ダシのようなカタリ）夫あさわかさまは　もはや女房もおらぬ身となれば　われもこのやにおりて　もはやこの世によおはなし　しからばわが身も六十六部となり果てて　諸国行脚の旅に出でんと　（カタリの手）**カタリ**したんこくたんからきを寄せて　あたりほとりの大工を招き　六尺三寸の笈ぐち刻む　なかにござる

は弘法大師　両の脇立ち両親刻み　もはや笈ぐちも成就となりければ　**ナガシ**白装束に身をやつし　（ナガシの手）

笈ぐちを背負うてあさわかさまも　諸国行脚の旅に出でられる

㉑（ノリの手）**ノリバラシ**あとに残りし姑母親と小菊さまは　神に御願をかけおいて　御願ほどきをいたさぬゆえ天より天火があまくだり　まんの長者のいえくらも　天はかすみと焼き払う　あとに残りし母親と小菊さまは　しら乞食となり果てて　姑母親さまが　八十八歳まで世にながらえておわします　小姑小菊さまが　八十三まで世にながらえておわします

㉒善は栄えて末長く　悪は滅びる種とかや　**乙ウレイ**さよてる姫の物語り　これにてとどむる次第なり▼

以上が、大川進の伝承する「あぜかけ姫」全三段である。大川のばあい、一段の平均的な所要時間は約二五分から三〇分前後。右の「あぜかけ姫」初～三段をそのまま語るとすれば、字数から単純計算して、各段ともに一〇分から一五分程度の分量にしかならない(9)。大川の説明によれば、右の翻字テクストは、師匠から「口うつし」で習った文句そのままであるといい、じっさいの演唱時には、これにかなりの肉付けを加えるのだという。つぎに、大川の説明に即して、語り加え、肉付け可能な部分を紹介し、あわせて各段の構成的特徴について述べておく。

まず一段目では、②さよてる姫の成長が、かぞえ歌ふうの定型句で語られる。また、⑧さよてる姫の綾織り、⑨姑の丑の刻参りにおける進物列挙が、それぞれ物づくし・かぞえ歌ふうの定型句で語られるが、ほかに、さよてる姫が河内国へ嫁ぐ前、④母親が教訓する場面に、「いろは口説」を入れる場合もある。「いろは口説」は、嫁の心得をいろは四十八条で説いたかぞえ歌である(10)。それを、嫁入りするヒロインにたいして母親が語る教訓の文句として挿入する。とくに女性の聞き手が多いときには、「いろは口説」を語ったという。

⑤さよてる姫の嫁入りの場面に、嫁入り衣装の慣用句、「さよてる姫の出で立ちは　綾と錦に身をかざり　白りんずのうちかけに　綿帽子をかぶり……」を語ることもある。ただし、駿河から河内まで、嫁入り衣裳のまま駕籠に乗って旅したというのは理屈にあわない。よって大川はなるべく語らないようにしているという。ほかに、嫁入り道具とか、婚礼の段取り（いずれも慣用句で語られる）をつけ加えれば、⑤の語りはいくらでも引き延ばせる。客のようすを見ながら、適宜つけ加えたり、ちぢめたりする。客がそらで聞いていると感じたら、手ばやく語りすすめ、「客がついた」と思ったら、なるべく引きのばして語る。

さよてる姫が河内へ嫁入りしてのち、⑨姑の丑の刻参りの場面で、「木の葉も眠るうしみつどき」のあとに、「二反つづきの白木綿　ふたえに取っては吹き流し　口にはあばら串を加えさせたまえ　額に蠟燭を照らしたまい……」を語り加えることもできる。丑の刻参りを語る慣用句だが（山鹿良之の語る「俊徳丸」の継母の丑の刻参りにも使われる）、しかし「二反つづきの白木綿」を「吹き流し」て走っているのに、蠟燭の火がついてるというのは理屈にあわない。よって大川は、丑の刻参りの装束はなるべく語らないようにしているという。

つづく二段目は、大川のばあい⑧〜⑬だが、一段目のふくらまし具合によって、二段目のはじまりを、⑨姑の丑の刻参りとすることもある。どこからどこまでが何段目とは、かならずしも決まっておらず、適当な分量（二五〜三〇分前後）に達したところで、適宜キリの文句（たとえば、「哀れとゆうもなかなかに　申すばかりぞなかりける」）を入れて段を構成する。各段の輪郭があいまいで、段構成がなかば場当り的なことは、前章に述べた山鹿良之の語りとも共通するが、それは句の継起的連鎖として構成されるオーラルな語り物伝承の特徴でもあった。

描写的な肉付け部分の挿入（または簡略化）が自在な一段目に対して、二段目では、語り変えられる箇所はあまりない。二段目は、姑・小姑の嫁いじめを主題とする「あぜかけ姫」伝承の眼目部分であり、物語はほぼ定型どおりに進行する。とくに綾織りの手を、⑫姑にたずねて断わられ、⑬小姑にたずねて断わられ、⑭夫にたずねて三度打たれるという類似場面のくり返しは、同一表現（「四十八手の綾のあぜ　四十七手はかけたれど　残るひと手をつゆ忘れ」云々の定型句）の反復によってパターン化して語られる。

三段目は、⑰⑱のさよてる姫が婚家を出る場面、および、⑲あさわか丸が笈ぐちを刻む場面を、それぞれ引き延ばして語ることができる。また、さよてる姫とあさわか丸が出家したあと、後日談として、ふたりが道で行き合う場面を加えることもある。出家したあさわか丸は高野山へ向かうが、途中、尼姿のさよてる姫と行き合う。ふたりはたがいにそれと見知るが、尼と行者の身の上ゆえ、ことばをかわさずに行き過ぎる。その場面を、「あれにおわすは夫あさわかさまと思いしが　尼と行者の身の上なれば　たがいに言葉をかわすこともあい叶わぬ……」という具合いに、語り加えることもできる。

おなじく後日談として、あさむら長者の館が炎上したあと、あさわか丸がいったん高野山から帰り、「しら乞食」となった母親と妹小菊の世話をする、という一節を語り加えることもできる（大川の師匠はそのように語っていたという）。だが高野山で修業するあさわか丸が、河内のわが家が燃えたことを知るはずもない。よって大川はなるべくそこを語らないようにしているという。

二　「あぜかけ姫」の伝承例六種

物づくし・かぞえ歌ふうの定型句で構成される一段目、類似場面（しかも同一表現）の反復によって構成される二段目など、大川が伝承する「あぜかけ姫」は、中世の物語・語り物について考えるうえでも示唆的だろう。そのような構成的特徴に注意しながら、つぎに「あぜかけ姫」六種類の伝承例について、その伝承内容の異同を対照表にして示しておく。六名の伝承者は、大川進のほか、橋口桂介(11)（星沢月若、一九一五〜、熊本市）、北村精次(12)（玉川星学、故人、一九〇六生、熊本県八代郡竜北町）、村上万作(13)（芸名不明、故人、一九〇四生、熊本県玉名郡天水町）、田中藤後(14)（京山上縁、一九〇六〜八九、熊本県山鹿市）、山鹿良之(15)（玉川教演、一九〇一〜九六、熊本県玉名郡南関町）の六名だが、使用した録音資料について説明しておくと、つぎのとおりである。

大川進「あぜかけ姫」全三段

さきに述べたように、数回の聞きとり調査（一九九一〜九二年）によって作成した口述テクストである。語り加え・肉付け可能な箇所は、（　）で表示した。

橋口桂介「あぜかけ姫」一段目

橋口の「あぜかけ姫」の演唱録音として、私の手もとには三種類のテープがある。ひとつは、山鹿市中央公民館での公演（一九九一年七月）、ほかは橋口宅で収録したテープだが、橋口のばあい、演唱の場が変わっても語り口にはほとんど変化がみられない。ここでは、語りまちがいのすくない一九九一年四月九日の演唱録音（於橋口宅）をもとに所要時間を表示した。なお、橋口が語る「あぜかけ姫」は、対照表の①〜⑤の部分。演唱時間にしておよそ一〇分弱だが、⑦以後の（　）で示した箇所は、橋口の記憶をたよりに、橋口の師匠（坂本ともいち）が語っていたという「あぜかけ姫」の内容を再構成したもの。

北村精次「あぜかけ姫」

昭和三十年代の録音であり（録音者は不明）、現在は熊本県教育庁文化課がテープを所蔵している。対照表の項目②

〜⑭の展開を、わずか九分たらずで語っているが、この演唱録音を聞いた大川や橋口の感想によれば、おそらく放送局などの依頼で、意図的に語りちぢめたものだろうという。極端に省略して語っているため、⑨姑の丑の刻参りが脱落するなど、ストーリーもうまくつながらない。ただし、「あぜかけ姫」伝承を特徴づける定型句のたぐいはほとんど省略されずに入っている。簡略化して語ったばあい、なにが省略されて、なにが残されるか。「あぜかけ姫」伝承の核心部分がどこにあるか、などを考えるうえで、興味深い演唱例である。

村上万作「あぜかけ姫」

一九六三年七月三十一日の録音で、現在は市立熊本博物館がテープを所蔵している。冒頭を省略して語っており、また⑬の途中で、録音者の合図で語りが中断されている。ストーリーの細部もかなりはしょって語っているが、おそらく北村精次の演唱例とおなじく、録音時の制約で簡略化したものだろう。

田中藤後「あぜかけ姫」全二段

使用したテープは、一九八四年五月、トヨタ財団助成の共同研究「地神盲僧の語り物伝承に関する予備的研究」（研究代表者、藤井貞和）で録音されたもの。途中何箇所か、記憶をよび起こすための中断（それぞれ数十秒間）があるが、各項目までの所要時間は、中断時間をのぞいてカウントした。

山鹿良之「あぜかけ姫」全二段

山鹿良之の「あぜかけ姫」は、山鹿のほかの出し物と同様、演唱機会や場との相関で、きわめて生成的に演じられる。山鹿の「あぜかけ姫」全二段の通し語りとして、私の手もとには七種類の録音テープがある。対照表に掲げたのは、それらの中でもっとも標準的な展開を示すとみられる、一九八九年三月十六日の演唱例（於山鹿宅）である。

右の六種類の演唱例を、①〜㉒の項目に整理して比較・対照する。各項目までの所要時間は、（分：秒）で示し（ただし、口述テクストをもちいた大川については時間は表示しない）、また項目ごとの異同のあり方から便宜上、Ⅰ（①〜⑩）、Ⅱ（⑪〜⑱）、Ⅲ（⑲〜㉒）の三段にわけて考察する。なお、対照表に注記した【定型句】は、「あぜかけ姫」固有の決まり文句、【慣用句】は「あぜかけ姫」にかぎらず、一定の場面やシチュエーションで慣用的に使用される決まり文句である。たとえば、④は嫁入り衣裳の慣用句、⑦「比翼連理の語らい云々」は夫婦仲のむつまじさを語る慣用句、⑮は出家して髪を下ろす場面の慣用句である。それにたいして、【定型句】は「あぜかけ姫」固有の決まり文句として、ストーリーの類型性や慣用句の頻用にもかかわらず、「あぜかけ姫」という作品（出し物）の輪郭をささえている（後述）。

伝承内容の異同でまず気がつくのは、登場人物の名前がきわめて流動的であることだ。ヒロインの名は、「さよてる姫」「朝日の前（朝日御前とも）」とする二種類があり、両親の名も、「げばぞの長者」「たけひ長者」「のぶよし長者」とする三種類がある。小姑（あさわか丸の妹）の名は、「小菊」「白菊」「はつじょ」の三種類がある。またヒロインにつぐ重要人物である姑親の名は、どの伝承例にあっても明示されない。嫁（ヒロイン）、姑、夫、小姑、実母という五人の登場人物のうち、夫あさわか丸をのぞく四人の名前が流動的、または無名であるわけだが、このような固有名詞の流動性は、人物名以外にもいえる。(16)

「あぜかけ姫」物語の骨格は、嫁・姑の一般的関係として容易に定式化される。物語の構造（話型）が明確なぶんだけ、固有名詞に託されるメッセージ性も希薄になり、したがって個々の構成要素も置き換え可能になる。(17)その点、昔話的な傾向をもつ語り物といえるが、しかし注意したいことは、「あぜかけ姫」伝承のばあい、固有名詞の流動性とともに、ストーリー展開も少なからず流動的であることだ。以下、Ⅰ・Ⅱ・Ⅲ段の順をおって、伝承内容の比較的顕著な異同について述べておく。

表2 「あぜかけ姫」六種類の伝承例、対照表

	序	①	②	③	④	⑤	⑥	⑦
大川　進		《初段》駿河国げばぞの長者の乙の姫で、たなばた御前の申子、さよてる姫。	さよてる姫の成長【定型句】。	十三歳で、河内国あさむら長者のあさわか丸と縁組。	門出に際して母親の教訓（嫁入り衣裳【慣用句】）。	（いろは口説【定型句】）	河内国へ嫁入り。	さよてる姫、ある日、夫のために綾の袢を織ろうと思い立つ。
橋口桂介		(00:00) 駿河国のぶよし長者の一人姫で、たなばた姫の申子、さよてる姫。	(00:30) さよてる姫の成長【定型句】。	(01:19) 十三歳で、河内国あさむら長者のあさわか丸十五歳と縁組。	(02:01) 門出に際して母親の教訓。嫁入り衣裳【慣用句】。	(05:18) いろは口説【定型句】。	(08:57) 河内国へ嫁入り（キリ）。(09:37)	（さよてる姫の綾織りの評判を聞いた殿様が綾織りを姫に依頼。姑は、わが娘が嫁に劣るのを家の
北村精次			(00:00) さよてる姫の成長【定型句】。	(00:32) 十三歳で、河内国あさむら長者のあさわか丸十六歳と縁組。				(01:29) 比翼連理の語らい【慣用句】。あさわか、さよてる姫に綾の袢を織るように頼む。
村上万作								(00:00) あさわか、あさひ姫に綾の袢を織るように頼む。
田中藤後	(00:00) 《初段》序（金言）。			(00:49) 河内国あさむら長者の嫁、あさひの前十四歳。				(01:14) 姑、わが娘が嫁に劣るのを恥じ、嫁に綾の袢を織るよう命じる。綾の袢の模様【定型句】。
山鹿良之		(00:00) 《初段》駿河国たけひ長者の一人姫で、たなばた御前の申子、さよてる姫。		(02:16) 十四歳で、河内国あさむら長者のあさわか丸と縁組。				(03:45) （比翼連理の語らい【慣用句】）。姑、娘白菊が嫁に劣るのを恥じ、嫁に綾の袢を織るよう命じる。

	⑧	⑨	⑩	⑧′	⑪	⑫
		姑、娘小菊と二人で正八幡に丑の刻参り【慣用句】。姫が綾織りの手を忘れるよう祈願。願ほどきの進物列挙【定型句】。		《二段》さよてる姫の綾織り【定型句】。	四十八手の綾のあぜ、四十七手までかけ、残る一手を忘れる【定型句】。	母の教訓を思いだし、姑に尋ねるが断わられる。
恥とする）		（姑、氏神に参り、姫が綾織りの手を忘れるよう祈願。願ほどきの進物列挙【定型句】）	（氏神のお告げ。悪の報いを予言）		（四十八手の綾のあぜ、四十七手までかけ、残る一手を忘れる【定型句】）	（姑に尋ね断わられる）
				（02：14）さよてる姫の綾織り【定型句】。	（03：03）四十八手の綾のあぜ、四十七手までかけ、残る一手を忘れる【定型句】。悲嘆。	（04：48）姑に尋ね断わられる
		（03：06）姑、娘と二人で正八幡に参り、姫が綾織りの手を忘れるよう祈願【慣用句】。願ほどきの進物列挙【定型句】。		（08：36）あさひ姫の綾織り。	（10：06）四十八手の綾のあぜ、四十七手までかけ、残る一手を忘れる【定型句】。悲嘆。	（12：55）母の教訓を思いだし、姑に尋ねるが断わられる。
	（05：29）あさひの前の綾織り。	（05：41）姑、娘と二人で薬師仏に参り、姫が綾織りの手を忘れるよう祈願【慣用句】。願ほどきの進物列挙【定型句】。			（07：56）四十八手の綾のあぜ、四十七手までかけ、残る一手を忘れる【定型句】。母に問おうにも、国は四十五里の波の上【定型句】。	（09：38）姑に尋ね断わられる。出て行けと言われて悲嘆。小姑の居間へ（キリ）。
綾の衿の模様【定型句】。	（19：04）さよてる姫の綾織り【定型句】。	（24：08）姑、氏神八幡に丑の刻参り、姫が綾織り手を忘れるよう祈願【慣用句】。願ほどきの進物列挙【定型句】。	（30：22）氏神八幡のお告げ。姑、八幡をおどす。八幡、悪の報いを予言。		（45：19）四十八手の綾のあぜ、四十七手までかけ、残る一手を忘れる【定型句】。母に問おうにも、国は四十五里の灘の上【定型句】。	（48：05）母の教訓を思いだし、姑に尋ね断わられる。出て行けと言われて悲嘆。

⑬	小姑小菊に尋ね断わられる。姫の悲嘆（キリ）。	（小姑に尋ね断わられる）	（05：45）小姑に尋ね断わられる。	（16：09）小姑はつじょに尋ね断わられる。姫の悲嘆（中断）。（19：23）	（14：24）《二段》小姑に尋ね断わられる。出て行けと言われて悲嘆。	（54：52）小姑白菊に尋ね断わられる。出て行けと言われて悲嘆。夫の居間へ（キリ）。
⑭	〈三段〉夫あさわかに尋ねる。夫は腹をたて、姫をあぜ竹で三度打つ【定型句】。	（夫あさわかに尋ねる。夫は腹をたて、姫をあぜ竹で打つ）	（06：16）夫あさわかに尋ねる。夫は腹をたて、姫をあぜ竹で三度打つ【定型句】（キリ）。（08：28）		（15：58）夫あさわかに尋ねる。夫は腹をたて、姫をあぜ竹で三度打つ【定型句】。	（60：38）〈二段〉夫あさわかに尋ねる。夫は腹をたて、姫をあぜ竹で三度打つ【定型句】。
⑮	自害を考えるが、母の教訓を思い出す。尼となる決意で髪を剃る【慣用句】。	（母の教訓ゆえ実家に帰ることもできず、髪を剃る）			（18：31）自害を考えるが、母の教訓を思い出す。尼となる決意で髪を剃る【慣用句】。	（73：05）尼となる決意で髪を剃る【慣用句】。
⑯	夫に別れの挨拶。夫は三度打ったわけを話し【定型句】、引きとめる。	（夫にいとまを乞う）			（22：56）夫に別れの挨拶。夫は三度打ったわけを話し【定型句】、引きとめる。	（76：17）夫に別れの挨拶。夫は三度打ったわけを話し【定型句】、引きとめる。
⑰	姫、姑・小姑のつらい仕打ちを述べ【定型句】、いとまを願う。				（23：56）姫、姑・小姑のつらい仕打ちを述べ【定型句】、いとまを願う。	（80：10）姫、姑・小姑のつらい仕打ちを述べ【定型句】、いとまを願う。別れの盃。
⑱	あさわか承知し、さよてる姫諸国行脚に出る。	（尼寺に入る）			（24：40）姑、あさひを追い出そうとする。あさわか止める。あさわかを勘当する。	（82：19）姑、さよてる姫を追い出し、あさわかを勘当する。
⑲	あさわか、さよてる姫の跡を追い、六十六部となって、諸国行脚に出る。				（25：55）あさわか、髪をおろして出家。あさひと手をとり、家を出る。	（85：09）あさわか、髪をおろして出家。さよてるの行方を尋ね歩く。

⑳	（あさわか、高野へ向かう途中、さよてると会う。尼と行者ゆえ、言葉を交わさず行き過ぎる）				（27：05）高野山に行き、夫婦で女人堂を建立。さよてるは女人堂で日を送り、あさわかは高野山に登る。	（87：24）あさわか、妻の御詠歌の声のみ聞くが、姿は見えず。高野山に至る。
㉑	姑と小姑、願ほどきをしない咎で、家は焼け、しら乞食となる。	（願ほどきをしない咎で家は焼け、あさわか死ぬ。娘は火傷の母を車に乗せ、乞食をして歩く）			（29：53）姑と小姑、願ほどきをしない咎で家は焼け、姑は焼け死に、小姑は火の病となる。	（91：10）姑と小姑、願ほどきをしない咎で家は焼け、小姑は焼け死に、姑は盲目となる。
⑳′	（あさわか、高野山からもどり、母と妹の始末をして、また出ていく）	（母娘は、尼寺でさよてる姫と再会し、姑は非を詫びて息を引きとる）				（94：11）あさわか、高野山女人堂前で弘法大師の力でさよてると巡り合う。
㉒	結びの文句（キリ）。				（31：05）結びの文句（キリ）。（31：45）	（100：53）夫婦で河内へ帰り、二代長者として栄え、俊徳丸の誕生（キリ）。（103：13）

Ⅰ段・①〜⑩

まず項目①〜⑩では、物づくし・かぞえ歌ふうの定型句の有無、およびストーリーの展開から、六種類の伝承例は二つの系統に分けられる。大川・橋口・北村のグループをA、田中・山鹿のグループをBとすれば、A・B両系統の顕著な相違点としては、つぎの（イ）〜（ハ）の三点があげられる。

（イ）AのⅠ段では、②ヒロインの成長、④母親の教訓、⑧綾織りの場面が、それぞれ物づくし・かぞえ歌ふうの定型句で語られる。Bには②④⑧の定型句がない。

（ロ）⑦綾の裃を織るきっかけは、Aは、夫あさわか丸の依頼（北村、村上）、またはヒロインの自発的行為（大川）とする。Bの田中・山鹿は、姑の命令とする点で一致する。

（ハ）⑧綾織りの場面は、Aでは、⑨姑の氏の刻参りのあとに語られるが（⑧′）、Bでは、まず⑧綾織りの場面があり、それを見た姑が⑨あわてて丑の刻参りをするという展開になる。

右の（イ）〜（ハ）の三点から、「あぜかけ姫」伝承のI段（①〜⑩）は、A・B二系統にわけられる。なお、村上万作の語りは、（イ）ではBの特徴を伝え、（ロ）（ハ）ではAの特徴をつたえている。この種の混態現象については、五節であらためて考察する。

II段・⑪〜⑱

B系統の⑱に、A系統にはない独自の展開（姑があさわか丸を勘当する）が見られるなど、やはりA・B二系統の区別が認められる。だが、⑱をのぞけば、ストーリー展開は、全体が定型といえるほどA・Bで一致している。①から⑭までをわずか九分たらずで語る北村も、姑に尋ねて断わられ、小姑に尋ねて断わられ、夫に尋ねて三度打たれる、という展開を語っている。極端に省略した語り口のなかで、II段の定型的展開だけは保存されたという点に注目したい。姑・小姑の嫁いじめを語るII段が、「あぜかけ姫」伝承の眼目部分であった。

III段・⑲〜㉒

II段とは対照的に、多様な伝承上の展開がみられる。III段については、大川・橋口・田中・山鹿の四種類の伝承例が知られるが、後日談ふうの付加的部分として、ほとんど四者四様のストーリーが語られる。ただし、Bの山鹿・田中の伝承では、ともに高野山女人堂がストーリー展開の重要な要素となっている。また、山鹿の伝承では、「あぜかけ姫」全二段は、「俊徳丸」（約七段）の前段として位置づけられる（河内へ帰ったあさわか丸夫婦はのぶよし長者と名のり、夫婦のあいだに俊徳丸が誕生したとする）。田中のばあいも、師匠からの聞き伝えとして、あさわか丸夫婦は、俊徳丸の両親だと述べている。山鹿・田中の伝承が比較的近い関係にあり、やはりB系統としての共通性が認められる。

以上、「あぜかけ姫」六種類の伝承例が、A・Bの二系統にグループ分けされること、および変異の様相から、物語全体が三つの段落に分かれることを述べた。A・B二系統にグループ分けされるⅠ段に対して、Ⅱ段は、六種類の伝承例をつうじてほぼストーリーが定型的に進行する。Ⅲ段は、後日談ふうの付加的部分として、各人各様の語り口が許容される。伝承の固定性という観点から序列化すれば、Ⅱ―Ⅰ―Ⅲの順になり、それは物語の主題に占めるウェートの序列でもあるだろう。以下、右の予備的作業をふまえて、この章のはじめに提示したいくつかの課題にせまってみたい。

三　語りの流動性と物語の輪郭

座頭（盲僧）琵琶の語り物には、記憶を容易にするさまざまなレベルの慣用的言いまわしがある。合戦や戦闘場面を語る長大なノリの慣用句、登場人物の死や愁嘆場面を語るウレイオクリ（大オクリ、三段ウレイとも）の慣用句、主人公の誕生と成長、ヒロインの容姿、夜から朝までの時間の経過、神社仏閣での祈願、道行等々を語るコトバブシの慣用句、さらに一部の語を入れ換えれば、さまざまな場面に応用可能な（七五調一句程度の）慣用句があり、それらさまざまなレベルの語りことばのストックをもとに、その時その場に応じた語りが構成される。(18)「あぜかけ姫」のばあい、

④嫁入り衣裳、⑦「比翼連理」の夫婦仲、⑨丑の刻参りと願立て、⑮出家・剃髪の場面などが、ほかの出し物でも慣用される決まり文句だが（とくに⑦・⑨などは、中世の物語、語り物テクストにも頻出する）、もちろんそれらは、描写的な肉付け部分の慣用句として、時間を節約して語るばあいには省略可能な決まり文句であった。

挿入および省略の自在な慣用句（常套句）にたいして、どんなに時間を節約しても、省略できない決まり文句がある。小稿でかりに定型句と名づけた決まり文句だが、たとえば、対照表で【定型句】と注記した箇所、すなわち、A系統の②さよてる姫の成長、④母親の教訓（いろは口説）、⑧⑧′さよてる姫の機織りは、「あぜかけ姫」固有の決まり文句である。

たとえば、②さよてる姫の成長は、「五つのおん年より筆とりはじめ　六つでほけ経をよみとおし、七つで苧績みそろえ　八つでことばた織らせけり」云々とつづく。⑧⑧′さよてる姫の機織りは、「ひと手ひとばのはじめあぜふた手ふたばの並びあぜ　み手はみごとにかざるあぜ　よ手は夜ふかき空のあぜ」云々とつづく。いずれもかぞえ歌ふうに語られる定型句である。たがいに交渉もない（所属流派も異なる）大川・橋口・北村の三名が、ほぼ同一の語り口を伝えている点が注意されるが、しかし「あぜかけ姫」の定型句でとくに注目されるのは、六種類の伝承例が共有する⑪、ヒロインが綾織りの手を忘れる場面である。あらすじのみを伝える橋口桂介をのぞいた五種類の伝承例から、⑪の部分をフシ付けとともに抜き出してみる。

大川進

カタリ四十八手の綾のあぜ　四十七手はかけたれど　残るひと手をつゆ忘れ　立てばおぼえるすわれば忘れ　**ウレイ**かけかえかけかえかけかえいたせども　さらにそのかいなかりけり　さよてる姫は　**三段ウレイ**わっとばかりに泣き出だ

す▼

北村精次

カタリ四十八手の綾のあぜ　四十七手はかけたれど　残るひと手はつゆ忘れ　**オトシ**いたわしなるやさよてる姫▽

ウレイかけかえかけかえしたまえども　さらにひと手は覚えなく　いかなる人の恨みや　なにたる神のごばくかと

天には焦がれ地に伏して　**オトシ**しばしなみだにくれにける▽

村上万作

オトシ四十八手の綾のあぜ▽　**カタリ**四十と七手はかけたまえど　御縁の切れ目かご運の尽きはか　神の見捨ての

ことなれば　残りしひと手がつゆ忘れ　とほおにくれしおりからに　**オトシ**あらなさけないわが身かな▽　**カタリ**

駿河の国にいるときは　ひと手も忘れぬ綾のあぜ　ひと手忘れてどおしょおか　**オトシ**しばし思案にくれにける▽

田中藤後

カタリ四十八の綾のあぜ　四十七手はかけたれど　あとのひと手をはったと忘れ　われ国もとにあるときに　あれ

ほどまでも　母上様に教えてもろおて　今のひまに忘れたわ　**オトシ**いかなる因果かかなしやな▽　**カタリ**われら

一生一度の晴仕事　姑に習うも残念なり　国の母親さまに問うなれば千度聞いても親子の仲　よもや見捨てはある

まいけれど　何をゆうても国元は　なだは四十五里波の上　容易に里へも帰られず　なんとなるべきわが身の上と

そのままそこに倒れ伏し　**オトシ**ただ　さめざめと泣きにける▼

山鹿良之

コトババブシ四十八の綾のあぜ　四十七手まではかけたれど　**ウレイ**おくのひと手をはったと忘れ　ああ残念や情け

ない　ただ今までも今までも　覚えていたる早道の　あぜかけのこの極意　いかなる　悪魔がつけたるか　忘れた

とは何ごとよ　かければはずし　またかくる　かけつもどしつまたくり返し　くり返しさほどかけても　神のせいりき不思議なこと　人間凡夫のはかなさや　姑のしわざとは気がつかない　**ウレイカカリ**この上からはいかがはせん　これより駿河の国に立ち帰り　母上こおゆうわけじゃこおゆうことと頼むなら　こおであったかこれはこおせよそおしてこれをこおゆう　かくならこのままにかかると手にとり教えて下さろおが　思いまわせばわがふる里親元までは四十五里の灘の上　櫓櫂でかよう舟では五じつのうちには間に合わん　いかがはせんとかからぬあぜ投げ捨てて　声はり上げて泣くばかり

このあと、綾織りの手を⑫姑に尋ねて断わられ、⑬小姑に尋ねて断わられ、⑭夫に尋ねて三度打たれる、という定型的なストーリー展開となる。「あぜかけ姫」伝承の眼目部分だが、この一連の嫁いじめを引き出す⑪の発端部分に、すべての伝承例をつうじて、「四十八手の綾のあぜ　四十七手はかけたれど　残るひと手をつゆ忘れ」云々の定型句が現われることに注目したい（なお、II段以降はあらすじのみを記憶する橋口桂介にあっても、⑪の定型句だけはフシ付けとともに記憶していた）。また、⑪後半部のヒロインの愁嘆場面も、ウレイないしはウレイオクリ（大川の用語では三段ウレイ）の旋律は一致している。もちろん翻字テクストを比較すれば、個々の演唱例は校合不可能なほど相違するが（なかでも山鹿良之は饒舌である）、核となる決まり文句の一致が、フシの共通性とあいまって、語りのレベル（聴覚レベル）では同一という印象をつくっている。

「あぜかけ姫」伝承において、登場人物の名前が流動的・可変的であることはさきに述べた。ヒロインの名前からして「さよてる姫」「朝日の前（朝日御前とも）」の二種類があるのだが、またストーリー展開にしても、II段以外はたぶんに流動的である。とくにIII段の後日談的部分は、四者四様のストーリーが語られ、また物語展開に重要な位置を占める⑦、ヒロインが綾織りをはじめるきっかけも、四種類の展開が語られる（Aの大川はヒロインの自発的行為、北村は夫あさわか丸の依頼、橋口は殿様の依頼とする。またBの田中・山鹿は姑の命令とする）。A系統のⅠ段についていえば、むしろ物づくし、かぞえ歌ふうの定型句が伝承上の眼目であり、それらは人物名やストーリー展開以上に固定化して伝承されている。

固有名詞やストーリー展開（の細部）よりも、むしろ定型句を核として「あぜかけ姫」が記憶・伝承されるようすがうかがえるのである。すでに「あぜかけ姫」の物語を知っている聞き手は、⑪「四十八手の綾のあぜ　四十七手はかけたれど」云々を聞いただけで、ストーリーをたちどころに想起し、つづくウレイオクリの愁嘆場に、主人公や語り手とともに涙を流すことができたろう。大川の話によれば、門付けで「あぜかけ姫」を語ったときは、しばしば⑧綾織りの定型句から初めて、⑪「四十八手の綾のあぜ　四十七手はかけたれど」云々までを語ったという。それは聞き手にとって聞きどころであり、語り手にとっては聞かせどころ（泣かせどころ）である。したがってとんなに簡略化した語り口でも、⑪の定型句だけは省くことはできない。

おなじことは、A系統のⅠ段の定型句についてもいえる。とくに②～⑭の展開をわずか九分たらずで語る北村のばあい、極端に簡略化した語り口のため、ストーリー展開さえたどりにくい（⑨姑の丑の刻参りが脱落しており、ヒロインがなぜ綾織りの手を忘れたのかがわからない）。にもかかわらず、物語の展開にさほど重要とは思えない②・⑧′など、かぞえ歌・物づくしふうの定型句は省略せずに語られる。定型句のみを保存して、ストーリー展開を大幅に省略してしまう（つまり、ストーリー展開を聞き手の知識にゆだねてしまう）演唱ヴァージョンもありえたのである。

また北村の演唱例とは対照的に、きわめて饒舌な語り口を伝える山鹿良之にあっても、⑪「四十八手の綾のあぜ　四十七手はかけたれど」云々をはじめとして、⑦⑧⑨⑭⑯⑰等の定型句は正確に（ほぼ逐語的に）演じられる。翻字テクストのレベルで校合不可能なほど相違しても、定型句を核とする小段構成のレベルでは、山鹿にあっても一定の語りのテクストが存在する。山鹿にかぎらず、語るたびに異なるという質問は、フィールド調査の現場で最大の禁句になっている。

人物名やストーリー展開の可変性にもかかわらず、核となる定型句が、出し物の指標部分として機能している。とくに⑪「四十八手の綾のあぜ　四十七手はかけたれど」云々には、この物語の題名となる「あぜ」「かけ」というキーワードがふくまれている。⑪の定型句が、「あぜかけ姫」伝承のいわば「生命の指標《ライフ・インデキス》」（折口信夫の用語）[19]として機能しているのだが、このような定型句の機能は、物語（とくに構造の複雑な物語）の受容過程にみられる普遍的な問題として、それは中世の物語・語り物においても同様の事情があったろう。

そこだけを語ればたちどころに聴衆の脳裏にストーリーの全体をイメージさせるような定型句である。たとえば、近世初頭の絵画資料にみられる簓説経のばあい、大道・野天で行なわれた語りが、説経節正本のような語り口だったとは思えない。限られた空間と時間で通行人を呼び集めるには、聞かせどころを核にして語りを構成したにちがいない。そこだけを語れば、聴衆の脳裏にたちどころにストーリー全体をイメージさせるような定型句だが、また『七十一番職人歌合』（二十五番左）の琵琶法師は、「海人の焚く藻の夕煙　尾上の鹿の暁の声」の一節を歌いあげる姿で描かれている。いうまでもなく『平家物語』巻七「福原落」のサワリの文句である（近世の平曲譜本では「三重」のフシ付けが行なわれる）。それは「平家」を代表する名文句として、室町時代の人々には耳慣れた一節だったろう。

「海人の焚く藻の夕煙」云々が、たんに「福原落」一章段というより、「平家」一部（全巻）の指標部分でもありえたのである。座頭琵琶の「あぜかけ姫」伝承のばあい、それに相当するのが、「四十八手の綾のあぜ　四十七手はかけたれど」云々である。たとえば、大川進や山鹿良之は、この一節だけを独立させて門付けにもちいることもあったという。固有名詞の流動性、語りことばの類型性にもかかわらず、一連の定型句によって、「あぜかけ姫」という出し物の輪郭がささえられたわけだ。

四　語りの系統化、語りの流派

オーラルな語りの現場にあっては、聞き手の一定の了解を前提にして、しばしばストーリーさえ省略されるばあいもありえた。門付けの演唱はその極端な例といえるが、そのような個々の演唱にあって、出し物（物語）の輪郭をささえているのが、各段の聞かせどころとなる定型句である。「あぜかけ姫」のばあい、⑪の定型句はすべての伝承例が共有している。核となる定型句が、固有名詞やストーリー展開以上に固定的に伝承されるのだが、しかし定型句がささえる出し物の同一性にたいして、個々の伝承内容の異同は、どのようにして生じるのか。それが語り手個々の恣意による語りかえの結果でないことは、たとえば、「あぜかけ姫」伝承が二つの方向で系統化されていることをみてもよい。語り手の恣意をこえたある共同的な契機が、伝承変化の要因として作用しているのである。

「あぜかけ姫」伝承のA・B二系統に関してまず注意したいのは、A・Bの区分に、流派との直接的な対応関係が認めがたいということである。たとえば、おなじ玉川派に属する北村精次と山鹿良之では、北村がA系統、山鹿はB系統の伝承を伝えている。大川（宮川派）・橋口（星沢派）・北村（玉川派）の三名は、所属する流派はちがっても、ともにA系統の伝承を伝えている。A・Bの二系統が、流派の相違によって生じたのではないことはあきらかだが、ただしA系統の三名は、ともに熊本県の中・南部で修業・活動したという点で共通する（大川は熊本県下益城郡と鹿児島県出水市、橋口は熊本県天草郡、北村は熊本県八代郡）。またB系統の山鹿は、熊本県南部の天草で修業しているが、「あぜかけ姫」は筑後の琵琶弾きについて習ったといい、おなじくB系統の田中も、熊本県北部の山鹿市周辺で修業・活動した経歴をもつ（田中が所属する京山派も、熊本県北部、山鹿市や鹿北町周辺で行なわれた流派）。またA・Bの折衷的な語り口を伝える村上万作は、熊本県玉名郡天水町の人。天水町は、大川・橋口・北村の活動地域（熊本県中・南部）と、田中・山鹿の活動地域（熊本県北部）との中間に位置している。A系統は熊本県の中部から南部にかけて、B系統は熊本県の北部から福岡県（筑後地方）にかけて行なわれた伝承であることがいえると思う。[20]

「あぜかけ姫」のA・B二系統が、伝承地域（語り手の活動地域）の違いによって派生したとすれば、そのような地域による語りの系統化は、いったいどのようにして起こったのか。すでに座頭琵琶をささえた地域社会が失われて、語り手のみがかろうじて残存する現状（私が調査を行なったのは、一九八〇年代から九〇年代前半である）では、伝承系統が地域ごとに派生する仕組みを考察する手だては失われている。語りの場を復元的に考察するすべが失われているのだが、しかしすくなくとも、物語の担い手（語り手）とは、物語を伝播・流通させる主体であると同時に、地域（共同体）の物語を担わされる客体でもあったことがいえると思う。座頭琵琶の伝承者は、地域に流通する物語との相互関係においてみずからの伝承を形成したのである。

伝承系統が、語り手の活動地域との相関で形成されるもので、流派との直接的な対応関係が認めがたいとすれば、つぎに考えるべきことは、そのような（伝承形成の第一義的要因とならない）流派とはいったい何なのか、という問題である。伝承系統はもちろん、客観的に聞くかぎり（自派を称揚したがる語り手本人の説明はともかくとして）フシや琵琶の手においても流派による相違はみとめがたい。流派の違いよりも、個人差のほうがはるかに顕著なのだが、とすれば、宮川派、星沢派、玉川派、京山派など、語り手が所属する流派とは何なのか。

いま流派といったが、しかし流派というのは話をわかりやすくするための方便であって、当の琵琶弾きたちは、まず流とか派とはいわない。○○家《け》という。(21) 師匠は「親」であり、相弟子を「兄弟」と呼んでいる。「家」内の秩序は、親方と子方（師匠と弟子）の上下関係を基本とし、また子方どうしの年功による兄弟・長幼の序列がある。親方間における弟子の割り当てや処遇（年期を終えたさいの「名開き」等）、檀那場の取り決めなど、「家」内の申し合わせは、年二回の親方たちの談合（妙音講という）によって決められる。「親」の言いつけや「家」内の申し合わせに背いた者（たとえば、年期があけないうちに親方から離れた者、「家」の了承をえずに「名開き」した者、等）には、それ相応の制裁が科せられる。昭和の初年頃まで、当道の「不座」＝追放に相当するようなかなり厳しい制裁があったとは聞いている。(22)

山鹿良之や大川進、橋口桂介から聞いたところでは、「家」での修業の実態はむしろ年期奉公というのに近かったようだ（じっさい師匠宅での住み込みの修業期間は、「奉公」とよばれる）。弟子入りするのは十三、四歳がふつうで、年期は五年以上、七、八年ぐらいを限度とする。弟子入りすると、琵琶の稽古よりも以前に、まず親方宅のあらゆる雑事に使われる。すこし語れるようになっても、門付けの上がりは、すべて親方に差し出すというのが原則である。だから年期があけないうちは、弟子が勝手に独立しないように、親方のほうも門付けに必要な最低限の出し物しか教えない。出し物をふやすためには、弟子は聞き覚えによって師匠の芸を盗みとるしかなく（師匠は出し惜しみ・教え惜しみをしたというのが、伝承者たちの異口同音の回想である）、したがって年期奉公中の弟子と師匠のあいだには、つねにある種の緊張関係が存在する。じっさい私の調査経験では、師匠をひたすら敬慕している琵琶弾きには出会ったことがない。

琵琶弾き座頭の「家」は、芸人仲間の亭号（家屋）というものの原型をうかがわせるだろう。○○亭、○○軒、○○家、○○斎といった芸人の亭号とは、要するに、地縁も血縁もはなれた芸人たちの「家」なのだ。(23) 盲人師弟の養育と、その見返りとしての収奪システム、それを制度的に保証する必要から、なかば自然発生的に擬制血縁的な「家」の組織が成立する。そんな「家」の実態からして、「家」ごとの語りの流儀というのも副次的にしか存在しない。たとえば、山鹿良之を例にとれば、山鹿がB系統の「あぜかけ姫」を習得したことも、入門した玉川派とはなんら関係なく、琵琶弾きとしてのその後の活動によっている。年期途中で天草の師匠のもとをはなれた山鹿は、(24)郷里の大原村（現在の南関町小原）に帰ってのち、筑後の琵琶弾き仲間との交流によって「あぜかけ姫」を習得した。筑後地方をおもな活動の場とした山鹿は、昭和初年に、大牟田で連合遊芸組合（一種の妙音講だが、講員＝組合員には、座頭のほか、瞽女、義太夫語り、門付けの琴弾き芸人などもいたという）を結成している。

弟子入りした「家」での修業や稽古よりも、琵琶弾きとしてのその後の活動のなかで伝承は形成される。とすれば、「家」を超えた同業者仲間との交流のひろさ、活動地域のひろがりが、伝承形成の第一義的な要因となるだろう。たとえば、三節に掲げた「あぜかけ姫」六種類の対照表でいえば、A・B二系統にグループ分けされるI段は、しかし細かくみると、⑦の箇所では北村（A）と山鹿（B）が系統を超えて似かよっている。おなじく⑦の橋口（A）と田中・山鹿（B）、⑨の橋口（A）と山鹿（B）にも系統を超えた類似が認められる。またヒロインの名は、大川・橋口・北村（A）が「さよてる」、田中（B）・村上（ABの中間）は「あさひ」だが、山鹿（B）は、「さよてる」である。

また、II段でも、⑫の大川（A）と山鹿（B）、⑮の大川（A）と田中（B）が類似するなど、やはり系統を超えた近接関係が認められる（ほかに、A系統の橋口はヒロインの父親をのぶよし長者とする。のぶよし長者はふつう俊徳丸の父親の名。「あぜかけ姫」伝承を「俊徳丸」の前段として位置づけるB系統との交渉をおもわせる）。いずれもストーリー展開にかかわる大きな類似点だが、細部の言いまわしまでふくめた類似点を拾っていくなら、系統を超えた語り口の混合・混態現象は、枚挙にいとまがない。そうした混態現象の背後に、個々の伝承者たちの伝承地域（語りの場）に即した実際的な活動があり、その背景となる語り手相互の（「家」を超えた）広範な交流が存在したのである。

三節でも述べたように、大川と田中は、「あぜかけ姫」を師匠から習っている。また橋口は、師匠が座敷に呼ばれて語るのをかたわらに同席して聞きおぼえたという。三人とも、ほぼ一人の師匠の語り口を伝えるのだが、大川は、満十七歳で年期があけたあと按摩の道に入り、戦中から戦後にかけて琵琶弾きの仕事はむしろ副業であった。橋口は、満二十五歳で按摩鍼灸に転業し、以後はほとんど琵琶をもつことはなかったという（橋口が琵琶語りを再開したのは、昭和四十八年、熊本県の座頭琵琶がいわゆる「肥後琵琶」として国の無形文化財に指定されてからである）。また田中は二十五歳（昭和六年）で失明、三十三歳から琵琶を習いはじめたが、本業はむしろ、稲荷神を本尊とする病気治療と占い・祈禱であった。すなわち、私が調査した山鹿・田中・橋口・大川の四名の伝承者のうち、琵琶語りひと筋で生計を立てたのは山鹿良之だけであり、したがって山鹿は、ほかの三名とは比較にならない芸歴をもっている。その圧倒的な伝承量も、数十年にわたる同業者仲間との交流によって習得されたわけだが[25]、自分の知らない外題を、金を払って教えてもらったり、手持ちの外題と交換したり、それが無理なときには、演唱の場に同席してひたすら聞きおぼえる。また既知のレパートリーでも、他人の演奏を聞くことで、適宜語り口や伝承内容に修正を加えてゆく。

たとえば、「あぜかけ姫」の習得経路について、山鹿は、昭和四十四年頃は、筑後の森よいち（玉川教山）から習ったと述べていた[26]。しかし昭和五十六年度の共同研究（トヨタ財団助成「地神盲僧の語り物伝承に関する予備的研究[27]」）の折には、「あぜかけ姫」の初段は師匠から、二段目は藤木くまいちから習ったと答えていた。さらに一九八八年に私が質問した折には、さまざまな琵琶弾きの語りを聞いたが、自分がとくに聞きおぼえたのは、筑後高田町のヨウイチ（名字は不明）という琵琶弾きの語る「あぜかけ姫」だったという。以後、私にたいしてはその答えをくりかえしていたが、調査のたびに異なる習得経路のうち、しかしそのどれが真実かを決めることは、山鹿の伝承を考えるうえであまり意味がない。おそらくそのどれもが真実だというのが真相にちかいだろう。多くの琵琶弾き仲間との交流のなかで、耳に残った語り口を適宜自分の語りに取り入れてゆく。それら複数の習得経路のなかで、山鹿の語りの軸となったのがB系統の伝承であり、またA系統の伝承も適宜取り込むことで、山鹿の「あぜかけ姫」伝承は作られた。

山鹿よりも世代的に若く、琵琶弾きとしての活動歴も短い大川・橋口・田中の三名は、それぞれの師匠の語り口をほぼ暗誦によって伝えていた。だがさきに指摘したように、その三名の伝承にあっても、系統を超えた混態現象が認められる。おそらくこの三名に「あぜかけ姫」を教えた師匠（そのまた師匠）たちも、その長い活動歴をとおして、やはり複数の習得経路からみずからの語りを形成したものだろう。同業者仲間の相互交流が、伝承形成の第一義的な要因となることは、山形県のデロレン祭文などにもみられ、それは地方・民間に行なわれた語り物の伝承形成のしくみとして、たとえば、近世に台本（節付け本）化される以前の中世の語り物についても共通する問題だろう。(28)

五　平家座頭の流派について

ほんらい個人芸である語り物において、伝承の形成が、個々の語り手の実際的な活動、「家」を超えた広範な相互交流によって行なわれるとすれば、それはたとえば、ある出し物を特徴づける定型句が、伝承系統を超えて共有されることの説明にもなるだろう。また作品という輪郭があいまいな語り物にあって、伝承者相互の語り口の混態・混合の問題は、特定の出し物の内部にとどまる問題ではない。たとえば、類型的な語りことば（慣用句）のストックが、流派や伝承地域、さらに時代を超えて共有される事実にしても、その前提には、語り手相互の耳による広範な交流が存在したのである。

ところで、琵琶弾き座頭の流派（「家」）が、同業者仲間の擬制血縁的な相互扶助（あるいは収奪）組織であり、伝承の授受を第一義的な目的とするものでなかったということは、じつは個人芸として伝承される語り物芸能においてきわめて一般的・普遍的な問題だったろう。

たとえば、天文年間（一五三二〜五四）に起きた当道の分裂・抗争事件、いわゆる座中天文事件は、上衆（検校）間の弟子の奪い合いによって引き起こされている。(29) 中世の当道盲人にあっても、弟子（子方）からの上がりが、師匠（親方）をささえる重要な収入源だったわけだが、そのような親方と子方、師弟間の結合を基本単位として構成された座組織において、たがいの利害調整をはかる機会が、それぞれの派（派家ともいう）ごとにいとなまれた派祖の供養会であり、さらに二季の塔や妙音講など、派をこえて行なわれた当道の年中儀式であった。それは、九州の座頭（盲僧）のばあい、一門＝一家（たとえば「宮川一家」という）の親方たちが行なった談合、すなわち「家」内および「家」間の利害調整組織としての妙音講に相当する。

たとえば、平家座頭の二大流派、一方と八坂方の区別は、中世においてどれほど語りの流儀・芸風の違いとして認識されていただろうか。室町時代の中期、一方は妙観・師道・源照・戸島の四派に分かれ、八坂方は妙聞・大山の二派に分かれている（八坂方にはほかに関・桜の二派があったとも伝える。『妙音講縁起』他）。当道のいわゆる二流六派（ないしは二流八派）が成立するのだが、それはしかし、いわれているような芸風による分派だったかのどうか。中世における「平家」演唱の実態を考えれば、それは語り物「平家」の隆盛期において、琵琶法師人口の増大に対応した「家」の分派だったと考えるのが自然だろう。(30)

「平家」語りが、近世に入って大きく変質したことは、すでに述べた。(31) 近世平曲は語り物というよりむしろ音曲であって、それは武家の諸行事に付随した儀式音楽として、また一部の好事家や文人のたしなみとして行なわれる。たとえば、近世にはかず多くの平曲譜本が作られている。もちろん晴眼の平曲愛好家の需要にこたえて作られたのだが、晴眼者のための（晴眼者による）譜本の作成作業をとおして、語りは文句とフシに分化し、文句にたいするフシ付けという観念が明確になる。文句の固定化とフシ概念の明確化がすすむなかで、前田流・波多野流などの近世平曲の流派が発生する。それまで曖昧なままですまされた語りの流儀・芸風の観念が意識化され、一方・八坂方の区別も、文句の違い、節付けの違いと認識されるようになる。たとえば、近世中期の一方派盲人によって編まれた『当道拾要録』は、覚一が内裏から賜ったという「雲井の書」の由緒を記して、「……よりて八坂方の平家とは文義格別也」とする（『当道要抄』にも同様の記述がある）。また、元和年間（一六一五～二三）の「一方検校衆吟味」の正本（いわゆる流布本）の開板に対抗して、八坂方の原本を称する「雲井の本」（城一本）が開板されたことも、語り物「平家」の芸能としての変質（すなわち「平曲」化）に対応する事態であった[32]。

近世平曲の流儀・芸風の問題を、そのまま室町期（さらに南北朝期）の「平家」にまで遡らせることはできないのである。一方流と八坂流（ないしは一方系と八坂系）といった、山田孝雄・高橋貞一以来の当道の二大流派にもとづく語り本の分類・系統化案にしても、いちど根本から疑ってみる必要がある。たとえば覚一本の「平家」にたいして、屋代本・百二十句本等にうかがえる叙事的な「平家」の存在は、本書第一部第二章、第三部第一章で述べたように、複数の演唱ヴァージョンの同時的な並存を示すものだろう。いったん制作された文字テクストが、転写される過程で本文の系統を派生させたことはたしかだとしても、それを一方系、八坂系として系列化することは、中世の「平家」語りの実態とどれほど対応するだろうか[33]。語り物における同業者組織が、そのまま語りの流儀や芸風と結びつくには、ある別の契機が導入される必要があり、それは語り物「平家」の変質とともに、同業者組織（当道）の質的な転換、および伝承（教授）システムの近世的変質（家元制の形成）などを前提としたのである[34]。

六　語りの場と語り口の生成

「あぜかけ姫」六種類の伝承例から、語りの流儀、伝承系統などにかかわる問題について述べてきた。つぎに、三節の対照表からは直接うかがえない問題として、演唱スタイル、語り口の問題について述べておく。たとえば、暗誦の語りか、それとも即興的な口語りか、といった問題だが、あらかじめ述べておけば、個々の演唱スタイルも、さきにみた伝承系統の問題とおなじく、語り手の実際的な活動、演唱機会や場との相関で形成されるのである。

まず、もっとも固定的な語り口を伝える橋口桂介について。橋口の「あぜかけ姫」は、すでに述べたように逐語的な暗誦によって語られる。公開演奏時に、ナガシで語るべき箇所を勢いにまかせてコトバブシで語ったり、キリの文句を、公演の時と場に合わせて適宜変えるなどの違いはある。[35] また演唱例によっては、フシ付けの位置が一句ほどずれることもある（橋口のばあい、文句にたいするフシ付けという意識が、ほかの伝承者にくらべてかなり明瞭である）。だがそんなときは大いに語りにくそうで、橋口本人にとっては失敗した演唱例である。その時々の声の調子、音程等をのぞけば、翻字テクストをもとに文句やフシ付けを比較するかぎり、どの演唱例もほぼ同一といってよい。三節で述べたように、橋口は二十五歳のときに按摩・鍼灸業に転業している。修業時代に師匠について座敷琵琶の前座をつとめた以外は、門付け程度の芸歴しかもたないが、橋口の現在の出し物は、一〇分ほどの「あぜかけ姫」初段のほか、計二〇分足らずの「葛の葉」初～二段、「石童丸」の冒頭部分、端歌数曲、などである。ほかは忘れたというが、おそらく門付けで生活するぶんには、その程度の出し物で十分だったと思われる。なお、橋口は、しばらく前まで熊本市周辺で催された民俗芸能の公演会等にしばしば招かれて語っていた。出し物は限られていたが、演奏回数が多いぶんだけ洗練された語り口をもっていた。

おもに門付けで活動した橋口にたいして、大川進は、座敷で長時間語った経験をもつ。正・五・九月の二十三夜待ち（昼間にお宮参り、晩に頭屋となった家で琵琶や義太夫語りなどを呼んで聞く）のときは、夜八時頃から始めて、月が出る夜中の二時頃まで語る。短いときで、ひと晩に五〜六段、長いときは、途中に休憩をはさんで八段ぐらい語ったという（たとえば、「出世景清」全五段、「熊谷跡目騒動」全六段、「大江山」全八段、など）。ただし、昭和五十年代に中風ため琵琶を演奏しなくなってから、長時間の出し物はほとんど忘れてしまったという。フシを付けずに（琵琶を弾かずに）文句だけを暗誦することが困難なのは、山鹿良之のばあいとおなじである。修業時代のイロハとして習った「あぜかけ姫」の文句はほぼ暗誦しているが、しかし暗誦といっても、二節で述べたように、描写的な肉付け部分の挿入・簡略化は自在である。肉付け可能な部分を心得たうえで、語りの場や雰囲気にあわせて即興的に語りを構成する。その点、暗誦した語りを逐語的に口演するスタイルの橋口桂介とは異なっている。

山鹿良之のばあい、修業時代のイロハとして「小野小町」を習い、芸がためとして「道成寺」を習っている。ともに三〇分たらずの一段物で、山鹿のほかの出し物にくらべると、演唱ごとの流動の度合もすくない（全体に長編の段物ほど流動的である）。基本的な出し物の「小野小町」「道成寺」にたいして、「あぜかけ姫」全二段は、琵琶弾きとして一人立ちしてのち、複数の同業者仲間からの聞き覚えによって習得した。演唱時間は、一時間半前後。ただし全二段を四〇分ほどで語りおえる演唱例(36)から、二時間近くかけて語る演唱例(37)もあり、定型句のたぐいをのぞけば、全体にきわめて自在な語り変え（語り加え）が行なわれる。まさに口頭的《オーラル》に作りながら語っているのだが、しかし作っていると感じさせないところが山鹿の芸の力である。それは中・長編の段物演唱において、さらに顕著になる山鹿の演唱スタイルである。山鹿は五〇種類ほどの段物をつねに出し物として用意していたが（その半数以上は、四、五段から一〇段前後におよぶ長編物である)、長い出し物ほど語り口は流動的である。橋口桂介の暗誦の語りを一方の極とすれば、その対極に位置する演唱スタイルを伝えたのが山鹿良之であった(38)。

もっぱら門付け専門で活動した橋口にたいして、大川は、座敷でも語った経験をもち、夜を徹して語る機会もしばしばであった。山鹿の演唱機会は基本的に大川とおなじだが、しかし琵琶語りひとすじで生計をたてた山鹿は、按摩鍼灸を本業とした大川にくらべて、圧倒的な出し物の量をほこっていた。演唱の機会や場、芸歴などに応じて、各人各様の演唱スタイルとレパートリーが形成されたのだが、なかでも、三名の伝承者がともに行なった経験をもつ門付けは、座頭琵琶においてもっとも一般的な演唱機会(生活手段)であった。

門付けはふつう、玄関口であいさつを申し入れたあと、ナガシ(39)を二回(ふたナガシという)ほど語る。所要時間はおよそ二、三分だが、二、三分語っても家人が出てこないとき、またはつづけて先を語るように依頼されたときは、さらにコトバブシ(大川・橋口のいうカタリ)→ナガシの順で五分ほど語る。門付けの出し物には、ふつう端歌が使われるが、端歌の基本的なフシ構成は、〈ナガシ→コトバブシ(カタリ)→ナガシ〉であり、門付けに適したフシ構成になっている。

段物の一部を門付けに使うばあいは、ふつう冒頭部分の特徴的な定型句を使う。たとえば、「石童丸」の語りだしの定型句、「筑前筑後肥後肥前　大隅薩摩で六カ国　探題守護をつかさどる　加藤左衛門重氏は……」は、大川・橋口・山鹿の伝承例ともにナガシで語りだされる。したがって「石童丸」は、三人ともに門付けには使いやすい出し物だったという。「あぜかけ姫」を門付けに使うときも、冒頭部分の定型句、「国を申さば駿河の国　○○長者の乙の姫　○○姫と申せしは……」の一節を語る。この部分は、ふつう小オクリ(ダシとも)ないしはコトバブシ(カタリ)で語られるが、門付けに使用するときはナガシに変えて歌う。門付けでよく「あぜかけ姫」を語った大川と山鹿は、ふつうに語るばあいも、冒頭部分をナガシで語ることが多いが、ほかに、四節でも述べたように、「あぜかけ姫」のもっとも特徴的な定型句、「四十八手の綾のあぜ　四十七手は掛けたれど　残るひと手をつゆ忘れ……」を門付けに使用することもあった。聞き手の希望があれば、そのまま上がり框で、または座敷に上がりこんで、つづきを語ることもある。そんなときも、「石童丸」全一段、あるいは「あぜかけ姫」の一段目程度が語れれば、まず出し物に困ることはない。門付けは、琵琶弾き座頭のもっとも基本的な生活手段であり、ナガシとコトバブシ（カタリ）を習得して、一〇分程度の文句を何種類か用意しさえすれば、琵琶弾きとしての最低限の生活は保証された。

一九八九年四月四日、および一九九一年十二月一日の二回、山鹿良之のかつての活動地域、福岡県柳川市南浜武の崩道《くえどう》の集落をたずね、村人の協力をえて、山鹿のかまど祓いと夜ごもりを再現してもらう機会があった。その折、村の年寄りから聞いたところでは、崩道集落の周辺には、昭和二十年代ごろまで、琵琶弾き座頭が数人まわってきたという。山鹿以外は、〇シャンなどの愛称で呼ばれて正式の芸名もなく、またカマド祓いやワタマシなどの儀礼を行なわないため、特定の顧客（檀家）をもたずに、もっぱら門付けのみで日銭をかせぐ一種の「ものもらい」であった。柳川周辺では、かまど祓いやわたまし（新築祝い）を行ない、夜ごもり等に呼ばれて「本外題」（長編の段物のこと）を語る琵琶弾きを「みふし語りさん」といい、門付け専門の「ものもらい」ふうの座頭を「どえもん」と呼んで区別している。もちろん山鹿は、「どえもん」ではなく「みふし語り」だが、しかし山鹿は、最初から「みふし語り」であったわけではなく、努力して「みふし語り」になったのである。

山鹿の記憶力がどれほどすぐれていたにしても、修業時代に習った「小野小町」や「道成寺」（ともに一段物で、山鹿のほかの出し物にくらべれば、やや暗誦ふうの語り）の語り口では、とても数時間におよぶ段物を語ることはできない。中・長編の段物の習得は、それに対応する語り口の習得と不可分の関係にあるのだが、習得した語りの技術や出し物の量によって、座敷琵琶や夜ごもり等の演唱機会があたえられる。山鹿のばあい、筑後瀬高町の盲僧、坂本さいちについてかまど祓いやわたましの儀礼を習得したことも（御幣の切り方、供物の並べ方等も含む）、顧客や檀那場を拡大するための方便といった感がある。そして獲得された演唱機会が、さらに多くの出し物と、それに対応できる語り口を要求する。

もちろん、誰もが山鹿のように、数十種類の段物や、それを語りこなす演唱技術を体得できたわけではない。当然のことながら、それができない琵琶弾きもいた。大川進から聞いた話だが、かつて天草にいた星沢まさゆき（橋口桂介の「従兄弟」にあたる）という琵琶弾きは、一段目を終えて、二段目に入るときに、まず一段目の後半をおさらいしてから二段目に入ったという。もちネタが少ないために、なんとか座をもたせるべく時間を引き延ばしたというのだが、そのような琵琶弾きに較べると、大川の師匠（数十種類の出し物をつねに用意していたという）のように、文句がどっさりで「本外題」を語る人は、「頭がよい」人だという。また大川によれば、「本外題」は、琵琶弾きとして本式の修業と稽古を積んだ者が語れるもので、そうでない者は、門付け程度の芸しか出来ないという。本式の修業と稽古とはいっても、師匠のもとでの修業経験が、かならずしもレパートリーの増加や長編物の習得につながらないことはさきに述べた。大川のいう修業と稽古は、各自が行なうもので、けっきょく本人の工夫と努力に帰着する。

修業と稽古に応じてあたえられる（獲得される）演唱の機会と場が、新しい出し物の習得と、それにふさわしい演唱スタイルを要求する。たとえば、柳川周辺の村々でひんぱんに夜ごもりを依頼された山鹿良之にとって、最大の関心事は出し物をふやすことであった。琵琶弾き仲間の出し物の習得は、基本的に交換の原則で行なわれ、交換すべき出し物をもたないときは、金品を積んで教えてもらう。または、同業者（ときには義太夫語りや浪花節語り）の演奏に同席して聞き覚える。五〇種類以上の出し物（その多くが数時間におよぶ長編物）をもつ山鹿の場合、出し物をふやすことにかけた苦心談は、枚挙にいとまがない。もちろんそれには、長時間の出し物を記憶・演唱する技術すなわち演唱スタイルを習得する苦心も含まれている。

七　「平家」演唱の中世的実態

語りの機会と場が、物語伝承を生成する第一義的な要因として作用している。それは伝承形成における基本的な問題として、たとえば、中世の語り物においても同様の事情があったろう。現存する正本類にちかい語り口を習得する者から、あらすじのみを覚えてオーラルに語りを構成する者、またはそのクドキ節ヴァージョン、あるいはサワリの定型句だけを聞き覚えて門付けに歩く者まで、さまざまなレベルの語り手が存在しただろう。たしかに事実談（歴史語り）を建前とする「平家」のばあい、地名・人名等の固有名詞をはじめとして、人物のせりふや行動、事件展開など、そのかなりの部分は暗誦にたよらざるをえない。作品の輪郭をささえる定型的な言いまわしは、各段（各句）の伝承の骨格部分を形成したと思われる。しかも「平家」のばあい、はやくから正本が作成されたことは、とくに検校・勾当クラスの語り口に、ある規範的な抑制として作用したにちがいない。しかし彼らにあっても、語り口や伝承内容が演唱機会や場との相関で形成されるということは基本的にあったはずだ。

たとえば、源平合戦に関する聞き手の一定の了解を前提にして演じられる「平家」のばあい、聞き手が、一般庶民か、それとも公家や僧侶かなどで、当然のことながら語り口も異なってくる。また聞き手しだいで、即興的な語り口の許容度や、ストーリー説明の必要性の度合なども異なったろう。そうしたさまざまな聞き手と演唱機会のなかで、ある一定の条件を満たされた語り手によって、覚一本にみられるような正本ふうの語り口が形成される。それは「平家」という物語世界が、一定の語りの場を条件としたことではじめてなしえた達成だったろう。

だが注意したいことは、覚一本にみられるような特定の語り口は、すべての語り手によって共有されていたのではないということである。すでにくりかえし述べたように、当道（座）の正本としての覚一本は、座を維持するための権威的な拠り所であって、誰もがいつでも参照できるような台本ではなかった。正本の伝来は、語りの伝承とはあきらかに別次元の問題として考察されねばならないが[40]、また当道の内部組織が、かならずしも伝承の授受を第一義的な目的としていなかったこともすでに述べた。中世の当道盲人にあっても、伝承形成は、個々の語り手の実際的な活動のなかで行なわれたはずである。したがってたとえば、一方派の琵琶法師が、中世においてすべて一方流の語り口を持っていたとは到底考えがたいのである。

すでに述べたように、平曲流派としての一方流が発生したのは、語り物「平家」の近世的変質を前提にしている。近世平曲における一方流／八坂流の区別を、室町期（さらに南北朝以前）にまでさかのぼらせて考える諸本の分類・系統化案は、根底から疑ってみる必要がある。たとえば、屋代本・百二十句本等の叙事的な「平家」テクストの存在は、覚一本にうかがえる場面構成的な演唱ヴァージョンに並行して、クドキを多用してストーリー展開を叙事的にたどってしまう演唱ヴァージョンが存在したことを示唆している。また、天草版『平家物語』のような「世話にやはらげたる平家」の存在は、吟誦のシラゴエのみで全段を通し語りしてしまう変則ヴァージョンさえ存在したことを示唆している。もちろん実際の語りは、現存する文字テクストの異同をはるかに超えて生成的、流動的だったはずである。さきにも述べたように、たとえば、「海人の焚く藻の夕煙　尾上の鹿の暁の声」云々というサワリの定型句のみを持ちネタとして語りあるく放浪の琵琶法師も、かならずや存在したにちがいないのである。

注

(1) Eric Rutledge, *Orality and Textual Valiation in the Heike Monogatari.*（『平家琵琶──語りと音楽』一九九三年、ひつじ書房、一九九三年）。なお、ラトレッジは、井野川検校について一週間に二回づつ、延べ三年間にわたって平曲を習っている。一年に一曲というペースで、「鱸」「竹生島」「宇治川」を習ったというが（なお、祝言曲の「鱸」を最初に習うことは決まっており、あとは習う順序に格別の決まりはないという）、習う手順は、まず七五一句ないしは二句程度にくぎった文句を師匠のあとについて復唱して覚え、そして文句をそらで言えるようになった段階でフシを覚える。曲節ごとにくぎって師匠のあとについて復唱するのだが、そして一曲をとおして語れるようになった時点で、はじめて琵琶にあわせて語る。井野川自身もそのようにして平曲を習得したという。なお、同様の教授法が、江戸時代の盲人にたいして行なわれていたことは、『流鶯舎雑書』（一七四六年、東京大学附属図書館蔵）によって確認できる。

(2) 今日、名古屋・仙台に伝承される平曲は、ともに『平家正節』（一七七六年、荻野知一編）系統の平曲を伝えている。本書第一部第三章、第三部第一章、参照。

(3) 盲僧と座頭が混在した近世の筑前・筑後地方のばあい、座頭は、当道の支配を受ける盲人の芸能者。盲僧は、一定の檀家をもってカマド祓いをする天台宗系の盲人宗教者。ただし段物（長編の語り物）を伝承した筑前・筑後の盲僧琵琶は、出し物・演唱形式ともに肥後の座頭琵琶のそれときわめて近い。座頭（盲僧）として一括して呼称する理由である。──兵藤「座頭（盲僧）琵琶の語り物伝承についての研究（三）──文字テクストの成立と語りの変質」（『成城国文学論集』第二六輯、一九九九年三月）、参照。

(4) 一定の慣用句が、一定のフシまわしとともに記憶され語られていたことは、近世の平曲譜本の墨譜（ごま譜）からもうかがえる。中世的な語りの痕跡を伝えるものだが、また平曲における曲節の分類名称、「語り句」と「引き句」は、曲節であると同時に、その曲節で語られる文句をさしている。それが文句／フシの未分化な語りことばの痕跡であることは、本書第三部第一章に述べた。

(5) 座頭（盲僧）琵琶の歴史的な沿革、演唱形式の基本的諸問題については、本書第三部第一章、参照。

(6) 座頭以外の芸人（瞽女、浄瑠璃語り、祭文語り、また盆踊りクドキなど）によって語られた例は見つからない。後述するように、「あぜかけ姫」は熊本県全域の座頭によって語られたが、山鹿良之（熊本県南関町）は、筑後（福岡県）の座頭から「あぜかけ姫」を習ったという。また、筑前の晴眼盲僧、森田勝浄（福岡県甘木市）によれば、「あぜかけ姫」は甘木市周辺の多くの盲僧（玄清法流）が語っていたといい（筑前朝倉郡の晴眼盲僧、国武諦浄が作成した「あぜかけ姫」台本が現存する。後述）、また大分県でも、「あぜかけ姫」は玄清法流の盲僧によって語られていた（松岡実「豊後の盲僧」『まつり』二六号）。「あぜかけ姫」の物語は、座頭（盲僧）琵琶の出し物として、かつては九州の北部から中部一帯でひろく語られていた。

（7）大川進。芸名は宮川菊順。大正七年（一九一八）、鹿児島県出水町（現、出水市）に生まれ、生後まもなく失明。数え年十二歳から十八歳まで、熊本県下益城郡小川町の宮川教学（本名、中野幸右衛門）に弟子入り。師匠からは、琵琶語りのほか、荒神祓い・わたまし・家祓いなどを習った。戦前まで、おもに鹿児島県の出水、阿久根、大口などで活動し、戦時中から按摩の道に入ったが、戦後も頼まれれば琵琶を弾いた。中風のために琵琶をまったく弾かなくなったのは、昭和五十年頃から。師匠から習った語りの出し物は、「あぜかけ姫」三段、「石童丸」一段、「大江山」八段、「小栗判官」十四段（一代小栗が八段、二代小栗まで語れば十四段）、「出世景清」五段、「ふたば軍記」三段（「一の谷」の正式名称）、「熊谷跡目騒動」六段、など。ただし、端唄は習ったことがない。このうち、「あぜかけ姫」は、修業時代のイロハとして習い（だから文句もそらでいえる）、「芸がため」には、「ふたば軍記」の三段目（敦盛の首実検）を習った。また、師匠から教わったわけではないが、聞き覚えで「焼山峠」「天草巡礼」「志賀団七」などを語った（師匠はそれ以外に「いざりの仇討」八段、「隅田川」九段、「長門合戦」十二段などを得意な出し物とした）。演唱機会は、門付けのほか、かまど祓いやわたましの余興であり、ほかに日待ちや、二十三夜待ちに呼ばれたときは、かなり長い出し物を夜を徹して語った。なお、大川の演唱機会と場については後述する。

（8）大川が使用するフシの基本的な四種類、カタリ（山鹿良之のコトバブシに同じ）、ナガシ、ウレイ、ノリは、その用法、節回し、琵琶の弾き手ともに、第三部第一章三節に説明した山鹿良之のフシのものとほぼ一致する。また大川のノリバラシは山鹿のノリカカリに、ダシと乙ウレイは小オクリに、三段ウレイはウレイオクリに対応する。

（9）昭和五十年にRKK熊本放送が収録した大川進演唱「志賀団七」一段目の録音テープがある。演唱時間は一八分二一秒。私が作成した翻字原稿によれば、字数は一七〇三字になるが、掲出した「あぜかけ姫」の口述テクストは、一段目が一〇八三字、二段目が九四四字、三段目が一四七九字で、「志賀団七」の演唱テープから推定して、一段目は約一一分半余、二段目は約一〇分強、三段目は約一六分弱ほどの分量の文句しかない。大川のばあい、一段の平均的な所要時間は約二五分から三〇分前後。「あぜかけ姫」の口述テクストは、実際の演唱よりも、文句がかなり簡略化されていることが想像される。なお、大川の説明によれば、「志賀団七」一段目のテープが一八分余りで終っているのは、放送局側の時間制限のため、語りだしの一節（主人公姉妹の父与太郎が、病床の妻に薬を煎じる一節）を省いて語ったからだという。

(10) 大川によれば、「いろは口説」は、宮崎の砂土原に住んだ「こけし和尚」が作ったという。もともと「あぜかけ姫」とは関係のない、独立したかぞえ歌だが、それを母親の教訓の文句として「あぜかけ姫」に取り入れたもの。なお、後述する橋口桂介の「あぜかけ姫」にも、「いろは口説」（橋口は「いろはくずし」と呼ぶ）が入る。参考までに、橋口の「いろは口説」の文句を上げておく。「いときなき身をあいして通せ　老を敬い無礼をするな　腹が立つとてかごんを言うな　憎み受くるもわが心から　ほめてもろおて高慢するな　隔て仲をば縁者と思え　隣近所に不都合するな　近い仲には垣をせよ　理屈あるとてみなまで言うな　ぬしによりては大事が起きる　るろお人なら教えて通せ　終わり果てねばわが身も知れぬ　若き間の道々なれば　家業大事と心にかけて良きも悪しきもひとごと言うな　礼儀正しく浮世を渡れ　粗悪者じゃと言われぬよい　つねに仏事を心にかけて　何がないとて世を恨みるな　楽な身過ぎは一人もないぞ　報い報いで貧をもするぞ　今の世をまた思わばせえぜえ　親に立てつき不孝をするなやくげするなら姑にさばけ　まなこくらんで貪欲すれば　剣の地獄にこの世で沈む　とかくこの世はやわらかに」。

(11) 橋口桂介。芸名は星沢月若。大正四年（一九一五）、熊本県上天草郡竜ヶ岳生まれ。数え年十歳のときに右目を失明。十九歳で左目も失明。十三歳のときに八年の年期で上天草郡姫戸村の坂本友一（芸名、星沢曲春《まさはる》）に弟子入りするが、按摩針灸に転業すべく、十八歳のとき師匠の家を出、天草の親戚宅で知りあった柳川市出身の琵琶弾き、石堂栄三郎（芸名、嶋村静若）が按摩針灸もすると聞いて弟子入りし、佐賀県藤津郡大浦田古里の石堂のもとで三年間修業した。二十一歳の徴兵検査を機に帰郷し、前の師匠坂本ともいちと和解して再度弟子入りして名開き、星沢月若と名のる。以後、天草一帯で活動したが、二十六歳で琵琶をやめ、按摩鍼灸に転業した。

(12) 北村精次。芸名は玉川星学。明治三十九年（一九〇六）生。熊本県八代郡竜北町の人。大川進と親交があったというが、芸歴その他は不明。

(13) 村上万作。芸名不明。故人、明治三十七年（一九〇四）生。熊本県玉名郡天水町の人。芸歴その他は不明。山鹿良之の話によれば、自分より三つ年下で、二度ほど泊めてやったというが、「自分とはフシが違っていたから、玉川派ではない」。

(14) 田中藤後。芸名は京山上縁。明治三十九年（一九〇六）生、平成元年（一九八九）没。福岡県八女郡星野村に生まれ、十歳のとき熊本県鹿北町岩野に移る（昭和五十年に同県山鹿市古関に転居）。二十五歳で失明。三十三歳のとき、熊本県山鹿市三岳村の琵琶弾き、京山上学（山鹿に住んだ木越福順の弟子）から琵琶を習う。弟子入りではなく、京山上学を雇って家に来てもらって習った。三年間ほど、日数にして二百日ほど習った。師匠は外題を六〜七十知っていたが、田中が習ったのは、「道成寺」「あぜかけ姫」「相州児雷也」（十段）「都合戦筑紫下り」「筑前原田合戦」など。また、妹に「親鸞上人一代記」の本を読ませて、それに自分でフシを付けて語った。演唱の機会は、ワタマシ・荒神祓い・家祓い等のあとの座敷琵琶。座敷では一、二席（一席は二五〜三〇分）語るが、頼まれれば三席ぐらい語る（休憩を入れて約二時間）。正月の門付けは、鹿北町のほか、玉名郡の南関町、筑後の柳川などを歩いた。なお、琵琶を習うのに並行して、山鹿市在住の法印、志賀りょうえいについて占いと加持祈禱を習ったが、本人の説明によれば、田中の本業は、琵琶よりも占いと加持祈禱にあるという。

(15) 山鹿良之については、本書第三部第一章一節、参照。

(16) たとえば、姑の丑の刻参りは、「氏神正八幡」とも、「弓矢堂」「南書院」とも語られる。また物語の舞台が河内国に設定されることも、かならずしも物語自体の必然性はなかったようだ。河内国とされた理由は、「あぜかけ姫」の物語が、俊徳丸の誕生前史として位置づけられたことにある（後述）。姑の嫁いじめを主題とする「あぜかけ姫」にたいして、「俊徳丸」は継子いじめの物語である。家庭内騒動というテーマの類似をもとに、二つの物語が関連づけられたわけで（「あぜかけ姫」のヒロインを俊徳丸の母親とする）、そこに「あぜかけ姫」の舞台が河内国に設定された理由もあったろう。なお、「あぜかけ姫」を「俊徳丸」の前段に位置づけるのは、後述するB系統の伝承（田中と山鹿）だが、しかしA系統の橋口の伝承例にあっても、姫の実家はのぶよし長者とされ、「俊徳丸」伝承との関連がうかがえる。

(17) 川田順造は、すべての物語が連辞的な側面と範列的な側面をもつことに注目し、口頭の物語伝承を両側面の重なり合いとしてとらえる「物語分析の二重モデル」を提案する（「発話における反復と変差」『口頭伝承論』河出書房新社、一九九二年）。構造が単純明快で、各要素が置換可能な範列習合をなしている神話・昔話を一方の極として、各要素（固有名詞）は置き換え不可能だが、要素間の連辞的関係（ストーリー）によって物語が特徴づけられる叙事詩や語り物を、もう一方の極に設定する。そしてこの二つの極のあいだに位置づけられる個々の物語は、両極へのウェートの置き具合によって、そのパフォーマンスのスタイルも決定されるという。物語の構造分析の方法を、パフォーマンス研究の一環として理論的に組み換えた注目すべき論である。——本書第三部

第三章五節、参照。

(18)　兵藤「座頭琵琶の語り物伝承についての研究（一）」四節（『埼玉大学紀要・教養学部』第二六巻、一九九一年三月）。

(19)　折口信夫「日本文学の発生　序説」（『折口信夫全集』第七巻）。

(20)　福岡県朝倉郡朝倉町の晴眼盲僧、国武諦浄（一九〇一～八四）が大正五年に作成した「あぜかけ姫」の台本は、記事対照表の⑦～⑫に相当する部分的なものだが、ヒロインの名が朝日の前であり、また姑が嫁に機織りを命じるなど、熊本県北部から福岡県にかけて行なわれたB系統の伝承の特徴をそなえている。ただし、綾織りの手を「四十八手」ではなく「三十三手」とする特殊な伝承でもある。なお、国武台本については、注(3)の論文、参照。

(21)　〇〇流の言い方は、近代以降、晴眼者が始めた「肥後琵琶」で用いられたもの。肥後の座頭琵琶が、近代になって（伝承によれば江戸期からという）熊本の一部士族によって行なわれ、薩摩琵琶・筑前琵琶に対抗して「肥後琵琶」なる呼称が生まれた。また、島田弾月など、肥後琵琶の振興につとめたグループの間で、春喜流・泰悦流などの流派が主張されるようになる。そうした近代の「肥後琵琶」と、肥後地方の座頭（盲僧）琵琶とを混同した結果として、地元郷土史家や音楽研究者らの間に、「肥後琵琶」の呼称や流派をめぐってさまざまな誤解が生じている。

(22)　「奉公」の年期は、ふつう五年以上、七、八年を限度とするが、山鹿良之は弟子入りして三年目に、天草の師匠のもとを去っている。年期途中で師匠の家を出たのは、門付けの上がりを全部親方に納めた、納めなかった、という争論が直接の原因だが、それ以前から、毎日師匠宅の雑事にのみ使われ、一向に琵琶を教えてもらえないことへの不満が鬱積していたという。郷里の玉名郡大原村に帰った山鹿は、知人や親戚の後援をえて名開きをし、自ら玉川教演と名のって活動を開始したが、それに怒った天草の師匠（玉川教説、本名江崎初太郎）は、熊本地裁に訴訟を起こした。裁判の結果は、山鹿側の敗訴。山鹿の父親は、賠償金と裁判費用など、あわせて八十円あまりを天草の師匠に支払ったという。山鹿が以後もっぱら筑後地方に活動の場をもとめたのも、ひとつには、この争論がもとで熊本県での活動が困難になったからである。なお、橋口桂介も、年期の途中（八年の年期のうち五年目）で師匠の家を出て、佐賀県の盲人について按摩・鍼灸業を習っている。ただし、橋口のばあいは、三年後に師匠と和解し、師匠の立会いのもと天草で名開きをしている。

(23)　このような「家」のあり方が、東北地方（山形県）に伝承されたデロレン祭文の芸人組織にもみられることは、兵藤「祭文語

り」(『岩波講座　日本文学史』第一六巻、一九九七年)、参照。

(24) 注(22)、参照。

(25) 同業者仲間との付き合いの一端は、何真知子「肥後琵琶採訪録」(『伝承文学研究』第一三号、一九七二年)、村山道宣「肥後琵琶伝承誌」(『仏教民俗学大系』第二巻、名著出版、一九八六年)、木村理郎『肥後琵琶弾き　山鹿良之夜咄』(三一書房、一九九四年)などにも記される。

(26) 何真知子、注(25)の論文。

(27) 神野藤昭夫「物語の改作と改作をうながすちから」(『散逸した物語世界と物語史』若草書房、一九九八年)は、この共同研究における神野藤の「あぜかけ姫」「俊徳丸」調査をまとめたもの。

(28) なお、中世における各種芸能民(同業者仲間はもちろん)のジャンルを超えた交流が、伝承形成の要因となったろうことは、本書第二部第一章、参照。

(29) 加藤康昭『日本盲人社会史研究』(未来社、一九七四年)は、天文年間における当道の分裂・抗争事件(座中天文事件)が、上衆(検校)間の弟子の奪い合い、「人的なわばり」によって引き起こされた点に注目して、「当道の座組織においては、座衆間の横の結合よりも、……師弟間の縦の結合の方が強固な基礎単位をなして」いたとする。当道が師弟間の結合を基礎単位として構成されたのは、収益に直結する「人的なわばり」からであった。

(30) 本書第一部第三章五節。

(31) 本書第一部第三章、第三部第一章、および、注(3)の論文。

(32) 本書第一部第三章。

(33) 本書第一部第三章。

(34) 本書第二部第一章、第一部第三章。

(35) 橋口の公開と非公開の演唱例の比較は、兵藤「座頭(盲僧)琵琶の語り物伝承についての研究(二)」(『埼玉大学紀要・教養学部』第二八巻、一九九三年)の資料①~②を比較・参照されたい。

(36) 一九六九年十月六日に、何真知子氏が山鹿宅で録音した演唱。「あぜかけ姫」一~二段目を、段を切らずに四〇分たらずで通し語りしている。福田晃氏のご好意によってテープを聞くことができた。

(37)　一九八二年九月二十一日に、上野の東京都美術館（講堂）で行なわれた東京展での公演をはじめとして、私が収録した五回の山鹿良之の「あぜかけ姫」演唱は、すべて全二段で、計一時間半から二時間近くを要している。

(38)　ただし、誤解のないように補足すれば、固定的な橋口の演唱にたいして、山鹿の演唱にテクスト的なものがまったく不在というのではない。山鹿にかぎらず、語るたびに異なるという質問は、フィールド調査の現場で最大の禁句である。すでに見たように、歌謡的・メリスマ的な旋律で語られる定型句は、山鹿にあっても正確に記憶されている。語りの小段（場面）はほぼ一定の順序で展開し、標準的（場面構成的）な演唱ヴァージョンで語るかぎり、ある場面は、その内容に応じた一定のフシで語られる。翻字テクストのレベルで比較すれば、個々の演唱例は校合不可能なほど相違していても、小段（場面）の継起的な連鎖、段落構成のレベルでは、山鹿固有のテクストが存在するのである。

(39)　座頭琵琶のフシについては、本書第三部第一章三節、参照。

(40)　本書第一部第一章。

第三章　口承文学とは何か

一「口承文学」とは何か

1「民間伝承」という枠組み

昭和七年（一九三二）に刊行された『岩波講座 日本文学』に、柳田国男は、「口承文芸大意」という文章を書いている。日本文学の研究に、口承文芸という語がもちこまれた最初である。

この論文の冒頭で、柳田は、「口承文芸」が、フランスの民俗学者、ポール・セビオ（一八四六～一九一九年）が考案したLa littērature orale（英語では、oral literature）の翻訳語であること、それはlittērature（文字で記されたもの）に、orale（口頭の）という矛盾する形容詞をつけた、いかにもフランス人ごのみの「新名称」であり、それは通常の文芸以外の文芸に、世間の関心をむけさせることを意図した造語であったことを述べている。

今日、口承文芸（口承文学）[1]という語から、柳田がいうような新奇さや異和のひびきを感じとることは困難である。口承文芸の研究は、民俗学はもちろん、すでに国文学の研究プロパーでも一定の市民権を獲得しているようにみえる。

だが口承文芸《オーラル・リテラチュア》という語が、ほんらい通常の文学研究の相対化を意図した造語であったこと、それは既成の文学史にくみこまれる以前に、そこに、ある不協和音をひびかせるべくえらばれた、きわめて方法的なタームであったことは注意しておく必要があると思う。

口承文芸の「大意」について述べた柳田は、つぎにそれを十種類ほどのジャンルにわけ、それぞれについて概説をこころみている。

ことわざ、なぞ、となえごと、童ことば、民謡、語り物、昔話、笑話、伝説などだが、このジャンル区分は、ほぼ同時期に講述された柳田民俗学の概論書、『民間伝承論』（昭和九年刊）、『郷土生活の研究法』（同十年刊）でくりかえし論じられている。口承文芸を主題化しつつあった当時の柳田が、いっぽうで民間伝承《フォークロア》（民俗）の学の組織化・体系化をくわだてていたことに注意したい。民間伝承の一領域としての口承文芸の位置づけは、以後の口承文芸研究に独特のバイアスとなって作用することになる。

2　口承説話のジャンル

「口承文芸大意」が書かれる二年前の昭和五年から七年にかけて、柳田は、昔話にかんする論文を集中的に発表していた。「桃太郎の誕生」「海神小童」「田螺の長者」「隣の寝太郎」「絵姿女房」「狼と鍛冶屋の姥」「和泉式部の足袋」「米倉法師」などである。それらは昭和八年に単行本『桃太郎の誕生』としてまとめられるが、柳田はそこで、昔話の背後にすかしみえる「小さ子」（＝霊童）の信仰世界に注目し、わが国民俗社会の神話を復元的に考察していた。

『桃太郎の誕生』をふまえて、神話が時代とともに変容・解体する過程について論じたのが、昭和十年から十一年に書かれた「昔話覚書」（『昔話研究』創刊号〜第一二号）である。この論文は、のちに「昔話と伝説と神話」と改題され、さきの「口承文芸大意」とあわせて『口承文芸史考』（昭和二十二年刊）におさめられている。概説ふうに書かれた

「口承文芸大意」にたいして、その史的変遷の問題を論じた「昔話覚書」は、『口承文芸史考』の中心となる論文であった。

「昔話覚書」のなかで柳田がこころみているのは、神話を起点とした口承説話の体系的位置づけである。口承文芸の説話的なジャンルとして、昔話・伝説・語り物に注目した柳田は、各ジャンルの特徴を神話(=原型)からの距離によって説明する。

たとえば伝説は、それが土地の遺跡・遺物の由緒譚として信じられているという点において、また語り物は、律文で語られるその音律句法において、かつての民間神話のおもかげをつたえたものとされる。だが語り物は、その担い手が芸人ゆえに内容・思想ともに常民の実際生活からは遠ざかっており、また伝説も、それをささえる信仰が時代とともに変化しているため、ただちに固有信仰や神話の問題にさかのぼることはできないという。ゆいいつ昔話のみが、話型というかたちで神話の内容をいまに伝えている。すなわち、神話を起点とした口承文芸の体系的把握において、昔話(その話型)研究に特権的な位置づけがあたえられるわけだ。

しかし神話の内容・興味に固執した昔話は、語り物とは対照的に日常会話の延長のような散文口調で語られる。またそこに語られる内容も、現在の村落生活になんら信仰的根拠をもっていない。それはあくまでも興味本位で語られる、架空の(現実とは関わりをもたない)昔話である。(2)

昔話の興味本位の度合がさらにすすめば、そのおもしろい趣向の一部分だけが遊離・独立して語られて笑話となる。そしてついには旧弊な話型そのものが敬遠されて、新奇な報道説話、世間話のたぐいがもてはやされるようになる。口承文芸の主流が、昔話から笑話へ、さらに世間話へと推移してきたというのだが、こうした「史」的な見通しをもとに、昔話の分類案が吟味され、各類の前後関係が発生史的に再検討されることになる。

3　昔話と神話

「昔話覚書」の連載が継続中の昭和十一年、柳田は関敬吾とともに『昔話採集手帖』を作り、全国の昔話研究者に配布していた。フィンランドの民話学者、アールネがはじめた話型索引（タイプ・インデックス）の方法をふまえた昔話の採集マニュアルだが、しかし同時期に執筆された「昔話覚書」のなかで、柳田はアールネの分類案に異議をとなえている。アールネの方法によれば、昔話の「第一次のもの」と二次的な異伝とが並列されてしまい、異伝相互の関係がみえなくなるというのである。(3)

アールネが行なった民話の三分類――動物説話・本格説話・笑話――のなかで、柳田は、本格説話に相当する話群を「完形昔話」と名づけている。主人公の一代記の形式をとる本格説話に、始祖誕生神話との類縁性を指摘し、そこに昔話の古形をみたのだが、また動物説話については、それを分類の第一項に位置づける従来の説にたいして、完形説話の一要素（動物の援助、等）が脱落してできた後出の話型とし、笑話とともに「派生昔話」と名づけている。

完形昔話はさらに十種類ほどに下位分類され、「一次的」なものと「二次的」な異伝とに区別される。口承文芸のなかでも昔話へ、また昔話のなかでも完形昔話へ、さらにその一次的なかたちへとさかのぼることで、柳田のいう「本来の完形説話」（神話である）が復元的に再構成されるのである。

昔話の衰亡史（すなわち口承文芸史）を逆向きに遡行したところにイメージされる神話は、あたかも私たちの近代が喪失した（とふつう考えられている）なにものかと等価なようである。それは「昔話」というノスタルジックな語感とも微妙にひびきあっているが、そのような近代人の喪失感覚を、民俗社会の原風景として具体的に「復元」してみせたところに、柳田の口承文芸論（昔話論）のふしぎな吸引力もあるだろう。それは理論的には十九世紀ドイツのグリム兄弟から示唆をえた方法だが、その根底には、かつて『遠野物語』で示された柳田のイメージ世界の原質があり、また昭和初年の柳田がかかえこまざるをえなかった固有な問題状況があったのである。

二 「昔話」と「口承文芸」

1 用語の問題

大正から昭和初年の社会主義運動の盛りあがりと、それにつづく国家主義的な時代風潮は、柳田民俗学の成立にある重要なモメントとなって作用したにちがいない。民俗《フォークロア》の世界に日本社会のアイデンティティを「復元」的に再構築するくわだては、昭和初年の柳田によってある危機意識をもってすすめられたろう。

柳田国男の「民俗学」的転回については、赤坂憲雄によって明快に論じられている。(4) 昭和初年に形成される常民の自足的な村落生活のイメージは、かつて『遠野物語』(明治四十三年刊)で語られた閉塞的な村落のイメージから、その恐怖と抑圧の幻想を消去するかたちで成立するのである。そこにあらたに提示されたノスタルジックな農村の風景は、「昔話」という柳田語彙とも微妙にひびきあっている。日本社会の原郷としてイメージされた常民の村落は、それが歴史的な規定をともなわないかぎりで、「昔」という時間認識と通底するものであった。

「昔話覚書」の冒頭で、柳田は、民話・民間説話などの翻訳語(英語のフォークテイル、ドイツ語のフォルクスメルヒェン、等)をもちいずとも、日本には昔話ということばが古くからあり、それを採用することが、実地の採集にも便利であると述べている。

たしかに、「むかし」で語りだされる地方民間の説話は、語りだしの定型句から「むかし」「むかしむかし」とよばれ、東北地方の一部では「むかしこ」とも呼んでいる。しかし昭和三十年（一九五五）に刊行された『綜合日本民俗語彙』（民俗学研究所編）には、昔話を意味する「ムカシ」の項目はあっても、「ムカシバナシ」という項目はない。「昔話」は、ふつう一般に考えられているほど自明な民俗語彙ではなかった。

近世の噺家用語では、前座の「落し咄」にたいして、真打《しんうち》による本格的な出し物を「昔話」と呼んでいる。また、明治の厳谷小波は、昔話とともにおとぎ話・童話を併用している。「昔話」という語が「恣意的な造語ではなく、古くから民間において慣用語として使われ」（『日本昔話名彙』）たとする柳田の説は、かならずしも事実ではない。

ジャンルとしての「昔話」を確定する根拠として、柳田は、「むかし」ではじまり、「それで一期栄えた」等でおわる特有の叙述形式をあげている（「昔話覚書」）。ジャンル名の根拠となったのは冒頭の「むかし」「むかしむかし」の定型句だが、「むかし」という時間認識の特異な位相については、坂部恵による示唆的な考察がある。(5) 坂部によれば、物理的な時間のながれの特定の一時点をさす「いにしへ」「こしかた」などにたいして、「むかし」は、追憶や回想行為のなかに固有に立ち現れる過去だという。

それは、架空の物語的時間をさししめす一方で、日常の生活時空とは位相を異にする過去として、しばしば「いま」にたいして規範的なニュアンスを帯びるのである。たとえば、昔話の語りだしにみられるつぎのような定型句である。

とんとある昔。あったか無かったかは知らねども、昔のことなれば無かった事もあったにして聴かねばならぬ。よいか。（大隅郡肝属郡の昔話）

「昔のことなれば」云々は、柳田が「神話時代の残留」と評したように、たしかに昔という時間の規範的な位相をうかがわせる。

柳田の手もとには、かれが定義した「昔話」にしたがって、全国からその採集資料が寄せられてくる。たとえば、新潟県で昔話採集にあたった水沢謙一の『昔あったてんがな』（一九五六年）、『とんと昔があったけど』（一九五七〜五八年）、『いきがぽーんとさけた』（一九五八年）について、関敬吾は、発端と結末の定型句が、編集段階で書き加えられた可能性を示唆している。(6)

「昔話」の採集が、その「復元」作業と並行して行なわれる、あるいは復元すべき「昔話」へむけて、その採集作業が行なわれるわけだ。そしてその延長上に、「昔」という時間軸で切りとられた、かつての（しかしどこにも実在しなかった）常民社会の原風景が再生産されてゆく。

2　オーラル・リテラチュアとしての浪花節

原郷としての「むかし」が、研究者の「いま」（＝近代）と対置されるのである。今と昔を無歴史的に対置させる「昔話」的な時間認識は、柳田民俗学を構成する思考のパラダイムである。

「昔話」は、特定の民俗事象に対応する実体概念である以前に、むしろ柳田民俗学と不可分に発想された、すぐれて方法的な概念であったろう。たとえば、昭和十年に関敬吾が『島原半島民話集』を刊行したとき、柳田はその「民話」という名称に強い不快感をしめしたという。「昔話」というタームが、柳田民俗学の方法と不可分の関係にあったのだが、そしてこれと同様の用語上の問題が、じつは口承文芸（ないしは口承文学）というタームについてもいえるのである。

さきにも述べたように、口承文芸という日本語は、リテラトゥール・オラルの訳語として柳田によって考案された。(7)「口承」は、「口頭で伝承される」を約した言い方だが、しかしリテラトゥール・オラル（英語ではオーラル・リテラチュア）の日本語訳としては、むしろ口頭文芸、ないしは近世語の「舌耕」文芸などがより自然な訳語だろう。あえて口承（＝口頭で伝承される）という造語をあてたところに、オーラル・リテラチュアを主題化する柳田の方法が問題化しているのである。

かりに「口頭文芸」といった訳語が採用されていたらどうだったか。わが国のオーラル・リテラチュア研究は、かなりちがったものになっていたと想像されるのである。

柳田の同時代にイメージされる口頭の（＝口頭で演じられる）文芸とは、まず第一に浪花節だろう。「口承文芸大意」が書かれた年の昭和七年五月、日本放送協会による第一回の全国ラジオ調査が行われている。それによれば、聴取者のこのむ番組は、浪花節が第一位で五七・五パーセントを占めている。(8)第二位以下は、講談、落語、義太夫、民謡の順だが、昭和初年の浪花節は、その大衆的な広がりと人気において講談や落語をはるかに圧倒していた。

明治二十年代に大道芸から寄席に進出した浪花節は、大正年間のレコードの普及と、つづくラジオ放送の開始（大正十四年）によって急速に全国へ浸透してゆく。浪花節界の全国的なスターが誕生したのもこの頃だが、しかし当時の浪花節には、まだ専属の作家というものがおらず、語り手はそれぞれ講談や人情話などのストーリーを聞き覚え、また新派劇や新聞記事をネタにして、それに自己流の脚色、フシ付けをして語っていた。(9)

聞き覚えや読み覚えのネタから語りを口頭的に構成するしかたは、浪花節の母胎となったチョンガレやデロレン祭文などにも共通する。(10)聴衆の関心に自在に対応する語り口において、浪花節は、昭和初年当時のもっともアクチュアルな「口頭で演じられる」文芸だが、そのような同時代的な口頭芸の世界が、口承文芸（口頭で伝承される文芸）という枠組みによって研究対象からはずされてゆく。

3　『物語と語り物』

柳田の語り物関係の論文をまとめた論文集に、『物語と語り物』（昭和二十一年刊）がある。昭和十年代に書かれた論文が中心だが、たとえば、昭和十五年の「有王と俊寛僧都」において、柳田は、平家物語がオーラルな語りを母胎として生成したこと論じ、国文学者の文献主義的な方法に異議をとなえている。

また、「甲賀三郎の物語」（昭和十五年）、「黒百合姫の祭文」（昭和十九年、原題「山臥と語りもの」）では、複数の異本を比較しながら物語の成長・変容の過程を論じ、物語を管理した山伏・唱門師などの宗教（芸能）民の役割に注目している。

「口頭で演じられる」文芸は、柳田の語り物研究において主題化されたといえるのだが、しかし口承文芸という枠組みのなかで、語り物はけっきょくネガティブな評価枠しか用意されていない。「職業の徒」の管理に帰したことで、「民衆の実際生活から遠ざか」ったのが語り物である（「昔話覚書」）。柳田の「民俗学」にあって、プロの芸人の語りはしょせん二次的な研究領域でしかないのだが、それはいいかえれば、口頭的なパフォーマンスの問題が、それをささえる技術やわざの問題もふくめて二次的な研究領域に位置づけられたということだ。

民間伝承の一領域としてオーラル・リテラチュアを論じる柳田にとって、同時代的な口頭芸の世界はほとんど関心の埒外に置かれている。たとえば、明治初年に秋田県の鳥海山麓で語られていたという黒百合姫祭文について、柳田は、その語り口が当時東北地方で行なわれていたデロレン祭文に類似することを述べている。

しかしデロレン祭文は、柳田がイメージするような中世の山伏祭文に直結する芸というより、近世後期の江戸周辺で生まれた都市の大衆芸能である。それは近代の浪花節（とくに関東節）の母胎ともなった語り芸だが、当然のことながら、柳田の関心はそのようなデロレン祭文に深入りすることはない。同時代的な口頭芸のなまなましさは消去されて、ほろびゆく中世的な伝承世界が、かれ一流のノスタルジックな筆致で記述される。

伝承の問題に過重なウェートをおいた柳田的な口承文芸《オーラル・リテラチュア》研究は、やがてはオーラルを冠する根拠さえあいまいにするだろう。たとえば、国文学プロパーの口承文芸研究では、口承文芸にかえて「伝承文学」といった呼称が一般化しつつある。かりに伝承文学を英語におきかえれば、トラディショナル・リテラチュアである。すでにオーラル（口頭の）というキーワードが抜け落ちているのである。

「口承文学」を現時点的に主題化する私たちは、柳田的な研究の枠組みをとらえかえすためにも、議論の水準をいったん原語のレベルにひきもどしてみる必要があるだろう。そのばあいキーワードとなるのは、リテラチュア（文字で記されたもの）にたいするオーラルである。口頭性《オーラリティ》に焦点をあてることは、それを技術として洗練・発達させた職業的な語り手の世界に焦点をあてることでもあるだろう。柳田的な枠組みのなかで否定的に位置づけられた語り物が、その否定的な契機ゆえに、柳田以後の研究をとらえかえす起点になるのである。

三　オーラリティの問題

1　口頭性と書記性

口頭的《オーラル》な技術の問題に最初に（本格的に）注目したのは、アメリカ人のギリシャ古典研究者、ミルマン・パリー（一九〇二〜三五年）である。パリーは、ホメロスの文体分析をとおして、その口頭的な作詞法のしくみを発見した最初の人物だが、技術としてのオーラリティの問題が、民俗学や言語学からではなく、文学研究の分野から提起されたことは注意されてよい。書記性《リテラシイ》に対する口頭性《オーラリティ》の問題は、日常の生活伝承や言語伝達一般に解消される問題ではなく、それはすぐれてプロフェッショナルな思考と表現をささえる技術の問題であった。

ところで、媒体《メディア》それ自体のメッセージ性に先駆的に注目したマーシャル・マクルーハンは、その『メディア論』(*Understanding Media*, 1964)[11] のなかで、文字がたんなる音声言語の補完物ではないこと、すなわち人間の思考を視覚化・空間化する文字は、思考の様式はもちろん、社会のあり方や権力関係にまで革命的な転換をもたらしたことを述べている。

マクルーハンの議論に先行するかたちで、口頭文化の独自の思考様式に注目していたのが、ウォルター・J・オングである。オングの研究は、『口頭性と書記性』(*Orality and Literacy*, 1982)[12] としてまとめられているが、そのなかでかれは、口頭文化を文字文化の前段階として位置づける(いわば進化論的な)通説にたいして異議をとなえている。オングによれば、ヨーロッパ近代の文化は、人間の思考を「もの」として徹底的に対象化することで成立した文化である。その合理的・分析的・抽象的・応用的・構築的などのさまざまな文化的特性は、アルファベット(もっともラディカルな文字媒体)的な思考様式を極限にまでおしすすめたところに成立した。それはしかし、世界史的にみればきわめてローカルな文化現象なのだという。

テクノロジーによって世界を制覇したかにみえる近代ヨーロッパの文化も、いっぽうで調和的・総合的などの文化的価値の喪失を代償として成立する。アルファベット式の文字文化をひとつの極として、そこには使用される文字言語の性質、それに規定される名残りの口頭性(residual orality)に応じたさまざまな文化がありえたとするオングの主張は、メディア論の立場からする文化相対主義の主張だが、そのようなオングの立場は、いっぽうでオーラル・リテラチュアという研究用語への異議申し立てともなっている。

すなわち、リテラチュアにオーラルという矛盾する形容詞を冠した術語が、オーラルな文化を書記文化の一変種としてしか思いえがけない、私たちの想像力の貧困を物語るというのである。

たしかにオーラル・リテラチュアの研究は、その造語にこめられた方法的な問題意識が忘れられれば、通常の文学研究の一領域（しかもそのマイナーな一変種）として容易に矮小化されるだろう。オーラルな領域への関心が、しばしば文献的思考からする安易な類推でおわっていることは、国文学プロパーの口承文芸研究の水準でもある。[13] しかしいっぽうで、オーラル・リテラチュアという矛盾をはらんだ術語は、かつてのオーラルな文芸が、文字テクストとして現存しているあり方を、むしろ積極的にいいあてたものとみることもできる。オーラル・リテラチュアが、通常のリテラチュア（文字で記されたもの）の相対化を意図した造語であった以上、文字テクストがはらむ異和のひびきを増幅させることは、その造語に託されたもともとの研究課題でもあったろう。

2　口頭的構成法

さきに述べたように、口頭的なパフォーマンスの技術に最初に注目した人物は、ホメロス研究者のミルマン・パリーである。ハーバード大学でギリシャ古典詩を講じていたパリーは、『イリアス』『オデュッセイア』のすべての文体的特徴を、詩行が口頭的に（文字にたよらずに）組みたてられるときの独自の制作方法から説明したのである。[14]

ホメロスの叙事詩は、長・短・短（ないしは長・長）の音節の組合せを、一行のなかに六回くりかえす詩行の反復によって構成されている。いわゆるダクティリック・ヘクサミーター（長短短六歩格）だが、そのようなリズミカルな詩行は、その韻律形式にのせやすいさまざまな常套句から構成されている。一定のリズム条件のもとで使用されるこれらの常套句を、パリーはフォーミュラ（決まり文句、定型句とも）と名づけているが、エピックの歌い手（語り手）たちは、多様なストーリーや場面に対応するフォーミュラを習得することによって、エピックの詩行を的確かつ迅速に（口頭的に）構成することができた。

ホメロス詩の文体分析から導かれたこのような仮説は、パリーが一九三〇年代に旧ユーゴスラビア地域で行なったフィールド・ワークによって検証されることになる。バリーはその成果をまとめるまえに急逝しているが、パリーの研究を継承して、その口誦形式理論（oral-formulaic theory）を完成させたのは、パリーの弟子で研究協力者でもあったアルバート・B・ロードである。[15]

ロードは、パリー理論からフォーミュラの考え方を継承するとともに、フォーミュラの現れ方を検討して、あらたにテーマという構成単位を考えている。

テーマとは、口誦詩のなかに現れる類型的な場面やできごとのこと。集会、議論（軍議）、使者の派遣、軍勢の召集、戦闘、旅行、婚礼といった大きなテーマから、武具・装束の描写、手紙の執筆、食事の注文、品目列挙にいたるまで、それぞれのテーマが、それにふさわしい一連のフォーミュラによって構成されている。そしてテーマごとにストックされたフォーミュラを駆使することで、物語のさまざまな局面（テーマ）に応じた詩行が急速に（あたかも暗誦していたかのように）語り出されることになる。

パリー＝ロード理論（Parry-Lord theory）は、エピックの創造に、口語りのエコノミーにもとづく固有の文法が存在することをあきらかにした点で画期的であった。それは以後の口誦詩研究に多大な影響をあたえているが、しかしフィールド調査の地域が拡大され、世界各地のさまざまな口誦詩の事例が集積されるにおよんで、その一定の限界もあきらかになってくる。なかでも重要な論点は、その口誦形式理論で強調される即興性の問題である。[16]

3　即興性ということ

物語のパフォーマンスは、それが丸暗記によるのでない以上、決まり文句を駆使した口頭的構成法によって行なわれるだろう。その点については、私も九州の座頭（盲僧）の語り物演唱の分析をとおして確認した。[17]だが注意したいことは、演唱の一回性、ないしは即興性とは、それを観察・記述する私たちのがわの観点でしかないということだ。語り手の意識からすれば、かれらの演唱はけっして一回的でも即興的でもない。「全部おぼえていなければ語ることができない」というのは、演唱者たちの口ぐせである。すくなくとも語り手の意識において、「小栗判官」「俊徳丸」等の厳粛な出し物を、演唱のそのつど即興的に（口からでまかせに）語っているなどということはありえない。

座頭琵琶の語り物演唱には、たしかにフォーミュラやテーマのたぐいが頻出する。主人公の誕生と成長、その利発さや容姿の美しさ、時刻・歳月の経過、神仏への祈願、合戦、愁嘆場、道行（旅）など、さまざまなテーマに応じて、七五調一句を基本単位としたフォーミュラが、なかば様式化された口ぐせのようにして（一定のリズム・フシまわしとともに）記憶されている。しかし語りの即興的な自由さという点でいえば、そのようなリズミカル（またはメロディアス）な演唱部分よりも、日常の話しことばに近いコトバやセリフの部分のほうが、はるかに無定形で自由である。

決まり文句を駆使したオーラルな演唱では、たしかに演唱ごとの異同がすくなくない。とくに長編の出し物ほど、語りはより口頭的に構成されるのだが、しかしその異同は、あくまで複数の録音資料（それを翻字した文字テクスト）をもとに、それらを比較・検討した結果として気づかされる異同である。定型的なフォーミュラによってよどみなく語られる演唱に接すると、あたかもテクストを暗誦しているような印象をうけるのがふつうである。

個々の決まり文句は、常套的ではあるが、どれも伝統的で壮重な文句である。決まり文句をもちいた定型的な言いまわしによって、由緒ある出し物にふさわしい荘重な表現が可能になる。とすれば、口頭的構成法《オーラル・コンポジション》とは、語りをより定型的・伝統的に演じるための技術であって、けっして即興それ自体を意図した技術ではない。

4　暗誦の問題

口頭的構成法の技術が、物語を定型的・伝統的に演じるための技術であるとすれば、それはいっぽうで、決まり文句がはたしているもう一つの役割を説明するだろう。

たとえば、幸若舞・説経節・古浄瑠璃などの現存テクストには、口語りの痕跡（オングのいう residual orality）とみられるさまざまなレベルの決まり文句が指摘できる。だが、それらの文字テクストは、けっしてオーラルな演唱を筆録したものではない。幸若舞は武家の式楽として固定化した近世初頭のテクストが現存しており、説経節・古浄瑠璃は、操りの演出と結びついて固定化した時期の正本が現存している。それらのテクストにあって、記憶にとどまりやすい決まり文句は、暗誦の語りを容易にする常套句として機能したはずである。[18]

かつて盲人の口語りとして存在した「平家」のばあいも、くりかえし語られるうちに、しだいにその暗誦の部分を拡大していったにちがいない。決まり文句の連鎖は、テーマ単位で固定化することで、しばしば長大な同一表現の反復となって現われる。[19]そして様式化・固定化してゆく「平家」の演唱にあって、個々の決まり文句は、暗誦の語りをたすける常套表現として機能したはずである。決まり文句を駆使する口頭的構成法の技術は、それが物語を定型的・伝統的に演じるための技術であるかぎりで、語りをシークェンスとして記憶・暗誦してしまう方法と地つづきの技術であった。

四　語りと音楽

1　語り物のふたつのタイプ

パリー＝ロード理論のもう一つの問題点は、ホメロスの文体研究と南スラブの口誦詩研究から導かれたかれらの理論が、あたかも口誦詩を構成する唯一の理論のように考えられたことである。かりにわが国の語り物から、パリー＝ロード理論に適合する事例をあげるなら、それは山本吉左右によって口語り論の有効性が確認された瞽女唄だろう。[20]瞽女唄のばあい、一定の旋律パターンのくりかえしによって物語がストロフィック（strophic）に進行するが、同様の演唱形式は、西日本各地の盆踊りでいまも歌われる踊りクドキ、および江州音頭、河内音頭等のいわゆる祭文音頭にもうかがえる。

パリーが調査した南スラブのエピックも、単一旋律（リズム）のくりかえしで演じられる。[21]またホメロスのエピックは、いうまでもなく長短短六歩格の詩行（hexameter verse）によって構成されている。このようないわば単一旋律型のオーラル・ナラティブにたいして、わが国でもっとも一般的な語り物のタイプは、複数の類型的な旋律単位（曲節、melodic pattern）[22]の組み合わせによって物語が進行するタイプである。旋律類型には、大別して、談話調のもの（コトバ）と歌謡調のもの（フシ）があるが、単一旋律型の語り物にたいして、コトバとフシで構成されるタイプを、かりにコトバ・フシ型とよんでおく。

コトバ・フシ型の語り物は、中国の説唱や韓国のパンソリにも共通する語り物のタイプである。中央アジア・ウズベクのエピックなども、語られる散文的部分（prose parts）と、歌われる韻文的部分（verse parts）から構成されるという[23]。ホメロス詩に代表される単一旋律型のエピックにたいして、コトバ・フシ型のそれはけっして例外的な事例ではないのだが、こうした別タイプのオーラル・ナラティブもふくめて、パリー＝ロード理論の有効性は検証される必要があった。

さきにも述べたように、コトバ・フシ型の語り物のばあい、談話口調で語られるコトバの部分は、かなり自由な演唱が行なわれる。その反対に、フシの部分ほど語りはより定型的に進行する。座頭琵琶を例にとれば、もっともメリスマ的に歌われる大オクリの演唱は、一〇〇パーセント決まり文句によって構成されている。

また座頭琵琶でもっとも多用されるコトバとフシの中間的な旋律（地語り的な旋律で、「平家」のクドキに相当する）では、しばしば決まり文句を駆使した口頭的構成法が行なわれる。この朗誦的なコトバブシの演唱をかりに全体に拡張すれば、それは瞽女唄や踊りクドキ等の単一旋律型の語り物である。じっさいそのような、朗誦的旋律でストーリーを叙事的にたどってゆく演唱ヴァージョンも存在するのだが、しかし標準タイプの演唱は、やはり複数の旋律類型（曲節）によって物語を場面構成的に語りすすめる、コトバ・フシ型の演唱である[24]。

2　曲節とテーマ

ところで、時田アリソンは、コトバ・フシ型の語り物にみられる旋律類型をミュージカル・フォーミュラと呼び、従来の邦楽研究でいわれる旋律型（曲節）の概念と、口誦形式理論との接合をこころみている[25]。

コトバ・フシ型の語り物のばあい、旋律類型と物語内容にはたしかに一定の対応関係が認められる。座頭琵琶でいえば、合戦のテーマはノリで語られ、愁嘆場はウレイ、道行・旅行のテーマはナガシで語られる。また七五調一句程度のみじかい決まり文句は、一定のフシまわしとともに、なかば様式化された口ぐせのようにして記憶されており、それらをオーラリティの観点からあらたにとらえなおす時田の研究は、語り物の音楽研究に新局面を開くものといえよう。

オーラルな語り物の音楽分析としては、ほかに、座頭琵琶を対象にしたヒュー・デフェランティの研究がある。[26] 従来の邦楽研究者が、座頭の語りを「韻律上の整斉性がなくなっ」た「くずれた形」[27]として顧みなかったのにたいして、そのようなオーラルな語りにこそ、日本の語り物音楽の原型があるとするデ＝フェランティや時田の研究は、それが比較音楽学の世界的な視野からする研究だけに、今後の展開が注目されるのである。

3　段（句）の構成法

コトバ・フシ型の語り物について考えるばあい、旋律類型（曲節）に関連して重要なのは、その接続パターンの問題である。たとえば、蒲生美津子は、中世声楽の音楽構造として、〈コトバ→フシ〉という曲節の接続パターンを指摘している。[28] それは声明《しょうみょう》、能をはじめとして、「平家」、幸若舞にも共通するパターンだが、とくに「平家」にかんして、平野健次は、朗誦的曲節と詠唱的曲節がセットになって語りの小段（段落）を構成し、さらに小段の連鎖として一曲全体が構成されるしくみを論じている。[29]

一曲の構成単位として小段を考えるのは、直接には能の音楽分析から示唆をえた方法である。たとえば横道萬里雄は、能の構成単位として、内容・音楽の両面にかかわる小段の存在を指摘し、小段の積層構造として一曲全体を分析的に把握している。[30] だが、テクスト化された能本（＝戯曲台本）から微分的に構成単位を析出する方法は、語り物がオーラルに生成する実態にはそぐわない。小段のがわに（一曲全体ではなく）視点をおいた平野の論は、部分（小段）が継起的に連鎖・拡大する過程として一曲のなり立ちを生成的にとらえようとする点、語りが構成されるしくみを原理的にいいあてている。

語りの構成単位としての小段の問題に関連して、語り物の一章段が一句ないしは一段として把握されることも注意されてよい。たとえば、「平家」演唱の一曲を意味する一句について、蒲生美津子は、一句は一齣《ひとこま》と同義で、全体のなかでの一局面・一場面を意味すると述べている。(31)「平家」でいう一句は、自己完結的な一曲とはことなり、あくまでも全体のなかでの一場面、ヒトコマを意味するというのだが、この蒲生説に補足すれば、「平家」のばあい、語り句・引き句のいい方にもあるように、ひとつの曲節で語られる語りの一定単位も「句」と称している。「平家」の曲節が、文句／フシの未分化な「句」として認識されることに注意したいが、そのような句が、〈朗誦→詠唱〉などのパターンで連鎖することで、さらに上位の句（小段）を構成する。そしてこの上位の句（小段）を基本単位として、それがいくつか継起的に連鎖することで、「平家」の一句（一章段）が構成される。

ふつうこの内容的なひとまとまりで句を切るが、もし時間に余裕があれば、そのままつぎの句（小段）をつなげることも可能である。七五調の一句を最小単位として、句（語り句・引き句）→句（小段）→句（章段）という、さまざまなレベルの句が継起的に連鎖する過程として語りが生起する。

たとえば、中世の「平家」の享受記録をみても、座頭が「平家四五句」を語ったとか、「一両句」「両三句」「三四句」など、句数のあいまいな記述がある。またいわゆる語り本系の『平家物語』にしても、目録に章段名をあげるだけで、本文はまったくつづけ書きというのがすくなくない。句を立てていても、諸本によって句切りは流動的である。そうした問題も、句の継起的連鎖として生成する語り物演唱のあり方と無関係ではないだろう。入れ子式（あるいはイモヅル式）に構成されるための一曲の輪郭のあいまいさが、「句」というものの本来的なあり方だったわけで、そのような句の継起的連鎖としての語りの構成法は、浄瑠璃などの「段」にも基本的に共通する問題だろう。

4　言語と音楽

「平家」の曲節が、文句＝フシの未分化な「句」として認識されることに関連して、補足しておく。たとえば時田アリソンは、パリー＝ロード理論が音楽面の検討を十分行なっていない点を批判している。たしかに音楽的側面により多くの関心を向けていれば、演唱のさまざまなタイプが問題となり（げんにヨーロッパには、レシタティーブとアーリアで構成される物語歌曲の伝統があった）、かれらの理論は、口誦形式を考えるゆいいつの理論として立論されることもなかったろう。

時田の批判は正当な批判だろうが、しかしいっぽうで、言語にたいする音楽という思考が、オーラル・ナラティブ（語り物）のフィールド調査からは、容易に抽出できないことも事実なのだ。

たとえば、座頭琵琶の語り物のばあい、その演唱現場にたちあって実感することは、語りから音楽を抽出する思考が、語りを文字テクスト化する作業と不可分ではないか、ということだ。フシについて聞きとり調査をしても、フシにかんする説明は特定の出し物に即してきわめて具体的に行われる。フシの種類や特徴など、抽象度の高い包括的な説明は容易にひきだせない。オーラルな語り手の意識にあって、語りのことばは文句＝フシの未分化な複合体として、つまり声としてしか存在しない。

語りの言語的側面（文句）は、文字に書きうつすことで、はじめてそれ自体としてとらえることができる。おなじようにして、音楽的側面も、文句から切りはなして抽出することが可能になる。座頭琵琶奏者のあいまいなフシの観念は、オーラルな語り物に固有な問題として（けっして「韻律上の整斉性がなくなっ」た「くずれた形」[32]といったものではなく）、語りと音楽の問題を原理的にとらえかえすきっかけにもなるだろう。

さきにも述べたように、語り物の旋律類型を、口誦形式理論に結びつけて考えることは有効な方法である。だがその様式的に完成・固定化したかたちまでふくめて、すべてを口誦形式理論にむすびつけて考えることには無理がある。オーラルな語り物にあって、フシが様式的に固定化しておらず、それぞれがあいまいな幅をかかえていることは、すでに座頭琵琶を例にして考察した。(33) むしろ語り手のがわからいえば、フシの規範性がゆるく、あいまいな幅を許容していることで、逆に局面に応じた語りわけが可能になる。物語内容に応じて微妙なニュアンスを表現し、多様な演唱機会や場に自在に対応できるのは、要するにフシが様式的に固定化しておらず、あいまいな幅をかかえる旋律型(いわばプレ旋律型)だからである。(34)

たとえば「平家」の場合、フシ(曲節)の種類は、平家座頭の元祖生仏の時代には十五種だったといわれ(『当道要抄』)、それが近世の平曲譜本では倍以上にふえている(『平家正節』で二十五種ほどが数えられ、付随的な曲節を加えれば四十種前後に上るという)。曲節数が飛躍的に増大したきっかけは、近世初頭の「平家」正本の出版と、それにつづく節付け本(譜本)の作成作業にあったろう。(35) 語りの文字テクスト化とともに、個々のフシがかかえていたあいまいな幅が、客観的な記述・分析の対象になる。

そしていったん類別・細分化されたフシ(旋律型)は、こんどは規範として個々の演唱を拘束するだろう。ある一つのフシは、どの章段に現われても、すべて一律のメロディック・パターン(旋律型)として現われる。そこに、詞章にフシをつけて口演する近世声楽曲としての平曲が成立する。語りの文字テクスト化にともなうフシ概念の決定的な変質の問題は、語り物の音楽分析をすすめるうえでとくに注意すべき問題だろう。(36)

五　物語の構造と場

1　物語の構造

パリー＝ロード理論を参照しながら、語りの定型性と即興性（一回性）の問題、およびコトバ・フシ型の語り物における旋律類型とテーマ、それに対応する段（句）の構成法などについて述べてきた。口頭的構成法とは、即興それ自体を目的とした技術というより、物語をより定型的・伝統的に演唱するための技術であったのだが、それはいいかえれば、物語のパフォーマンスは、伝承される話型やストーリーと不可分の関係にあるということだ。

構造もなしに自由にコンポーズされる物語がありえない以上、演唱技術の問題は、演唱される物語の構造と不可分の関係にある。すなわち、物語分析を視野にいれたパフォーマンス分析の方法が模索されるわけだが、物語分析の方法モデルとしては、プロップに代表される連辞論的《シンタグマチック》な分析モデルと、レヴィ＝ストロースに代表される範列論的《パラディグマチック》な分析モデルが知られている。この二つのモデルをもちいた昔話や御伽草子の分析もすでに試みられているのだが[37]、このような構造分析の手法を、パフォーマンス研究の一環として理論的に組みかえたのは、川田順造である。

すべての物語が連辞的側面と範列的側面をあわせもつことに注目した川田は、個々の物語を、両側面の重なりあいとしてとらえる「物語分析の二重モデル」を提案する[38]。構造が単純明快で、各要素が置換可能な範列集合をなしている神話・昔話を一方の極として、各要素（固有名詞）は置き換え不可能だが、要素間の連辞的関係（ストーリー）によって物語が特徴づけられる叙事詩や語り物を、もう一方の極に設定する。そしてこの二つの極のあいだに位置づけられる個々の物語は、両極へのウェートの置き具合いによって、そのパフォーマンスのスタイルも決定されるという。

川田が分析対象としているのは、西アフリカのモシ社会で行なわれるソレムデ（一種の昔話）の語りと、日本の古典落語だが、物語の構造（伝承される話型・ストーリー）を視野にいれたパフォーマンス分析の方法は、口承文芸における構造と表現、伝承とパフォーマンスの関係を理論的に考察した試みとして注目されるのである。

ところで、物語の演唱技術は、話型やストーリーの構造とともに、それが演じられる場の問題とも密接にかかわっている。場の理論的モデルとしては、時枝誠記による主体・場面・素材の三角形、また、ロマン・ヤコブソンの著名な言語伝達モデルなどが知られている。ヤコブソンによれば、あらゆる言語メッセージは、一定のコードを共有する発信者と受信者のあいだで、その場のコンテクストに照応したかたちで発せられる。

言語作品としての物語も、そのような場（状況）に依存するかたちで発話されるはずだが、しかし注意したいことは、物語のメッセージが一般の言語メッセージと異なる点は、物語がそれ自体の自律的な意味作用の構造をもつという点である。とくに構造が複雑で緊密なストーリー性をもつ語り物などのばあい、構造化されたメッセージ自体が、演じられる場にたいして一定の自立性を要求する。すなわち物語のパフォーマンスが一般の言語伝達モデルに還元できない理由だが、したがって物語のパフォーマンスを場（状況）の側面から観察する場合も、それは物語分析と並行して行なわれる必要がある。(39)

2　語りのリズム

物語が演じられる場にあって、語り手と聞き手の関係は基本的に一方向的である。構造の複雑な物語ほど、演唱は場にたいしてモノローグ的に閉じてゆくのだが、そのようなモノローグ化する物語的言述の問題として、私たちは、オーラルな演唱技術の問題をとらえなおしてみる必要がある。さきにも述べたように、口頭的構成法とは、物語を即興的に（場に即応して）演じるための技術であるという以上に、伝承された物語をより定型的に（つまり場に対して超越的に）演じるための技術なのであった。

たとえば私たちは、あるまとまった話を不特定多数の聞き手に物語ろうとするとき、日常会話ではまず使わないリズミカルな口調で話している自分に気づくことがある。話のリズムを維持するために、しばしば「えー……」「その一……」などの間投語がつかわれ、文語がかった「……であります」などの文末表現、またスピーチの口調にのせやすい決まり文句のたぐいがもちいられる。スピーチや講演でもちいられる、やや文語がかったリズミカルな口調が、場にたいする言述の自立性を保証し、言述それ自体の物語的なまとまりを保証するのだが、そのような（私たちが日常的に経験する）物語的な言述のレベルに、物語の口誦形式の問題も接している。

ひとまとまりの言述が一定のリズムにのせてとうとうと語られるというのは、電車やバスの車内放送、デパートの店内放送などで、私たちがふだん耳にするところだろう。また観光バスの女性ガイドの語りも、一種独特のリズムにのせて語られる。かりにそのリズムを中断させたら、年若い女性ガイドの声は、たちまち中年の酔客たちのヤジやからかいの場に埋没してしまう。

あるいは、「ワレワレハー、ゼンコクノー、……」といった学生運動のアジ演説。フレーズ末尾を引きのばす一定の口調にのせて、抽象的な成句・成語のたぐいが繰りだされる。その独特の文章語調が、ふしぎに四ないしは八拍子の日本的リズムの定型にのっているのは興味ぶかいが(40)、そのようなリズミカルな演説口調は、政治演説の名調子はもちろん、宗教家の説法等にも現われる。とくに宗教家のばあい、口調のよさがリズムを顕在化して、ついにはメロディアスになるばあいもある。いわゆる節談の説教（フシとコトバで演じられる説教で、しばしば語り物の原型とされる）だが、言述の自立性・物語性が発話のリズムによって補完されるしくみは、物語と音楽のかかわりを考えるうえで原理的な視点を提供している。

語りのリズムが物語じたいから導きだされることは、たとえば『平家物語』などに典型的にうかがえる。あの独特な文体のリズム（速度）は、語り物一般には解消できない、『平家物語』に固有な問題である。語り物としての「平家」の流動とは、物語がみずからにふさわしい表現のスタイルを打ちかためてゆく過程であった。[41] そして物語のテーマ（ロードのいうテーマであり、さらに「平家」全体のテーマである）を表現のレベルで構造化する「平家」は、やがて聞き手（場）との開かれた関係を喪失するだろう。構造化された物語の表現が、場にたいしてモノローグ的に閉じていくわけで、そこに、語り物としての「平家」の完成が、その固定化と表裏の関係にあった理由ももとめられる。旋律類型（曲節）がテーマによって規定されるように、演唱技術としての音楽の問題は、伝承される物語の構造と不可分の問題であった。

六　伝承とパフォーマンス

1　研究の現在

私たちは今日、オーラル・リテラチュアをそれ自体として記録・観察するさまざまなメディアをもっている。ビデオカメラやテープレコーダーを駆使することで、オーラルな演唱を、それに付随する身体技法とあわせてくりかえし視聴・観察することができる。かりに柳田国男や折口信夫が、この種のテクノロジーを利用していたとしたら――、すくなくとも、柳田の口承文芸論は、神話的な原型の問題には収束しなかったと思われるし、また折口の文学発生論も、まれびとや外来魂のテーマに収束しなかったこともたしかなのだ。

もちろん録音や映像資料を使用すること自体の問題もあるだろう。一回的な演技・演唱を再生装置によってくりかえし視聴・観察してしまうこと、その結果として、個々のパフォーマンスをそれ自体として（場のコンテクストから切り離して）特権化して記述してしまうことである。たとえば、パリーとロードが、オーラル・コンポジションをひたすら創造の一回性・即興性の問題として立論したことは、まさに再生装置をつかった研究の落とし穴であった。

筆記用具のみを記述手段とした折口や柳田よりも、録音や映像資料を利用できる私たちのほうが〈現場〉からの距離は大きいのかもしれない。研究の現在は、方法的に正当化されるべきなんの根拠ももたないのだが、しかしにもかかわらず、オーラル・リテラチュアが口承文芸と翻訳され、オーラリティが「民間伝承《フォークロア》」の枠組みのなかで考察されてきたわが国の研究史を考えるなら、研究の枠組みをずらしていくためにも、伝承（定型）に回収されない個々のパフォーマンスの観察は行なわれるべきなのだ。

2　構造と変化

たとえば、折口信夫「国文学の発生　第四稿」（『折口信夫全集』第一巻）の冒頭部分につぎのようにある。

> ただ今、文学の信仰起源説を最、頑なに把つて居るのは、恐らく私であらう。……音声一途に憑る外ない不文の発想が、どう言ふ訳で、当座に消滅しないで、永く保存せられ、文学意識を分化するに到つたのであらう。恋愛や悲喜の感情は、感動詞を構成する事はあつても、文章の定型を形づくる事はない。又、第一、伝承記憶の値打ちが何処から考へられよう。口頭の詞章が、文学意識を発生するまでも保存せられて行くのは、信仰に関連して居たからである。

折口の思想形成に、南島や天竜川中流域のまつりが重要なヒントを与えたことは周知である。しかしまつりに参加する折口が見たのは、まれびとや外来魂のテーマに収斂するような信仰の定型であった。信仰・祭祀の問題にくりかえし言及する折口は、伝承される定型について述べても、定型が反復・再演される個々の演唱現場にはほとんど関心をしめさない。というより、演技・演唱の一回性は、それを資料化する記述メディアを持たなかったから考察の埒外に置かれた、というのが真相に近い。

かりに折口が録音や映像機器が使用していたとしたら――、かれの文学発生論は、右のような「信仰起源説」に収束しなかったことはたしかなのだ。

ミルマン・パリーが一九三〇年代にアルミのレコード盤を使ってオーラル・コンポジションのしくみを解明したように、折口の文学発生論も、定型や原型に回収されることのない個別的・一回的なパフォーマンスのしくみを考察したはずである。たとえば、折口がくりかえし論じる諺や枕詞の問題は、伝承される成句・成語の問題であると同時に、成句・成語（フォーミュラである）を核にして、物語や歌がオーラルに構成されるしくみの問題でもある。折口の文学発生論は、まさに口頭的構成法のレベルで読みかえられる余地がある。じっさい、個々のパフォーマンスに接しておもしろいのは、テクスト化された式次第や伝承の定型性ではありえない。伝承を再演する演技・演唱のスリリングな一回性が、逆に伝承のリアリティをささえている。

個々の演唱は、伝承の再演であると同時に、つねに伝承に回収されない夾雑物をかかえこんでいる。演技・演唱者の位相は、共同性と個、同化と異化のはざまでつねに不安定にゆれうごいている。もちろんそれは、オーラルなパフォーマンスにかぎった問題ではない。伝承の持続と表現の一回性の問題は、構造としての文化と、できごとの累積としての変化＝歴史の問題として、じつは文化史研究の普遍的なテーマに接している。

個々の表現が文化に回収されるしくみと同時に、文化（構造）が表現によってずらされるしくみについて考える必要がある。オーラル・リテラチュアの研究は、そのような文化史研究の課題に特権的なフィールドを提供するはずである。それは今日のポスト・モダニズムの状況にあって、文学研究をあらたに意味づけてゆく一つの起点にもなると思う。

注

（1）柳田はまれに「口承文学」という呼称も用いている（『日本文学大辞典』（新潮社、昭和七年）「口碑」の項、他）。

（2）神話の零落したかたちとして昔話をイメージする柳田は、昔話が架空の（信仰的基盤を失った）物語であることを強調する。それにたいして、関敬吾は、現実の成年式と婚姻儀礼を中心とした社会的慣習の反映として昔話を解釈する（「日本昔話の社会性に関する研究」学位請求論文、一九六一年、『関敬吾著作集』第一巻、同朋舎出版、一九八〇年、所収）。どちらにくみするかはともかく、現実社会の反映として昔話を解釈する関敬吾の方法に、一九五〇年代のリアリズム文学論の影響をみることは容易である。柳田の昔話研究が一九三〇年代の政治・社会状況と無縁には考えられないように（後述）、関の反映論的な昔話研究も、同時代的な状況から切り離して考えることはできないのである。

（3）話型という分析単位は、プロップの批判にもあるように、しばしば認定基準が恣意的にならざるをえない。しかもいったん認定された話型は、あたかも独立した実体のようにあつかわれ、しばしば周辺説話や類話との関係をみえなくする（ウラジミール・プロップ『昔話の形態学』北岡政司他訳、白馬書房、一九八三年）。プロップが話型という分析単位を排して「機能」による形態分析をこころみた理由だが、しかし柳田は、話型による分類方法を組織しなおすという立場をとっている。話型という単位が、話の内容に即して具体的であり、実際の採集にも便利だったからである。

（4）赤坂憲雄『柳田国男の読み方』（ちくま新書、一九九四年）。

（5）坂部恵『語り』（弘文堂、一九九〇年）。

（6）関敬吾「民話」（『日本民俗文化体系』第一〇巻、小学館、一九五九年）（『関敬吾著作集』第五巻、所収）。

（7）なお、「伝承」という日本語も、柳田国男によって、フランス語のトラディシオン・ポピュレールの訳語「民間伝承」から作られたものらしい。――平山和彦『伝承と慣習の論理』第二章（吉川弘文館、一九九一年）、川田順造「なぜわれわれは「伝承」を問題にするのか」（『日本民俗学』第一九三号、一九九三年二月）。

（8）高橋博『大衆芸能』（教育史料出版会、一九八〇年）。

（9）たとえば、「清水次郎長伝」で一世を風靡した二代目広沢虎蔵も、神田伯山の講談をくりかえし誦みならうことで成功したといわれ、また寄席物の巧者、東家楽浦も、その「紋三郎の秀」は講談から盗みとったネタといわれる。――安斎竹夫『浪曲事典』（日本情報センター、一九七五年）。

（10）プロの語り手が近年まで健在だった山形県のデロレン祭文のばあい、弟子入りするとまず、デロレンの発声法と数種類のフシを習い、つぎに口写しで基本的な外題を習得する。そしてフシ付けのコツを覚えると、あとは各自で講談本などを読み、ときにはほかの祭文語りや浪花節語りの演唱を聞き覚えて、それに自己流のフシ付けをする。したがって席の時間も伸縮自在であり、また聴衆の年齢や性別、場の雰囲気しだいでいくらでも語り口をかえられる。その点、いまの講談や浪花節よりもはるかに自在な演唱が行なわれていた（兵藤「デロレン祭文・覚書」『口承文芸研究』第一三号、一九九〇年三月）。なお、オーラルな語り物の演者が書物からレパートリーを仕入れる事例は、ミルマン・パリーが調査した南スラブのエピックでも報告されている――注(15)の書、第2章、参照。

（11）M・マクルーハン『メディア論』（栗原裕他訳、みすず書房、一九八七年）。

（12）W・オング『声の文化と文字の文化』（桜井直文他訳、藤原書店、一九九一年）。

（13）この点については、兵藤「物語・語り物と本文《テキスト》」（『語り物序説』有精堂、一九八五年）に論じた。

（14）Adam Parry ed., *The Making of Homeric Verse: The Collected Papers of Milman Parry*, New York, Oxford: Oxford University Press, 1987.

（15）Albert B. Lord, *The Singer of Tales*, Cambridge, Mass: Harvard University Press, 1960.

（16）John M. Foley, *The Theory of Oral Composition: History and Composition*, Bloomington and Indianapolis: Indiana University Press, 1988.

（17）本書第三部第一章。および、兵藤「座頭（盲僧）琵琶の語り物伝承についての研究（一）」四節（『埼玉大学紀要・教養学部』第二六巻、一九九〇年三月）、参照。

（18） John D. Smith, *The Epic of Pabuji*, Cambridge : Cambridge Univercity Press, 1991.

（19） 村上学「語り本『平家物語』の統辞法の一面——幸若舞曲・『浄瑠璃物語』の表現方法を足掛りにして—」（『中世文学』第三五号、一九九〇年）。

（20） 山本吉左右『くつわの音がざざめいて』（一九八八年、平凡社）。なお、山本の研究は、パリー＝ロード理論をわが国の語り物に適用した先駆的な論として、しばしば国文学の語り物研究（とくに平家物語研究）で引用されている。国文学プロパーのオーラル・コンポジションの理解は、ほとんど山本を経由した理解といっても過言ではないが、しかし山本の口語り論は、パリー＝ロード理論を山本流に読みかえていること（たとえば「開かれた決まり文句」など）、しかも南スラブの口誦詩から導かれた理論を、タイプの異なる説経節にまで適用を試みたものであることなど、再考の余地があることを注意しておく。

（21） パリーによって採集された南スラブのエピックは、「一行十音節の詩を一分に十から二十行の割で歌う」「十音節の間とタイミングが多少変化しつつ何度も繰り返される。これは歌い手にとって不可欠なリズムの不変性であり、歌い手は思考と表現をこの厳格なリズムパターンに当てはめていく」といわれ（前掲、注（15）の書）、単一旋律のくりかえしで語られるストロフィックな語り物である。

（22） いわゆる旋律型《せんりつけい》は音楽学で初期ヨーロッパ音楽を分析するさいにもちいられた melodic pattern（melody type）の訳語。非ヨーロッパ音楽の研究にも使われ、わが国の伝統音楽では、曲節が melodic pattern に相当する。

（23） Karl Reichl, *Uzbek Epic Poetry : Tradition and Poetic Diction*, J.B.Hainsworth ed.' *Traditions of Heroic and Epic Poetry : Vol.2, Characteristics and Techniques*' London : The Modern Humanities Research Association, 1989.

（24） なお、わが国の語り物のばあい、コトバ・フシ型と単一旋律型（クドキ型）という二つのタイプが、かならずしもジャンルの問題でないことは注意しておく必要がある。たとえば、九州の座頭琵琶や東北のデロレン祭文など、台本によらずに演唱される語り物の多くに、叙事的（クドキ型）と場面構成的（コトバ・フシ型）という二種類の演唱ヴァージョンが存在する（本書第三部第一章、参照）。おそらく中世の「平家」演唱にも、そのような二つの演唱ヴァージョンがあり、そのことは、覚一本と屋代本という、対照的な二つの『平家物語』古本の存在からもうかがえる（本書第一部第二章、参照）。

(25) Alison Tokita, *The Application of Western Oral Narrative Theory to Japanese Musical Nnarrative : reading paper*, The 2nd International Conference on Oral Literature in Africa, University of Ghana, Legon. October 1995.

(26) Hugh de Ferranti, *Relations between Music and Text in Higobiwa : The Nagashi Pattern as a Text-Music*, 'Asian Music' Vo1.26, Num.1, Fall-Winter 1994-1995. Hugh de Ferranti, *Zato-biwa and theories of early 'Heike' narrative performance : reading paper*, The Society for Ethnomusicology（民族音楽学会）' Los angels, October 1995.

(27) 田辺尚雄監修、平野健次構成『琵琶・その音楽の系譜』（日本コロムビア、一九八〇年）解説書。

(28) 蒲生「中世声楽の音楽構造——語り物の曲節型と段」（『岩波講座　日本の音楽・アジアの音楽』第五巻、一九八八年）。

(29) 平野「語り物における言語と音楽」（『日本文学』一九九〇年六月、上参郷祐康編『平家琵琶、語りと音楽』ひつじ書房、一九九三年、再録）、同「平家琵琶の音楽に対するアプローチ」（『文学（季刊）』第一巻四号、一九九〇年）。なお、詠唱・朗誦・吟誦は、平野健次による曲節の三分類案。詠唱は、声を引き伸ばして語るメリスマ的な旋律。朗誦は、一音節がほぼ一拍に相当するシラビックな旋律。また、平野の三分類案でとくに注目される吟誦は、講談などにみられる一種独特の語り口調である。たとえば、平家のシラ声、謡曲・長唄・義太夫節のコトバのように、独特の抑揚をともなう談話調の語りが、吟誦である。吟誦・朗誦・詠唱の三区分は、もちろん一つの目安だが、しかし歌と語りといった二元論では分析できない語り物、物語芸能について考えるうえで重要な目安となる。なお、国文学研究でいわれる歌と語りの二元論は、韻文と散文というヨーロッパ語の修辞学を、そのまま日本語に準用したもの。

(30) 横道『能劇の研究』（岩波書店、一九八六年）。なお、平野健次の平曲分析の方法をより緻密にしたのが薦田治子「平曲の曲節と音楽構造」（上参郷祐康編『平家琵琶、語りと音楽』ひつじ書房、一九九三年）である。ただし薦田のばあい、「平家」一曲の構造を「積層構造」として捉えている点、平野よりもむしろ横道の発想に近いようだ。

(31) 蒲生美津子、注(28)の論文。

(32) 注(27)に同じ。

(33) 本書第三部第一章。

(34) なお、曲節（旋律型）が様式的に安定・固定化している中世の語り物にたいして、近世の語り物では、曲節をタイプやパターンとして把握しにくいことが一般にいわれている。しかし中世語り物の曲節は、近世になって式楽として様式化され、さらに家元制度の普及で語りが教本化（譜本化）された結果として固定化したのである（兵藤、注(35)の論文、参照）。また、時田アリソンが、ストローフェ（strophe）に対応する「旋律型」とはべつに、「語り口」という旋律単位（曲節や小段に対応する単位で、あいまいな幅をかかえる）を設定しているのも、時田が、口頭性を残存させた近世語り物の研究者だからだろう。

(35)　この問題については、兵藤「座頭（盲僧）琵琶の語り物伝承についての研究（三）――文字テクストの成立と語りの変質」（『成城国文学論集』第二六輯、一九九九年三月）に詳論した。

(36)　「平家」演唱と文字テクストとの関わりに関連して、誤解のないように補足しておく。『平家物語』には、当道（平家座頭の座組織）の周辺でつくられた、いわゆる語り本（語り系）のテクストが存在する。しかし語り本は、けっして演唱のための台本として作られたものではない。たとえば、覚一本は、その奥書からあきらかなように当道の正本（証本）である。当道（座）を維持するための権威的な拠りどころであって、それは誰もがいつでも参照できるような（語りの習得や記憶の便宜のための）台本ではない。また、屋代本以下の非正本系の語り本も、語りの台本として作られたものではない（本書第一部第二章、参照）。たとえば、覚一本が覚一検校の語り口を伝えていることはたしかだとしても、じっさいの「平家」演唱は、現存する文字テクストを超えてはるかに生成的に演じられていただろう（したがって、語りの台本でも速記本でもない覚一本にフォーミュラと呼べるものが少ないことを根拠に、中世の「平家」演唱がオーラルでなかったなどと結論づけるのはナンセンスである）。しかしそのような語り本が、室町時代の後期（とくに応仁の乱）以降、しだいに台本として機能してゆく経緯については、本書第一部第三章に述べた。また、正本が台本化してゆく過程で近世の平曲譜本が作られ、そこに成立した近世平曲が、すでに語り物とは呼びがたい、一種の声楽曲になり終わっていることなどもすでに述べた。『平家物語』の語り本研究は、語りと文字テクストとの関係を、可能なかぎり具体的に見定めることから出発すべきである（注(35)の論文、参照）。

(37)　小松和彦「物くさ太郎の構造論的考察」（『民族学研究』第三九巻二号、一九七四年）、同「昔話の形態論的研究」（『日本昔話大成』第一二巻、角川書店、一九七九年）。

(38)　川田「発話における反復と変差」（『口頭伝承論』河出書房新社、一九九二年）。

(39)　場に開かれた物語の典型的なあり方として、川田順造は、西アフリカ・モシ社会で行なわれる夜のおしゃべりの座（ソアスガ）

をあげ、そのような共感的・協力的な座のあり方を（モノローグ・ディアローグにたいして）シンローグと名づけている（川田「口頭伝承論」注(38)の書、所収)。共感的で相互的な発話を意味するsymlogue（共話）は川田の造語だが、それはわが国の昔話の場を考えるうえでも示唆的だろう（高木史人「『昔話伝承の研究』という物語」『物語』創刊号、砂子屋書房、一九九〇年)。ただし、シンローグ的な座のあり方は、構造が比較的単純な昔話などにあってはじめて許容されるものだろう。

(40) 別宮貞徳『日本語のリズム』（講談社現代新書、一九七七年)。

(41) 兵藤『平家物語――〈語り〉のテクスト』第七章（ちくま新書、一九九八年)。

あとがき

論文集をまとめる作業は、ふぞろいな材料から建物を組み立てるのにも似て、らくな作業ではない。材料選びからはじまって、不足分の継ぎ足しはもちろん、ときには設計図じたいの見なおしもせまられる。だが作業の過程で、いままで気づかずにいた自分のしごとの脈絡をたどることができる。

この本をまとめる過程で、私の『平家物語』研究が、およそ三つの領域からなることもみえてきた。それぞれに標題をつければ、「平家」語りと歴史（第一部）、中世神話と芸能民（第二部）、物語芸能のパフォーマンス（第三部）、となる。また、全体を過不足なく表現できるテーマは、「平家物語の歴史と芸能」である。

各章ともすくなからぬ加筆・修正を行なった。なかには原型をまったくとどめない章もあるが、もとになった論文の原題と初出は、つぎのとおりである。

第一部　「平家」語りと歴史

第一章　覚一本平家物語の伝来をめぐって――室町王権と芸能（上参郷祐康編『平家琵琶――語りと音楽』ひつじ書房、一九九三年二月）

第二章　屋代本の位相（『国文学―解釈と教材の研究』学燈社、一九九五年四月）

第三章　八坂流の発生――「平家」語りとテクストにおける中世と近世（久保田淳編『論集中世の文学・散文編』明治書院、一九

九四年七月）
第四章　歴史としての源氏物語——中世王権の物語（『源氏研究』第三号、翰林書房、一九九八年四月）
第二部　中世神話と芸能民
第一章　当道祖神伝承考——中世的諸職と芸能（上・下）（『文学』一九八八年八〜九月）
第二章　神話と諸職——中世太子伝・職人由緒書など（『日本文学』一九八九年二月）
第三章　琵琶法師・市・時衆——当道（座）の形成をめぐって（武田佐知子編『一遍聖絵を読み解く』吉川弘文館、一九九九年一月）
第四章　鎮魂と供犠——琵琶語りのトポロジー（伊藤博之他編『仏教文学講座』第五巻、勉誠社、一九九六年四月）
第三部　物語芸能のパフォーマンス
第一章　「平家」語りの伝承実態へ向けて（『日本文学史を読む　III中世』有精堂、一九九二年三月）
第二章　語りの場と生成するテクスト——九州の座頭（盲僧）琵琶を中心に（民俗芸能の会他編『課題としての民俗芸能研究』ひつじ書房、一九九三年十月）
第三章　口承文学総論（『岩波講座　日本文学史』第一六巻「口承文学I」一九九七年一月）

本書を構成する主要な論文は、一九八七年から九四年の八年間に書かれている。それはちょうど、私が九州の座頭（盲僧）琵琶のフィールド調査に没頭していた時期とかさなっている。とくに、日本最後の琵琶法師となった山鹿良之《やましかよしゆき》氏（一九〇一〜九六）のお宅には、のべ日数にしたら百日以上泊めていただいた。山鹿氏との連日の酒飲み話からは、研究上のさまざまなヒントをあたえられた。

九州での琵琶語り調査と並行して行なっていた東北の祭文語りの調査体験も、私には忘れがたい。老芸人たちのしたたかな人生観は、私にとって思いもかけない問題の地平をかいま見せてくれた。とにかくこの十数年は、私の研究生活で、もっとも充実していた時期であった。また私生活や職場の交友関係においても、なつかしく、幸福な時期だったと思う。

歴史と芸能をテーマにした本書の出版は、歴史書出版のしにせの吉川弘文館にお願いしたいと思った。出版を快諾してくださった同社編集部には、こころからお礼を申しあげたい。

私の最初の論文集『語り物序説』(有精堂)をまとめてから、すでに十五年がたっている。『序説』は文字どおり私の研究の序説となったが、そこで試みたいくつかの問題提起は、いまも私にとって(またおそらく研究史的にも)生きている。それから十五年、なんとかここまでたどりつけた、という私的な感慨は深いのである。その間、私のわがままな日常をささえつづけてくれた友人や家族にこの本をおくりたい。

一九九九年十月二十八日

道頓堀中座の最後の浪曲公演をみた日の夜

兵藤裕己

平家物語の歴史と芸能（オンデマンド版）

Digital Publishing

2019年9月1日　発行

著　者　兵藤《ひょうどう》裕己《ひろみ》

発行者　吉川道郎

発行所　株式会社 吉川弘文館
〒113-0033　東京都文京区本郷7丁目2番8号
TEL　03(3813)9151(代表)
URL　http://www.yoshikawa-k.co.jp/

印刷・製本　株式会社 デジタルパブリッシングサービス
URL　http://www.d-pub.co.jp/

兵藤裕己（1950～）
ISBN978-4-642-78517-4

著者略歴

一九五〇年　名古屋市生まれ
一九八四年　東京大学大学院人文科学研究科（博士課程）単位取得退学
一九八六年　埼玉大学教養学部助教授
一九九三年　埼玉大学教養学部教授
一九九六年　成城大学文芸学部教授、現在に至る

〔主要著書〕

『語り物序説』（有精堂、一九八五年）
『王権と物語』（青弓社、一九八九年）
『太平記〈よみ〉の可能性――歴史という物語』（講談社選書メチエ、一九九五年）
『平家物語――〈語り〉のテクスト』（ちくま新書、一九九八年）

平家物語の歴史と芸能

二〇〇〇年（平成十二）一月二十日　第一刷発行

著　者　兵《ひょう》藤《どう》裕《ひろ》己《み》

発行者　林　英　男

発行所　株式会社　吉川弘文館
郵便番号一一三―〇〇三三
東京都文京区本郷七丁目二番八号
電話〇三―三八一三―九一五一〈代〉
振替口座〇〇一〇〇―五―二四四番

印刷＝東洋印刷・製本＝誠製本

索　　引

1. 文献名・書名以外に，芸能の曲目名も一部とりあげた.
2. 近代以後の人名は，芸能の伝承者にかぎってとりあげた.

I　文献索引

あ　行

か　行

さ　行

た　行

な　行

は　行

ま　行

や　行

ら　行

わ　行

II　人名・神名索引

あ　行

か　行

さ　行

た 行

な 行

は 行